HEYNE
HARDCORE

Zum Buch

»Wenn Sie dies lesen, bin ich vermutlich tot. Ich erzähle Ihnen von meiner Tochter Rebecca. Ich werde ihren Mörder, diesen Scheißkerl, finden…

Die Person, die ich einst war, und die, die mich jetzt aus dem Spiegel anschaut, sind zwei völlig verschiedene Menschen. Meine Reise ist eine lange und schmerzvolle Geschichte. Ich werde meine Tochter rächen. Ich würde für Rebecca sterben.

Ich sage Ihnen also Lebewohl. Adios. Arrividerci.

Die Mutter«

Sie steht seit vielen Monaten am Rande des Highways zwischen Sydney und Melbourne und fährt per Anhalter. Sie steigt nur bei Männern ein. Längst hat sie vergessen, wer sie ist. Sie lebt nur noch, um den Mörder ihrer Tochter Rebecca zu finden, die als Tramperin von einem Fremden mitgenommen und ermordet wurde. Per Handy konnte Rebecca ihr noch einen einzigen Hinweis geben: Auf dem linken Arm trägt der Mann ein Tattoo, den Schriftzug *Stirb Mutter*. Jeder Fahrer, der anhält, könnte der Killer sein...
Brett McBeans ultraharter Psychothriller geht bis zum Äußersten - und darüber hinaus.

Zum Autor

Brett McBean wurde in Melbourne, Australien, geboren. Er liebt Drums, He-Man sowie Sommer-Mix-Tapes und kocht mittelmäßige Spaghetti Bolognese. Nach seinem Studium hat er beschlossen, sich dem Schreiben zu widmen. Viele seiner Psycho-Thriller basieren auf realen Mordfällen und abgründigen Verbrechen. McBean lebt immer noch in Melbourne, zusammen mit seiner Frau und seinem Schäferhund.
Besuchen Sie den Autor im Internet unter *www.brettmcbean.com*

BRETT McBEAN

DIE MUTTER

PSYCHO-THRILLER

Aus dem Englischen
von Doris Hummel

WILHELM HEYNE VERLAG
MÜNCHEN

Die Originalausgabe
THE MOTHER
erschien 2006 (in gekürzter Fassung) bei Lothian Books

FSC
www.fsc.org
MIX
Papier aus verantwortungsvollen Quellen
FSC® C014496

Verlagsgruppe Random House FSC-DEU-0100
Das für dieses Buch verwendete FSC-zertifizierte Papier
Holmen Book Cream liefert Holmen Paper, Hallstavik, Schweden.

Vollständige deutsche Taschenbuchausgabe 07/2012

Printed in Germany 2012
Umschlaggestaltung: Nele Schütz Design, München,
unter Verwendung des Originalumschlags (Festa Verlag)
Umschlagmotiv: © iStockphoto
Druck und Bindung: GGP Media GmbH, Pößneck

ISBN: 978-3-453-67624-4
www.heyne-hardcore.de

Für alle, die jemanden geliebt und verloren haben.

Besonderen Dank an:
Alan Clark; Tod Clark; Kelli Dunlap; Paul Goblirsch; Leigh Haig; Mandy Hartley; Sue Harvey; Robert Hood; Wendy Howarth; Zach McCain; Teresa Pitt; Mum und Dad (thanks Mum!); Michelle.

Eine Fahrt auf dem Hume Highway war eine langweilige Angelegenheit. Sicher, wenn man nach Sydney unterwegs war, wurde die Landschaft ab Albury schöner und die Straße und das Umland rustikaler und ungezähmter, einfach wilder. Hier stellten die rollenden grünen Hügel eine willkommene Abwechslung zur Monotonie des endlosen Farmlandes dar, das den Streckenabschnitt in Victoria dominierte. Trotzdem zog sich die Straße auf den meisten der 886 Kilometer zwischen Melbourne und Sydney völlig flach und gerade dahin, und die Szenerie bot nichts Aufregenderes als Kühe, Rastplätze, überfahrene Tiere und Fastfood-Läden, sodass es kein Wunder war, dass sich dort so viele Unfälle ereigneten. Diese Unfälle passierten jedoch nicht nur aufgrund von überhöhter Geschwindigkeit oder Übermüdung, wie die Straßenschilder übergroß verkündeten – oft war Langeweile die Ursache. Es gab aber kein Schild, auf dem stand: »Gelangweilt? Dann nehmen Sie nächstes Mal den Flieger!«

Er wünschte sich allmählich, er *hätte* den Flieger genommen, aber er war noch nie den gesamten M31 von Melbourne bis nach Sydney gefahren, nur hin und wieder einzelne Strecken. Er hatte geglaubt, es würde ihm Spaß machen – er fuhr gerne Auto, es war Sommer und er hatte zwei Wochen Urlaub und sich extra ein paar Mix-CDs gebrannt, die ihm auf der langen Reise Gesellschaft leisten sollten.

Er schüttelte den Kopf.

Spaß würde er das nicht unbedingt nennen. Stumpfsinnig, anstrengend oder qualvoll ermüdend schon eher – und er hatte noch vier Stunden vor sich, bevor er das Ziel erreichte. Er wünschte sich ein bisschen Aufregung oder irgendetwas, das ihn von diesem endlosen Asphaltstreifen ablenkte. Dann, gerade als James Brown ausklang und Marvin Gaye begann, erregte ein Licht, das neben dem Highway schimmerte, seine Aufmerksamkeit.

Die Nachmittagssonne brannte wie Feuer und da war es nicht ungewöhnlich, dass ihre Strahlen von einer Glasscherbe oder einem von glitzernden Mineralien durchzogenen Stein reflektiert wurden. Aber er war *so* gelangweilt, dass seine Fantasie verzweifelt nach jedem Strohhalm griff. Er wurde langsamer und lenkte den Wagen auf den Seitenstreifen. Er schob den Ganghebel auf ›Parken‹, schaltete den CD-Player mitten in »What's Going On?« aus, ließ Motor und Klimaanlage laufen und dachte: *Was zur Hölle mach' ich hier? Ich bin doch keine zwölf mehr. Da liegt mit Sicherheit kein Piratenschatz.* Er könnte sich allerdings durchaus mal die Beine vertreten – ein guter, erwachsener Grund, um anzuhalten und auszusteigen –, also sprang er aus dem Auto und schlenderte den Seitenstreifen entlang.

Während er schlenderte, suchte er den Asphalt und das Gebüsch am Straßenrand beiläufig nach dem, was das Sonnenlicht reflektiert hatte, ab. Als er die Halskette am Rand des Asphalts liegen sah, blieb er stehen.

Das muss es sein, dachte er.

Er ging in die Hocke, nahm seine Sonnenbrille ab und hob die Kette auf. Sie war vielleicht nicht unbedingt ein Schatz, sah aber nach Gold aus; der Anhänger war ein Kreuz, ganz schlicht und ohne Verzierungen.

Wer verliert denn so eine Kette?, fragte er sich. So etwas wirft man ja nicht weg wie eine leere Trinkflasche. Vielleicht hatte sie auch gar niemand verloren. Vielleicht hatte ihr Eigentümer sie einfach weggeworfen, weil er keine Verwendung mehr für sie hatte. Oder vielleicht gab es auch einen noch viel finstereren Grund.

Er ließ die Kette durch seine Hand gleiten und erkannte dunkelrote Flecken darauf. Er wischte mit den Fingern darüber; sie waren klebrig und färbten seine Haut schmutzig braun. Er konnte nicht mit Sicherheit sagen, woher diese Flecken stammten, aber er nahm nicht an, dass es Rost oder Dreck war. Ihn beschlich ein komisches Gefühl. *Ob das Blut ist?,* fragte er sich still. Mittlerweile lief seine Fantasie auf Hochtouren. Diese Flecken konnten alles Mögliche sein: Farbe, Öl, Tomatensoße. Wenn es Blut war, dann altes; aber vielleicht waren die Flecken auch relativ frisch und in der Hitze nur schnell getrocknet.

Ihm drehte sich der Magen um. Er ließ die Kette fallen, erhob sich und setzte seine Sonnenbrille wieder auf. Er kickte die Kette mit dem Goldkreuz in einen ausgedörrten braunen Busch, wo sie liegen bleiben würde, bis ihr Besitzer sie wiederfand oder bis die ganze Gegend von Bulldozern platt gewalzt wurde, um einem Freeway Platz zu machen, sodass die Kette für immer unter dem Asphalt verloren war.

Als er zu seinem im Leerlauf wartenden Wagen zurücktrottete, bemerkte er etwas in der Ferne. Er war sich nicht sicher – die blendenden Sonnenstrahlen und die flirrende Hitze über der Straße verschmolzen zu einem beinahe undurchsichtigen Dunst –, aber es sah aus wie ein Mensch. Er konnte nicht erkennen, ob es ein Mann oder eine Frau war, aber die Person schien neben dem Highway zu stehen und den Arm zum Trampen auszustrecken.

Trampen – in Zeiten wie diesen? Bei dieser Hitze? Als er wieder im Wagen saß, überlegte er, ob er den Anhalter mitnehmen sollte. Normalerweise tat er so etwas nicht, aber er war der Ansicht, dass er an einem Tag wie diesem seine Regel brechen und eine Ausnahme machen sollte.

Er wandte den Blick für einen Moment von der Straße ab, während er den Gang einlegte und die Klimaanlage höher stellte. Als er wieder aufblickte, war der Anhalter verschwunden.

Hä?

Er war sich sicher, dass er etwa hundert Meter entfernt jemanden hatte stehen sehen, und er war sich sicher, dass diese Person vor ein paar Augenblicken noch da gewesen war.

Hatte der- oder diejenige schon ein Auto angehalten? Er hatte keines gesehen.

Vielleicht war es doch nur Einbildung gewesen. Oder das Hitzeflimmern.

Oder der Eigentümer der Halskette war zurückgekommen und hatte sich geholt, was ihm gehörte.

Schauder krochen wie tausend winzige Spinnen seine Wirbelsäule hoch und runter.

Er glaubte nicht an Geister, aber er wusste genau, dass er einen Anhalter gesehen hatte. Und jetzt war da gar nichts mehr.

Der Tod trieb sich oft auf diesem Highway herum – davon

zeugten die unzähligen Blumen, die Bäume und Kreuze zierten, die man im Gedenken an verunglückte geliebte Menschen aufgestellt hatte. Es gab hier eine Menge ruheloser Seelen.

Vielleicht ist das doch kein so langweiliger Highway, dachte er, als er seinen Wagen wieder auf die Straße lenkte.

Als er an der Stelle vorbeikam, an der der Anhalter seiner Meinung nach gestanden hatte, hielt er seinen Kopf gerade und den Blick starr auf den langen, flachen Asphaltstreifen vor sich gerichtet.

TEIL EINS
Der Freeway

An alle, die diesen Brief lesen:

Ich denke, ich sollte damit anfangen, dass ich, wenn Sie dies lesen, vermutlich tot bin – das muss aber nicht unbedingt sein. Ich weiß nicht, was mit mir passieren wird, vielleicht halte ich es nur einen Monat aus und komme schnell wieder nach Hause, aber ich bezweifle, dass das passieren wird. Es ist viel wahrscheinlicher, dass ich den Tod finde, und das ist in Ordnung. Ob das aber in einem oder in zwanzig Jahren passiert, kann ich nicht sagen. Ich könnte also durchaus noch am Leben sein, wenn Sie meine Worte lesen. Alles, was ich sagen kann, ist: Wer Sie auch sind – suchen Sie nicht nach mir.

Während ich hier sitze und diesen Brief schreibe – obwohl ich noch unsicher bin, was ich überhaupt schreiben werde oder was ich damit zu erreichen hoffe, dass ich meine Gedanken zu Papier bringe – gießt es draußen in Strömen, und die Regentropfen prasseln wie Schrotkugeln gegen mein Schlafzimmerfenster. Es ist ein typischer, ungemütlicher Wintertag in Melbourne – das passende Wetter für den Beginn meiner Reise.

Wie ich hierher gekommen bin, ist eine lange und schmerzvolle Geschichte, aber ich denke, ich sollte sie Ihnen trotzdem erzählen, wenn Sie sich schon die Zeit nehmen, dies zu lesen.

Die Person, die ich einst war, und die, die mich jetzt aus dem Spiegel über der Kommode anschaut, sind zwei völlig verschiedene Menschen. Ich komme mir selbst fast wie eine Fremde vor. Ich weiß, wie dumm sich das anhört, aber es ist die Wahrheit. Und ich meine nicht nur mein Aussehen – dass ich auf dem Kopf statt vollem blondem Haar nun kurze, stachelige Büschel habe, fast wie goldgelbe Strohbündel. Oder dass ich dünner bin als früher und kein Make-up trage. Es ist mehr als das. Ich erkenne mich selbst nicht, wenn ich in meine Augen schaue. In ihnen liegt (oder fehlt) etwas, das mir Angst macht. Ich kann es nicht richtig erklären, aber nach allem, was ich durchgemacht und nach all den Entscheidungen, die ich getroffen habe, ist es kein Wunder, dass ich ein anderer Mensch bin als die Person, die noch vor ein paar Monaten auf dieser Welt, in diesem Haus, in diesem Körper lebte.

Okay, genug des Wahnsinns. Es gibt einen Grund, weshalb ich diesen Brief schreibe. Dieser Grund ist, glaube ich, dass ich Ihnen etwas von mir erzählen möchte – wer ich war, weshalb ich tue, was ich tue – und, am allerwichtigsten, von meiner Tochter Rebecca.

Mein süßer Liebling Rebecca. Mein ganzer Lebensinhalt. Meine einzige Freude im Leben.

Und, wenn ich dazu in der Lage bin, erzähle ich Ihnen von ihrem Tod – der Grund, aus dem ich diese Reise antrete, diese Mission, wenn Sie so wollen. Ich werden diesen Scheißkerl finden, finden und …

Entschuldigung, ich greife vor – wie Sie sehen, bin ich noch immer ziemlich mitgenommen. Wenn ich fertig bin, wird ein Großteil dieses Briefes wegen all der Tränen, die die Tinte verschmieren, bestimmt vollkommen unleserlich sein. Aber ich will sie nicht mit den Einzelheiten meines erbärmlichen, bemitleidenswerten Lebens langweilen. Sie werden zweifellos ans Licht kommen, falls ich erreiche, was ich zu erreichen hoffe und die Medien Wind von der Sache bekommen. Nicht, dass ich mir einbilde, ich wäre eine so interessante Person oder würde mein Ziel erreichen, aber angesichts der Tatsache, dass Sie diesen Brief lesen, habe ich meine Mission in gewisser Weise erfüllt.

Und davon mal abgesehen: Hat nicht jeder eine Geschichte zu erzählen?

GAVIN, DER KÜNSTLER

Er saß in Ronnie's Roadhouse, einem bescheidenen, aber angenehmen Take-away-Restaurant außerhalb von Avenel. Es war das Einzige seiner Art auf dem Hume Freeway. (Victoria hatte den schmalen zweispurigen Highway, der sich noch immer durch den benachbarten Bundesstaat zog, zugunsten einer schnelleren Autobahn mit vier Fahrstreifen abgeschafft.) Er ließ sich gerade sein Frühstück aus Pfannkuchen mit Speck, gegrillter Ananas, Ahornsirup und geschlagener Butter schmecken, als eine Frau das Restaurant betrat.

Gavin schaufelte ein vor Sirup triefendes Stück Pfannkuchen mit Speck in seinen Mund und beobachtete sie, während sie an der Mitnahmetheke stand. Sie blickte sich um, so als suche sie nach jemandem. Es war ihr ungewöhnliches Gesicht, das Gavins Aufmerksamkeit erregte. Er lebte von ungewöhnlichen Gesichtern.

Gavin spülte das Essen mit einem großen Schluck schwarzem Kaffee hinunter und betrachtete sie weiter.

Er war sich nicht sicher, was genau denn so ungewöhnlich am Gesicht der Frau war; sonst hatte sie niemand im Restaurant bemerkt – nicht einmal die Kellnerin. Aber nach all den Jahren, in denen er die Gesichter der Menschen studiert und die Bedeutung hinter den Falten und Formen aufgedeckt hatte, war er ziemlich gut darin, das Einzigartige zu erkennen.

John Wayne – also, der hatte wirklich ein interessantes Gesicht.

Genauso wie Bette Davis.

Sylvester Stallone, Robert De Niro, Katherine Hepburn – alles Menschen mit wunderbar einzigartigen Gesichtern. Man wusste sofort, dass sie ein interessantes Leben gelebt hatten.

Aber nicht allein die Reichen und Berühmten hatten die besten Gesichter. Gavin sah jeden Tag Menschen, die er unbedingt malen wollte. Er wollte herausfinden, was unter der Haut verborgen lag, was sie wirklich zu dem machte, was sie waren. Was bedeutet der Krähenfuß an deinem linken Auge? Diese Falte, die sich über deine Stirn zieht – welcher Schmerz, welche Sorgen haben sie verursacht? Diese Dinge interessierten Gavin.

Urplötzlich hielt die Frau ihn mit starrem Blick gefangen. Als sie auf ihn zukam, blickte er auf den Tisch hinunter und spürte, wie die Hitze in seinem Gesicht aufstieg.

Er hasste es, wenn sie ihn dabei erwischten, wie er sie beobachtete.

»Darf ich mich neben dich setzen?«, fragte sie.

Überrascht blickte Gavin auf. Die Frau stand neben seinem Tisch und lächelte ihn an. Von Nahem sah sie noch viel wundervoller aus. Hinter ihrem Lächeln lagen ungeheure Traurigkeit und Schmerz.

»Äh, ja, klar.«

»Nur, wenn ich dich nicht störe.«

Gavin schüttelte den Kopf, sodass sein Pferdeschwanz in seinem Nacken schaukelte. »Ich würde mich über Gesellschaft freuen.«

Über Gesellschaft freuen? Scheiße, Gavin, toller Spruch.

Die Frau setzte sich und stellte ihre Tasche auf dem Boden ab.

»Ich bin Julia. Freut mich, dich kennenzulernen.«

»Gavin.« Er lächelte und versuchte dabei, so viele ihrer Gesichtszüge wie möglich zu erkennen, ohne unhöflich zu erscheinen.

Julia sah aus wie Anfang vierzig, und Gavin war normalerweise gut darin, das Alter von Leuten zu schätzen. Ihr blondes Haar trug sie modisch kurz, obwohl es aussah, als habe sie es eigenhändig geschnitten. Man hätte sie als attraktiv für ihr Alter bezeichnen können, wären da nicht ihr kaltes Gesicht und ihre seltsam dunklen Augen gewesen.

Gavin lächelte innerlich.

Diese Frau war perfekt.

Sie erinnerte ihn außerdem an ein Mädchen, das er einst gekannt hatte, obwohl Julia älter war und mehr Persönlichkeit hatte.

»Sieht gut aus«, sagte sie und nickte in Richtung seines Tellers. »Kannst du das empfehlen?«

»Absolut. Ist aber nicht gut fürs Herz.« Er spießte ein Stück

Pfannkuchen auf, das vor Sirup, Eigelb und Butter triefte, um seine Aussage zu unterstreichen.

»Wen interessiert das?«, fragte Julia. »Man lebt nur einmal, richtig?«

Gavin nickte. »Ich mag deine Einstellung.«

Als die Kellnerin vorbeikam, bestellte Julia das Gleiche wie Gavin, aber ohne Ei.

»Also, Gavin, was machst du so?«

Na, dann mal los, dachte Gavin.

»Ich bin Künstler. Maler. Hauptsächlich Öl.«

Julia lächelte, aber ihrem Gesicht fehlte unverkennbar die Wärme, was Gavins Interesse nur umso mehr steigerte.

»Wirklich? Wie aufregend. Hast du ein paar von deinen Werken dabei?«

»Draußen in meinem Bus. Ich bin auf dem Weg nach Sydney. Ich hoffe, dass ich da eine Galerie eröffnen kann. Ich habe schon ein paar interessierte Käufer gefunden, mal sehen, wie es läuft. Es ist nicht gerade konventionelle Kunst.«

»Klingt, als ob du bald berühmt wirst. Hast du mal diesen Film gesehen, *Basquiat?*«

Gavin nickte. »Ich bezweifle, dass ich je so erfolgreich sein werde wie er. Ich meine, ich wäre natürlich gerne reich und all das, aber, du weißt schon, ich mache Kunst – sie ist mein Leben, das Geld ist mir nicht so wichtig.«

Gavin wusste, dass sich das nach einem Haufen Mist anhörte, aber es war die Wahrheit.

»Warst du schon mal in Sydney?«, fragte Julia, und das Licht im Restaurant warf Schatten auf ihr Gesicht.

Gott, wie sehr Gavin sie malen wollte. Er konnte ein Leben voller Schmerz in ihr sehen, aber er wollte nicht zu aufdringlich sein. Er wollte sie nicht verschrecken. Obwohl sie ihn, erinnerte er sich dann, ja zuerst angesprochen hatte.

»Ich war im letzten Jahr öfter dort, um mich mit Leuten zu treffen und eine Wohnung zu finden, die ich mir leisten kann. Und du? Woher kommst du?«

»Melbourne.«

»Fährst du nach Sydney oder woanders hin?«

»Ich bin auf dem Weg nach Sydney, aber ich hab kein Auto – ich trampe.«

Gavin war überrascht. Landstreicher trampten. Teenager, die von zu Hause ausrissen, trampten. Irre Hippie-Kannibalen aus Texas trampten. Frauen wie Julia waren für die Straße nicht geschaffen. Weshalb, um alles in der Welt, lebte sie so und setzte sich dieser Gefahr aus?

Gavins Herz raste; sein Mund war trocken.

Diese Frau könnte sein Meisterwerk werden. Er konnte sich genau vorstellen, was die Käufer in Sydney sagen würden, wenn er ihnen ein Ölgemälde von ihr präsentierte. Verdammt, es konnte genauso gut werden wie die *Mona Lisa*.

Träum weiter, Kumpel.

Nun, sie war auf jeden Fall so verführerisch wie Da Vincis Dame.

Die Kellnerin brachte Julias Frühstück. Julia bedankte sich und begann es gierig hinunterzuschlingen.

Dann sah sie, dass Gavin sie beobachtete, schluckte und sagte peinlich berührt: »Entschuldigung, ich bin echt ein Schwein.«

»Nicht doch«, erwiderte Gavin. »Ich sehe dir sehr gerne beim Essen zu.«

Oh nein!

Julia nahm einen Schluck Kaffee. »Siehst du irgendetwas in mir?«

Gavin betrachtete ihr Gesicht eindringlich. »Dürfte ich dich malen?«, fragte er. Er hörte sich wie ein Teenager an, der ein hübsches Mädchen fragte, ob er mal ihre Titten anfassen durfte. Er war ein 28 Jahre alter Mann, aber Scheiße, Frauen hatten noch immer diese Wirkung auf ihn.

Er schob seinen Teller mit dem halb verspeisten Frühstück von sich – er war zu aufgeregt, um weiterzuessen – und fragte: »Soll ich dich nach Sydney mitnehmen? Ich meine, wenn du sowieso da hin willst, wieso solltest du dir da die Mühe machen, eine Mitfahrgelegenheit zu suchen? Ein bisschen Gesellschaft wäre nett, und, also, wenn du möchtest, könnte ich dich malen, wenn wir da sind.«

Gavin erwartete, dass sie sagte: *Ehrlich, Gavin, das wär' toll, aber mein Freund wartet auf mich. Ich will ihn überraschen, weißt du, und ich glaube nicht, dass er von dieser Idee so begeistert wäre. Er ist eher der gewalttätige, eifersüchtige Typ*. Oder: *Tut mir leid, aber ich vertraue dir nicht. Du scheinst ein netter Kerl zu sein, aber …*

»Sicher, das wäre großartig. Danke.«

»Ehrlich?«

»Du scheinst ein netter Kerl zu sein.«

Gavin ignorierte den Mangel an Überzeugung in Julias Stimme und stellte sich stattdessen vor, wie er sie malen würde: welche Farben ihre Persönlichkeit am besten unterstrichen, welches der beste Winkel war; wie er ihre zarten, aber finsteren Züge einfangen konnte.

»Ich bin fertig – wenn du so weit bist …«, sagte Julia.

Gavin starrte auf Julias leeren Teller. »Wow, das ging fix.«

»Ich hab doch gesagt, dass ich Hunger habe.«

Gavin winkte der Kellnerin zu, die eilig zu ihnen herüberkam und lächelnd fragte: »Kann ich Ihnen noch etwas bringen?«

»Nur die Rechnung.«

Die Kellnerin verließ sie wieder. Julia griff in ihre Tasche.

»Nein, bitte, das geht auf mich.«

»Ich bestehe darauf. Immerhin nimmst du mich mit.«

»Glaub mir, du tust mir damit einen Gefallen.«

Julia richtete sich wieder auf. »Was siehst du in mir? Erinnere ich dich an jemanden?«

»Ein bisschen schon, glaube ich. Aber du … du hast ein wirklich erstaunliches Gesicht.«

»Das hat noch nie jemand zu mir gesagt«, erwiderte Julia, und in ihren Augen flackerte überwältigende Traurigkeit.

Welchen Nerv habe ich da nur getroffen?, fragte sich Gavin. War sie missbraucht worden, als sie jünger war? War sie übergewichtig und hässlich gewesen und hatte die Gemeinheiten der Mädchen und das mangelnde Interesse der Jungs nie verwunden?

Gavin konnte so viel in ihrem Gesicht sehen und wusste doch so wenig über sie.

Die Kellnerin kam mit der Rechnung zurück. Gavin zahlte bar.

»Startklar?«, fragte er.

Julia nickte. Sie nahm ihre Tasche und stand auf.

Auch wenn Gavins Interesse an ihr nicht sexueller Natur war, konnte er nicht umhin, zu bemerken, wie ihr Hintern in ihren Jeans wackelte, als sie zur Tür ging. Und er spürte deutlich eine Bewegung im Schritt, als er an die ungefähr acht Stunden Fahrt bis nach Sydney dachte. Er würde eine ganze Weile mit ihr verbringen – eine gute Möglichkeit, jemanden näher kennenzulernen, den man eben erst getroffen hatte. Gavin wollte alles über Julia erfahren, für seine Kunst musste er einen Weg in ihre Gedanken finden; aber vielleicht fand er ja nebenbei auch einen Weg in ihre Jeans.

Er hatte Bedenken gehabt, nach Sydney zu ziehen, aber nun sah es aus, als sei das Glück ihm hold.

Ein Omen der Dinge, die noch kommen würden?

Verdammt, er hoffte es wirklich.

»Du hast wirklich Talent«, sagte Julia, als sie über den Freeway rollten.

Er hatte ihr auf dem Parkplatz des Restaurants ein paar seiner Bilder gezeigt. Er hatte Angst gehabt, sie könnten ihr nicht gefallen und sie würde seine beiden Angebote ablehnen – die Mitfahrgelegenheit nach Sydney und die Möglichkeit, für ihn Modell zu stehen – doch sie schien noch genauso entschlossen, nachdem sie seine Kunst gesehen hatte.

»Freut mich, dass sie dir gefallen.«

»Sie sind sehr düster, aber ich mag das.«

Die Leute waren entweder entsetzt von seinen Werken oder fühlten sich von ihnen angezogen. Aber wie auch immer sie auf seine Kunst reagierten, Gavin war der Ansicht, dass es viel über die jeweilige Person aussagte.

»Wenn ich ein Gesicht sehe, das mich anzieht, muss ich es malen«, bemerkte er. »Ich liebe entsetzliche Dinge – das liegt einfach in meiner Natur. Ich sehe die Dunkelheit im Licht, deshalb sind meine Bilder ziemlich … schockierend, schätze ich.«

Er schaute Julia an. Ihre Augen waren hinter ihrer Sonnenbrille versteckt.

»Porträtmalerei, im traditionellen Sinne, finde ich langweilig. Ich dringe gern in die Menschen ein, in ihre Gefühle und Gedanken, ihre Vergangenheit, die Dinge, über die sie nicht gerne reden. In einigen Menschen sehe ich Wut, in anderen quälenden Schmerz. Ich versuche, diese Gefühle in meinen Werken wiederzugeben.«

»Und wie siehst du mich?«

Gavin lächelte, aber er kam sich komisch dabei vor, auf die Frage zu antworten. »Nun, ich denke, quälender Schmerz trifft es ganz gut.«

Es folgte eine lange Stille. Ein schwarzer BMW raste an ihrem VW-Bus vorbei. Gavin bemerkte, dass die mächtigen Eukalyptusbäume und das buschige Grasland zu beiden Seiten des Freeways von flachem grünem Farmland abgelöst worden waren.

»Du hast recht«, sagte Julia schließlich. »Ich trage sehr viel Schmerz in mir. Ich schätze, einige Menschen möchten nicht, dass andere das über sie wissen.«

Gavin war mit dieser Tatsache nur allzu vertraut. Sein Dad war abgehauen, als Gavin fünf Jahre alt war, und seine Mutter, die für ihn und seine beiden jüngeren Brüder sorgen musste, war gezwungen gewesen, sehr viel zu arbeiten. Es war keine spaßige Kindheit gewesen. Bevor er mit siebzehn auszog, verbrachte er die meisten Weihnachtsfeste damit, schlechte Cartoonserien und *Ist das Leben nicht schön?* anzuschauen (er erinnerte sich gut daran, wie bescheuert er den Titel immer schon fand) und darauf zu warten, dass seine Mutter nach Hause kam, um auf zwei unglückliche, hungrige Kinder aufzupassen. Der einzige, wenigstens annähernd festliche Gegenstand im ganzen Haus war ein Weihnachtsbaum aus Plastik, der wie das Innere eines alten Schuhs roch – und genauso leer war. Jahre später, als er Kunst am College studierte, erfand er alle möglichen Geschichten über sein schönes Leben zu Hause, um die Tatsache zu verschleiern, dass es alles andere als glücklich und schmerzfrei gewesen war. Aber die Wahrheit offenbarte sich in seinen Bildern. Damals malte er oft seine persönliche Version der Hölle, der Todes, der Welt nach einer Zombie-Seuche. Aber das war, bevor er seine wahre Berufung gefunden und sein Talent für »innere Porträts« (wie er seine Kunst selbst nannte) entdeckt hatte. Von da an steckte er all seine Wut und seine Traurigkeit in die inneren Qualen anderer Menschen; es war die ultimative Therapie, besser als jeder Seelenklempner.

»Weißt du, es würde helfen, wenn du darüber sprichst«, fand Gavin. »Nicht nur dir persönlich, sondern auch meiner Kunst. Ich würde gerne in deine Gedanken eindringen.«

»Ich erzähle dir alles, was du über mich wissen willst, wenn du mir von einem deiner Bilder erzählst. Fairer Deal?«

»Mehr als fair. Welches Gemälde interessiert dich?«

»Da war eins von einer jungen Frau dabei: blondes Haar, grüne Augen, sehr hübsch, aber sie sah verängstigt und sehr traurig aus.«

Gavin nickte. Er hatte bei diesem Gemälde viele Blau- und Grüntöne und hier und da ein paar Spritzer Rot verwendet. Nicht sein bestes Werk, aber ein Lieblingsbild von sentimentalem Wert.

»Ich weiß, welches du meinst. Was ist damit?«

»Wer war sie?«

»Ihr Name war Stacey. Ich hab sie am College kennengelernt. Sie nahm Drogen und hat sich durch alle Betten geschlafen, um ihre Selbstverachtung zu verstecken. Ihr Vater hatte sie misshandelt und sie war bei Pflegeeltern aufgewachsen – sie hatte schon einiges erlebt.« Gavin sah zu Julia hinüber. »Möchtest du es kaufen?«

»Nein. Sie erinnert mich an jemanden, den ich mal kannte, das ist alles.«

»Oh, das klingt interessant. Erzähl mir mehr.«

»Nur eine Freundin. Sie ist tot. Erzähl du mal – wo findest du Inspiration?«

»Bei Menschen wie dir.«

»Nein, ich meine, dass du die Menschen auf diese Art malen kannst, unheimlich düster, sogar gewalttätig – das musst du doch irgendwo hernehmen.«

Gavin kurbelte das Fenster herunter. Es war ein milder Frühlingsmorgen, aber mit einem Mal fühlte sich der Bus sehr stickig an. »Ich bringe nur an die Oberfläche, wodurch sich das Gesicht eines Menschen zu seinem aktuellen Aussehen geformt hat, das ist alles. In deinem sehe ich zum Beispiel Leid und Schmerz, aber das reicht nicht aus, um ein authentisches inneres Porträt von dir zu malen. Erinnerst du dich an den Film *Das Bildnis des Dorian Gray?* Als das Bild anfing, zu altern und Dorians Sünden widerzuspiegeln? Da gab es eine tolle Aufnahme des Gemäldes in Farbe, es war abstoßend, aber authentisch. Es zeigte Dorians wahres Wesen. Und genau das möchte auch ich einfangen.«

Ein leeres Lächeln huschte über Julias Gesicht. »Ich finde deine Arbeiten einfach so … faszinierend. Wendest du manchmal, ich weiß nicht, auch Schmerzen an, um zu bekommen, wonach du suchst?«

»Meinst du, ob ich Leuten wehtue?«

»Ja, ich denke schon.«

Gavin wand sich in seinem Sitz. »Wieso denkst du das?«

»Alle Künstler müssen doch recherchieren: Schriftsteller, Filmemacher, Maler. Sich auf die Geschichten von anderen zu verlassen, die von Schmerzen und Qualen erzählen, ist zwar bestimmt notwendig, kann persönliche Erfahrungen aber nie ersetzen. Hab ich recht?«

»Aber ich male ja nicht irgendwas. Ich male einen echten Menschen. Ein Porträt.« Nervös kurbelte Gavin das Fenster noch weiter hinunter. Luft strömte durch den Bus und kühlte sein Gesicht.

Mit emotionsloser Stimme sagte Julia: »Ich würde jemandem wehtun, wenn ich dadurch meine Kunst verbessern könnte. Ich würde niemanden umbringen, aber ihm so viel Schmerz zufügen, dass ich wüsste, wie wahre Angst aussieht.«

Gavin konnte kaum glauben, was er hörte. Seit zehn Jahren studierte er schon die Gesichter der Menschen und versuchte dabei, ihre inneren Qualen zu erkennen. War es wirklich möglich, dass diese Frau, die er vor weniger als einer Stunde getroffen hatte, ihn so gut kannte?

Mit zittriger Stimme erwiderte Gavin: »Nun, ich habe die Dinge gelegentlich … etwas weiter getrieben.«

»Ja?«, entgegnete Julia und nahm ihre Brille ab.

Gavin drehte den Kopf, um sie anzuschauen. Jetzt konnte er ihre Augen sehen: sie waren grün und durchdringend, und in ihnen schien – auch wenn er sich da nicht ganz sicher war – ein großes Verlangen zu liegen. Flirtete sie mit ihm? Turnte es sie an, über Schmerzen zu sprechen? Sie war eine attraktive Frau, und obwohl sie ein viel zu weites T-Shirt und Jeans trug, die alles andere als schmeichelhaft waren, spürte er langsam eine gewisse Erregung. Er hatte noch nie jemanden getroffen, der so eindringlich oder geheimnisvoll war wie Julia.

»Es gab Zeiten, in denen ich andere Menschen verletzt habe. Aber ich musste es tun, um meiner Kunst zu helfen.«

»Ich verstehe«, erwiderte Julia und hielt ihren Blick dabei fest auf Gavins anschwellenden Schritt gerichtet. »Wem hast du wehgetan? Was hast du mit ihnen gemacht?«

Gavin erkannte, wie dringend Julia mehr erfahren wollte, nicht nur über das eine Gemälde, sondern über seine Methoden im Allgemeinen. Er hatte gleich gewusst, dass sie etwas Eigenartiges an sich hatte, dass eine Art Seelenverwandtschaft zwischen ihnen bestand. Sie erregte der Schmerz anderer Menschen ebenfalls. Sie schien ebenso geil zu sein wie er, also sagte er, während sein Herz raste wie ein Hase auf Speed: »Wenn du mir einen bläst, verrate ich's dir.«

Julia sah ihn mit einem Blick an, der, da war er ganz sicher, sinnlich sein sollte – aber ebenso gut Ekel hätte bedeuten können – und sagte: »Okay.«

Gavin konnte seine Aufregung kaum verbergen.

Ich wusste es – sie ist genauso geil wie ich.

Mit einer Hand hielt er das Lenkrad fest, während er mit der anderen seinen Schwanz aus der Hose befreite. Er wurde in seiner Hand hart.

»Fahr weiter«, sagte Julia, als sie ihren Gurt öffnete, sich zu ihm hinüberbeugte und seinen Schwanz in den Mund nahm.

»Also, einmal war da dieses Mädchen, dem ich gesagt habe, dass ich sie vergewaltige, wenn sie mir keinen bläst. Das war in meiner Wohnung in Brunswick, spät nachts. Ich hatte schon früher mit ihr gearbeitet und erste Skizzen von ihrem Gesicht gemacht. Aber ich musste noch mehr Schmerz sehen, mehr Angst. Mit dem Bild lief es einfach nicht so gut, wie ich gehofft hatte. Sie vertraute mir, also kam sie eines Samstags zu mir. Aber ich war total frustriert von meiner Arbeit, wurde wütend auf sie und sagte ihr, dass ich sie vergewaltigen würde, wenn sie mir nicht gab, was ich wollte.«

Julia ließ seinen Schwanz mit einem nassen Schlürfen los. »Und hast du?«

Schweißperlen tropften von seiner Stirn; er wischte den Schweiß mit seinem Unterarm weg. »Ja. Ich hab sie auch ziemlich übel verprügelt. Hinterher, als das Bild fertig war, flehte ich sie an, es niemandem zu erzählen. Ich versicherte ihr, falls ich das Bild erfolgreich verkaufen sollte, würde ich ihr die Hälfte des Geldes abgeben. Sie war einverstanden, und ich habe es tatsächlich für einen ganz guten Preis verkauft. Sie hat es nie jemandem erzählt.«

Während sie seinen Ständer streichelte, fragte Julia: »Wie hast du dich dabei gefühlt?«

»Ihr wehzutun?«

Julia nickte.

Gavin atmete tief ein. Er war schon so weit, wieso sollte er ihr da nicht einfach alles erzählen? Außerdem wollte er, dass sie mit dem Blowjob weitermachte, und seine Geschichte schien sie anzuturnen. »Es fühlte sich gut an. Richtig gut. Ich wollte immer mehr, musste noch mehr Angst sehen, mehr Schmerz.«

Julias Mund legte sich wieder um seinen steifen Schwanz und sie machte voller Eifer weiter.

Sie genießt das richtig.

»Dieses blonde Mädchen von dem ich dir erzählt habe, Stacey? Ich hab gelogen. Sie war kein Junkie, den ich vom College kannte.«

Julia zog sich abrupt zurück. Ihre Lippen tropften. Sie wischte sich die Spucke ab und sagte mit weit aufgerissenen, sorgenvollen Augen: »Wer war sie dann?«

Meine Güte, die hat aber wirklich eine Schwäche für dieses Bild. Vielleicht ist sie bisexuell. Also, das könnte noch richtig interessant werden …

Julia hatte aufgehört, seinen Schwanz zu streicheln, aber er lag noch immer steif in ihrer Hand, wobei erste Lusttropfen aus seiner Harnröhre traten. »Was tust du, wenn ich es dir sage?«

Sie antwortete sofort: »Was immer du willst.«

»Machst du weiter?«

Julia atmete tief ein und zitternd wieder aus.

Sie kann's kaum erwarten. Sie will das fast genauso sehr wie ich.

»Wenn du versprichst, mir die Wahrheit zu sagen.«

»Die kriegst du«, keuchte Gavin.

Julia beugte sich wieder nach unten.

Gavin stöhnte. Die Frau war gut.

Das muss ihr richtig Spaß machen.

»Stacey war ein Mädchen, das ich letztes Jahr auf einer meiner Fahrten nach Sydney aufgesammelt habe. Keine Ahnung, ob sie wirklich so hieß, aber sie war ein hübsches blondes Ding. Ich hab ihr gesagt, dass es gefährlich ist, so zu reisen, besonders für jemanden wie sie, aber sie machte sich keine Sorgen und war sehr vertrauensvoll. Ich bewunderte das, fand sie wunderschön, faszinierend …«

Julia bearbeitete ihn richtig heftig; es fiel ihm schwer, sich auf die Geschichte zu konzentrieren, aber er erzählte weiter.

»Ich hab ihr gesagt, dass ich sie malen will, dass hinter ihrer Schönheit und ihrem Selbstbewusstsein Schmerz und Unsicherheit liegen. Ich hab ihr erklärt, was ich alles mit ihr machen könnte, weil sie sich ja voll und ganz meiner Barmherzigkeit ausgesetzt hatte, besonders hier auf dem Freeway – immerhin war sie zu einem Fremden ins Auto gestiegen …«

Er konnte fühlen, wie der Höhepunkt näherkam. Sich an Stacey zu erinnern, an ihre Schönheit, ihre Angst, turnte ihn genauso an wie das, was Julia tat.

»Ich hab ihr gesagt, ich könnte ebenso gut ein Vergewaltiger sein, ein Mörder oder selbstmordgefährdet, und da hat sie richtig Angst gekriegt. Als ich ihr angedroht habe, dass ich sie vergewaltigen würde, fing sie an zu weinen und aus dem Fenster zu schreien. Das hat mich so angeturnt, dass ich ihr tatsächlich wehgetan habe, aber es war nicht meine Schuld, ehrlich, es lag außerhalb meiner … meiner …«

Er stöhnte, als er kam und sich heftig in Julias Wärme ergoss. Es schoss in mächtigen Strahlen aus ihm heraus und ließ ihn bis in sein Innerstes erzittern.

Bald war er leer.

Julia sprang auf, drehte sich zum Beifahrerfenster um, kurbelte es hinunter und übergab sich.

Muss wohl zu viel Wichse für sie gewesen sein.

Gavin zuckte zusammen, als er sie würgen hörte und den galligen Geruch wahrnahm.

Als Julia ihren Kopf wieder in den Wagen zog, tropfte weißliche Spucke von ihrem Mund, und in ihren Augen standen Tränen. Sie wischte beides mit ihrem Ärmel ab.

Gavins Schwanz schrumpfte wieder und er packte das schlaffe Ding zurück in seine Hose, sein Kopf vom post-orgiastischen Hochgefühl noch immer etwas schwindelig. »Fantastisch«, sagte er.

»Sag mir, was du mit ihr gemacht hast«, forderte Julia.

»Ich hab den Wagen angehalten, hab ihr ein paar verpasst und versucht, sie dazu zu bringen, mir einen zu blasen. Ich hab's aber nicht geschafft, also hab ich sie aussteigen lassen. Allerdings nicht, ohne ihr einzuschärfen, dass ich ihren Namen kenne und weiß, dass sie nach Sydney will, und dann hab ich sie gewarnt, lieber keinem davon zu erzählen, sonst …« Gavin lachte. »Als ob ich sie je wiedergefunden hätte. Trotzdem hab ich bekommen, was ich wollte, und als ich zu Hause war, hab ich das Bild gemalt, das dich so fasziniert.«

Julia sackte in ihrem Sitz zusammen. Sie öffnete ihre Tasche, holte eine Flasche Sprite heraus und nahm einen kräftigen Schluck. »Dann hast du sie nicht getötet?«

Gavin warf Julia einen ungläubigen Blick zu. »Sie getötet? Gott, ich bin doch kein Killer. Ich tue, was ich für meine Kunst tun muss, aber ich würde nie jemanden umbringen.«

»Oh.« Julia klang beinahe enttäuscht.

»Tja, so viel zu Stacey. Ich hab noch eine Menge mehr Geschichten wie diese. Wie wär's: Wenn wir nach Sydney kommen, machen wir da weiter, wo wir hier im Auto aufgehört haben, und ich erzähle sie dir?«

»Sicher«, antwortete Julia und fuhr sich mit der Hand durchs Haar. Sie reichte ihm die Spriteflasche. »Möchtest du?«

Gavin nahm einen Schluck aus der Flasche. Es fühlte sich gut an, als das süße Getränk seine Kehle hinunterfloss. Er gab ihr die Flasche zurück. »Und, was treibt dich an?«, wollte er wissen. »Wie waren deine Eltern so? Worauf stehst du? Ich möchte mich endlich in deinen Kopf eingraben.«

»Für deine Kunst?«

»Ganz genau.«

»Ich bin niemand«, sagte Julia in sachlichem Ton. »Ich tue, was ich tun muss, um zu überleben.«

Gavin wandte sich zu ihr um. Auf Julias Gesicht lag tiefe Trauer. »Weißt du was?«, begann er. »Du kannst das Porträt von Stacey haben. Ich schenke es dir.« Er streckte seine Hand aus und streichelte Julias Wange. Ihre Haut war kühl und weich.

»Hast du irgendwelche Tattoos?«, fragte sie.

Gavin zog seinen Arm zurück und lächelte. »Ein einfaches ›Dankeschön‹ hätte gereicht.«

Julia erwiderte sein Lächeln nicht.

»Also, das kannst du herausfinden, wenn wir in Sydney sind«, antwortete Gavin.

Als Julia die Sprite ausgetrunken hatte, warf sie die Flasche aus dem Fenster.

»Hey, wir fahren fast 120. Eine leere Flasche ist wie ein Stein.« Er sah in den Rückspiegel; glücklicherweise war die Straße hinter ihnen ebenso leer wie vor ihnen.

Julia kurbelte das Fenster hoch. »Wo du doch Künstler bist, dachte ich, du hättest wenigstens ein kleines Tattoo.«

»Ziemlich klischeemäßig, findest du nicht?«

Julia zuckte die Achseln.

Gavin sah, wie ihre Brüste wackelten. Erst jetzt erkannte er, dass Julia keinen BH trug, und auch wenn er liebend gern weiter auf ihre Brüste gestarrt hätte, wandte er seinen Blick wieder auf die Straße. Er würde nie in den Genuss von Julia und ihren wackelnden Brüsten kommen, wenn sie zermatscht auf dem Hume Freeway lagen.

»Turnt dich das an? Männer mit Tattoos?«

Julias Gesicht blieb versteinert. Ihre Augen waren wieder hinter der Sonnenbrille versteckt.

»Ja, tut es.«

Er hatte sich eigentlich schon immer ein bisschen Kunst auf seinem Körper gewünscht – eine kleinere Version eines seiner Werke vielleicht oder Munchs *Der Schrei* auf seinem Rücken –, aber er war ein zu großer Angsthase. Er hasste Nadeln, und Schmerz hasste er noch mehr. Er liebte es, den Schmerz anderer Menschen zu erforschen, aber wenn es um seinen eigenen Körper und seine eigene Seele ging, hatte er schon so viel Schmerz erfahren, dass es für ein ganzes Leben reichte.

»Ich fürchte, ich bin ein zu großes Weichei, deshalb hab ich mir nie ein Tattoo stechen lassen«, seufzte Gavin. »Vielleicht lass ich mir in Sydney eins machen. Du kannst mir helfen, das Motiv auszusuchen – eins, das dich ganz heiß macht.«

Julia drehte sich zu ihm um. »Ich erwarte nicht, dass du das tust, Gavin. Ich hasse Tattoos.«

»Ich dachte, du hättest gesagt, sie machen dich scharf.«

Julia zuckte die Schultern.

Gavins Schwanz rührte sich.

Julia wandte sich wieder nach vorne. »Ich muss zur Toilette. Können wir am nächsten Rastplatz anhalten?«

Gavin musste auch.

»Klar, da müsste bald einer kommen.«

Gavin machte seinen Reißverschluss zu, trat vom Urinal zurück und ging zu den Waschbecken hinüber. Es gab drei Becken. Gavin wählte das neben dem Eingang. Seife fand er keine, also drehte er den Heißwasserhahn etwas weiter auf und wusch sich die Hände.

Als er fertig war, hielt er seine Hände unter das Gebläse des Trockners und stellte sich vor den Spiegel.

Er würde sicher nie die Hauptrolle in einer Seifenoper bekommen, aber er war auch alles andere als hässlich. Durch sein unscheinbares Aussehen fiel er in einer Menschenmenge nicht auf: dickliches Gesicht; die Haare unmodisch und vielleicht etwas zu lang, blasse, trockene Haut. *Wenn ich in Sydney bin, lasse ich mir die Haare schneiden, werde Mitglied in einem Fitnessstudio, trinke weniger Kaffee, ficke jede Menge hübscher Models … Ich werde ein richtig hipper Metrosexueller.*

Er untersuchte seine Zähne im Spiegel und überprüfte seinen Atem. Zwischen seinen Zähnen steckten keine Essensreste, aber sein Atem hätte einen Kaugummi vertragen. Leider hatte er keinen – Julia musste also seinen etwas schalen Mundgeruch ertragen.

Er rülpste und roch an seinen Achseln – nein, Rexona hatte ihn nicht im Stich gelassen. Er war nun völlig kaffeeleer und sein Körpergeruch bestens – er war bereit für den letzten Abschnitt seiner Reise.

Er verließ die öffentliche Toilette. Draußen sah er sich nach Julia um. Er konnte sie nirgends entdecken und da er annahm, dass sie noch nicht fertig war, setzte er sich an einen der Holztische, die ein Stück vom Toilettenhäuschen entfernt standen, und wartete. Er beobachtete, wie ein Mann auf den Rastplatz fuhr, ausstieg und sich eine Zigarette anzündete. Er sah eine Familie anhalten, die einen Jungen aussteigen ließ, der sich übergeben musste. Er schaute zu, wie Autos vom Rastplatz wieder auf den Freeway fuhren und sah, wie Frauen die Damentoilette betraten und wieder herauskamen, aber keine von ihnen war Julia. Nachdem er zehn Minuten gewartet hatte, stand er auf und ging zu einer Frau hinüber, die eben aus dem Toilettenhäuschen gekommen war.

»Entschuldigen Sie«, sprach er sie an, »war in der Toilette außer Ihnen noch jemand?«

Die Frau sah ihn an, als habe er sie gerade aufgefordert, sich auszuziehen. »Wie bitte?«

»Meine Tochter hat mir gesagt, sie müsse auf die Toilette. Das war von fünfzehn Minuten und sie ist immer noch nicht zurück. Ich mache mir langsam Sorgen.«

Die Frau entspannte sich. »Oh. Also, die Kabinen waren alle leer, als ich drin war.« Sie schaute sich auf dem Rastplatz um, vermutlich, um nach einem kleinen Mädchen zu suchen.

»Wie sieht sie denn …?«

Gavin ließ die Frau stehen und suchte den Parkplatz, seinen

Bus (leer) und den umliegenden Wald ab. Als er Julia auf dem Pkw-Parkplatz nirgends fand, suchte er auf dem Lkw-Parkplatz weiter, aber dort war sie auch nicht. Schließlich stellte er sich neben den Freeway und blickte die lange flache Straße entlang. Seine Mona Lisa war nirgendwo in Sicht.

»Scheiße!«

In ihm stiegen Wut und Traurigkeit auf. Wie konnte Julia ihm das antun? Das war nicht fair. Sie wäre perfekt gewesen: all dieser Schmerz in ihr, all das Leben, das er nun nie entdecken würde.

Was hab ich denn getan? Hab ich irgendwas gesagt?

Ihm fiel nichts ein, was er gesagt oder getan haben könnte, um Julia in die Flucht zu treiben.

Während er mit schweren Schritten zu seinem Bus zurückging, fragte er sich, wohin sie wohl verschwunden war; er hoffte, dass es ihr, obwohl sie ihn traurig gemacht hatte, gut gehen würde.

Er zweifelte daran.

BILL, DER REISENDE VATER

Er beglückwünschte sich dazu, dass er die Klimaanlage des Jaguars letzte Woche hatte nachfüllen lassen, denn draußen waren glühend heiße 41 Grad. Die Luft war bereits trocken und drückend gewesen, als er Melbourne am Morgen verlassen hatte; während er nun über den Freeway rollte, flirrte die Hitze über dem Asphalt. Wie irgendjemand bei diesen Temperaturen ohne Klimaanlage unterwegs sein konnte, war ihm ein Rätsel. Dass manche Leute tatsächlich ganz ohne Klimaanlage durchs Leben gingen, schien ihm archaisch und dumm, Punktum.

Während er am letzten Rest Tabak seiner Marlboro zog und die Kippe dann im Aschenbecher ausdrückte, dachte Bill an all die Autos mit heruntergekurbelten Fenstern, die ihm in den letzten paar Stunden begegnet waren. Eine Art natürlicher Klimaanlage.

Bill schnaubte.

Wenn es die Art der Natur war, den Leuten verschmutzte Luft in ihre ohnehin schon verbrannten Gesichter zu blasen, dann zog er die Technologie der Natur jederzeit vor. Sicher, die kühle Luft, die ihm ins Gesicht wehte, trocknete seine Haut aus, und der Preis, den er dafür zahlen musste – den er für die Instandhaltung zahlen musste – war das reinste Gift für sein Magengeschwür, aber er nahm diesen kleinen Preis gern in Kauf, wenn er sich dafür an so heißen Tagen wie diesem nicht totschwitzte.

Mit geübter Geschicklichkeit zog er eine weitere Zigarette aus der Schachtel, zündete sie mit dem Zigarettenanzünder an, steckte sie zwischen seine trockenen, dünnen Lippen und zog ausgiebig daran.

Mark würde sich garantiert noch im selben Moment über den Zigarettengeruch beschweren, in dem Bill aus dem Wagen stieg. Er hatte keine Ahnung, wie oft er dem Jungen schon versprochen hatte, das Rauchen aufzugeben. (»Ich hör morgen auf, Kumpel, versprochen«, sagte er dann – immer morgen.) Mark liebte es, im Jaguar mitzufahren, aber er hasste den »ekligen Geruch«, wie er es nannte, mit derselben Inbrunst, mit der Bill Glorias Parfüm hasste.

Flieder, Lavendel, Moschus – er konnte sich nicht mehr erinnern, was es war, aber wie immer der Duft auch hieß, es war einer dieser zuckersüßen Frauendüfte, von dem er Kopfschmerzen bekam und sich ihm der Magen umdrehte. Manchmal fragte er sich, ob das der Grund war, weshalb er so viel rauchte: Was als dringendes Bedürfnis begonnen hatte, diesen widerlichen, erdrückenden Parfümgeschmack in seinem Mund loszuwerden, hatte sich in eine maßlose Zwei-Schachteln-pro-Tag-Sucht verwandelt. Und dennoch gab es Zeiten, in denen er schwören könnte, ihr Parfüm noch immer zu schmecken.

Er vermutete, dass Gloria wusste, wie sehr er diesen Duft hasste, und sich absichtlich stärker einsprühte, nur, um ihn in Rage zu bringen. Wahrscheinlich kaufte sie absichtlich eine große Flasche und badete in dem Zeug, bevor er kam.

»Schlampe«, murmelte Bill.

Das Klingeln seines Telefons durchschnitt die durchdringenden Klänge von Credence Clearwater Revivals ›Down on the Corner‹. Er stellte das Radio leiser, griff nach seinem Handy und klemmte es zwischen seine Schulter und sein Kinn, sodass er gleichzeitig sprechen und rauchen konnte.

»Bill Singleton?«

»Dad, wie lange noch?«

Bill lächelte. Dies war der erste von vielen Anrufen seines zehnjährigen Sohnes am heutigen Tag.

»Ich bin noch nicht mal an der Grenze, Kumpel.«

Mark wusste, wie lange die Fahrt von Melbourne nach Sydney dauerte, inklusive Pinkel- und Essenspausen, aber der Kleine war jedes Mal so aufgeregt, wenn sein Dad ihn in den Ferien für zwei Wochen wieder zu sich nach Melbourne holte, dass er alle paar Stunden anrief, um nach Bills voraussichtlicher Ankunftszeit zu fragen.

»Ich hoffe, du rauchst nicht.«

»Natürlich nicht.« Bill nahm einen Zug und blies einen Rauchkringel aus. »Ich hab aufgehört zu rauchen, das hab ich doch versprochen.«

»Hast du nicht.«

»Hab ich doch.«

»Schwörst du's?«

»Wie immer.«

»Daaaaaad!«

Bill kicherte. Ein alter Scherz, den sich Bill schon x-mal mit Mark erlaubt hatte. »Okay, du hast mich erwischt. Ich rauche eine Zigarette. Aber nur die eine.«

Marks Antwort war ein langer Seufzer. »Du hast versprochen, dass du aufhörst. Ich hasse diesen ekligen Geruch.«

»Das weiß ich doch, Kumpel. Ich hör morgen auf.«

»Sicher.«

»Warst du heute Morgen schwimmen?«

»Ja, aber unser Pool ist scheiße. Er ist zu klein.«

Bill lachte. »Solche Wörter lässt du deine Mum besser nicht hören. Ist sie da?«

»Sie ist oben. Sie badet. Soll ich sie holen?«

Bill dachte: *Wir wollen doch die Prinzessin nicht beim Baden stören.*

»Nein, schon okay. Ich sehe sie noch früh genug.«

»Ich kann's kaum erwarten, in deinem Pool zu schwimmen. Der ist viel besser.«

Da konnte Bill nicht widersprechen. »Er ist sauber und einsatzbereit. Ich hoffe, du bist schon stubenrein.«

»Dad, das ist eklig.«

»Alles an mir ist eklig, wenn man dich so hört.«

»Nur das Rauchen.«

»Na ja, wenn du willst, kann ich auch wieder umdrehen. Ich will ja nicht, dass du dich ekelst.«

»Nein«, sagte Mark sofort, und dabei lag ein Anflug von Angst in seiner Stimme.

»Hey, ich mach doch nur Spaß«, versicherte Bill, überrascht, dass Mark seine gespielte Drohung so ernst genommen hatte. Manchmal vergaß er einfach, wie jung Mark noch war. Er war zwar ein cleverer Junge, aber trotzdem.

»Ich bin in ungefähr acht Stunden da, okay? Mit ekligem Auto und allem Drum und Dran.«

»Okay. Beeil dich. Mir ist langweilig.«

»Ich versuch's. Bis später, Kumpel.«

»Tschüss, Dad.«

Mark legte auf. Bill steckte sein Nokia wieder ins Ladegerät.

Mark würde in drei bis vier Stunden wieder anrufen; vielleicht auch früher, wenn er so über das Verhalten des Jungen in letzter Zeit nachdachte.

Ich hoffe, es geht ihm gut, dachte Bill, und ihn beschlich wieder dieses leise Gefühl der Sorge, das er neuerdings jedes Mal verspürte, wenn er mit seinem Sohn sprach oder ihn sah.

Er rauchte die Zigarette zu Ende, drückte sie im Aschenbecher aus, sodass der kleine Berg gekrümmter Zigarettenstummel noch ein wenig weiter wuchs, und drehte das Radio wieder auf. Es lief die lange Version von ›Light my Fire‹.

Irgendwie passte der Song – bei all den Bäumen am Rand des Freeways und der sengenden Sonne lag ein Feuer immer im Bereich des Möglichen.

Er trommelte beim Instrumentalteil des Songs mit den Fingerspitzen auf dem Lenkrad und war so in den hypnotisierenden Klängen von Manzareks Keyboard gefangen, dass er die Frau beinahe übersah, die am Straßenrand entlangtrottete. Er nahm sie nur noch aus dem Augenwinkel wahr.

Sein erster Instinkt war, weiterzufahren. Es gehörte nicht zu seinen Gewohnheiten, Anhalter mitzunehmen, und er wollte zügig weiter nach Sydney. Aber dann dachte er daran, dass die Frau da draußen buchstäblich durch die Hölle ging, von der Gefahr, in die sie sich ganz allein als Anhalterin begab, ganz zu schweigen, und so setzte er doch den Blinker und fuhr links ran. Als er die Tür öffnete, schlug ihm ein Feuerball aus heißer Luft ins Gesicht. Er begann sofort zu schwitzen, und aufgrund der drückenden Hitze fiel ihm das Atmen schwer.

Heilige Scheiße, dachte er und streckte sich, um die Tür wieder zu schließen.

Als die Frau näher kam, rief er: »Hey, wollen Sie mitfahren?«

Sie nickte.

Die Frau war etwa in Bills Alter, Anfang fünfzig, mit ultrakurzem blondem Haar, das dringend mal gewaschen werden musste. Ihr Gesicht war knallrot, wie in Blut getränkte Rote Bete.

Kurz bevor sie seinen Wagen erreichte, dachte Bill daran, wie die Frau seine Ledersitze durchschwitzen würde, ermahnte sich aber sofort, nicht so ein Pedant zu sein. Er konnte schließlich jederzeit in die Waschanlage fahren und den Wagen innen gründlich reinigen lassen.

Sein Sauberkeits- und Ordnungswahn waren Gloria schrecklich auf die Nerven gegangen – er konnte ihre nasale Stimme förmlich hören: *Sei nicht so verdammt pingelig. Ich hab noch nie jemanden getroffen, der ein größerer Sauberkeitsfanatiker war als du.*

»Danke«, sagte die Frau, als sie den Jaguar erreichte. Sie trug Khakishorts, ein weißes T-Shirt und eine Sonnenbrille. Sie hatte einen schlanken Körper, ihre braungebrannten Beine wirkten kräftig, und sie schien keine einzige Speckfalte zu haben. Über ihrer Schulter hing eine große Sporttasche. Sie sah groß aus und schien unpraktisch zu tragen zu sein, besonders für eine so schmale Person.

Bill sprang aus dem Wagen und öffnete die hintere Tür. »Werfen Sie Ihre Tasche hier rein. Im Kofferraum ist zu viel Müll.«

Die Frau schwang die Tasche vom Rücken, stellte sie auf dem Boden ab und öffnete den Reisverschluss. Sie holte eine Wasserflasche heraus, trank laut ein paar große Schlucke und packte sie wieder ein. Dann hievte sie die Tasche hoch und warf sie in den Kofferraum des Wagens.

Bill versuchte, den Schmutz und Staub auf der Tasche zu ignorieren, was ihm jedoch nicht gelang, und beim Gedanken daran, wie sie seinen schönen Wagen verdreckte, biss er krampfhaft die Zähne zusammen. Aber er wusste, dass es keinen Sinn hatte, sich über solche Dinge aufzuregen und dass er sich einfach entspannen sollte: er war mal wieder pingelig.

»Nichts wie raus aus dieser Hitze«, sagte Bill und stieg wieder ins Auto.

Die Frau tat es ihm nach und brachte dabei einen nicht unangenehmen Geruch aus Schweiß und Sonnencreme mit sich.

»Oh, das ist ja wie Zauberei hier drinnen«, seufzte sie. »Ich bin da draußen fast gestorben. Vielen Dank, dass Sie angehalten haben.« Sie lächelte.

Bill lächelte zurück. »Kein Problem. Wohin wollen Sie?«

»Sydney.«

»Perfekt. Da fahre ich auch hin.«

Das Gesicht der Frau sah nun gar nicht mehr nach Rote Bete aus; es war hellrosa, aber noch immer schweißbedeckt. »Ich bin Joan. Und ich schwitze hier ihren wunderschönen Wagen voll.«

Ja, das sehe ich.

»Im Kofferraum ist ein Handtuch. Soll ich es Ihnen holen?«

Joan nickte. »Das wäre toll …«

»Entschuldigung. Bill. Bill Singleton.«

»Danke, Bill.«

Er öffnete per Knopfdruck den Kofferraum und stieg mit einem Seufzer, von dem er hoffte, dass die Frau ihn nicht gehört hatte, wieder aus dem Auto. Im Kofferraum fand er das frische Handtuch, dass er normalerweise mitnahm, um verschüttete Getränke oder Marks Erbrochenes wegzuwischen, wenn er mal wieder reisekrank war. Er schloss den Kofferraum und stieg schnell wieder in den Wagen, froh, der erdrückenden Hitze wieder entkommen zu sein.

Er reichte Joan das Handtuch. Sie bedankte sich und wischte sich Gesicht und Hals ab.

Während Joan damit beschäftigt war, sich abzutrocknen, warf Bill einen Blick auf ihre Brüste – durch das nasse T-Shirt konnte er den Stoff ihres BHs sehen. Er fühlte sich jedoch sofort schuldig, wie ein Perverser oder ein geiler Teenager, deshalb schaute er wieder nach vorne und schnallte sich an.

»Wo hätten Sie's denn gern?«

»Was?« Für einen kurzen, peinlichen Moment dachte Bill, sie habe ihn erwischt.

»Das Handtuch? Es ist ganz nass.«

»Oh, einfach hinten auf den Boden.«

Sobald Joan das Handtuch nach hinten geworfen und sich angeschnallt hatte, fuhr er wieder auf den Freeway auf und pendelte sich bald bei 130 ein.

»Tolles Auto«, sagte Joan. »Haben Sie das schon lange?«

»Vielleicht ein Jahr. Sie ist ein Spitzengeschoss, aber der Unterhalt ist verdammt teuer.«

Na, nach wem klingt das denn?, dachte er mit einem Grinsen. Aber eigentlich war das eine Beleidigung für seinen Jaguar – der nervte ihn nicht jede Minute des Tages und roch um Längen besser als seine Exfrau.

»Sind Sie Arzt oder so?«

»Nein. Ist mir viel zu blutig.« Er drehte sich zu ihr und grinste.

Joan lächelte nicht. Erst, als sie sein Grinsen sah, nickte sie und sagte: »Oh, verstehe. Alles klar.«

»Schlechter Witz, tut mir leid. Davon hab ich noch jede Menge mehr.«

»Tja, ist ‘ne lange Fahrt bis nach Sydney. Vielleicht hör ich sie ja alle noch.«

»Nein, Sie springen aus dem Auto, lange bevor es dazu kommt.«

»So schlimm können sie doch gar nicht sein.«

»Warum ging das Huhn über die Straße?«

Joan zuckte die Schultern.

»Um vor meinen schlechten Witzen zu fliehen.«

Joan lachte. Bill fand, dass es sehr schön klang.

»Sehen Sie? Ich hab’s Ihnen ja gesagt.«

Ihr Lachen verstummte abrupt. »Dann sind Sie Komiker?«

»Denken Sie, ich würde mit solchen Witzen einen Wagen wie diesen fahren, wenn das der Fall wäre? Ich fürchte, alles, wozu ich gut bin, ist, eine Softwarefirma zu managen.«

»Ein Manager, wie?«

»Ja. Ich bin ein richtiger David Brent. Nur, dass ich entschieden lustiger bin.«

»Wer?«

»Sie haben *The Office* nicht gesehen?«

»Ist das ein Film?«

»Fernsehserie.«

»Die muss ich wohl verpasst haben.«

»Sie müssen sich die DVD kaufen. Holen Sie sich beide Staffeln, die sind …« Er hielt inne. Er wusste nichts über Joan. Er wollte sie mit all seinem Gerede über Jaguare und DVDs nicht beleidigen. Soviel er wusste, konnte sie ebenso gut obdachlos oder bettelarm sein. Wieso sollte sie schließlich trampen, wenn sie Geld hatte?

»Die sind was?«, fragte Joan.

»Lustig. Einfach lustig. Sagen Sie, ist Ihr Wagen stehen geblieben oder so?«

»Nein.«

Er wartete. Als sie keine Erklärung folgen ließ, fragte er: »Stört es Sie, wenn ich rauche?«

»Es ist Ihr Auto.«

Er zog eine Marlboro aus der Schachtel in seiner Hemdtasche. »Wollen Sie eine?«

»Ich rauche nicht.«

»Sind Sie sicher, dass es Sie nicht stört, wenn ich rauche? Ich sollte sowieso aufhören. Ich hab es meinem Sohn schon tausendmal versprochen.«

»Es stört mich wirklich nicht.«

Er zündete die Zigarette an, nahm ein paar kräftige Züge und blies den Rauch in Richtung Fahrerfenster aus, weg von Joan.

»Wie heißt Ihr Sohn?«

»Mark. Er ist zehn.«

»Und Mark mag es nicht, wenn Sie rauchen?«

»Er hasst es. Er denkt, Leute, die rauchen, seien Idioten und sollten sich mal den Kopf untersuchen lassen.«

»Klingt nach einem klugen Kerlchen.«

»Blitzgescheit. Er weiß alles über Computer, Elektronik und Sex. Na ja, nicht alles über Sex, aber er weiß mehr darüber als ich in seinem Alter. Scheiße, ich war fünfzehn, als ich zum ersten Mal von der Klitoris gehört habe – und selbst da wusste ich nicht, was das ist. Mark weiß nicht nur, was das ist, sondern auch, was ihr einziger Zweck ist.« Bill schüttelte den Kopf und zog an seiner Zigarette.

»Man bringt ihnen diese Dinge heute sehr früh bei, nicht?«

»Ich glaube, die Kinder werden einfach schlauer. Wegen der ganzen Technologie, Internetzugang und all diesen Sachen. Ich glaube, dass die Zeiten schlichter waren, als wir klein waren, und wir waren es eben auch. Heute können sich die Kinder mit einem Mausklick einfach über alles informieren, von Pokemon bis G-Punkt. Das macht einem Angst.« Bill sah zu Joan hinüber. »Tut mir leid, ich schweife ab.«

»Abschweifen ist doch gut. Da geht die Zeit schneller vorbei.«

»Das stimmt. Die einzige Gesellschaft, die ich auf dieser Fahrt bisher hatte, sind das Radio und mein Sohn.«

»Ihr Sohn?«

Bill lächelte. »Er ruft mich alle paar Stunden auf dem Handy an, um zu hören, wie weit ich noch weg bin. Seine Mum und ich sind geschieden. Er lebt bei ihr in Sydney, ich wohne in Melbourne. Ich habe ihn an einem Wochenende im Monat und zwei Wochen in den Sommerferien. Darum fahre ich nach Sydney. Ich hab Mark an Weihnachten nicht gesehen, deshalb nehme ich ihn jetzt mit nach Melbourne. Wir haben zwei ganze Wochen zusammen. Das wird toll. Er freut sich seit einem Jahr darauf.«

»Klingt, als gelte dasselbe für Sie.«

»Was soll ich sagen? Ich liebe es, ihn bei mir zu haben. Natürlich führt das dazu, dass ich ihn verwöhne, sehr zum Ärger seiner Mutter – aber, verdammt, sie darf schließlich mit ihm zusammenleben, da finde ich, dass ich das Recht habe, es ein bisschen zu übertreiben, wenn ich ihn mal sehe.«

»Ist sie eine gute Mutter? Ich will nicht neugierig sein ...«

»Schon okay, das stört mich nicht. Sie ist ein bisschen übervorsichtig und kann ziemlich selbstsüchtig sein, aber zumindest ist sie eine bessere Mutter als Ehefrau.«

Hoffe ich.

Bill ermahnte sich, Gloria nicht niederzumachen, nicht gegenüber einer Fremden. Er ließ sich seinem Bruder gegenüber schon genügend über sie aus.

»Haben Sie Kinder?«, fragte er.

»Nein.«

Merkwürdig. Bill hätte geschworen, dass sie Kinder hatte. Sie sah wie der mütterliche Typ aus – wenn es überhaupt einen »Typ« gab –, aber was wusste er schon?

Der Verkehr wurde dichter. Das war seltsam, da bis Albury, also für ungefähr eine Stunde, keine Ampeln mehr kamen. Der

Victoria-Abschnitt des Hume führte durch keine größeren Städte, da gab es eigentlich nur Wangaratta, und auch dort tobte nicht gerade das wilde Leben. Er verringerte seine Geschwindigkeit, bis er nur noch etwa sechzig fuhr. Als er den Stau vor sich sah, brummte er vor sich hin und drückte den Fuß auf die Bremse.

»Ungewöhnlich, dass hier draußen ein Stau ist«, sagte Joan.

Sie klang nicht annähernd so wütend, wie Bill sich fühlte.

Schließlich kam Bills Jaguar hinter einem roten Sedan voller Kinder zum Stehen.

Auf dem linken Seitenstreifen mahnte ein Schild sie, sich links zu halten, sofern sie nicht überholten.

»Was zum Teufel ist da los?«, grummelte Bill, während er den Schalthebel auf Parken stellte und die Handbremse anzog.

»Wahrscheinlich ein Unfall.«

»Muss ein großer Unfall sein.«

Der Verkehr in Richtung Melbourne war ebenfalls zum Stillstand gekommen. Er drehte das Radio leiser. Er hörte keine Sirenen.

Wenn es wirklich einen Unfall gegeben hatte, war es kein gutes Zeichen, dass er keine Polizei- oder Notarztsirenen hörte. *Wie weit entfernt wird es wohl passiert sein?,* fragte sich Bill.

»Verdammt.« Bill seufzte und schnallte sich ab. »Wir könnten noch Stunden hier festsitzen.«

»Ich bezweifle, dass es noch so lange dauert«, entgegnete Joan. »Ich bin mir sicher, dass sie eine Spur durchlassen. Es kann schon noch ein bisschen dauern, aber spätestens in einer Stunde bewegt sich der Verkehr garantiert wieder.«

»Sie wissen ja wirklich 'ne Menge über Verkehrsunfälle. Sind Sie Polizistin oder so?«

Joan gab ein Geräusch von sich, das irgendwo zwischen lachen und würgen lag. »Wohl kaum. Ich bin nur viel auf Highways unterwegs, das ist alles.«

»Dann reisen Sie viel?«

»Ich schätze, das könnte man sagen.«

Draußen begannen die Leute, ihre Autotüren zu öffnen. Einige stiegen aus und streckten sich, andere stellten sich auf die Zehenspitzen, um zu sehen, warum es nicht weiterging, aber die meisten saßen einfach nur verschwitzt und gereizt in ihren Fahrzeugen.

Die Klimaanlage des Jaguars arbeitete gut, aber Bill wusste, dass es dem System nicht sonderlich guttat, weiter Benzin zu pumpen, während das Auto stand. Wenn sie sich nicht bald wieder in Bewegung setzten, würde er die Klimaanlage und den Motor abstellen müssen, da dieser sonst ebenfalls Gefahr lief, zu überhitzen.

»Das sieht nicht gut aus. Es bewegt sich kein einziges Auto.« Bill spürte, dass er zu glühen begann und nervös wurde, obwohl ihm die kühle Luft noch ins Gesicht blies.

Joan nahm ihre Sonnebrille ab und drehte sich zu ihm um. Zum ersten Mal sah Bill ihre Augen. Sie waren grün, wie bei einer Katze; sie wären wirklich hübsch gewesen, hätte nicht dieser tiefe Kummer in ihnen gelegen. Er erkannte Intelligenz in ihnen, aber nur wenig Mitgefühl.

»Keine Sorge, Ihr Sohn ist auch noch da, wenn Sie ein paar Stunden zu spät kommen.«

Bill stellte sich Marks rundes Gesicht und seine großen blauen Augen vor, so voller Enttäuschung. Mark regte sich schon auf, wenn Bill nur eine halbe Stunde zu spät kam. Bill konnte sich nur allzu gut ausmalen, wie traurig er sein würde, wenn er erfuhr, dass sein Dad eine Stunde oder mehr zu spät kommen würde.

»Ich warte zehn Minuten«, sagte Bill. »Wenn es dann noch nicht weitergeht, steige ich aus und schaue nach, was zur Hölle da los ist.«

»Sie können da nicht viel tun. Wir sind von allen Seiten zugeparkt.«

Bill wandte sich ab und sah aus dem Fenster. Er schaute auf ein Meer aus stehenden Fahrzeugen.

Er drehte sich wieder um und schlug aufs Lenkrad. »Das ist wirklich toll.«

»Hey, wenigstens haben Sie Gesellschaft«, bemerkte Joan.

Bill musste lächeln. »Wie gut sind Sie in ›Ich sehe was, was du nicht siehst‹?«

»Das ist mein Spezialgebiet.«

Als Bill zurückkehrte, fand er Joan halb im, halb außerhalb des Autos vor, mit ausgestreckten Beinen und vermutlich in der Hoffnung, einen Hauch der nicht existenten frischen Brise zu erhaschen. Ihre Tasche lag auf dem Boden.

»Das ist verrückt da draußen. Die Leute haben sich schon häuslich eingerichtet – ich hab ein paar Teenager gesehen, die auf dem Dach ihres Vans in der Sonne braten. Hier, ich hab Ihnen ein Geschenk mitgebracht.« Er reichte ihr eine Dose Bier. Er nickte in Richtung ihrer Tasche und fragte: »Wollen Sie irgendwo hin?«

»Oh, nein, ich wollte nur meine Sonnencreme und meine Wasserflasche.« Sie nahm das Bier. »Wo kommt das denn her? Ist ein Bierlaster in den Unfall verwickelt?«

»Nein, ich habe diesen Typen getroffen, der zu wissen schien, was los ist. Er hatte Bier im Wagen und hat mich auf ein paar eingeladen. Wie hätte ich so ein Angebot ablehnen können?«

Bill ging zur Fahrerseite, öffnete die Tür und ließ sich auf den Sitz fallen. Das Leder fühlte sich an der Unterseite seiner Beine nur für eine paar Sekunden kühl an, bevor es seine Körperwärme annahm.

»Tagsüber Alkohol auf einem öffentlichen Freeway – Sie sind ein böser Junge.« Die Dose zischte, als Joan sie öffnete. Sie nahm einen Schluck. »Aber die mag ich besonders.«

»Keine Ursache.«

Die Hitze im Auto fühlte sich an wie die Simpson-Wüste um zwölf Uhr mittags. Draußen war es zwar marginal kühler, aufgrund der brennenden Sonne aber auch gefährlicher. Das Auto war ein guter Schutzschild – solange die Unfallwracks nicht weggeschafft worden waren, musste er eben ein bisschen Wärme ertragen.

Das Gebiet, in dem sie gehalten hatten, war beinahe baumlos, eine der offensten Gegenden auf dem Abschnitt zwischen Melbourne und Albury. Sonnenverbrannte Hügel durchbrachen die ansonsten flache Landschaft.

Die Kinder in dem Sedan machten eine Wasserschlacht im Auto und ignorierten das müde Geschrei ihrer Eltern. Dass die Kinder bei dieser Hitze eine solche Energie entwickeln konnten, verblüffte Bill, von der Verschwendung des wertvollen Wassers ganz zu schweigen.

»Also, was ist nun los?«, fragte Joan.

»Drei Autos sind ineinander gekracht. Anscheinend sind ein paar Teenager umgekommen. Wir stecken hier mindestens noch eine Stunde fest ... Wahrscheinlich eher zwei.«

Joan schluckte das Bier in ihrem Mund hinunter. »Tut mir leid.«

Bill seufzte. »Ja, mir auch. Aber ich kann es ja nicht ändern. Mark wird seine Mutter einfach noch ein paar Stunden länger aushalten müssen. Vermutlich wäre es bei dem Tempo sogar schneller, zu Fuß nach Sydney zu gehen. Ich nehme es nicht persönlich, wenn Sie verschwinden wollen.«

»Selbst wenn ich zu Fuß schneller wäre, ist es entschieden angenehmer, in einem Auto zu sitzen, als zu laufen. Ich bin in letzter Zeit viel zu Fuß gegangen; ist ganz angenehm, sich mal auszuruhen. Außerdem ist die Gesellschaft nett. Vielleicht sollten Sie ihn anrufen.«

»Nein, ich warte, bis er mich anruft. Ich will ihm den Tag nicht früher verderben als unbedingt nötig.«

»Nur weil Sie ein paar Stunden später kommen, versaut ihm das doch nicht den Tag, oder? Seine Mum kann unmöglich so ein Ungeheuer sein.«

Sie haben ja keine Ahnung.

»Mark kann furchtbar wütend werden, wenn etwas nicht nach seinem Kopf geht. Er erwartet, dass ich gegen sechs Uhr da bin, wenn ich auch nur ein bisschen später komme, bricht schon eine kleine Welt für ihn zusammen. Sie wissen ja, wie Kinder sind ...« Er biss sich im wahrsten Sinne des Wortes auf die Zunge – nicht sehr, aber immerhin stark genug, um sich für seine Gedankenlosigkeit zu bestrafen. »Tut mir leid.«

»Was denn?«

Bill lehnte sich aus dem Auto, spuckte Blut auf die Straße und ließ sich wieder in den rutschigen Sitz fallen. »Ich ... ich wollte Ihnen nicht zu nahe treten ...«

»Das sind Sie nicht«, versicherte Joan. »Nur, weil ich keine Kinder habe, heißt das nicht, dass ich nicht weiß, wie sie sind. Außerdem ist das ja nur so eine Redensart.«

»Ich neige dazu, ziemliche Dummheiten von mir zu geben – ich rede, ohne nachzudenken. Falls ich also irgendwas sage, was mir nicht zusteht, entschuldige ich mich jetzt schon dafür.« Er spuckte noch mehr Blut aus. Er hatte sich doch stärker auf die Zungenspitze gebissen, als er vermutet hatte.

»Hier«, sagte Joan und reichte ihm die Bierdose. »Sie ist noch halbvoll. Ich mag nicht mehr.«

»Sind Sie sicher? Ich hatte schon zwei. Und ich trinke gar nicht so gern Foster's.«

»Früher hab ich Bier gehasst. Ich trinke es erst, seit ...« Sie lächelte hastig. »Na ja, wie dem auch sei, ich mag Bier nicht besonders, Punkt. Es war nur schön, etwas Kühles zu trinken.«

Bill griff nach der Dose. Er nahm einen Schluck, bewegte die schaumige Flüssigkeit in seinem Mund hin und her, zuckte zusammen, als das Bier über die wunde Stelle an seiner Zunge floss und schluckte schließlich.

»Und, haben Sie den Unfall gesehen?«, fragte Joan.

»Nein, aber ich weiß, dass drei Autos beteiligt waren, und dass es jede Menge Blut gab.«

»Das ist eine merkwürdige Aussage, wenn man bedenkt, dass Sie den Unfall gar nicht gesehen haben.«

»Ich hab die Informationen von Glens Sohn.«

»Glen?«

»Der Typ mit dem Bier.«

Joan nickte.

»Anscheinend mag der Junge das ganze Chaos nach Autounfällen. Er findet es ›cool‹. Er hat mir von dem ganzen Blut erzählt. Wirklich ein reizender Junge. Er wollte unbedingt den Rettungskräften bei ihren Aufräumarbeiten zuschauen. Ich kann Ihnen sagen, wenn Mark sich je so benimmt, kriegt er einen ordentlichen Tritt in den Hintern.«

»Das ist die Schuld des Vaters«, erwiderte Joan mit einem Anflug von Boshaftigkeit. »Er hat das Leben des Jungen vermutlich für immer verpfuscht.«

Bill hatte gerade zu einem weiteren Schluck angesetzt, drehte sich aber stattdessen um und starrte Joan an.

»Hey, immer schön ruhig mit den verbalen Dad-Prügeln. Bei

Ihnen klingen wir alle wie Mistkerle.« Er lächelte, aber Joan erwiderte seine Freundlichkeit nicht.

»Tut mir leid. Ich wollte damit nicht sagen, dass alle Väter Mistkerle sind. Es ist nur … wer lässt sein Kind so etwas sehen? Menschen haben da gerade ihr Leben verloren, und alles, was dem Jungen dazu einfällt, ist, dass es cool ist? Das ist furchtbar.«

Es war furchtbar, Bill stimmte ihr zu – das Kind hätte mehr Respekt vor den Toten haben sollen, aber Glen schien ein ganz netter Kerl zu sein. Trotzdem ließ er zu, dass sein Kind beobachtete, wie die Männer die Leichen wegtrugen – was für ein Vater erlaubte so etwas? Vielleicht hatte er das Leben des Kindes verpfuscht. Wer konnte schon wissen, was für ein Vater der Typ war? Er kannte Glen nicht besser, als er Joan kannte. Soweit er wusste, hätte jeder von ihnen ein Mörder sein können.

Joan, eine Mörderin? Das bezweifle ich.

Eine Frau war ebenso zu Misshandlungen und Mord fähig wie ein Mann, sagte er sich. Zum Beispiel seine Frau Gloria: Sie konnte genauso kalt und grausam sein wie jeder andere, den Bill kannte. Er hoffte, dass sie Mark eine ausgeglichene, freundliche und hingebungsvolle Mutter war, aber er hatte da so seine Zweifel. Das war das Wichtigste, was er in den kommenden zwei Wochen mit Mark besprechen wollte. Mark hatte nie etwas Schlechtes über seine Mum gesagt, aber Bill hatte im Lauf des letzten Jahres eine schleichende Veränderung an dem Jungen bemerkt: Er zog sich immer mehr zurück, und auch wenn er sich schon immer sehr darauf gefreut hatte, Zeit mit Bill zu verbringen, grenzte diese Begeisterung mittlerweile beinahe an Besessenheit.

»Und was ist mit Müttern?«, fragte Bill und setzte seinen Gedankengang damit laut fort.

Joan biss sich auf die Unterlippe. »Was soll mit ihnen sein?«

»Na, die können das Leben ihres Kindes genauso versauen wie die Väter, glauben Sie nicht?«

»Das ist nicht dasselbe«, antwortete sie nach einer Pause. »Mütter und Väter haben unterschiedliche Beziehungen zu ihren Kindern. Ich glaube nicht, dass eine Mutter je absichtlich ihrem Kind etwas antun würde.«

Bill warf die fast leere Bierdose aus dem Fenster. Sie rollte scheppernd über die Straße und hinterließ eine Bierspur. Er hatte genug lauwarmes Bier für einen Tag getrunken. »Und Väter tun das? Mütter sind Menschen, genau wie wir Väter. Sie sind absolut in der Lage, ihre Kinder zu verletzen, absichtlich ebenso wie unabsichtlich.« Er war mittlerweile vollkommen durchgeschwitzt. »Stimmen Sie mir da nicht zu?«

»Das habe ich noch nie erlebt«, erwiderte Joan. »Ich habe gesehen, welchen Schaden ein Vater anrichten kann, bei seinen Kindern und seiner Frau, aber nie eine Mutter. Eine Mutter würde nie zulassen, dass ihr Kind dabei zuschaut, wenn die Leichen eines Verkehrsunfalls abtransportiert werden. Dieser Glen ist nachlässig und ein Mistkerl.«

»Das geht ein bisschen zu weit.« Bill wischte sich den Schweiß von der Stirn und wünschte sich inständig, er wäre wieder in seinem klimatisierten Wagen unterwegs – allein. »Sie wissen doch gar nichts über Glen. Ich hab seine Frau kennengelernt, und um Ihnen die Wahrheit zu sagen, sie klang wie eine ziemliche Schlampe. Ich wette, dass sie mehr Schuld an den unnatürlichen Vorlieben des Kindes trägt als Glen.«

»Das bezweifle ich. Weshalb, glauben Sie, spricht das Gericht bei Scheidungsfällen meistens der Mutter das Sorgerecht zu, und nicht dem Vater?«

Bill fühlte sich, als habe jemand ein Loch in seine Brust gehauen, sein Herz gepackt und es herausgerissen. »Was wollen Sie damit sagen? Dass alle Väter schlecht sind? Dass wir alle unsere Kinder schlagen und misshandeln? Wollen Sie damit sagen, *ich* sei ein schlechter Vater?« Sein Hemd war klitschnass. Sein Herz schlug wie wild – nicht sehr empfehlenswert bei hohem Blutdruck. Dr. Enticott wäre ganz und gar nicht zufrieden mit ihm gewesen, er hatte ihn schon mehrfach vor zu viel Stress und Aufregung gewarnt.

»Ich will damit nur sagen, dass ich glaube, dass Mütter der bessere Elternteil sind. Das geht nicht gegen Sie, Bill.«

»Oh, na dann vielen Dank.«

»Ich meine, Ihre Frau hat das Sorgerecht für Ihren Sohn. Was sagt Ihnen das?«

»Dass die Gerichte ein Witz sind und die Gerechtigkeit ein Spiel ist.«

»Da stimme ich Ihnen zu«, sagte Joan, und in ihre leiser werdende Stimme legte sich ein Anflug von Bitterkeit.

»Meine Exfrau ist nicht gerade eine Supermutter, das kann ich Ihnen sagen. Eigentlich …« Er bremste sich, bevor er sich noch mehr echauffierte; er hatte schon zu viel gesagt.

»Was eigentlich?«, wollte Joan wissen.

Bill schüttelte den Kopf. »Nichts, ich hätte nichts sagen sollen. Vergessen Sie's.«

»Sie können es mir sagen.«

»Ich hab keine Ahnung, wieso ich überhaupt etwas gesagt habe. Vielleicht ist es gar nicht wahr.«

»Sie wollen mit jemandem darüber sprechen, deshalb. Und die Fahrt bis Sydney ist noch lang.«

Bill seufzte. »Nun, Ihr ganzes Gerede über schlechte Väter hat mich wirklich wütend gemacht und ich musste daran denken, dass nicht alle Väter Mistkerle sind und nicht alle Mütter Heilige.« Er atmete tief ein und war überrascht, wie schwer es ihm fiel, auszusprechen, was er schon seit so langer Zeit in sich trug. »Ich bin mir nicht sicher, aber ich glaube, meine Exfrau misshandelt unseren Sohn.«

Joan nickte. Sie schien nicht beunruhigt über seine Äußerung – es war fast so, als habe sie es die ganze Zeit gewusst. »Welche Art von Misshandlung? Körperlich? Geistig? Sexuell?«

Bill wand sich in seinem Sitz und zog das nasse Hemd von seiner feuchtkalten Haut. »Ach, Scheiße, ich weiß es auch nicht. Vielleicht stimmt es ja auch gar nicht. Vielleicht mache ich ja auch eine Mücke zu einem Elefanten.«

»Hat er denn schon mal was zu Ihnen gesagt?«

»Nein.«

»Vielleicht hat er ja Andeutungen gemacht.«

»Zum Beispiel?«

»Hat er von angeblichen Freunden gesprochen, die von ihrer Mutter misshandelt werden oder darüber geklagt, dass ihm die Arme oder Beine wehtun?«

Bill zuckte die Achseln. »Nicht, dass ich mich erinnern könnte.

Es ist eher, weil ich weiß, wie aufbrausend Gloria sein kann, und Mark ist in letzter Zeit so ruhig. Normalerweise ist er ein ziemlich aufgewecktes Kind. Hier und da hab ich einen blauen Fleck bemerkt, aber wenn ich ihn frage, dann zuckt er nur mit den Schultern und sagt, er habe in der Schule Fußball gespielt. Kann ja sein, dass er die Wahrheit sagt und gerade nur eine stille Phase durchmacht, aber der Gedanke daran, dass Gloria ihn misshandelt, zerreißt mich innerlich.«

»Alle liebenden Eltern würden sich so fühlen.« Joan seufzte und schüttelte den Kopf. »Ich kann nur einfach nicht glauben, dass eine Mutter ihrem Kind so etwas antun würde. Sie sollten das melden.«

»Da gibt's nichts zu melden. Sie hat ja nichts getan – jedenfalls nichts, wovon ich wüsste. Ich habe nur dieses unbestimmte Gefühl.«

»Nun, der Instinkt eines Elternteils sollte genügen. Eltern wissen, wenn etwas mit ihrem Kind nicht stimmt. Unglücklicherweise ist Instinkt aber etwas, worauf die Polizei nichts gibt. Ich habe immer geglaubt, nur Mütter hätten ihn, aber ich sehe jetzt, dass es den auch bei Vätern gibt.«

Joans Worte verstärkten bei Bill das Gefühl, sie sei der mütterliche Typ. Irgendetwas an ihr wirkte wie eine Mutter; sie wusste einfach zu gut, wie es war, Kinder zu haben. Sie hatte zwar behauptet, sie habe keine, aber das musste ja nicht heißen, dass sie nie Kinder gehabt hatte.

»Ich will meinen Sohn nur beschützen«, sagte Bill, und seine Brust verkrampfte sich. »Mein Gott, ich verdiene fast doppelt so viel wie Gloria, aber weil sie die Mutter ist, hat sie das Sorgerecht für Mark. Mir ist egal, was Sie denken, aber das ist nicht richtig. Und wenn ich ihr wirklich nachweisen kann, dass sie ihn misshandelt, dann wird Mark bei mir leben, und das wird mich zum verdammt noch mal glücklichsten Vater der Welt machen.«

»Ich bewundere Ihre Hingabe für Ihren Sohn. Darum geht es doch beim Elternsein: für die Kinder da zu sein, wenn sie dich brauchen, sie bedingungslos zu lieben, ihnen das beste Leben zu ermöglichen und zu hoffen, dass sie glücklich werden und dich am Ende überleben.«

»Ich kann mir nichts Schlimmeres vorstellen, als dass Eltern den Tod ihrer Kinder erleben«, sagte Bill. »Das ist unnatürlich und grausam. Ich glaube nicht, dass ich noch weiterleben könnte, wenn Mark irgendetwas passiert. Ich frage mich, wie die Eltern der Teenager von diesem Verkehrsunfall das verkraften – wie sollen sie denn damit fertig werden?«

»Sie werden damit fertig werden. Sie müssen. Jeder findet seinen eigenen Weg, mit Schmerz und Tragödien umzugehen. Ihr Sohn lebt bei Ihrer Ex, Sie sehen ihn nur ein Viertel des Jahres, aber irgendwie werden Sie damit fertig, oder nicht?«

Bill nickte. »Aber das ist etwas anderes. Ich spreche ja fast jeden Abend mit ihm. Und ich weiß immer, dass ich ihn bald sehe. Es ist vielleicht kein perfektes Leben, aber immerhin weiß ich, dass er lebt, und ich bete, dass es ihm gut geht.«

»Ich werde damit fertig, indem ich trampe.«

»Eine gefährliche Wahl, wenn Sie mich fragen.«

Joan tat die Anmerkung mit einem Schulterzucken ab. Vermutlich war sie schon tausendmal über die Gefahren des Trampens belehrt worden. »Es ist eine gute Möglichkeit, die Vergangenheit und den Schmerz hinter sich zu lassen.«

»Müssen Sie denn so viel Schmerz hinter sich lassen?«

»Er reicht für ein ganzes Leben.«

»Und funktioniert es? Sind Sie schon schmerzfrei?«

Joan nahm ihre Brille ab und schaute Bill in die Augen.

Er hatte seine Antwort.

»Aber ich bin fast fertig«, sagte sie dann. »Bald wird mein Schmerz Vergangenheit sein. Da bin ich sicher.«

»Und wenn es vorbei ist, was werden Sie dann tun? Weitertrampen?«

Joan kaute auf ihrer Unterlippe, während sie nachdachte. Es dauerte lange, bis sie etwas erwiderte. »Das kann ich Ihnen nicht beantworten«, sagte sie schließlich. »Ich wünschte, ich könnte es.«

Bill wischte sich mit dem immer nasser werdenden Hemd den Schweiß von der Stirn. Er sah auf die Uhr. Es war beinahe eins. Er drehte sich zu Joan um; sie hatte die Sonnenbrille wieder aufgesetzt und ihre Augen versteckt. »Dieses ganze tiefgründige, bedeutungsschwangere Gerede hat mir Appetit gemacht. Haben Sie Hunger?«

Sie nickte.

»Zehn Minuten von hier ist ein McDonald's. Eigentlich sogar zwei, direkt gegenüber voneinander. Die Leute strömen da in Scharen hin, meinte Glen. Ich könnte uns ein paar Cheeseburger und Getränke holen.«

Joan erschauderte.

Bill fand das merkwürdig, aber da Joan sich ihrer Reaktion gar nicht bewusst zu sein schien, entschied er sich, sie nicht darauf anzusprechen.

»Ich glaube, ich passe.«

»Also, ich glaube, nebenan ist eine Tankstelle. Ich könnte Ihnen auch von da was mitbringen, wenn Ihnen das lieber ist.«

»Wenn ich recht darüber nachdenke, bin ich eigentlich gar nicht so hungrig. Gehen Sie ruhig, ich bleibe solange hier.«

»Wie Sie meinen.« Bill dachte über den Spaziergang zum Fast-Food-Restaurant und zurück nach. Der Laden hatte sicher eine Klimaanlage, aber auf dem Weg dahin musste er sich durch 41 Grad Hitze oder mehr quälen – eine nicht sonderlich verlockende Aussicht. Er entschied aber, dass er bei seiner Wanderung über den Freeway auf jeden Fall auf sein klammes Hemd verzichten konnte. Wenn draußen auch nur eine leise Brise geweht hätte, hätte sich das nasse Hemd einfach herrlich auf seiner Haut angefühlt; aber die Luft war ebenso windstill wie heiß, sodass das Hemd sich schlicht beengend anfühlte. Er beschloss, sein weißes Nike-Hemd auszuziehen, hielt es aber für höflicher, Joan zu fragen.

»Stört es Sie, wenn ich mein Hemd ausziehe? Ich schwitze wie ein Schwein.«

»Bitte sehr«, sagte Joan.

Bill steckte die Zigarettenschachtel aus seinem Hemd in die Tasche seiner Shorts, beugte sich dann nach vorne und zog es aus. Es fühlte sich wundervoll an, sich von der klebrigen Hitze des Stoffes zu befreien.

»Besser?«, fragte Joan.

»Viel besser.«

Joan bot ihm ihre Wasserflasche an. »Hier, Sie können die wahrscheinlich besser gebrauchen als ich.«

Bill schüttelte den Kopf. »Die gehört Ihnen. Die brauchen Sie doch noch.«

»Ich hatte genug. Ehrlich. Nehmen Sie. Das Wasser ist warm, aber es erfüllt seinen Zweck. Aber kann ich die Flasche wiederhaben, wenn Sie fertig sind? Die ist praktisch, und ich muss mir keine neue kaufen.«

»Sicher.« Er nahm die Flasche, schraubte den Deckel ab und zögerte. In den seltenen Fällen, in denen er aus der Flasche von jemand anderem trank, wischte er immer zuerst den Hals ab, bevor er sie an seinen Mund setzte. Das war eine Angewohnheit von ihm, die Mark, wie er beobachtet hatte, vor einiger Zeit übernommen hatte. Bill entschied jedoch, dass es viel zu pedantisch wirkte und beleidigend wäre, wenn er seinem Instinkt nun auch vor Joans Augen folgte, also setzte er die Wasserflasche an die Lippen und trank den Rest; viel war es nicht mehr. Als er fertig war, reichte er Joan die leere Flasche und wischte sich den Mund ab. »Viel besser, danke.«

»Gern geschehen. Ehrlich, ich bin beeindruckt.«

»Wovon?«

»Ihrem Körper. Trainieren Sie?«

Bill nickte. »In meinem Alter brauche ich jede Hilfe, die ich kriegen kann.«

Joans Blick blieb ein paar Sekunden länger als nötig an seinem Oberkörper hängen – nicht, dass Bill das gestört hätte. Wenn eine attraktive Frau wie Joan fand, sein Körper bedürfe einer näheren Betrachtung – wer war er da, sie daran zu hindern?

»Sind Sie sicher, dass Sie nichts essen oder trinken möchten? Ich gehe nicht noch mal los, falls Sie Ihre Meinung ändern.«

»Nein, wirklich, ich brauche nichts.«

Bill stieg aus dem Wagen. »Okay, ich bin …« Sein Handy klingelte. Er setzte sich wieder in den Sitz, streckte die Beine aus dem Auto, griff nach dem ziemlich heißen Telefon, nahm ab und drückte sich das Handy ganz dicht ans Ohr. »Bill Singleton.«

»Dad, wo bist du?«

»Auch hallo.«

»Daaaad. Wie lange dauert's noch?«

»Also …«, er wandte sich Joan zu und verdrehte die Augen. *Mein Sohn,* sagte er stumm.

Joan lächelte ihn mitfühlend an.

Er wandte sich wieder von ihr ab und sagte mit sanfter, beruhigender Stimme: »Ich komme heute Abend ein bisschen später, Kumpel. Tut mir leid.«

Am anderen Ende hörte er ein Luftschnappen. »Was? Später? Wieso?«

»Auf dem Freeway ist ein Unfall. Ein schlimmer. Der Verkehr steht schon seit einer Stunde still und ich hab keine Ahnung, wie lange es noch dauert, bis wir weiterfahren können.«

»Wie spät kommst du denn dann?«

»Ich komme, so schnell ich kann, okay? Die Polizei räumt schon die Unfallstelle frei.«

»Blöde Idioten. Wieso fahren die nicht besser?«

»Das frage ich mich auch, Mark, aber es ist nicht nett, schlecht über die Toten zu sprechen.«

»Wieso?«

Bill seufzte. Er war viel zu müde für eine Frage- und Antwortstunde mit Mark. »Wir besprechen das auf der Fahrt nach Hause. Ich muss jetzt Schluss machen. Daddy hat Hunger und schwitzt wie ein Schwein. Was macht deine Mum?«

»Wen interessiert's?«, antwortete Mark leise. »Ich wünschte, du wärst hier, Dad.«

Bill biss die Zähne zusammen. »Ich weiß, ich auch. Und du sei ein braver Junge, bis ich da bin, okay?«

Stille.

»Mark? Okay?«

»Ja, ja. Was gibt's zum Mittagessen?«

»Wahrscheinlich McD.«

»Ich hatte ein langweiliges Hühnchensandwich. Würg! Mum hat mich gezwungen, es zu essen.«

Bill lächelte, als er sich vorstellte, wie Mark sich weigerte, das langweilige Sandwich zu essen, aber als sich der Gedanke daran, was Gloria vielleicht getan hatte, damit er es aß, in seinem Kopf festsetzte, fiel ihm das Lächeln aus dem Gesicht.

»Ich hab dich lieb. Wir sehen uns bald, Kumpel.«

»Tschüss, Dad.«

Mit bleiernen Fingern beendete Bill das Gespräch.

Er hatte keine Lust verspürt, zu rauchen, seit sie in diesem Stau feststeckten – die Hitze war auch ohne Qualm im Mund und in den Lungen schon kaum auszuhalten – aber jetzt wünschte er sich nichts sehnlicher. Er legte das Handy ab, holte die Zigarettenschachtel aus seiner Hosentasche und zog eine Marlboro heraus. Er drehte sich zu Joan um. »Mark wird nicht begeistert sein, aber ich finde, ich habe eine verdient, denken Sie nicht auch?«

Der Beifahrersitz war leer. Joan und ihre Tasche waren verschwunden.

Er schaute zur Windschutzscheibe hinaus und dann aus der Heckscheibe. Sie war nirgends zu sehen.

Auf Joans Platz lag jedoch ein Stück Papier. Er lehnte sich hinüber und hob es auf. Die Nachricht war mit blauem Kugelschreiber geschrieben (zweifellos seinem blauen Kugelschreiber – er steckte immer in der Ablage zwischen den Sitzen). Sie lautete:

Danke für die Gesellschaft, aber ich muss einen Weg finden, meinen Schmerz zu beenden. Mark kann sich glücklich schätzen, Sie zu haben.

Mit einem Lächeln steckte Bill den Zettel ein, lehnte sich zurück und zündete die Zigarette an.

HELEN, DIE SEKRETÄRIN

Männer machten Helen krank. Krank und verdammt müde. Sie waren ein unnützes Geschlecht, nichts als Lügen, unruhige Hände und riesige Egos. Es hätte ihr nichts ausgemacht, morgen aufzuwachen und festzustellen, dass sämtliche Männer tot waren. Nein, besser als tot – einfach weg, verschwunden. Ohne Männer wäre ihre Arbeit zur Abwechslung mal erträglich, dann würde sie auch gerne hingehen.

Sie nahm den Blick von der Straße und schaute in den Rückspiegel. Im frühen Licht des Abends starrten sie zwei Augen an, dick mit Eyeliner unterlegt; darunter ein mit babyrosa Lippenstift zubetonierter Mund und rougeverschmierte Wangen in einem Gesicht, das fast unter zu viel Make-up erstickte. Wofür das Ganze? Um all die Männer in Anzügen glücklich zu machen, während sie ihre Millionen scheffelten? Um ihnen etwas zu bieten, womit sie sich einen runterholen konnten, während ihre Frauen zu Hause im Bett lagen und auf ein wenig Zuneigung warteten? Das war alles, was Helen für sie war – ein hübsches Gesicht, an dem sie sich aufgeilen konnten. Sie erwarteten von ihr, dass sie angesichts ihres Charmes, ihres umwerfenden Aussehens und ihrer Geldberge in Ohnmacht fiel. Sie war ebenso wenig eine Sekretärin wie Ron Jeremy ein Aushängeschild für Safer Sex.

Wie auch immer, sie hatte die Schnauze voll. Am Montag würde sie kein bisschen Make-up auflegen. Sie würde ihr Haar zu einem schlichten Knoten zusammenbinden, anstatt sich aufwendige Locken zu drehen, und vernünftige Klamotten tragen statt eines kurzen Rocks. Mal sehen, was sie dann taten!

»Männer«, schnaubte Helen. »Alle nur beschissene schmierige Affen.«

Sie versuchte, sich das Wochenende bei ihren Eltern nicht von ihrer Wut kaputtmachen zu lassen: sie sah sie jetzt nicht mehr so oft und genoss die Zeit, die sie miteinander verbrachten. Bis Seymour hatte sie noch ungefähr eine Stunde vor sich, und sie musste sich unbedingt abregen, bevor sie das Haus ihrer

Eltern erreichte, sonst würden sie nur endlos Fragen stellen, und sie war wirklich nicht in der Stimmung für ein Verhör.

Als Nieselregen auf die Windschutzscheibe zu sprühen begann, sah sie eine Person mit ausgestrecktem Daumen am Straßenrand stehen.

Sie betätigte den Scheibenwischer. Als sie näher kam, erkannte sie, dass es eine Frau war.

»Mein Gott!«, entfuhr es Helen.

Diese Frau war die perfekte Kandidatin für Männer auf Beutezug. Wenn man sie in der Gosse finden würde, halbtot, was würden die Männer dann sagen? Dass sie es darauf angelegt hatte. Was erwartete sie denn, wenn sie per Anhalter fuhr? Und der Typ, der sie wie tot hatte liegen lassen – er würde sagen: Ich hab ihr einen Gefallen getan, da schuldete sie mir was. Ich wollte doch nur ein bisschen Spaß haben.

»Scheiß auf sie alle«, spuckte Helen aus. Diese Frau würden diese widerlichen Bestien nicht zwischen ihre Klauen kriegen.

Als sie links ranfuhr, schüttete es bereits wie aus Kübeln. Die Tramperin näherte sich ihrem Wagen. Helen lehnte sich über den Beifahrersitz und öffnete die Tür. Die Frau beugte sich herein. Sie hatte kurzes Haar – wie Mia Farrow in *Rosemarys Baby* – und es war bereits triefend nass. Ihrem blassen, eingefallenen Gesicht nach zu urteilen, konnte sie einen ordentlichen Happen zu essen vertragen.

»Springen Sie rein. Sie weichen da draußen ja auf.«

Die Frau blickte sich im Wagen um, bevor sie schließlich Helen ansah.

»Danke, aber es geht schon.«

Helen war vollkommen verblüfft. »Bitte? Wollen Sie denn nicht mitfahren?«

»Nicht mit Ihnen.«

Helen fühlte sich beleidigt, noch mehr, als von diesem fetten Typen aus der Chefetage, der ihr gesagt hatte, sie habe tolle Lippen. »Wollen Sie von irgendeinem Perversen vergewaltigt oder umgebracht werden? Um Gottes willen, Schätzchen, ich biete Ihnen an, mitzufahren, und Sie wollen nicht?«

»Nein danke«, bestätigte die Frau und trat vom Wagen zurück.

Helen, verblüfft und ein wenig wütend, zog die Tür zu und reihte sich wieder in den Verkehr auf dem Freeway ein.

Sie blickte in den Rückspiegel und sah, wie sich die Frau wieder an den Straßenrand stellte und den Daumen ausstreckte.

Einige Frauen betteln doch regelrecht um Ärger, dachte Helen, während sie eine Handvoll Papiertücher aus der Box nahm und begann, ihren Lippenstift abzuwischen.

SHAUN, DAS GEBURTSTAGSKIND

»Hey, Mann, wie wär's denn mit der da?«

Shaun schaute durch das getönte Fenster des Commodore, doch als er die Frau sah, die Paul gemeint hatte, stöhnte er nur.

»Die ist alt. Sieht aus wie deine Mum.«

Paul wirbelte herum und warf seine leere Bierdose nach Shaun, der sie mit seinem rechten Arm abwehrte. »Sag das nicht. Ich krieg keinen hoch, wenn ich dauernd an meine Mutter denken muss.«

»Komm schon«, sagte Jimmy. »Versuch's doch mal. Die Alten sind die Besten. Die wissen, wie man fickt.«

Shaun warf Jimmy einen finsteren Blick zu. »Was weißt du schon darüber, wie alte Frauen ficken?«

»Sie geht, Shaun. Mach schon. Jetzt oder nie.«

Shaun war zunächst begeistert gewesen, als Paul ihnen vorhin seine Idee unterbreitet hatte, aber er hatte sich eigentlich irgendein junges Ding mit dicken Titten und straffem Hintern angeln wollen. Die Frau, die da mit zwei Plastiktüten zwischen den Zapfsäulen verschwand, war nicht gerade das, was er sich vorgestellt hatte. Doch es war halb neun an einem Freitagabend, er war betrunken und geil und es würde noch drei Stunden dauern, bis sie Melbourne erreichten.

»Ja, okay. Aber wenn ich sie klarmache, müsst ihr noch was für eine Nutte obendrauf legen. Ich will 'nen Dreier.«

»Klar«, versicherte Paul.

»Abgemacht«, pflichtete Jimmy ihm bei.

Ethan, der vorne auf dem Beifahrersitz saß, schnarchte.

»Ich bin sicher, Ethan ist einverstanden«, sagte Paul. »Geh schon, Mann, bevor wir sie verlieren.«

Shaun öffnete die Tür und trat aus dem Wagen. Die frische Herbstluft, die ihm ins Gesicht blies, wirkte ernüchternd, aber der Benzingeruch drehte ihm den Magen um. Er hasste Benzingeruch. Er räusperte sich, ging auf die Frau zu und schnitt ihr den Weg ab, bevor sie die Straße erreichte. »Entschuldigung.«

Von Nahem sah sie gar nicht so alt aus, und sie war kein

bisschen hässlich. Sie trug ein weites Sweatshirt und alte Jeans, aber sie war nicht dick; eigentlich sah es eher so aus, als habe sie einen ziemlich guten Körper. In ihren Augen lag jedoch eine Dunkelheit, die nicht zu ihrem blonden Haar passen wollte. Sie erinnerte Shaun an Sharon Stone, mit kürzeren Haaren und eckigerem Gesicht.

»Kann ich dir helfen?«

Shaun lächelte, nett und höflich. »Ja, hi. Mein Name ist Shaun. Das kommt vielleicht ein bisschen ... plötzlich, aber ich hab mich gefragt, ob du vielleicht Lust hättest, eine Runde mit mir zu drehen.«

Er war immer noch in der Übungsphase. Normalerweise übernahm Paul das Reden. Er konnte ungeheuer charmant sein, wenn er wollte – aber auch sehr gewalttätig.

»Du willst, dass ich mit dir in ein Auto steige? Ich kenn dich doch gar nicht.« Die Frau schien sich, im Gegensatz zu den anderen, mit denen er heute Abend schon gesprochen hatte, von Shauns Vorschlag nicht abschrecken zu lassen. Die anderen hatten ihm entweder ins Gesicht gelacht oder ihm gesagt, er solle verschwinden. Diese Frau sah amüsiert, sogar ein bisschen neugierig aus.

»Ja, ich weiß. Aber ich bin wirklich nett.«

»Wie alt bist du?«

»Achtzehn, seit heute.« Er lächelte und war erleichtert, als sie sein Lächeln erwiderte.

»Heute ist dein Geburtstag?«

»Jep. Ich fahre nach Melbourne, um mich mit ein paar Freunden zu treffen. Wir wollen feiern gehen, das wird ein Riesenspaß. Wäre toll, wenn du mitkommst. Wir hätten jede Menge Spaß, versprochen.«

Zu viel des Guten?, fragte er sich. Drauf geschissen. Wenn sie mir sagt, dass ich verschwinden soll, ist das auch kein großer Verlust. Die Jungs werden mich so richtig runtermachen, aber das ist ja auch nichts Neues.

»Ich bin alt genug, um deine Mutter zu sein«, erwiderte die Frau. Sie betrachtete ihn von oben bis unten. »Bietest du vielen Fremden an, sie mitzunehmen?«

»Nur, wenn ich sie hübsch finde.«

Die Frau lachte.

Der war gut, dachte er. Das klang nach einem Spruch, den Paul auch benutzt hätte. Es lief besser, als er erwartet hatte.

»Du bist charmant, das muss ich dir lassen. Hör zu, ich wohne im Best Western auf der anderen Straßenseite. Wieso kommst du nicht einfach mit auf mein Zimmer und wir haben da ein bisschen Spaß?«

Shaun leckte sich die Lippen. Er spürte, wie sein Schwanz sich rührte. Das Angebot war verlockend, aber er machte das hier auch für die anderen Jungs, nicht nur für sich selbst, und er wusste, wie wütend sie sein würden – besonders Paul –, wenn er jetzt mit der Frau in ihrem Motelzimmer verschwand.

»Das würde ich wirklich gerne, aber ich bin ein bisschen spät dran. Ich soll meine Freunde um elf treffen, und ich muss noch ein ganzes Stück fahren. Wir könnten uns ja in der Stadt ein Zimmer nehmen. Was meinst du?«

Die Frau blickte zu dem blauen Commodore hinüber, der neben der Tankstelle parkte. Wegen der getönten Scheiben konnte sie nicht hineinsehen, aber Shaun war trotzdem nervös. Was, wenn sie spürte, dass drinnen noch mehr Leute saßen? Was, wenn sie schon einen Verdacht hatte, dass irgendwas nicht stimmte? Was, wenn sie eine verdeckte …

»Okay, wieso nicht?«

Eine wahre Hitzewelle schwappte durch Shauns Körper, die ebenso Erleichterung wie Aufregung bedeutete. Er hatte es geschafft.

»Lass mich nur schnell mein Gepäck holen und aus dem Motel auschecken. Wir treffen uns in zehn Minuten am Auto.«

»Klasse! Hier, lass mich die für dich tragen.«

Die Frau reichte ihm die Plastiktüten. »Danke. Ich heiße übrigens Emma, falls du dich schon gefragt hast. Wir sehen uns in zehn Minuten, Shaun.« Sie ging über die Straße in Richtung Motel.

Immer noch mit einem Lächeln auf den Lippen, warf Shaun einen Blick in die Tüte und entdeckte Maischips, Schokoriegel, Bananen, Mikrowellenpizza, eine Zahnbürste, Tampons …

Sein Lächeln verschwand.

Oh, Scheiße, die Alte hat ihre Tage.

Er lief zum Auto zurück, öffnete die Hintertür und warf die Tüten hinein. »Wir haben ein bisschen was zu Knabbern, Jungs. Und eine Frau, die Lust auf Party hat.«

»Wie ist sie so?«, wollte Paul wissen.

»Sie ist okay. Sieht auf jeden Fall besser aus als deine Mum. Sie checkt nur schnell aus dem Motel aus und holt ihr Gepäck.«

Jimmy holte die supersaugstarken Tampons aus der Tüte. »Scheiße.«

»Ist schon okay«, sagte Paul. »Das macht den Spaß doch umso größer.«

»Du bist krank, Mann.« Jimmy grinste. Er trat gegen die Rückenlehne des Beifahrersitzes. »Wach auf, Ethan. Wir haben uns eine Frau organisiert.«

Ethan, noch völlig benebelt von zu viel Wodka, öffnete seine Augen. »Hä? Sind wir schon da?«

»Das Geburtstagskind hat 'ne Frau zum Spielen für uns gefunden«, sagte Paul.

»Ja? Is' sie heiß?«

»Sie ist okay«, antwortete Shaun.

»Schaff deinen fetten Arsch nach hinten, damit sie vorne sitzen kann«, sagte Paul zu Ethan.

Jimmy öffnete die Chipstüte und steckte sich eine Handvoll in seinen abartig großen Mund. »Das wird super«, murmelte er. »Ich bin so geil, ich könnte 'ne Kuh vögeln.«

»Das tust du doch schon«, entgegnete Paul. »Oder haben du und Angela Schluss gemacht?«

Jimmy warf eine Handvoll Chips nach Paul.

Ethan stieg aus dem Wagen. Er streckte sich, rülpste und kletterte dann hinten neben Jimmy ins Auto.

»Sobald sie drin ist, verriegle ich die Türen«, sagte Paul zu Shaun. »Du musst nur sicherstellen, dass sie auch drin ist, bevor du hinten einsteigst.«

»Was ist, wenn sie schreit?«, fragte Shaun. Das Hochgefühl nach seinem Fang wurde allmählich durch Nervosität verdrängt.

»Ich dreh die Musik voll auf, sobald sie eingestiegen ist.«

Get Born lief im Moment ganz leise.

Shaun nickte.

»Ich hoffe, sie ist heiß«, nuschelte Ethan.

Shaun sah auf seine Uhr. Er war sich nicht sicher, wann Emma gegangen war, um ihre Sachen zu holen, aber es fühlte sich an, als sei es schon zehn Minuten her. »Wir machen uns besser startklar, bevor sie kommt«, wandte sich Shaun an die anderen.

»Alle sind still, bis wir aus Wodonga raus sind, klar?«, wies Paul sie an. Er nickte Shaun zu. Shaun schloss beide Türen.

Der Kofferraum des Commodore sprang mit einem Klicken auf.

Trotz der kühlen Abendluft schwitzte Shaun. Er hatte schon ein paarmal bei Gang-Bangs mitgemacht, aber er hatte es noch nie mit einem Mädchen getrieben, das er auch klargemacht hatte.

Die 24-Stunden-Tankstelle und der kleine Laden waren bis auf einen Mann, der seinen Geländewagen auffüllte, leer. Auf dem nahen Freeway rasten Autos und Lastwagen vorbei, aber ansonsten war es relativ still für einen Freitagabend.

Als Shaun sah, dass Emma mit einer Tasche in der Hand über die Straße in Richtung Tankstelle rannte, richtete er sich auf und versuchte, seine Nerven zu beruhigen.

»Du reist mit leichtem Gepäck«, bemerkte er und griff nach Emmas Sporttasche.

Er ging zum Kofferraum des Commodore, warf die Tasche hinein und machte den Deckel zu. Emma stand an der Beifahrertür, mit einer rosafarbenen Handtasche über der Schulter.

Letzte Chance, dachte Shaun. Wenn du diese Tür aufmachst, gibt's kein Zurück mehr.

Er holte tief Luft. »Warte, lass mich die für dich öffnen.«

Emma lächelte. »Gut aussehend *und* nett.«

Über den letzten Teil solltest du vielleicht noch mal nachdenken.

Mit zitternden Händen fasste Shaun nach dem Griff und öffnete die Tür.

Emma stieg in das düster beleuchtete Auto. Shaun schlug die Tür im selben Augenblick zu, in dem sie zu schreien begann. Mit wild pochendem Herzen sprang er hinten in den Commodore.

Als der Wagen beschleunigte und von der Nebenstraße auf den Freeway raste, wurden Emmas Schreie von *Are you gonna be my Girl* übertönt.

Sobald sie Wodonga verlassen hatten und Richtung Melbourne fuhren, drehte Paul die Musik leiser.

»Ich hätte nicht gedacht, dass du das drauf hast«, sagte er.

Shauns Herz raste noch immer; er konnte es selbst kaum glauben.

Emma sagte: »Wenn ihr denkt, dass ich es mit euch allen treibe, habt ihr euch getäuscht.«

»Sie haben gar keine andere Wahl, Lady«, bemerkte Paul.

Ethan, der hinten zwischen Shaun und Jimmy eingequetscht saß, legte seinen Kopf zurück. »Sie ist zu alt. Weckt mich wieder auf, wenn ihr Oma zu Ende gefickt habt.«

»Willst du denn gar nicht ran?«, wollte Jimmy wissen.

Ethan hob seine breiten Schultern. »Vielleicht. Mal sehen, wie langweilig mir ist.«

»Also, ich will auf jeden Fall ran«, sagte Jimmy, lehnte sich nach vorne und legte die Arme auf die Kopfstütze des Fahrersitzes. »Vielleicht sogar zwei- oder dreimal. Das würde dir doch gefallen, oder?«

Emma drehte sich um und starrte Jimmy finster an. »Verpiss dich, du Wiesel.«

Jimmy holte aus und schlug ihr ins Gesicht. »Schlampe.«

Emma wich nicht zurück und begann auch nicht zu weinen. Sie blickte Jimmy nur sehr lange mit festem Blick an, bevor sie sich wieder nach vorne wandte.

Paul drehte sich um und zwinkerte Shaun zu. »Sie hat Temperament.«

Shaun lächelte. Hinter dem Lächeln fühlte er sich jedoch unwohl. Diese Frau war nicht wie die anderen; sie wirkte weder ängstlich, noch begann sie zu weinen oder zu schreien. Entweder verbarg sie ihre Angst außergewöhnlich gut, oder sie war eine verdammt harte Lady. Oder sie war verrückt.

Paul schielte zu Emma hinüber und fragte: »Und, hattest du schon mal vier Schwänze gleichzeitig in deinem Arsch?«

Jimmy grunzte vor Lachen; Ethan war schon wieder halb eingeschlafen, ließ aber dennoch ein halbherziges Kichern vernehmen. Shaun stimmte ein, wenn auch eher gespielt – er fand die Bemerkung nicht besonders komisch.

»Du würdest nicht glauben, was schon alles in meinem Arsch gesteckt hat«, erwiderte Emma.

Das Gelächter verstummte abrupt.

»Was bist du, irgend so 'ne Perverse?«, fragte Paul mit einer Ungläubigkeit in der Stimme, von der Shaun annahm, dass sie sie allesamt teilten.

Emma kicherte.

Sie musste Pauls Bemerkung als ebenso unpassend empfunden haben wie Shaun.

»Ich mach keine Witze, du Schlampe«, fauchte Paul. »Das ist hier kein Kinderspiel. Denkst du vielleicht, wir holen uns gleich alle einen runter, während wir an deinem Höschen schnüffeln?« Er drehte sich um und verpasste ihr einen schnellen, harten Schlag ins Gesicht.

Shaun zuckte zusammen. »Hey Paul, mach die Ware nicht kaputt.«

»Die Schlampe glaubt, das sei hier alles nur Spiel und Spaß. Na ja, für uns wird es schon ein Spaß werden, aber sie wird für einen schnellen Tod beten.«

Shaun und Jimmy tauschten nervöse Blicke aus.

Paul war für sein aufbrausendes Temperament bekannt. Seine Unfähigkeit, sich selbst unter Kontrolle zu halten, hatte ihnen schon jede Menge Ärger beschert. Wie das eine Mal, als er ein Mädchen geschlagen hatte, weil sie ihn hatte abblitzen lassen. Normalerweise wäre es damit zu Ende gewesen, aber ihr Freund war auf derselben Party, genau wie dessen Kumpel – alle fünf. Natürlich kam es zu einer mächtigen Prügelei, erst nur zwischen Paul und den sechs Typen, aber das war nun wirklich kein fairer Kampf, sodass Shaun und die anderen Jungs für einen Ausgleich sorgen mussten. Am Ende standen Shaun, Paul, Jimmy und Ethan als Verlierer da. Shaun hatte noch eine ganze Woche lang Blut gespuckt.

»Ganz ruhig, Paul«, sagte Jimmy. »Das ist Shauns Fang. Mach sie nicht kaputt, bevor er seinen Spaß mit ihr hatte.«

Paul nickte. »Du hast recht. Tut mir leid, Shaun. Ich werd sie nicht noch mehr kaputtmachen.«

»Die ist doch sowieso schon total kaputt«, grummelte Ethan.

»Wir sind ungefähr zwanzig Jahre zu spät dran. Also, wenn sie ‘ne Tochter hätte …«

Jimmy grinste Shaun an. »Das wär doch mal ein schönes Geburtstagsgeschenk: ein Mutter-Tochter-Paket.«

Shauns Schwanz meldete sich. Das wäre in der Tat mal ein Geschenk.

Jimmy lehnte sich erneut nach vorne. »Hast du eine Tochter, Schätzchen?«

Alle warteten auf ihre Antwort. Wahrscheinlich hofften die anderen, wie Shaun, dass sie, falls sie tatsächlich eine hatte, schnell bei Emma vorbeifahren und ihre Tochter einsammeln könnten.

Mit leiser Stimme, in der nichts mehr von ihrem früheren Selbstbewusstsein lag, antwortete Emma: »Ich hatte eine.«

»Was ist passiert? Ist sie tot?«, fragte Paul.

»Ja.«

Shaun ließ sich zurück in seinen Sitz fallen. Er hatte gar nicht gemerkt, dass er sich auch nach vorne gebeugt hatte.

»Wie ist sie gestorben?«, wollte Jimmy wissen.

Shaun wollte ihre Antwort nicht hören. Am liebsten hätte er sich wieder nach vorne gelehnt und die Musik aufgedreht.

»Ihr Vater war schuld.«

Jimmy sah zu Shaun hinüber. »Genau wie deiner, was?«

Shaun wandte sich ab und schaute aus dem Fenster; er ignorierte Jimmys unpassende Bemerkung und sah zu, wie die dunkle Waldlandschaft vorbeiflog.

»Hast du ein Foto von ihr in deiner Handtasche?«, fragte Jimmy, und lenkte seine Aufmerksamkeit wieder auf Emma.

»Nein«, antwortete Emma, und zum ersten Mal klang sie verängstigt.

»Wie hat er sie umgebracht?«, fragte Paul mit freudiger Boshaftigkeit in der Stimme. »Pistole, Messer, Bohrmaschine?« Er kicherte. »Hat er sie vergewaltigt, bis sie verblutet ist?«

»Komm schon, Paul, hör auf«, sagte Shaun.

»Ich will doch nur wissen, wie die Schlampe ins Gras gebissen hat. Entspann dich.«

»Ja, wir sprechen ja nicht von deiner Schwester«, fügte Jimmy an.

Shaun schüttelte den Kopf und sah wieder aus dem Fenster.

Wichser. Was wissen die schon?

»Wie ist deine Schwester gestorben?«, fragte Emma.

Shaun brauchte ein paar Sekunden, bis ihm klar wurde, dass Emma mit ihm sprach. »Sie ist bei einem Autounfall gestorben, vor ein paar Jahren.« Die Worte schafften es beinahe nicht über den Kloß in seinem Hals.

Unzählige Bilder tauchten vor seinem inneren Auge auf: zerquetschtes Metall, ein Reifen, der zweihundert Meter vom Wrack entfernt lag, Bremsspuren, wie schwarze Schlangen, überall auf der Straße. Gerüche stiegen in seine Nase: Blut, verbranntes Gummi, Rauch, der schreckliche, überwältigende Benzingestank …

»Unfall, am Arsch«, sagte Paul. »Dein alter Herr hat sich umgebracht, mit deiner Schwester im Wagen. Das Arschloch war verrückt.«

»Halt verdammt noch mal die Klappe, Paul, ich mein's ernst!«

»Oder was?« Paul scherte mit dem Auto in die rechte Spur aus. »Du willst nicht wie sie enden? Ist es das?«

»Um Gottes willen, Paul«, brüllte Jimmy.

»Fuck!«, entfuhr es Ethan, der plötzlich hellwach war.

»Paul!«, schrie Shaun. Er wirbelte herum und sah aus der Heckscheibe. Glücklicherweise waren keine Autos in der Nähe – nur ein paar Scheinwerfer, einige hundert Meter hinter ihnen.

Als Paul den Wagen wieder auf die linke Spur gelenkt hatte, warf er den Kopf zurück und lachte. »Scheiße, ich hab den ganzen Wagen voller Schlappschwänze. Gott, sogar Annie Lennox hier hat mehr *cojones* als irgendeiner von euch! Vielleicht sollte ich stattdessen lieber euch ficken.«

»Du bist betrunken«, bemerkte Jimmy.

»Und verrückt«, fügte Ethan hinzu.

Als ob sich allein damit Pauls Verhalten bereits erklären ließe.

»Er hat Angst und ist wahrscheinlich impotent«, sagte Emma beiläufig.

»Mach nur so weiter, Schlampe«, mahnte Paul. »Du wirst dich noch umgucken. Ich bin nicht impotent. Ganz im Gegenteil.«

Die Frau war wirklich mal was anderes, dachte Shaun. Die meisten Frauen heulten entweder die ganze Zeit oder bettelten andauernd, sie sollten ihnen nichts tun. Aber keine nahm es mit einer solchen Coolness hin wie diese Frau. Es beunruhigte Shaun. Und als er sich im Wagen umsah, erkannte er, dass die anderen Jungs ebenfalls beunruhigt waren. Sogar Paul – auch hinter seiner knallharten Schale steckte ein wenig Besorgnis.

»Und, war dein Mann genauso verrückt wie mein Vater?«, fragte Shaun.

»Es klingt fast so. Er hat zwar kein Auto zerlegt oder so, aber er war ein gemeiner, gewalttätiger Hurensohn.« Sie sah Paul an. »Er hätte dir locker in den Arsch getreten, so viel ist sicher.«

Paul verzog das Gesicht.

»Wo ist er jetzt?«, fragte Shaun.

»Er ist tot.«

»Oh.«

»Habt ihr zwei euch jetzt endlich genug ausgetauscht?«, fragte Paul, und dabei drehte er sich um und warf Shaun einen Wieso-zur-Hölle-redest-du-mit-ihr?-Blick zu.

»Vielleicht möchte er sie vorher besser kennenlernen. Bevor er sie fickt«, vermutete Ethan.

»Sehr witzig«, sagte Shaun. Als das Auto langsamer wurde, sah er wieder aus dem Fenster und erkannte, dass Paul auf einen Rastplatz gefahren war. Shauns Herzschlag schaltete einen Gang höher.

Paul lenkte den Commodore an den Lkw-Stellplätzen vorbei auf den Parkplatz und hielt unter einer Überdachung an. Shaun war erleichtert, als er feststellte, dass der gesamte Bereich menschenleer war. Normalerweise wimmelte es hier von müden Fahrern und vollen Blasen, aber jetzt war es ein verlassener, von dunklen Schatten umgebener Ort. Das einzige Licht stammte von den widerlich grellen Neonleuchten, die das öffentliche Toilettenhäuschen in der Mitte des Rastplatzes anstrahlten. Ihre Kraft reichte jedoch nicht viel weiter als bis zu dem hässlichen roten Backsteinhaus, sodass der Parkplatz und der umliegende Wald in schwärzester Dunkelheit lagen.

Es war der perfekte Ort für ihr Vorhaben. Hier war es nicht

nur dunkel, der Rastplatz lag auch weiter vom Freeway entfernt als die meisten anderen, und dank der Bäume war der Blick von der Straße versperrt. Paul schaltete die Musik aus, dann die Scheinwerfer. Alle im Wagen wurden in die Rot- und Grüntöne getaucht, die auf dem Armaturenbrett leuchteten. Die Nacht war bewölkt – auch das Fehlen des Mondlichts trug zur düsteren Atmosphäre bei.

»Du bist als Erster dran, Shaun«, verkündete Paul.

»Ja, Geburtstagskind«, kicherte Jimmy. »Lass es krachen.«

Nun, da der Moment gekommen war, verspürte Shaun eigentlich überhaupt keine Lust mehr. Es war nicht so, dass er Emma unattraktiv fand, doch er konnte sich einfach nicht überwinden, die Sache durchzuziehen – jedenfalls noch nicht.

»Ich fühl mich nicht so gut«, sagte Shaun. Das war noch nicht einmal komplett gelogen. »Fang du an, Paul. Ich brauch noch einen Moment, ich muss ein bisschen frische Luft schnappen.«

»Bist du sicher? Ist schließlich dein Geburtstag. Macht's dir nichts aus, mit den abgenutzten Resten vorliebzunehmen?«

»Nein, ehrlich. Geh du.«

»Achtzehn und kann seinen Schnaps immer noch nicht bei sich behalten.« Jimmy schüttelte den Kopf.

Paul wandte sich Emma zu. Sein grün-rot glühendes Gesicht grinste sie lustvoll an. »Du gehörst mir, Süße. Du denkst, dein Mann war hart? Der hatte sicher keinen 30 Zentimeter langen Schwanz.«

»Genauso wenig wie du«, kommentierte Jimmy.

»Nimm sie nicht zu hart ran«, sagte Shaun zu Paul. »Sie soll für uns auch noch gut aussehen.«

»Keine Sorge, ich bin ganz sanft.«

Paul stieg aus dem Auto. Er öffnete die Beifahrertür und wartete, dass Emma ausstieg. Als sie sich nicht rührte, beugte er sich in den Wagen und zerrte sie heraus. Sie wehrte sich nicht besonders – da sie fünf Kerle gegen sich hatte, war sie wohl zu dem Schluss gekommen, dass es wenig Sinn hatte.

Shaun stieg ebenfalls aus dem Wagen, und auch Jimmy folgte ihm. Ethan blieb im Auto sitzen und gönnte sich ein Snickers.

»Schreien bringt gar nichts«, mahnte Paul und packte Emma.

»Hier kann dich niemand hören. Und wenn du versuchst abzuhauen, fangen wir dich wieder ein. Kapiert?«

Shaun suchte in Emmas Blick nach einem Anzeichen für Angst, aber er sah nur ein teilnahmsloses Gesicht und Augen, in denen Hinnahme, aber auch tiefe Traurigkeit lagen.

Wie war es möglich, dass sie nicht mal ein bisschen Angst verspürte?, fragte sich Shaun.

»Komm jetzt«, knurrte Paul und zerrte Emma mit Gewalt zum Toilettenhäuschen. »Passt auf, dass keiner reinkommt«, rief er zurück. »Falls es irgendjemand versuchen sollte, bringt ihr ihn um. Und wehe, einer von euch Perversen spannt hier rein.«

Sie konnten alle keine Zuschauer gebrauchen, während sie ihr Ding durchzogen. Sie bevorzugten ein wenig Privatsphäre, Shaun eingeschlossen.

So war es immer gewesen – und trotzdem spannten sie bei jeder Gelegenheit den anderen nach.

Paul zog Emma zu der Toilette, deren Eingang nicht auf den Rastplatz zeigte.

»Paul ist total durchgeknallt«, sagte Shaun.

Jimmy runzelte die Stirn. »Was ist denn heute Abend mit dir los? Du bist doch nicht wirklich krank, oder?«

»Mir ist nur ein bisschen übel von dem Fusel«, erwiderte Shaun.

»Er ist verliebt«, sagte Ethan aus dem Auto.

Jimmy grinste. »Ist das wahr? Bist du in Emma verknallt?«

»Verpiss dich«, knurrte Shaun. »Die ist doppelt so alt wie ich. Sie könnte meine Mutter sein.«

»Das hat Ödipus auch nicht abgehalten«, bemerkte Ethan.

»Komm, wir gehen näher ran«, schlug Jimmy Shaun vor.

»Paul hat gesagt, wir sollen nicht reingehen. Und er ist heute Abend nicht in der Stimmung für Spielchen.«

»Wir schauen ja nicht zu, wir stehen nur draußen und lauschen.« Jimmy ging auf das Toilettenhäuschen zu.

Shaun zögerte, aber dann siegte seine Neugier und er folgte ihm.

Er schlängelte sich zwischen den Tischen und Stühlen durch,

die auf dem Rasen zwischen dem Parkplatz und den Toiletten verstreut standen, und blieb hinter Jimmy stehen, als sie die Damentoilette erreicht hatten. Von drinnen konnten sie Pauls Stimme hören. Shaun verstand die Worte nicht richtig, aber Paul lachte, und manchmal brüllte er irgendetwas.

»Denkst du, er besorgt's ihr?«, flüsterte Jimmy.

»Wer weiß? Vielleicht.«

Dann schreckte Shaun durch ein Schreien hoch. Er hätte den lauten, hohen Schrei zwar nie mit Emma in Verbindung gebracht, aber er stammte definitiv von einer Frau, also musste sie es gewesen sein.

»Meine Güte«, sagte Jimmy und klang dabei sehr aufgeregt. »Ich frag mich, was er mit ihr anstellt.«

Shaun erwiderte nichts.

Das Geschrei verstummte. Schon bald hörten sie ein Stöhnen, wiederholtes, kräftiges Schlagen und immer wieder Pauls Stimme – leiser jetzt, weniger wütend, aber trotzdem erregter.

»Jetzt fickt er sie gerade, auf jeden Fall«, sagte Jimmy, und geriet beinahe außer Atem. »Denkst du, er besorgt es ihr in ...?«

»Es interessiert mich nicht, wo er sie fickt. Mein Gott!«

Jimmy sah ihn an und kniff vor lauter Verwirrung die Augen zusammen. »Entspann dich, Mann. Meine Güte, das soll hier 'ne Party sein.«

»Ja, ich weiß.«

»Lässt du Feigling uns etwa hängen?«

»Nein«, erwiderte Shaun, vielleicht ein wenig zu prompt. Dann, um seine Lüge zu überspielen, sagte er: »Ich will nur nicht über Pauls Schwanz nachdenken, das ist alles.«

»Hey, das will ich auch nicht«, versicherte Jimmy. »Ich kann es nur kaum erwarten, da reinzugehen und es ihr zu besorgen. Verstehst du, was ich meine?«

»Ja, klar.« In Shauns Stimme lag jedoch keinerlei Begeisterung.

Das Stöhnen und Schlagen hörte auf.

Paul kam heraus, das Hemd in der einen Hand, seine Jacke in der anderen. Sein muskulöser Körper glänzte verschwitzt im Schein der Laterne. Als er Shaun und Jimmy sah, blieb er stehen. »Perverse«, sagte er mit einem Lächeln.

»Und? Ist sie gut?«

»Ich hatte schon Bessere«, sagte Paul. Er zwinkerte Shaun zu. »Aber ich hatte auch schon Schlechtere.«

Er zog sich das Hemd wieder an, dann die Jacke. »Sie wollte, dass ich nackt bin.« Er grinste, während er seinen Sack wieder in die richtige Position schob. »Ich kann nicht behaupten, dass ich ihr das übel nehme. Okay, Shaun, du bist dran.«

Shaun holte tief Luft und atmete eine kräftige Mischung aus Urin und Pauls Schweiß ein. »Ich glaub, ich brauch noch 'ne Weile. Ich will wirklich in Form für sie sein.«

Paul nickte und schlug im auf den Rücken. »Gut, Jimmy, du gehst.«

Jimmy entfuhr ein freudiges Johlen. »Alles klar! Jungs, ich gehe rein.« Er zog hastig seine Jacke aus, warf sie auf den Boden und eilte zur Damentoilette.

Paul packte Shaun an beiden Schultern und sah ihn mit eiskalten Augen an. »Du kneifst doch nicht, oder?«

»Natürlich nicht.«

»Du hast doch keine Gefühle für diese Frau, oder? Weil sie dein erster Fang ist und so? Denn sollte das der Fall sein, dann blende sie aus. Sie ist total verrückt, so viel ist sicher. Sie hat nicht geschrien oder um Gnade gewinselt. Sie hat es einfach über sich ergehen lassen, so als ob sie so was andauernd macht.«

Paul schüttelte den Kopf und sah zu Boden.

»Was war das dann für ein Schrei, den wir gehört haben?«

Paul blickte mit einem teuflischen Flackern in den Augen wieder auf. »Oh, da hab ich ihren Kopf gegen die Wand gedonnert und ihr gesagt, wenn sie nicht schreit, dann zerre ich sie in die Männertoilette rüber und zwinge sie, die Klosteine zu fressen. Ich mag es, wenn sie schreien.«

Sie hörten ein Schlagen und Stöhnen aus der Damentoilette. »Jimmy wird nicht lange brauchen«, sagte Paul. »Du bist der Nächste. Kein Hinhalten mehr, klar?«

»Was ist mit Ethan?«

»Du weißt doch, dass er nur mitmacht, wenn die Frau richtig heiß ist«, seufzte Paul. »Der Typ versteht einfach nicht, worum es geht.« Er ließ Shaun wieder los. »Wenn du mit ihr fertig bist, prügelst du sie ein bisschen durch, und dann kommst du mich holen.«

»Wieso?«

Paul zuckte die Schultern. »Vielleicht will ich ja noch mal ran.«

Jimmy trat aus dem Toilettenhäuschen und knöpfte sein Hemd wieder zu, während auf seinem Gesicht ein Lächeln von der Größe Texas' lag. »Fantastisch«, verkündete er und sammelte seine Jacke wieder vom Boden auf. Immer noch lächelnd sagte er: »Du bekommst da wirklich einen echten Leckerbissen, Shaun. Sie ist nicht besonders prall, aber, Junge, Junge, die ist echt krank. Sie hat mir gesagt, sie würde es auch schlucken, wenn sie mir ein paar Fragen stellen darf. Ich hab ihr gesagt, sie soll verdammt noch mal die Fresse halten und dass ich keine Nutte an meinem Schwanz lutschen lasse. Vielleicht beißt sie ihn ja ab. Trotzdem hab ich ihr ein bisschen von dem gegeben, was sie verlangt hat.« Jimmy klopfte Shaun auf den Rücken. »Hol sie dir, du Hengst.«

»Lass dir Zeit«, sagte Paul. »Wir halten hier die Stellung, keine Sorge.«

Paul und Jimmy verschwanden.

Shaun drehte sich zum Eingang der Toilette um.

Komm schon, du kannst das.

Er trat in den Durchgang, der ins Innere führte. Der beißende Geruch des Desinfektionsmittels wurde immer stärker, je näher er den Toiletten kam, aber darunter mischte sich außerdem der Geruch von Blut und Sperma. Fluoreszierendes Licht erfüllte den Innenraum. Es tat Shaun in den Augen weh.

Sie lag zitternd auf dem Betonboden und trug nur noch ihren BH. Ihr Pullover, ihre Hose und ihr Höschen lagen zerrissen vor der Kabine in der Ecke. Ihre rosa Handtasche lag bei den Waschbecken. Shaun trat näher heran. Unter ihrem dürren Hintern hatte sich eine Blutpfütze gebildet, und auch ihr Gesicht war blutverschmiert.

Früher hatten ihn der Anblick und der Geruch von Blut und dem Sperma anderer Männer nie gestört, aber jetzt, da er Emma und ihren blassen, zitternden Körper betrachtete, fühlte er sich ganz krank.

Und verantwortlich.

Was dachte sie sich überhaupt dabei, mit irgendeinem Fremden mitzufahren? Scheiße, was hatte sie denn erwartet?

Wie er sie dort auf dem Boden liegen sah, mit geschundenem, blutigem Körper, musste Shaun an ihren Mann denken. Hatte er sie auch so verprügelt?

Emma blickte auf. Ihre Nase und ihre Mundwinkel waren blutverklebt; ihr kurzes Haar war vom Schweiß, Sperma und Blut ganz nass. In ihren Augen, so voll des Kummers sie auch sein mochten, standen jedoch keine Tränen. »Fick mich und bring es endlich zu Ende«, sagte sie in heiserem Flüsterton.

Shaun hatte immer aufgeregt auf den Moment hingefiebert, in dem er seinen ersten Fang ficken würde, aber er verspürte nicht das leiseste Bedürfnis, Sex mit dieser Frau zu haben. Stattdessen sammelte er Emmas Kleider ein und brachte sie zu ihr. »Hier, zieh dich an. Du siehst aus, als ob du frierst.«

Emma zögerte.

»Nimm sie.«

Sie riss ihm die Klamotten aus der Hand.

»Bist du schwul oder so?«, fragte Emma, während sie sich vorsichtig und mit starrem Gesichtsausdruck aufrappelte. An den Innenseiten ihrer Beine rann Blut hinab.

Shaun erhaschte einen Blick auf ihr blondes Schamhaar, bevor sie es mit ihrem Höschen und dann mit ihrer Jeans bedeckte.

»Nein, es ist nur … mir ist einfach nicht danach, das ist alles.«

Außerdem bemerkte er die goldene Kette, die Emma um den Hals trug – ein Kreuz, das ebenfalls blutverschmiert war. Der Anblick quälte Shaun. Er war kein religiöser Mensch und auch nicht von religiösen Eltern erzogen worden, aber es hatte irgendetwas Verstörendes an sich, so etwas an jemandem zu sehen, der gerade missbraucht worden war. Er war froh, als sie die Kette mit ihrem Pullover bedeckte.

Emma sah ihn an, mit verstörtem Blick und blutigem Gesicht, während ihr das Sperma von der Stirn tropfte. Sie wischte die rotzähnliche Substanz mit einem Ärmel weg.

»Hör zu, ich hol dir deine Tasche, dann kannst du verschwinden«, sagte Shaun, und es fiel ihm schwer, sie anzusehen.

Stattdessen fixierte er einen dunklen, beinahe violetten Blutfleck auf dem Beton. »Es tut mir leid, dass ich dich reingelegt und dich überredet habe, mitzukommen … Und es tut mir leid, was passiert ist.«

Peinliche Stille hing in der Luft.

»Es tut dir leid?« Sie klang skeptisch, und Shaun fand, dass sie jedes Recht dazu hatte. Sie humpelte auf ihn zu.

Shaun wollte einen Schritt zurücktreten, tat es aber nicht. »Deine Freunde haben mich gerade vergewaltigt und dir tut es leid, dass du mich reingelegt hast?«, fuhr Emma fort. Sie kicherte – ein schwaches, erschöpftes Lachen. »Du hast doch keine Ahnung.«

»Brauchst du einen Arzt oder so? Ich könnte einen Krankenwagen für dich rufen, sobald wir weg sind.« Shaun wusste nicht, was er sonst sagen sollte.

»Du weißt, dass deine Freunde mich nicht gehen lassen werden, vor allem nicht Paul. Er ist gefährlich. Ich habe beim Trampen schon viele Menschen wie ihn getroffen. Verängstigt und unsicher, aber gewalttätig. Er wird mich nicht am Leben lassen.«

»Natürlich wird er das«, erwiderte Shaun. »Er ist vielleicht ein gemeines Arschloch, aber er ist kein Mörder.«

Emma starrte ihn an, und sie zitterte noch immer.

»Hör zu, ich geh jetzt besser und hol …«

»Wie hieß deine Schwester?«

Shaun runzelte die Stirn. Wieso interessierte sie sich für seine Schwester? Aber er antwortete: »Caroline.«

»Caroline«, wiederholte Emma, und sprach den Namen absichtlich besonders deutlich aus. »Wie alt war sie, als sie starb?«

»Sechzehn.« Shauns Herz raste, ihm brach der kalte Schweiß aus. Er wollte raus aus der stinkenden, viel zu grellen Toilette, weit weg von dieser blutigen, geschundenen Frau. Und ganz bestimmt wollte er nicht über seine Schwester reden. Er dachte nicht gerne darüber nach, was mit ihr passiert war. Dadurch kamen zu viele schlechte Gefühle wieder hoch, und sie machten ihm Angst, wenn er ihnen nachgab. Heute Abend, im Auto, hatte er seit langer Zeit zum ersten Mal wieder von ihr gesprochen.

»Vermisst du sie?«

Shaun atmete tief ein. In seinem Kopf konnte er Carolines Lachen hören. Der Klang schmerzte ihn zwar, richtete ihn aber auch auf. Er hatte sich seit dem Unfall nicht mehr an ihr Lachen erinnert, und er musste sehr dagegen ankämpfen, nicht von seinen Gefühlen übermannt zu werden. Er nickte.

»Ich weiß, wie das ist, Shaun. Der Schmerz, der Verlust. Ich kenne das Gefühl der Leere, das du in dir spürst. Du würdest alles tun, um dieses Loch zu füllen, den Schmerz abzutöten. Wir alle tun Dinge, auf die wir nicht stolz sind, um die Leere zu füllen.«

Shaun sah, wie für einen kurzen Moment der Schmerz in ihren Augen aufflackerte. Es war die erste echte Emotion, die er an ihr bemerkt hatte.

»Wieso trampst du?«, fragte er. Er war ehrlich neugierig.

»Ich muss. Es ist das, was ich tue. Menschen wie du und deine Freunde sind unvermeidbar. Das ist Teil meines Lebens. Vor etwa zwei Wochen haben mich fünf Männer gegen meinen Willen in ein Hotel verschleppt – alle Geschäftsmänner, alle verheiratet – und mich vergewaltigt. Hinterher haben sie mir gesagt, ich solle mir nicht die Mühe machen, zur Polizei zu gehen, weil die mir ohnehin nicht glauben würde. Sie sagten, niemand würde den Worten einer dreckigen Anhalterin mehr Glauben schenken als ein paar wichtigen Geschäftsleuten. Wahrscheinlich hatten sie recht, aber das spielte keine Rolle – ich wollte den Bullen sowieso nichts erzählen. Die Bullen sind mir keine Hilfe, Shaun. Sie sind für meine Lebensweise sogar eher hinderlich. Aber was diese Geschäftsmänner nicht wussten, war, dass ich sie genauso benutzt hatte wie sie mich. Genau wie ich dich und deine Freunde benutzt habe.«

Shaun verstand nicht. Ein Teil von ihm wollte ihr helfen und es verstehen, aber vor allem wollte er einfach weit weg von ihr. Emmas Gesellschaft beschwor einfach zu viele unerwünschte Erinnerungen an Caroline herauf.

»Ich hol deine Tasche aus dem Wagen. Warte hier.«

Shaun eilte aus dem Toilettenhäuschen. Er war froh über die kühle Luft und darüber, den widerlichen Blutgestank los zu sein. Er atmete so tief ein, wie er konnte.

Er ging zum Commodore. Beide Vordertüren standen offen. Paul lümmelte auf dem Fahrersitz, Jimmy hatte es sich auf dem Beifahrersitz gemütlich gemacht. Ethan saß immer noch hinten und schien wieder eingeschlafen zu sein. Als sie Shaun kommen sahen, sprangen Paul und Jimmy mit einem riesigen Clownslachen im Gesicht und einem Bier in der Hand aus dem Wagen.

»Na, wie war sie?«, fragte Jimmy.

»Hast du sie schön hart durchgevögelt?«, wollte Paul wissen.

Shaun lächelte. Es fiel ihm schwer. »Ja, es war spitze.«

Er ging zum hinteren Teil des Autos.

Paul stellte sich neben Shaun vor den Kofferraum. »Ist das alles, was du zu sagen hast? Es war spitze? Wir wollen Details, Shaun.«

»Ich erzähl's euch später. Kannst du den Kofferraum aufmachen?«

Paul trank sein Bier aus und warf die Dose auf den Boden.

»Was ist denn im Kofferraum?«

»Emmas Tasche.«

Paul lachte. »Scheiß auf ihre Tasche, Mann. Die entsorgen wir später, wenn wir in Melbourne sind.«

»Ich hab ihr gesagt, dass ich sie ihr bringe.«

In derselben Sekunde, in der er die Worte aussprach, wurde Shaun klar, wie erbärmlich sie klangen.

»Hast du das, ja? Also, Shaun, dann können wir ihr ja auch anbieten, sie zur Polizei zu fahren, wo wir schon dabei sind.« Er war jetzt richtig in Rage. »Ich hoffe, du hast sie richtig verprügelt, bevor du gegangen bist.«

»Wieso zur Hölle spielt es eine Rolle, ob ich das getan habe oder nicht? Ich hatte meinen Spaß, und jetzt lass uns verschwinden.«

Pauls Gesicht sah mit einem Mal furchtbar hässlich, ja bösartig aus. »Wir können sie nicht hier lassen, Shaun. Lieber Gott! Bitte sag mir, dass sie halb bewusstlos auf der Toilette liegt!«

»Na ja …«

»Wir können nicht zulassen, dass sie die Bullen über uns volllabert. Das muss dir doch klar sein.«

»Was willst du damit sagen?«

»Was glaubst du denn? Wir müssen sie umbringen.«

Shaun drehte sich der Magen um. »Wir haben noch nie eine umgebracht. Was ist mit all den anderen, die wir haben gehen lassen?«

»Die Mädchen waren alle betrunken. Die meisten sind wahrscheinlich aufgewacht und haben sich gefragt, wieso ihr Arsch so wehtut und woher dieser komische Geschmack in ihrem Mund kommt. Und die, die sich noch daran erinnern konnten, was passiert war, konnten nicht zu den Bullen gehen. Wie hätten sie denn irgendjemand von einer Vergewaltigung überzeugen können, wenn sie so besoffen waren? Aber die hier ist so nüchtern wie ein Priester am Sonntag – und verrückt genug, um uns bei den Bullen zu verpfeifen.«

»Sie wird nicht zur Polizei gehen.«

»Wieso nicht?«

Shaun wollte sagen: »Weil sie es mir gesagt hat«, aber er wollte nicht als ein noch größerer Idiot dastehen, als er sich ohnehin schon fühlte. »Du kannst sie nicht umbringen, Paul. Wir sind keine Mörder.«

»Du hast sie nicht verprügelt, oder?«

Shaun schüttelte den Kopf.

»Du bescheuerter Wichser!« Paul schien fest entschlossen, Shaun die Kehle rausreißen, aber stattdessen drehte er sich um und stürzte zurück zum Toilettenhäuschen.

Shaun rannte ihm nach.

»Was ist denn los?«, fragte Jimmy, als Shaun an ihm vorbeirannte und vergeblich versuchte, Paul einzuholen.

»Paul! Nicht!«, brüllte Shaun, aber Paul war schon in der Damentoilette verschwunden, bevor Shaun das Häuschen erreichte.

Mit dröhnendem Kopf und völlig außer Atem betrat Shaun die Toilette.

Er blieb stehen, als er Paul in der Mitte des Raumes sah, die Arme starr neben dem Körper und mit hochrotem Kopf. Keine Spur von Emma. Sogar ihre rosafarbene Handtasche war weg.

Shaun war froh und erleichtert, auch wenn er wusste, was für eine beschissene Lawine er losgetreten hatte.

»Steig in den Wagen«, sagte Paul, und er sah dabei aus wie ein Vulkan kurz vor dem Ausbruch. »Wir müssen sie finden.«

»Lass sie einfach gehen«, sagte Shaun zwischen zwei Atemzügen.

Jimmy stolperte keuchend herein. »Was zur Hölle ist hier los?«

»Shaun hat Emma laufen lassen.«

»Sie wird zu den Bullen gehen!«, schrie Jimmy. »Fuck!«

Paul stürmte an Shaun vorbei. »Kommt jetzt.«

Shaun und Jimmy folgten Paul nach draußen.

Am Auto angekommen, öffnete Paul die Beifahrertür und weckte Ethan mit einem Tritt. »Steh auf!«

»Hä?«

»Shaun hat Emma laufen lassen«, erklärte Jimmy.

»Er hat was? Du dämlicher Vollidiot.«

»Hört zu«, begann Paul. »Jimmy und Ethan, ihr zwei bliebt hier und schaut euch um. Vielleicht versteckt sie sich ja irgendwo im Busch. Shaun und ich nehmen den Wagen und suchen nach ihr.«

»Ich hab sie nicht mal gefickt«, sagte Ethan, der noch immer im Wagen saß. »Ich bin auch nicht derjenige, der sie hat laufen lassen. Und ich mach auch sicher keine Buschwanderung, das kann ich euch garantieren.«

»Er hat recht. Ich sollte hier bleiben und mich umschauen«, erwiderte Shaun.

Paul schüttelte den Kopf. »Keine Chance. Du hast sie schon mal abhauen lassen, ich lass dich bestimmt nicht frei hier draußen rumlaufen. Nein, du kommst mit mir, damit ich ein Auge auf dich habe. Ethan, steig aus dem verdammten Auto und fang an zu suchen.«

»Aber wir haben nicht mal Taschenlampen«, entgegnete Ethan.

»Pech«, sagte Paul und stieg in den Wagen.

»Verfluchte Scheiße«, murmelte Ethan, als er aus dem Auto sprang. »Ganz toll, Geburtstagskind. Jetzt werd ich mich total schmutzig machen.«

Obwohl er nicht wollte, wusste er ganz genau, dass es einem Todeswunsch gleichkam, sich gegen Paul zu stellen, und so setzte Shaun sich auf den Beifahrersitz. Er knallte die Tür zu.

Ohne ein Wort ließ Paul den Motor an, raste mit einem ohrenbetäubenden Reifenquietschen vom Rastplatz und fuhr auf den Freeway.

»Dieses Mal hast du echt den Vogel abgeschossen«, sagte Paul nach einer Weile peinlichen Schweigens. Jetzt lief keine Musik. »Fuck!«, brüllte er und schlug gegen das Lenkrad. »Shaun, du solltest besser hoffen, dass wir sie finden.«

Shauns Magen krampfte sich zusammen und seine Eier fühlten sich an, als seien sie bis in seine Kehle hochgerutscht. »Es tut mir leid, Paul. Ich hab nicht nachgedacht ...«

»Du denkst nie nach. Halt einfach die Augen offen. Glaubst du, du kriegst das hin?«

Shaun sah zu Paul hinüber. Auf seiner Stirn glänzten Schweißperlen, und seine Augen waren scharfe, schmale Schlitze.

Er ist stinksauer. Was, wenn wir sie nicht finden? Gott, dann wird er richtig wütend werden.

Shaun hoffte, sie würden sie nicht finden, aber er verspürte auch nicht das Bedürfnis, herauszufinden, was Paul tun würde, wenn sie mit leeren Händen zurückkamen.

Toller Geburtstag, dachte Shaun.

Sie fuhren noch eine Weile über den Freeway; das Fernlicht tauchte die Bäume in mattes Gelb. Ihre Hoffnung schwand. Die Chancen, dass sie es bereits so weit geschafft hatte, waren verschwindend gering – soweit sie wussten, hatte sie längst ein Auto angehalten; wenn das der Fall war, würden sie sie nie finden.

Plötzlich schrie Paul: »Ich glaub, ich seh sie!«

»Wo?«

»Da hinten.« Paul zeigte mit dem Daumen über die Schulter.

Shaun drehte sich um und schaute aus der Heckscheibe, aber er sah nur die blendenden Scheinwerfer eines Lkws. »Bist du sicher?«

»Ziemlich. Festhalten!« Paul trat kräftig auf die Bremse.

Wieder quietschten die Reifen ohrenbetäubend. Shaun hatte Angst, dass sie viel zu schnell fuhren, um so abrupt anzuhalten, und dass Paul die Kontrolle über den Wagen verlieren würde.

Tatsächlich blockierten die Räder, und das Auto wirbelte im Kreis herum.

Shaun spürte sein Herz wie wild in seinem Hals schlagen.

Er wollte schreien, aber sein gesamter Körper war vor Angst wie gelähmt.

Paul hingegen, der den Wagen nicht mehr unter Kontrolle hatte, schrie auf, und sein angsterfüllter Schrei klang beinahe wie ein Gebet.

Die folgenden Sekunden fühlten sich an wie ein Traum – unwirklich und wie in Zeitlupe.

Shaun wurde gegen Paul geschleudert, dann gegen das Armaturenbrett und wieder gegen Paul.

Wie bei einem Stroboskop herrschte im einen Moment Dunkelheit, im nächsten leuchteten grelle Scheinwerfer auf, an und aus, immer wieder, bis der Commodore nur noch von einem einzigen mächtigen Lichtstrahl erleuchtet wurde.

Der Fahrer des Tanklastwagens hupte.

Shaun hörte Carolines Lachen.

In einer Explosion aus Glas, Metall und Licht wurde Shaun in eine Wolke aus glühend heißem Schmerz und Benzindämpfen geschleudert, und Carolines Lachen verklang.

Mein Leben war die meiste Zeit ziemlich langweilig. Ich habe keine großartigen Abenteuer oder schmerzlichen Melodramen erlebt – nur die üblichen Prüfungen und Nöte, die ein Einzelkind mit Zigeunern als Eltern so mitmacht. Die meisten meiner Abenteuer fanden in meinem Kopf statt. Ich war eine unersättliche Leseratte. Außer lesen gab es nichts zu tun. Meine Eltern kauften mir eine Menge Bücher – eine Wiedergutmachung für ihre ständige Abwesenheit, nehme ich an, auch wenn ich sie nie behalten durfte, wenn wir umzogen. Anfangs gaben sie mir langweilige Mädchenbücher wie die Malory-Towers-Reihe oder Der geheime Garten *und* Anne auf Green Gables *zu lesen. Aber als sie die im Mülleimer wiederfanden, gaben sie frustriert auf und ließen mich die Bücher kaufen, die ich wollte. Also zog ich los und freundete mich mit Tom und Huck, Holden Caulfield und Freitag an – das waren die Geschichten und Figuren, die mich ansprachen.*

Weil wir so oft umzogen, hatte ich nie viele Freunde. Da ich ein Einzelkind war, hatte ich auch keine Geschwister, mit denen ich hätte spielen können. Das machte mir aber nicht viel aus – es war schön, die gesamte Aufmerksamkeit zu bekommen – aber da meine Eltern die ganze Zeit arbeiteten, bekam ich diese Aufmerksamkeit nicht so häufig oder so ausgedehnt, wie ich es mir gewünscht hätte.

Ich sagte, meine Eltern seien Zigeuner gewesen. Das waren sie auch, aber nicht im coolen Sinne des Wortes: Sie trugen keine Perlen und Klamotten aus dem Secondhand-Laden oder hausten im Wohnwagen. Nein, ich meine damit, dass es ihnen gefiel, *umzuziehen. Mir kam es vor, als ob wir jeden zweiten Tag an einem anderen Ort wohnten. Ich hatte keine Ahnung, weshalb sie so oft umzogen – ich weiß es heute noch nicht; ich schätze, es lag daran, dass sie keine sehr glücklichen Menschen waren und hofften, ihren Frieden zu finden, wenn sie woanders lebten. Sie mochten einander, aber sie liebten sich nicht. Vielleicht war mir das nicht richtig bewusst, aber ich spürte es schon, als ich erst fünf war. Wenn ich an ihre Beziehung zurückdenke, dann kommt es mir vor, als seien sie eher Partner, Freunde oder Kumpel gewesen, kein*

Liebespaar – zumindest habe ich es so gesehen. Ich stand ihnen nie nahe genug, um sie zu fragen, und als ich sechzehn war, haben wir uns überworfen.

Aber ich greife vor – ich habe ja noch nicht einmal erzählt, wo ich geboren wurde.

Ich wurde 1968 in Canterbury, New South Wales, geboren, aber wir sind dort nicht lange geblieben. Als ich zwei war, zogen meine Eltern nach Queensland – an die Gold Coast, um genau zu sein. Meine Mutter war Hausfrau, mein Vater verkaufte Versicherungen. Aber nach drei Jahren Spaß unter der Sonne Queenslands zogen wir wieder weiter, dieses Mal nach Neuseeland.

Ich war alt genug, um zur Schule zu gehen, und so kam ich in einem neuen Land in die Vorschule. Ich blieb nicht lange genug dort, um Freunde zu finden – nach nur sechs Monaten verdufteten wir wieder nach New South Wales, dieses Mal nach Sydney. Hier blieben wir von allen Stationen am längsten – sechs Jahre – und auch wenn ich tatsächlich ein paar Freunde fand, waren es keine engen Freundschaften. Niemand kam mich je nach der Schule oder am Wochenende besuchen.

Ich war kein besonders schüchternes Kind und wurde von den anderen Kindern auch nicht gehänselt. Die anderen Mädchen (und ein paar von den Jungs) sagten mir sogar, dass ich hübsch sei, aber ich selbst habe mich nie als etwas Besonderes empfunden. Ich war schlank, aber nicht zu dünn, mit olivefarbener Haut (dank meines italienischen Vaters), blondem Haar (dank meiner englischen Mutter) und grünen Augen. Der Grund dafür, dass ich kein Sozialleben hatte, war, dass ich einfach nirgends reinpasste. Ich betrachtete die Welt ein wenig anders als die anderen Kinder. Statt eine Puppe oder eine Star-Wars-Figur im Schulprojekt vorzustellen, referierte ich über ein Stück Tierknochen, das ich auf dem Schulweg gefunden hatte, oder über eine Speisekarte aus dem italienischen Restaurant, das meine Eltern zu der Zeit führten. Ich besaß nie Spielsachen – ich war nie lange genug an einem Ort, um welche anzusammeln. Davon abgesehen, so sagte jedenfalls mein Vater immer, nahmen Spielsachen nur unnötig Platz im Koffer weg, und außerdem – ich sollte mich nicht an materiellen Besitz klammern.

Mit etwa zehn Jahren begann ich mich langsam für die »dunkle Seite« zu interessieren. Ich sah mir alte Gruselfilme an – Frankenstein war mein Liebling, und Hitchcock. Als ich elf war, entdeckte ich Stephen-King-Romane. The Shining *war mein Erster.*

Ich neigte außerdem dazu, zu sagen, was ich dachte – ich schätze, man könnte sagen, ich war unverschämt, aber ich war niemals arrogant. Ich sagte nie etwas, um absichtlich jemanden zu verletzen oder niederzumachen. Wenn ich in der Schule Ärger bekam oder Streit mit einem der anderen Kinder hatte, regten meine Eltern sich nicht darüber auf – sie waren nicht sehr streng. Sie sagten mir nur, ich solle anderen Menschen gegenüber immer höflich sein, und dann kümmerten sie sich wieder um ihr Restaurant.

Meine Eltern mögen nicht streng gewesen sein, aber sie waren große Kirchgänger. Egal, wo wir wohnten, wir besuchten immer den Gottesdienst. Sie waren beide katholisch erzogen worden, so dass aus mir, selbstverständlich, auch eine Katholikin wurde. Ich wurde getauft, feierte meine Erstkommunion und meine Firmung – ich trug sogar eine Halskette mit Kreuzanhänger.

Aber ich war ein Katholik im Konflikt. Ich hatte in der Frage, wie ich erzogen wurde oder woran ich glauben sollte, nie ein Mitspracherecht. Das hatte mich schon immer gestört, auch, als ich noch sehr jung war. Ich ging jeden Sonntag mit meinen Eltern zur Messe, sang alle Lieder mit und sprach alle Psalmen, aber sie bedeuteten mir nichts. Dort sprachen die Menschen darüber, was es bedeutete, Christ zu sein, über Gemeinschaft und Nächstenliebe, aber anschließend gingen wir wieder nach Hause und dort fühlte ich mich weder geliebt noch erwünscht, und auch zwischen meinen Eltern sah ich keine Liebe. Das verwirrte mich. Ich fürchtete Gott eher, als dass ich ihn liebte oder verehrte, und oft lag ich nachts im Bett und fürchtete mich vor der Hölle.

Als ich zwölf war, zogen wir erneut um, nach Hobart. Auf eine Zwölfjährige wirkte es wie der langweiligste, rückständigste Ort der Welt, aber glücklicherweise blieben wir nicht lange in Tasmanien. Als ich dreizehn war, zogen wir nach Adelaide. Meine Eltern eröffneten ein Café und ich wurde auf eine katholische Mädchenschule geschickt. Das war, bis zu jenem Zeitpunkt, die schlimmste Zeit meines Lebens. Ich hasste die versnobten Mädchencliquen in der Schule. Meine Eltern sah ich kaum. Man sollte meinen, dass sei ein schöner Nebeneffekt für einen Teenager, aber wenn man von der Schule nach Hause kommt und fast jeden Tag Geld und einen Zettel auf dem Tisch findet, auf dem steht: »Hol dir was beim Imbiss, wir kommen heute spät nach Hause, tut mir leid, Mum«, legt sich der Reiz des Neuen schon bald.

Ich hatte nicht oft Ärger, aber Mum und Dad waren nicht sonderlich begeistert von meinem wachsenden Interesse an Horrorgeschichten. Mum hasste vor allem den Film Der Exorzist, *und meine Eltern hatten keine Ahnung, dass ich Jack Ketchum und Richard Laymon las. Aber abgesehen von meiner Vorliebe für die dunkle Seite, machte ich keine großen Probleme – nicht, bis ich sechzehn wurde und Burt Rhodes kennenlernte.*

Wir wohnten nach wie vor in Adelaide und ich ging noch immer durch die Hölle einer reinen Mädchenschule. Mit sechzehn ließen mich meine Eltern allein ins Kino gehen – ich schätze, sie waren erleichtert, dass ich aus dem Haus ging, während sie im Café arbeiteten. Eines Abends schaute ich mir Freitag, der 13. – Das letzte Kapitel *an. Im Kino saß eine Meute großmäuliger Jungs, die bei den gruseligen Stellen lachten und an den lustigen Stellen kreischten – Sie können sich sicher vorstellen, wie sie sich bei den Sexszenen benahmen. Ich wurde richtig wütend auf sie, drehte mich um und sagte ihnen, sie sollten verdammt noch mal die Klappe halten, sonst würde ich mir eine Machete holen und sie ihnen da reinstecken, wo sich nicht einmal Jason hinwagen würde. Danach waren sie still – zwar nicht totenstill, aber immerhin so weit, dass ich mir den Film in Ruhe zu Ende anschauen konnte.*

Hinterher kam einer der Jungs zu mir und sprach mich an. Er war klein, ziemlich dünn, trug zerrissene Jeans und hatte kurzes Haar und eine Stoppelfrisur; während wir uns unterhielten, wirkte er nervös und unbeholfen, aber aufrichtig.

Wie falsch ich doch mit dieser letzten Einschätzung lag.

Ohne das Ganze zu einer Shakespeare-Tragödie oder einer Folge Beverly Hills, 90210 *aufbauschen zu wollen, gebe ich Ihnen einen kurzen Überblick über das, was passierte, nachdem ich Burt kennengelernt hatte: Wir wurden ein Paar, meine Eltern waren dagegen, sie erwischten uns beim Sex, sie warfen mich raus, wir zogen nach Melbourne, Burt wurde gewalttätig, ich wurde schwanger, ich verließ Burt.*

Ich habe ja gesagt, ich mache es kurz.

Also gut, Sie sind neugierig und wollen ein paar mehr Details.

Eigentlich gibt es nicht viel mehr zu erzählen, aber bitte:

Burt war ein Jahr älter als ich und machte eine Ausbildung zum Mechaniker. Er lebte bei seinem Dad – die Mutter war an einem Herzleiden gestorben, als Burt acht gewesen war (zweifellos war das Zusammenleben mit diesem Mistkerl von Ehemann die Ursache). Meine Eltern hatten von Anfang an etwas gegen Burt. Sie konnten zu der Zeit nichts Falsches oder Böses an ihm erkennen, sie lehnten in einfach aus Prinzip ab. Abgesehen davon, dass er nicht katholisch war (er war überhaupt nicht religiös), fanden sie, er habe keinerlei Zukunft (will sagen: arm und aus labilem Elternhaus). Kurz gesagt, sie hielten ihn für ein faules Ei, nicht gut genug für ihre kleine Prinzessin – als ob sie sich je wirklich für mich interessiert hätten! Wäre Burt hingegen aus einer reichen, »normalen«, religiösen Familie gekommen und groß, redegewandt und … langweilig gewesen, bin ich mir sicher, dass meine Eltern ihn gemocht hätten. Er war jedoch nichts von alledem, und genau deshalb blieb ich mit ihm zusammen.

Ich weiß, was Sie denken – sie ist mit diesem Jungen ausgegangen, um mehr Aufmerksamkeit von Mummy und Daddy zu bekommen, sie wollte rebellieren und all das – nun, was soll ich sagen? Sie haben absolut recht. Das ist genau der Grund, weshalb ich mit Burt Rhodes zusammen blieb. Ich liebte ihn nicht, er liebte mich nicht. Er war nicht besonders gut aussehend oder charmant. Er war aber auch nicht dämlich – eigentlich war er sogar ziemlich klug, wenn er wollte. Was nicht oft der Fall war.

Wir waren noch keinen Monat zusammen, als es passierte.

Wir verbrachten wenig Zeit bei Burt zu Hause, da sein Dad ständig trank und ziemlich gemein und ausfallend werden konnte. Da meine Eltern aber meistens im Café arbeiteten, waren wir fast immer bei mir zu Hause.

Es war Freitagabend. Wir waren gerade heftig in meinem Zimmer zugange – ich war oben; nur, damit Sie sich die Szene ein bisschen besser ausmalen können –, als meine Tür aufging.

Obwohl ich meine Eltern in den nächsten drei Stunden nicht zurück erwartete, schloss ich stets die Tür, wenn wir Sex hatten – ich fühlte mich dann einfach sicherer – und als sich meine Tür öffnete, war mein erster Gedanke, dass sich ein Einbrecher im Haus befand.

Falsch – es war mein Dad, der früher nach Hause gekommen war, weil er sich nicht wohlfühlte und im Café nicht viel los war. Auch wenn er deshalb ohnehin schon blass wirkte, hätten Sie ihn mal sehen sollen, als er sein kleines Mädchen dabei erwischte, wie sie, vollkommen nackt, auf Bad Boy Burt herumturnte und dabei stöhnte wie ein sterbender Elch.

Nun, obwohl meine Eltern die Sechziger und Siebziger miterlebt hatten, waren sie immer noch der Ansicht, Sex sei etwas, was man nur hatte, wenn man verheiratet war, und ganz sicher hatten sie nicht damit gerechnet, dass ihre süße sechzehnjährige Tochter vorehelichen Sex praktizierte. Oder vielleicht wollten sie es auch einfach nicht wahrhaben. Wie dem auch sei, sie konnten sich beide kaum noch beruhigen, nachdem mein Vater mich erwischt hatte, sodass ich mich allmählich fragte, wie ich überhaupt gezeugt worden war (ja, ich weiß – sie waren katholisch). Sie taten gerade so, als sei es das Böseste, was ein Mensch überhaupt tun konnte, und dass sie Burt hassten, machte die ganze Situation nur noch schlimmer.

Wir hatten einen heftigen Streit, bei dem viele böse Dinge gesagt wurden. Mein Dad verpasste mir sogar eine Ohrfeige, aber ich sah, dass es ihm sofort leidtat, und wahrscheinlich hat er sich selbst nie verziehen. Sie warfen mich raus und keiften, ich solle nie mehr zurückkommen. Ich sagte, na schön – ich hasste sie sowieso und wollte sie schon lange verlassen, und so zog ich aus und bei Burt ein.

Das ging nicht lange gut. Burts Vater, der seinen Sohn misshandelte, fing an, mich anzugraben, der Widerling, und so entschlossen Burt und ich uns, Adelaide zu verlassen und uns ein eigenes Leben aufzubauen.

Ich schmiss die Schule, Burt brach seine Lehre ab und wir packten unsere Sachen in Burts Auto und fuhren nach Melbourne. Wir hinterließen keine Nachricht für unsere Eltern.

Anfangs war es hart. Keiner von uns liebte den anderen, wir hatten beide aus unterschiedlichen Gründen abhauen wollen und waren eher Komplizen als ein Liebespaar. Das Ergebnis war, dass das, was zunächst wie die perfekte Lösung für unser Problem ausgesehen hatte, schon bald Risse bekam, als die Realität des Zusammenlebens uns einholte. Wir hatten nicht viel Geld und keinen Platz zum Wohnen, und uns lag einfach nicht besonders viel aneinander.

Wir hausten fast einen Monat in Burts Wagen, bevor er eine Stelle als Mechanikergehilfe und ich einen Job als Kassiererin fand.

Wir blieben zusammen. Er fühlte sich wahrscheinlich verantwortlich, denn ich hatte Angst davor, allein in einer fremden Stadt zu sein. Wir mieteten ein heruntergekommenes Holzhäuschen in einem Vorort westlich der Stadt.

Es dauerte nicht lange, bis Burt sich in seinen Vater verwandelte. Man sagt, die Geschichte wiederholt sich, aber ich habe das nie geglaubt, bis ich sah, wie Burt zur Flasche griff. Mit jedem Tag wurde er seinem Vater ähnlicher; bald glich er ihm sogar äußerlich. Immer, wenn er im Suff ausrastete, war er seinem Dad so ähnlich, dass ich schreckliche Angst bekam.

Was als verbale Misshandlung begann, verwandelte sich schon bald in körperliche, und je mehr Burt trank, desto gewalttätiger wurde er. Es dauerte nicht lange, und er musste nichts mehr trinken, um gewalttätig zu werden – jede Kleinigkeit konnte ihn in Rage bringen. In der naiven Hoffnung, dass er irgendwann aufhören würde zu trinken, blieb ich bei ihm, aber er wollte sich gar nicht ändern – dafür war er, aus verschiedenen Gründen, viel zu unglücklich, und dabei war ich noch das geringste Problem.

Ich hätten ihn schon verlassen sollen, als er mich das erste Mal schlug, aber ich hatte einfach zu viel Angst vor dem Alleinsein. Natürlich hatte ich auch Angst vor ihm, aber um die Wahrheit zu sagen, verletzte mich nichts jemals so sehr wie die Ohrfeige meines Dads. Die hatte mich tief in meiner Seele getroffen.

Der Weckruf, den ich brauchte, kam an dem Tag, als ich erfuhr, dass ich schwanger war. Ich hielt es vor Burt so lange wie möglich geheim – meine verspätete Periode, mein Ausflug zur Apotheke, um den Test zu kaufen, mein stundenlanger Weinkrampf, als ich auf der Toilette den rosa Streifen sah, die vielen Arztbesuche – all das geschah, ohne dass Burt irgendetwas ahnte. Für gewöhnlich trank er bis zur Bewusstlosigkeit oder war bei der Arbeit, wenn diese Dinge passierten.

Ich wusste, dass ich ihn verlassen musste. Ich hätte schon längst gehen müssen, zu meiner eigenen Sicherheit, aber ich würde auf keinen Fall zulassen, dass er meinem Kind wehtat.

Eines Morgens beschloss ich abzuhauen. Ich hatte keine Ahnung, wohin oder wie ich dorthin kommen sollte, aber ich wusste, dass Burt durchdrehen und mich verprügeln würde, wenn ich ihm sagte, dass ich ihn verlassen würde.

An jenem Tag, als ich mich entschloss, ihn zu verlassen, gab ich vor, wie jeden Tag zur Arbeit zu gehen, aber als Burt aus dem Haus ging, rief ich im Supermarkt an, kündigte, zog meine Arbeitsklamotten aus und begann, in aller Eile zu packen.

Wie in einer schlechten Wiederholung des Tages, an dem mein Dad früher nach Hause gekommen war und uns beim Sex erwischte hatte, stand ich gerade an der Tür, als Burt zurückkehrte. Da er annahm, ich sei im Supermarkt, war er zurückgekommen, um seinen Flachmann zu holen – er hatte ihn an diesem Morgen vergessen, obwohl ich keine Ahnung hatte, dass er überhaupt einen mit zur Arbeit nahm. Er erwischte mich mit dem Koffer in der Hand. Er fragte mich, wohin ich wollte, also antwortete ich: Weg von dir. *Ich sagte ihm, ich sei seine Trinkerei und seine Gewaltausbrüche leid, dass er mich ohnehin nicht liebte, was machte es da also für einen Unterschied?*

Aus irgendeinem Grund wollte er nicht, dass ich ging, und sorgte dafür, dass ich sehr genau wusste, wer der Boss war. Er sagte mir, ich habe ihn nicht zu verlassen und solle gefälligst zur Arbeit gehen und das Geld verdienen, das wir brauchten, um Miete und Rechnungen zu bezahlen und Lebensmittel und, am allerwichtigsten, Alkohol zu kaufen.

Als ich ihm nicht gehorchen wollte, verprügelte er mich.

Dieses Mal stand jedoch mehr auf dem Spiel als nur mein eigenes Wohlergehen. Als Burt mich schlug und trat, wie er es schon so oft getan hatte, konnte ich die ganze Zeit nur daran denken, welchen Schaden er dem Baby damit zufügte, und ich brüllte ihn an, heftiger als je zuvor. Und so wenig ich eigentlich auch wollte, dass der

Mistkerl es erfuhr, schaffte ich es, die Worte über die Lippen zu bringen und ihm zu sagen, dass ich schwanger war.

Er hörte auf, mich zu schlagen, vermutlich eher aufgrund des Schocks als aus Sorge. In seinem Gesicht erkannte ich ebenso viel Angst wie Zweifel – ich schätze, er dachte, ich hätte es nur erfunden, damit er aufhörte, mich zu verprügeln. Also zeigte ich ihm die Ultraschallbilder, und nach ein paar Minuten des Schweigens drehte er sich um, sah mich mit hasserfüllten Augen an und verprügelte mich übler als jemals zuvor.

Jetzt hatte er, seiner Meinung nach, einen echten Grund, wütend zu sein – wie sollten wir uns denn ein Baby leisten können? Er brüllte mich an. Wie zur Hölle hatte ich das zulassen können? Wie zur Hölle sollte er sicher sein, dass es wirklich von ihm war? Während er mich anschrie, schlug er weiter auf mich ein.

Ich tat mein Bestes, um meinen Bauch zu schützen. Ich fürchtete mehr um das Leben meines ungeborenen Kindes als um mein eigenes.

Als ich einen stechenden Schmerz in meinem Bauch spürte, hatte ich das Gefühl, meine ganze Welt stürze ein. Ich weinte so heftig, dass ich, als Burt aufgehört hatte, mich zu schlagen, kaum noch hörte, wie er sagte, ich solle mich gefälligst wieder zurecht machen und zur Arbeit gehen und dass er mich, falls ich nicht zu Hause war, wenn er heute Abend zurückkam, finden und umbringen würde. Und falls er diesen Bastard in mir nicht bereits umgebracht habe, musste ich ihn wegmachen lassen und die Abtreibung von meinem Geld bezahlen.

Als er gegangen war, dauerte es noch zwei Stunden, bis ich überhaupt wieder aufstehen konnte. Mein ganzer Körper schmerzte und blutete, aber das war mir egal – alles, was mich interessierte, war Rebecca. (Ich hatte dem Baby schon an dem Tag einen Namen gegeben, als ich erfuhr, dass es ein Mädchen war – ich hatte sie nach meinem Lieblings-Hitchcock-Film benannt.) Ich rief mir ein Taxi und fuhr ins Krankenhaus, wo man meine Wunden säuberte und schaute, ob mit Rebecca alles in Ordnung war. Ich weinte heftiger als je zuvor (seither habe ich nur ein einziges Mal noch hemmungsloser geweint), als sie mir sagten, dem Baby gehe es gut.

Gegen meinen Willen rief eine der Schwestern die Polizei an. Ich erzählte den Beamten, wie dem Krankenhauspersonal, dass mich eine Gang überfallen und meinen Geldbeutel gestohlen, und dass ich keinen meiner Angreifer richtig gesehen hatte.

Ich weiß, ich weiß – Sie denken, ich war ein Riesenidiot, weil ich den Bullen nichts von Burt erzählte. Aber zu diesem Zeitpunkt war ich tief verletzt und sehr emotional, und das Letzte, was ich wollte, war, an diesen Bastard zu denken. Ich wusste, dass es eine Anhörung geben würde, wenn ich den Bullen von Burt erzählte und dass ich ihm dann gegenübertreten musste, aber ich wollte ihn nie wieder sehen oder je wieder etwas mit ihm zu tun haben. Außerdem war ich mir sicher, dass ihn die Tatsache, dass ich spurlos verschwunden war, viel wütender machen würde, als verhaftet zu werden. Ich wollte ihm so wehtun, wie nur irgend möglich, und das schien mir die ultimative Strafe für ihn zu sein.

Ein paar Stunden später verließ ich das Krankenhaus – gegen den Wunsch der Ärzte, die mich über Nacht zur Beobachtung dabehalten wollten. Zu Hause wartete das Taxi auf der Straße, während ich alles Geld einsammelte, das ich finden konnte, und mit meinem Koffer in der Hand fuhr ich zum Bahnhof.

Ich habe Burt nie wieder gesehen.

CHRIS, DER NACHT-WÄSCHER

Chris öffnete die Tür und hielt inne, als er die einsame Gestalt sah, die gerade Klamotten in einen Trockner stopfte. Er hatte gehofft, der Waschsalon sei leer, eigentlich sogar damit gerechnet, sodass er jetzt schnell eine Entscheidung treffen musste: umdrehen und ein anderes Mal wiederkommen oder reingehen und hoffen, dass die Frau bald verschwinden würde.

Noch bevor er sich entscheiden konnte, drehte sie sich um und sah ihn an. Sie lächelte nicht, sondern starrte ihn nur einen Moment lang an, bevor sie sich wieder dem Füllen des Trockners widmete.

Verdammt! Wieso muss sie so spät ihre Wäsche waschen? Wer macht um diese Zeit die Wäsche?

Er zum Beispiel, fiel ihm ein. Aber er musste ja auch. Er musste die Flecken so schnell wie möglich aus seinen Klamotten waschen.

Vielleicht befand sie sich ja im selben Dilemma wie er?

Er bezweifelte es ernsthaft.

Er atmete tief ein, um seine Nervosität zu dämpfen, betrat den neonbeleuchteten Waschsalon und ging ganz gemächlich zur Waschmaschine, die der Tür am nächsten stand. Zu seinem Glück hatte die Frau einen Trockner in der hinteren Ecke gewählt. Die Waschmaschinen standen gegenüber den Trocknern am anderen Ende des Raumes, sodass sie zu weit entfernt war, um die dunkelroten Flecken auf seinem Hemd und seiner Hose zu erkennen.

Er warf den Wäschesack auf den Tisch und löste den Knoten der Kordel. Er hatte jede Menge sauberer Kleidung um die schmutzigen Klamotten verteilt, sodass kein Blut auf den Sack durchgesickert war.

Er sah zu der Frau hinüber. Sie war immer noch damit beschäftigt, den Trockner zu füllen, und so zog er seine Klamotten hastig und vielleicht etwas aggressiver als nötig aus dem Sack und stopfte sie in die Waschmaschine. Er packte sich den Arm richtig voll, um möglichst viele der belastenden Kleidungsstücke auf einmal in die Maschine stopfen zu können, und ließ prompt das rot bespritzte Hemd fallen.

»Scheiße«, keuchte er. Er bückte sich, hob das Hemd auf und steckte es zu den anderen Klamotten in die Maschine. Als er den Deckel schloss, spürte er, dass ein scharfer, stechender Blick auf ihm ruhte. Er drehte sich um und sah noch, dass die Frau ihn angestarrt hatte, ihre Augen nun aber schnell wieder abwendete.

Er biss die Zähne zusammen.

Wieso ist sie hier? Wieso heute Nacht? Meine Güte, wir sind hier auf dem Land und nicht in Melbourne. Wer zur Hölle wäscht seine Klamotten zu dieser Tageszeit? Und wie ist sie überhaupt hierher gekommen? Zu Fuß? Scheint mir ziemlich riskant zu sein, nachts mit einem schweren Wäschesack durch eine leere Stadt zu spazieren.

Chris nahm das Waschpulver aus seiner Tasche, füllte etwas ins Waschmittelfach, machte es zu, wählte »volle Maschine« und »kalt«, warf die abgezählten Münzen ein, drückte auf den Startknopf und seufzte erleichtert, als die Maschine anging. Schon bald würden die Klamotten voller Seifenwasser und das Blut für immer verschwunden sein.

Hoffte er.

Jetzt konnte er nichts weiter tun, nur warten. Da er in aller Hektik zum Waschsalon gefahren war, hatte er vergessen, eine Zeitschrift oder ein Buch mitzunehmen. Er wusste, dass er eigentlich Smalltalk mit der Frau machen sollte, aber er hatte keine allzu große Lust, mit einer Fremden zu plaudern – nicht heute Nacht. So würden die zwanzig Minuten, in denen die Frau darauf wartete, dass ihre Wäsche trocknete, wohl ziemlich unangenehm werden. Aber was, wenn sie noch mehr Wäsche zu waschen hatte? Dann würde er sich auf jeden Fall mit ihr unterhalten müssen.

Chris warf einen Blick über die Schulter. Die Frau schien keinen weiteren Wäschesack dabeizuhaben.

Zuversichtlich, dass sie aufbrechen würde, sobald ihr Trockner fertig war, räusperte Chris sich und fragte: »Lange gearbeitet?« Er sprach so laut, dass sie seine Stimme über das Rumpeln des Trockners und der Waschmaschine hören musste.

»Wie bitte?« Ihre Stimme klang weich und hoch: weiblich, aber nicht zu sexy.

»Ganz schön spät fürs Wäschewaschen. Ich habe mich gefragt, ob Sie lange arbeiten mussten. Ich schon, aber ich hab die Wäsche heute Morgen nicht geschafft. Das Wochenende ist noch weit weg und ich hab keine sauberen Arbeitsklamotten mehr.«

Er versuchte, entspannt zu klingen, versagte aber kläglich. Jedem halbwegs intelligenten Menschen musste klar sein, dass er nervös war. Er war sich sicher, dass sie das blutverschmierte Hemd, das ihm auf den Boden gefallen war, nicht gesehen hatte, aber selbst wenn: Was machte das schon? Es hätte ja auch Rotwein oder Tomatensoße sein können.

»Ja, richtig«, erwiderte die Frau.

»Wo arbeiten Sie?«

Es folgte eine lange Pause. »Ich bin Lehrerin.«

»Ach ja? Was unterrichten Sie?«

Es interessierte ihn nicht im Geringsten. Er machte nur Smalltalk, um sich die Zeit zu vertreiben.

»Hauptsächlich Englisch. Privat, nicht an einer Schule.«

»Aha.«

»Sie?«

»Immobilienmakler.«

Stille, abgesehen vom Brummen der Maschinen.

Chris drehte sich wieder zu seiner Waschladung um. Er wünschte sich langsam, er hätte die Klamotten zu Hause gewaschen, obwohl er wusste, dass es besser war, dort keine Blutspuren zu hinterlassen. Die Wäsche hier zu waschen, bedeutete, dass es nahezu unmöglich sein würde, die Blutspuren zuzuordnen, die er vielleicht hinterließ. Bei all dem Blut, Dreck, Erbrochenen und der Scheiße, die in den Maschinen herumgewirbelt wurden, musste er keine Angst haben, dass man sein kleines Geheimnis entdecken würde.

Chris blickte erneut über seine Schulter – und zuckte zusammen. Die Frau stand nur wenige Meter hinter ihm. Er hatte nicht gehört, wie sie näher gekommen war, und jetzt stand sie zu dicht an der Waschmaschine.

»Hab ich Sie erschreckt?«, fragte sie.

»Nein. Doch. Na ja, vielleicht ein bisschen.«

Sein Herz schlug wie wild in seiner Brust. Er war mit seinen Nerven ziemlich am Ende. Er würde sich nur unnötig in Gefahr bringen, falls er sich nicht beruhigte – was allerdings gar nicht so leicht war, schließlich schleuderte das Blut eines anderen Menschen nur einen halben Meter neben ihm munter in einer Wäschetrommel.

»Tut mir leid«, sagte sie und lehnte sich gegen den Tisch.

Was willst du denn? Hau ab!

Sie kam ihm nicht bekannt vor, er hatte sie noch nie in der Stadt oder im Waschsalon gesehen. Andererseits ging er auch nie nachts in den Waschsalon, blieb ohnehin lieber für sich und kannte daher nicht viele Einwohner von Wangaratta – oder »Wang«, wie die Einheimischen gerne sagten. Ein Spitzname, den Chris immer gehasst hatte.

»Sie, äh, haben da was auf dem Hemd«, sagte die Frau.

Chris schaute nach unten und sah einen roten Fleck, gleich neben der Hemdtasche. Er schrie innerlich auf und sein Magen verkrampfte sich; äußerlich schüttelte er nur den Kopf und erwiderte: »Farbe … Muss Farbe von den Klamotten sein, die ich wasche. Hab ich mir wohl aus Versehen aufs Hemd geschmiert. War wohl unaufmerksam.«

Er musste den Fleck loswerden. Er war ein Beweis.

Er zog das Hemd aus, öffnete den Deckel der Waschmaschine, und warf es hinein. Er schloss die Klappe wieder, und als er sich umdrehte, starrte die Frau ihn an. Plötzlich fühlte er sich vollkommen ausgeliefert; er bekam überall auf seinem teigig-weißen Körper Gänsehaut. »Ich hoffe, es stört Sie nicht«, sagte er. »Ich kann den Gedanken nicht ertragen, schmutzige Klamotten anzuhaben.«

»Stört mich nicht. Ich hoffe aber, Sie fangen sich keine Erkältung ein.«

Es war ihm egal, was er sich einfing – solange ihn nur niemand einfing. Sie hatte allerdings nicht unrecht: Im Waschsalon war es ziemlich frisch.

»Vielleicht sollte ich zu Ihnen rüberkommen und mich am Trockner wärmen.«

Die Frau lächelte.

Er hoffte, dass sie seinen Kommentar nicht als halbherzigen Anmachspruch verstand.

»Hier drin kann's ziemlich warm werden, wenn genügend Trockner an sind«, entgegnete sie. »Manchmal, wenn es draußen richtig kalt ist, komme ich mit meiner Tüte voller Münzen hier rein und schaffe mir mein eigenes Heizsystem.«

Chris war klar, dass sie Witze machte. Lehrer verdienten sehr ordentlich, und ganz bestimmt konnte sie sich eine Heizung leisten. Da die Frau jedoch nicht grinste, war Chris sich nicht mehr ganz sicher.

Er rieb sich seine dürren Arme. »Und, kommen Sie oft nachts in den Waschsalon?«

»Andauernd.«

»Ist das nicht gefährlich?«

Die Frau zuckte mit den Schultern. »Ich mag die Ruhe und den Frieden. Diese Läden sind tagsüber einfach zu voll. Sie sind der erste Mensch, den ich je um diese Uhrzeit hier getroffen habe. Normalerweise hab ich den Salon ganz für mich allein.«

»Haben Sie keine Angst?«

»Wovor?«

Chris hatte angenommen, die Antwort läge auf der Hand. »Dass irgend so ein Irrer reinkommt. Eine Frau ganz allein, nachts, an so einem Ort, die ist doch leichte Beute. Besonders in einer Stadt wie dieser. Hier sind nachts kaum Leute unterwegs, anders als in einer Großstadt.«

Heute Nacht ist es einer zu viel.

»Über so was denke ich nicht nach. Meine Philosophie ist: was passiert, passiert. Ich werde mir sicher nicht wegen irgendetwas einen Kopf machen, das *vielleicht* passieren könnte.«

»Schon richtig, aber Sie können ja bestimmte Vorsichtsmaßnahmen treffen, um gefährliche Situationen zu vermeiden.«

»Zum Beispiel?«

»Zum Beispiel nicht nachts um halb zwölf Ihre Wäsche zu waschen.«

»Ich schätze, ich mag es, Risiken einzugehen.«

»Gehen Sie auch gerne nachts spazieren?«

Die Frau runzelte die Stirn. »Bitte?«

»Draußen steht kein Auto. Ich hab angenommen, dass Sie zu Fuß hergekommen sind.«

»Nun, da haben Sie falsch angenommen. Mein Freund hat mich hier abgesetzt. Und demnächst holt er mich auch wieder ab.«

Er nahm einen Anflug von Beunruhigung in ihrer Stimme wahr. Sagte sie die Wahrheit oder war sie nur vorsichtig? Vielleicht war sie doch nicht so furchtlos. Vielleicht wurde ihr ihre Lage allmählich klar: allein, nachts, mit einem halbnackten Fremden. Nicht gerade die bestmögliche Situation für sie.

Chris wollte ihr versichern, dass er sich nur unterhalten und sonst wirklich nichts von ihr wollte. Alles, was er wollte, war, seine Klamotten von dem Blut zu befreien, das ihn vollgespritzt hatte, als die Sache mit diesem Mädchen so völlig aus dem Ruder gelaufen war, und dann von diesem deprimierenden Ort zu verschwinden.

»Tut mir leid, ich hab mir nichts dabei gedacht. Ich war nur neugierig«, sagte Chris.

»Schon okay. Ich wollte Sie nicht so anfahren. Es war ein langer Tag und ich bin müde.«

Chris warf einen Blick auf seine Maschine – noch vierzehn Minuten – und sagte: »Schon vergessen.«

»Tja, ich schau mal besser, wie weit meine Wäsche ist.« Die Frau eilte zu ihrem Trockner zurück, öffnete die Klappe und unterbrach so das Gebläse. Sie griff hinein und fing an, Kleidungsstücke herauszuholen. Chris erkannte Jeans, T-Shirts, BHs und Höschen.

Er war sich sicher, dass der Trockner noch nicht fertig war, aber er sagte nichts. Er hoffte, dass sie nicht seinetwegen vorzeitig abbrach. Wenn er ihr zu nahe getreten war und sie wirklich einen Freund hatte, der sie bald abholte, dann müsste er sich um mehr Sorgen machen, als um schmutzige Wäsche – schließlich stand er ohne Hemd da.

Chris beobachtete die Frau, während sie ihren Rucksack auf den Tisch warf und begann, Klamotten einzupacken. Er sah, dass sie sich nicht die Mühe machte, sie zusammenzulegen – sie stopfte sie einfach hinein, wie Daunen in ein Kissen.

Auch wenn er wirklich der Grund für ihren frühen Aufbruch war, fühlte sich Chris doch erleichtert, dass sie ging. Jetzt konnte er sich entspannen und in aller Ruhe warten, bis seine Klamotten wieder sauber waren. Er überlegte, ob er die Tür abschließen und alle Lichter ausmachen sollte, sobald sie weg war.

Die Frau warf sich die ausgebeulte Tasche über die Schulter und eilte zur Tür.

»Ich hoffe, ich hab Sie nicht beleidigt«, sagte Chris.

»Nein, gar nicht. Meine Klamotten sind alle trocken und ich hätte mich schon vor fünf Minuten draußen mit meinem Freund treffen sollen. Ich hab gar nicht gemerkt, dass es schon so spät ist.«

Chris schaute aus dem Fenster, sah aber nur seinen Nissan auf dem Parkplatz stehen.

Die Frau öffnete die Tür und blieb noch einmal stehen. Sie drehte sich um und sagte: »Sie brauchen was Stärkeres als Waschpulver, wenn Sie das Blut rauskriegen wollen.« Dann eilte sie hinaus und ließ Chris verblüfft zurück, und das Geräusch des schwappenden Wassers klang in der plötzlichen Stille unglaublich laut.

JOHNNY, DAS NARBENGESICHT

»Wer ist Ihre Lieblingsband?«

»Wie bitte?«

»Wer ist Ihre Lieblingsband? Kann natürlich auch ein Solokünstler sein. Oder noch besser: wer ist Ihre Lieblingsband *und* Ihr Lieblingssänger?«

Johnny wartete darauf, dass die nette Lady antwortete, und trommelte dabei mit den Fingern aufs Lenkrad.

Meine sind die Beatles. Ihre späte Phase ist am besten. Lieblingsalbum: Let it Be, *das wurde im Jahr …*

»Elvis, schätze ich. Ich interessiere mich nicht so für Musik.«

»Elvis, ja? Elvis the Pelvis. Okay. Was ist Ihr Lieblingsfilm?«

Johnny zählte die vorbeiflitzenden weißen Streifen auf der Straße. Er war bei zehn, als die Frau erwiderte. »Wahrscheinlich *Vom Winde verweht.* Nicht besonders originell, ich weiß.«

Meiner ist Playtime. *Diese schwarzen Stühle waren großartig. Alle hatten die. Jeder sollte so einen haben. Ich möchte einen. Paris sah in dem Film toll aus.*

»Lieblingsbuch?«

Die Frau lachte.

Er wusste nicht, was daran so lustig war. Lachte sie über ihn?

»Was sollen denn die ganzen Fragen?«

Das Lenkrad fühlte sich rutschig in Johnnys Händen an. Es war eine windige Nacht – und kalt. Johnny hasste die Kälte, deshalb hatte er die Heizung im Auto voll aufgedreht; seine Handflächen schwitzten. »Mich interessiert, was die Leute mögen und was nicht. Ich kann mich nicht … entspannen, bevor ich das Lieblingsbuch, den Lieblingsfilm, die Lieblingsband usw. von jemandem kenne. Und die Ängste.«

»Ängste?«

»Ja. Aber zuerst: Was ist Ihr Lieblingsbuch?«

Meins ist Weißes Rauschen. *Das beste Buch aller Zeiten. Ein modernes Meisterwerk. Ich möchte nie so eine schwarze Wolke sehen. Keine Sorge, ich weiß, was zu tun ist, falls das je passiert.*

»Also … das letzte Buch, das ich gelesen habe, war *Das Reich der Siqqusim: Auferstehung.* Ich mag Horrorromane, und der war wirklich gut. Ich schätze also, das ist es.«

Johnny atmete ruhig aus. Jetzt wusste er schon ein wenig über diese Frau: Sie liebt Elvis, alte romantische Hollywoodfilme und Horrorromane. Sehr seltsame Mischung.

»Sehr seltsame Mischung«, sagte er.

»Was?«

»Ihr Lieblingsbuch, -film und -sänger. Ich hab noch nie jemanden getroffen, der einen so ... widersprüchlichen Geschmack hatte.«

»Tatsächlich? Fragen Sie alle Anhalter so aus?«

»Oh, ich nehme keine Anhalter mit. Zu gefährlich. Die könnten ja Mörder sein.«

»Aber ich bin auch eine Anhalterin.«

Er mochte den Klang ihrer Stimme. Er wünschte, sie würde mehr reden. »Nein, Sie sind keine Anhalterin. Sie sind eine Lady.«

Keine Anhalterin. Keine Anhalterin. Sie ist keine Anhalterin. Anhalter sind Mörder und hässliche, schmutzige Leute.

»Oh, vielen Dank«, sagte sie.

»Gern geschehen.« Johnny drehte sich zu ihr um und lächelte sie an.

Im Widerschein der Scheinwerfer konnte Johnny die nette Lady ziemlich gut sehen. Er mochte ihr Aussehen, sie erinnerte ihn an Mum, nur hübscher.

Nein, das stimmte nicht. Sie war nicht hübscher als Mum. Niemand war hübscher als Mum. Aber sie war schön anzuschauen, trotz der blauen Flecken im Gesicht. Sie zerstörten ihr hübsches Aussehen nicht, nicht in Johnnys Augen.

»Und, was sind deine Favoriten?«

»Meine?«

Er wurde immer nervös, wenn die Leute ihn das fragten. Er wollte, dass nur die Menschen, denen er vertraute, wussten, was er mochte und was nicht. Er entschied, dass er der Lady vertraute.

»Beatles, *Playtime, Weißes Rauschen*«, platzte er heraus und hoffte, sie würde ihn nicht noch einmal fragen.

»Okay«, war alles, was sie sagte, und Johnny war erleichtert.

Er mochte diese Frau immer mehr. Anfangs war er sich nicht sicher gewesen. Wie sie dort in der Dunkelheit gestanden hatte, mit gelben Haaren, und aussah wie Mum, war er nicht sicher, ob er das Risiko eingehen und sie mitnehmen sollte, immerhin war in seinem Leben nur Platz für eine Frau.

Aber sie war nicht wie die anderen, sein Äußeres schien sie nicht abzustoßen, sie schrie nicht und war nicht, wie so viele andere, aus dem Wagen geflohen, als sie sein Gesicht gesehen hatte.

»Wieso haben Sie keine Angst vor mir?«

Die Frau kicherte, was Johnny verführerisch fand. »Was meinst du?«

Er zuckte die Achseln. »Die meisten Leute kriegen Angst, wenn sie mich sehen. Sie finden, ich sehe seltsam aus. Deshalb fahre ich immer nachts, damit mich niemand sieht.«

Die Frau drehte sich zu Johnny um. Sie roch nach Bier und Zigaretten. »Ich schätze, es ist mir einfach nicht aufgefallen. Ich habe keine Angst, Johnny.«

Johnny lachte. Er lachte normalerweise nicht vor Fremden. Er hörte sofort wieder auf.

»Jeder Mensch fürchtet sich mal. Jeder hat Ängste.«

»Tatsächlich?«

Er nickte. »Jeder.«

»Sogar du?«

»Ja, sicher. Ich habe jede Menge. Tausende.«

»Zum Beispiel?«

Er offenbarte Leuten nicht gerne seine Ängste. Nicht, bevor er ihre kannte. Das war Teil des Spiels, und er würde jetzt sicher nicht damit anfangen, die Regeln zu lockern, nicht für diese Lady.

»Sie zuerst«, sagte er, und leckte sich über seine dünnen, offenen Lippen.

»Du verrätst mir deine, wenn ich dir meine verrate, meinst du?«

Sein Mund zitterte, als er lächelte. »Ja.«

Er hatte hier die Kontrolle, dachte er.

Mum wäre stolz auf ihn.

Die Frau seufzte. »Mir fällt wirklich nichts ein.«

Johnnys Augen begannen zu zucken. »Ihnen fällt bestimmt etwas ein. Woher haben Sie denn die blauen Flecken?«

Plötzlich war die Lady nicht mehr so hübsch. Sie sah jetzt überhaupt nicht mehr wie Mum aus.

»Ich bin mit dem falschen Typen mitgefahren. Hat mich ziemlich übel verprügelt.«

Johnnys Pipimann schwoll an. In seinem Kopf verschwamm alles, aber er hatte immer noch die Kontrolle über den Wagen. Glücklicherweise war auf dem Freeway nicht viel Verkehr.

»Er hat Sie verprügelt?«, fragte er. »Warum?«

»Es gefiel ihm nicht, dass ich aussteigen wollte. Schließlich hat er mich irgendwo am Straßenrand rausgeschmissen.«

»Hatten Sie Angst?«

»Nein.«

»Nicht mal ein bisschen?«

»Nun ...«

Johnny holte tief Luft. »Was?«

»Ich schätze, man könnte sagen, ich hatte Angst, dass ich, wenn er mich totschlägt, nicht mehr zu Ende bringen kann, was ich mir vorgenommen habe.«

Johnny spürte eine Welle der Ruhe über sich hinwegschwappen und ließ sich entspannt in seinen Sitz zurückfallen. Er hatte noch immer eine heftige Erektion, aber das konnte warten. Er wusste nun, was er über die Frau wissen musste. Ihre Angst war zwar seltsam, aber es war trotzdem Angst.

»Wir fahren an der nächsten Ausfahrt raus«, verkündete Johnny, als sie am Locksley-Schild vorbeikamen. »Mein Haus ist nicht mehr weit weg.«

Johnny legte eine Hand in den Schoß, streichelte heimlich seine Erektion und sagte sich, wie viel Glück er doch hatte, dass diese Lady so bereitwillig zugesagt hatte, mit ihm nach Hause zu kommen. Sie hatte keinen Moment gezögert und sofort Ja gesagt, als er sie gefragt hatte. Normalerweise musste er ihnen wehtun, bevor sie einwilligten, ihn nach Hause zu begleiten.

»Vielleicht stelle ich Ihnen Mum vor«, sagte er, als er seine Aufregung nicht mehr verbergen konnte.

»Du lebst bei deiner Mum?«

»Ja. Sie kann ziemlich wählerisch sein, wenn es darum geht, wen sie kennenlernen möchte und wen ich mit nach Hause bringen darf. Ich kann nichts versprechen, aber ich glaube, sie könnte Sie mögen. Also, wovor haben Sie noch Angst?«

»Ich hab dir eine von meinen verraten, jetzt verrätst du mir eine von deinen. Quid pro quo.«

Johnny wusste, was das bedeutete: Er hatte *Das Schweigen der Lämmer* gesehen.

»Okay, das ist fair. Ich habe Angst, krank zu werden.«

»Meinst du Krebs oder so?«

»Nein, nein, nein. Wegen der schlechten Hygiene anderer Leute. Ich hasse es, wenn die Menschen um mich herum anfangen zu husten und zu schniefen. Ich gehe nicht gerne in Restaurants und nie im Leben auf eine öffentliche Toilette.«

»Ich bin vor zwei Monaten in einer öffentlichen Toilette vergewaltigt worden.«

Johnny musste würgen. In seinem Mund lag der saure Geschmack aus den gebackenen Bohnen und Würstchen, die er zum Abendessen gegessen hatte.

»Alles okay?«

Er nickte und atmete ein paarmal tief ein. »Das ist … widerlich«, sagte er. Er konnte den Geruch von Urin und Exkrementen in dem Toilettenhäuschen beinahe riechen und die verschmutzten Wände und den dreckigen Boden vor sich sehen. Er wusste nicht, wie er damit fertig werden würde, falls ihm selbst einmal so etwas zustoßen sollte. »Ich hoffe, Sie haben sich hinterher ordentlich gewaschen.«

»Natürlich.«

Johnny kurbelte das Fenster herunter, und eine Brise kühler Spätherbstluft wehte ihm in sein glühendes Gesicht.

»Sie sind dran«, sagte er.

»Also, ich hatte früher Angst vor Spinnen. Und vor großen Höhen.«

Er verdrängte seine Phobie vor öffentlichen Toiletten aus seinen Gedanken und drehte sich zu der Frau um. »Wirklich? Ich auch. Na ja, nicht vor Höhen, aber ich hab Angst vor Spinnen.«

Er kurbelte das Fenster wieder hoch. Es wurde zu kalt.

Ein Schild sagte ihnen, dass ihre Ausfahrt die nächste war. Nach einem Kilometer wurde Johnny langsamer, lenkte nach links und fuhr vom Freeway auf eine schmale, schattige Straße ab.

Es waren keine Autos unterwegs, was nicht weiter verwunderlich war, da die Gegend hauptsächlich aus Koppeln und Wald bestand.

»Noch zehn Minuten, dann sind wir zu Hause«, verkündete Johnny.

Zu diesem Zeitpunkt heulten sie normalerweise und flehten ihn an, sie gehen zu lassen. Nicht so diese Lady. Sie saß ganz zufrieden da, und das machte Johnny vor Aufregung ganz kribbelig.

»Und? Gibt's noch etwas, wovor Sie Angst haben, außer Spinnen und großen Höhen?«

»Na ja, jetzt habe ich ja keine Angst mehr vor ihnen.«

Johnny runzelte die Stirn. »Wie können Sie denn mit einem Mal keine Angst mehr vor Spinnen haben?«

»Ich bin einfach eines Tages aufgewacht und hatte keine Angst mehr vor ihnen. Ich fand, dass es wirklich albern ist, sich vor ihnen zu fürchten – eigentlich sind es doch nur kleine Tiere. Menschen sind viel größer und um einiges bösartiger. Wenn ich überhaupt vor etwas Angst hätte, dann vor den Menschen.«

Johnny hoffte, dass sie sein Grinsen nicht bemerkte. »Dann haben Sie also Angst vor Menschen? Davor, was sie tun können? Haben Sie Angst vor dem Tod?«

Er wollte nicht zu aufdringlich erscheinen, aber er musste es einfach wissen.

»Das kommt darauf an, wie man es sieht«, antwortete sie. »Tod im Sinne von Sterben, nein. Tod in dem Sinne, Angst zu haben, seine Bestimmung im Leben nicht zu erfüllen – ich denke, davor habe ich schon Angst.«

Johnny verstand nicht, was die Lady meinte. Jeder hatte Angst davor, zu sterben, wieso behauptete sie also, dass sie keine hatte?

»Wie können Sie denn keine Angst vor dem Tod haben? Was

ist mit Ihrer Familie? Haben Sie keine Angst davor, dass die stirbt?«

»Ich habe keine Familie, um die ich Angst haben könnte.«

Das kam Johnny seltsam vor. Die Frau war noch nicht so alt – bestimmt hatte sie eine Familie. »Keinen Mann, Sohn, Tochter, Mutter oder Vater?«

»Mein Exmann … also, es könnte mich kaum weniger interessieren, ob er stirbt. Eigentlich wäre ein blutiger, schmerzvoller Tod für ihn meiner Meinung nach sogar wünschenswert.«

»Was hat er getan? Sie geschlagen?«

Die Lady antwortete nicht.

»Sind Sie deshalb unterwegs? Um von ihm wegzukommen?«

»Nein. Wir haben uns schon vor langer Zeit getrennt. Ich reise aus einem anderen Grund.«

»Um irgendwo anzukommen?«

»Na ja, so ungefähr. Ich hoffe, jemanden zu treffen.«

Hitze raste durch Johnnys ganzen Körper. Er hatte sich nicht mehr so elektrisiert gefühlt, seit …

Er musste sich unheimlich anstrengen, um die Worte herauszukriegen, so aufgeregt war er. Endlich schaffte er ein Stammeln: »Bin ich dieser jemand?«

Die Lady drehte sich um und lächelte ihn an. Jetzt erinnerte sie ihn wieder an Mum. »Vielleicht.«

Als er auf die leere Nebenstraße abbog, in der sein Haus stand, wuchs Johnnys Erektion wieder an. Zum ersten Mal seit langer Zeit fühlte er sich nicht wie ein groteskes Ungeheuer.

Johnny lenkte den Wagen in den Carport, schaltete die Scheinwerfer aus und stellte den Motor ab. Sein Pillermann war immer noch sehr hart, und ihm war vor lauter Aufregung feuchtkalt.

»Hier wohnst du also?«

»Jep.«

»Schön.«

Er wusste, dass die Lady nur höflich war, aber er dankte ihr trotzdem, öffnete die Tür und stieg aus dem Wagen in den bitterkalten Wind.

Das Farmhaus sah alles andere als eindrucksvoll aus. Es war

klein und man sah ihm sein Alter an. Auf der einen Seite wurde es von Eukalyptusbäumen, auf der anderen und dahinter von einer Koppel gesäumt. Sie hielten keine Tiere mehr, seit er zehn Jahre alt gewesen war. Gegenüber dem Haus, auf der anderen Straßenseite, führte die stillgelegte Eisenbahnlinie vorbei, die einst die wichtigste Verbindung von Melbourne nach Sydney gewesen war. Als Kind hatte Johnny oft nachts im Bett gelegen und dem Klappern und Rattern der Züge gelauscht. Er vermisste diese Zeit.

Als die Frau aus dem Wagen stieg, führte er sie zum Haus, über die Stufen der Veranda und zur Eingangstür.

Er hatte das Licht auf der Veranda angelassen, ebenso ein paar Lampen im Inneren, und als er in seine Hosentasche griff und den Schlüsselbund herauszog, fand er den Haustürschlüssel mit Leichtigkeit.

»Ich hoffe, wir stören deine Mum nicht.«

»Sie schläft im hinteren Zimmer. Aber sie hat sowieso einen festen Schlaf.«

Er öffnete die Tür und ließ die Lady zuerst eintreten. Als sie drinnen war, folgte er ihr, machte die Tür zu und schloss sie mehrmals ab.

Der Geruch stieg ihm sofort in die Nase – es wurde schlimmer. Er war sich sicher, dass sie es ebenfalls riechen konnte, und deshalb sagte er: »Muss unbedingt den Müll rausbringen. War ein paar Tage weg. Wahrscheinlich vergammeltes Fleisch.«

Die Frau lächelte sanft. »Du hast hier wirklich ein ... hübsches Zuhause.«

»Danke. Mum übernimmt meistens das Putzen, wenn ich unterwegs bin, aber ich bin derjenige, der dafür sorgt, dass sie es auch ordentlich macht. Sie wird langsam alt, aber sie kann immer noch den Besen schwingen.« Er lächelte, aber dann wurde ihm bewusst, dass dies das erste Mal war, dass die nette Lady ihn bei voller Beleuchtung sah. Sein Lächeln erstarb und er fragte: »Äh, was zu trinken?«

»Kaffee wäre nett. Stört es dich, wenn ich zuerst euer Bad benutze?«

Er zeigte zum Ende des Flurs. »Erste Tür rechts.«

Sobald sie verschwunden war, eilte Johnny in die Küche. Er schaltete das Licht an.

Das schmutzige Geschirr von vor ein paar Tagen – einschließlich Mums Teetasse und des Tellers, von dem sie gerne ihre Scones aß – stand noch immer im Spülbecken. Er ignorierte die Unordnung, setzte den Wasserkessel auf, schnappte sich zwei Tassen und füllte in jede einen Teelöffel Instantkaffee. Während das Wasser aufkochte, schlich er den Flur hinunter zu Mums Zimmer.

Im hinteren Teil des Hauses war der Geruch stärker. Um Mum nicht zu stören, ließ er das Licht im Flur aus, sodass er nicht besonders viel sehen konnte. Aber da er in diesem Haus aufgewachsen war und es sich in 42 Jahren nicht wirklich verändert hatte, erreichte er Mums Schlafzimmer, ohne irgendwo anzustoßen. Vor ihrer Tür blieb er stehen und lauschte. Von drinnen war kein Laut zu hören.

Gut.

Auf Zehenspitzen ging er zurück in die Küche. Das Wasser im Kessel brodelte, und aus dem Metallschnabel stieg Rauch auf; er füllte beide Tassen mit kochendem Wasser.

Als er die Toilettenspülung hörte, ging er zurück ins Wohnzimmer. Die Frau betrat das Zimmer vom Flur aus. Sie sah müde aus, aber immer noch sehr hübsch.

»Ich hab nach Mum gesehen. Sie schläft noch«, sagte Johnny.

In der Stille, die nun folgte, erinnerte sich Johnny wieder, was er aus Höflichkeit sagen sollte.

»Bitte, setzen Sie sich.«

Sie setzte sich auf seine Couch.

»Der Kaffee ist fast fertig. Nehmen Sie Zucker und Milch?«

»Schwarz ist okay.«

Er hatte noch nie von einer Frau gehört, die ihren Kaffee schwarz trank. Von Männern schon, aber nie von einer Frau. Mum trank ihn immer mit Milch und zwei Stück Zucker.

»Okay«, sagte er, und ging wieder in die Küche.

Er tat einen Löffel Sahne und zwei Stück Zucker in seinen Kaffee und ließ ihren, wie er war.

Er griff nach dem Pillenfläschchen, zögerte dann aber.

Die Lady war aus freien Stücken hierher gekommen. Sie war in sein Auto gestiegen und freiwillig mit ihm nach Hause gekommen. Sie war anders. Vielleicht brauchte er die Pillen gar nicht.

Er bekam plötzlich Kopfschmerzen, als er über die Frage nachdachte. Er benutzte immer Pillen bei ihnen.

Aber sie mag dich, sagte eine Stimme – eine verzerrte Stimme, aber zweifellos seine eigene.

Er wusste, dass das nicht möglich war. Mum hatte ihm immer gesagt, dass sich nie ein Mädchen in ihn verlieben würde, nicht, solange er so aussah.

Selbst die Männer im Gefängnis hatten ihn in Ruhe gelassen – so grotesk sah er aus.

Er langte nach oben und griff nach dem Fläschchen. Seine Hand begann zu zittern. Die Pillen klapperten in dem Plastikbehälter.

Er wollte auf keinen Fall, dass diese hier ihm entkam. Er mochte sie wirklich.

Er drehte den Deckel ab und schüttelte fünf Pillen in seine Hand. Er legte die Pillen auf die Arbeitsfläche und zerdrückte sie mithilfe der Rückseite eines Löffels zu weißem Pulver. Dann ließ er das Pulver in die Tasse der Frau rieseln und rührte um.

Sobald das Pulver sich aufgelöst hatte, trug er die Tassen ins Wohnzimmer, reichte ihr den Kaffee und ließ sich in Mums Lieblingssessel nieder.

»Danke. Riecht gut.«

Johnnys Hände zitterten so stark, während er darauf wartete, dass sie einen Schluck nahm, dass er Gefahr lief, seinen Kaffee über den Teppich zu schütten. Als sie endlich trank, hörten seine Hände auf zu zittern.

»Mir ist etwas Seltsames aufgefallen«, sagte sie. »Im Badezimmer ist kein einziger Spiegel. Und hier draußen kann ich auch keinen sehen. Bist du abergläubisch?«

Johnny nahm einen Mund voll Kaffee, um die Wut aufzuhalten, die in ihm aufstieg. Der Kaffee hinterließ bei seinem Weg hinunter eine brennende Spur, aber trotz des Schmerzes lächelte er und erwiderte: »Ich habe keine Verwendung für sie. Und Mum auch nicht.«

Die Lady nickte. Sie trank noch einen Schluck.

»Kann ich Sie etwas fragen?«, wollte Johnny wissen.

»Sicher.«

Er nahm noch einen Schluck, atmete tief ein und sagte: »Wieso sind Sie hierher gekommen? Was wollen Sie von mir?«

Sie lächelte sanft. »Ich dachte, das wäre offensichtlich, Johnny. Damit wir ficken können.«

Johnny spuckte beinahe seinen Kaffee über den Teppich. Er hatte noch nie gehört, dass eine Lady dieses Wort benutzte. Zumindest nicht so direkt.

Es ergab keinen Sinn. Nichts ergab mehr Sinn.

Konnte diese Frau es denn nicht sehen? War sie blind?

Vielleicht hatte Johnny ja in den letzten Tagen eine radikale Verwandlung durchgemacht. Vielleicht hatte er, nachdem er sich um Mum gekümmert hatte, den alten Johnny abgeschüttelt. Vielleicht konnte er jetzt John sein, und alle Mädchen würden sich nach ihm verzehren.

»Wieso hätte ich denn sonst mit dir nach Hause kommen sollen? Um Kaffee zu trinken und zu plaudern?« Die Frau schüttelte den Kopf, und als wolle sie ihren Worten Nachdruck verleihen, stellte sie die noch immer halbvolle Kaffeetasse auf den Tisch und erhob sich. »Deine Mum schläft, oder?«

Johnny nickte. »Aber sie könnte jederzeit aufwachen.«

»Ich werde leise sein. Nun, zumindest werde ich es versuchen.«

Johnny wand sich in seinem Sessel. Er war es nicht gewohnt, dass die Mädchen so direkt waren. Als die Lady seine Schulter berührte, platzte ein »Nein!« aus ihm heraus.

Sie sah ebenso verletzt wie verblüfft aus. »Nein? Du meinst, du willst keinen Sex mit mir haben?«

»Keine der anderen wollte das. Die haben sich nicht so benommen.«

Ihm war heiß; er fühlte sich klaustrophobisch. Er fragte sich, ob sie genug Kaffee getrunken hatte, damit die Drogen auch wirkten. Was würde er tun, wenn dem nicht so war?

»Welche anderen?«, fragte sie.

»Hä?«

»Du hast gesagt, keine der anderen habe sich so benommen. Was hast du damit gemeint?«

Die Frau hatte ihre Hand wieder von Johnnys Schulter genommen. Sie stand ganz aufrecht da und sah ihn mit unheimlichen Augen an.

»Die … anderen Mädchen.«

»Andere Anhalterinnen?«

»Ich nehme keine Anhalter mit«, erinnerte er sie. »Das ist zu gefährlich. Ihr Kaffee wird kalt.«

»Scheiß auf den Kaffee. Erzähl mir mehr von diesen anderen Mädchen.«

»Wieso wollen Sie das wissen?«

»Es interessiert mich eben, das ist alles. Das ist alles Teil meiner Angst.«

Johnny wand sich nun nicht mehr. Er setzte sich auf. »Etwas über die anderen Mädchen zu erfahren, ist Teil Ihrer Angst?«

Die Lady nickte.

Johnny, der spürte, dass er langsam wieder die Kontrolle übernahm, sagte: »Setzen Sie sich und trinken Sie Ihren Kaffee aus, dann erzähle ich es Ihnen.«

Sie setzte sich wieder und nahm ihre Kaffeetasse in die Hand.

Als Johnny sich entspannte, stellte er fest, dass er auf die Toilette musste. Er war sich nicht sicher, ob es an der ganzen Aufregung oder am Kaffee lag. »Würden Sie mich für einen Moment entschuldigen?«

Er ließ die Lady mit ihrem Kaffee zurück und eilte ins Badezimmer. Er schloss die Tür, machte das Licht an und trat ans Waschbecken. Er spritzte sich kaltes Wasser ins Gesicht und ging dann auf die Toilette.

Hinterher wusch er sich unter dampfend heißem Wasser die Hände.

Was, wenn die Pillen nicht wirken? Was mache ich dann? Sie will, dass ich ihr von den anderen Mädchen erzähle.

Seine Hände waren schon beinahe verbrüht, und er drehte den Wasserhahn zu. Er trocknete sie mit einem Handtuch ab, das noch immer feucht war, da sie es vor ihm benutzt hatte.

In seinem Kopf begann ein Beatles-Song zu spielen, Paul McCartneys ›I've Just Seen a Face‹.

An Beatleslieder zu denken oder sie zu singen, half ihm immer dabei, sich zu beruhigen, besonders die von Paul. Er mochte Pauls Melodien, und während er das Lied summte, schwappte eine Woge der Ruhe über ihn hinweg. Es war wirklich schade, dass es schon so spät war, sonst hätte er noch eine Beatlesplatte aufgelegt.

Johnny fuhr sich mit den Fingern übers Gesicht, fühlte sämtliche Beulen und Wunden und fragte sich erneut, weshalb die Lady so scharf darauf gewesen war, mit ihm zu kommen. Ihre Bereitwilligkeit und die Tatsache, dass sie ihn zu mögen schien, verwirrten ihn. Es machte ihn schwach.

Er würde das nicht noch einmal zulassen.

Als er glaubte, die Kontrolle wiedergewonnen zu haben, öffnete er die Badezimmertür, ging den Flur hinunter und ins Wohnzimmer.

Sie lag ausgestreckt auf dem Boden, Kaffee hatte sich auf dem Teppich ausgebreitet.

Er eilte hinüber, hob die Tasse auf und stellte sie auf den Tisch.

»Sieh nur, was du angerichtet hast«, sagte er und ging in die Küche, um einen Lappen und Putzmittel zu holen.

Er konnte aber nicht allzu böse auf sie sein. Zumindest hatten die Schlaftabletten gewirkt. Darüber sollte er sich freuen.

Und das tat er. Er war glücklich und erleichtert.

Er füllte einen Eimer mit Wasser, schüttete etwas Putzmittel hinein, warf ein paar Lappen dazu und ging wieder ins Wohnzimmer.

Die Lady atmete ruhig. Johnny stand über ihr und betrachtete ihre Brust. Als er bemerkte, dass er eine mächtige Erektion hatte, wandte er seinen anzüglichen Blick ab und machte sich daran, die Sauerei aufzuwischen.

Er wollte nicht, dass Mum ihn beim Gaffen erwischte.

Er musste lachen.

Er konnte so viel gaffen, wie er wollte. Wer sollte ihn daran hindern?

Niemand. Kein Mensch.

Er konnte jetzt alles tun, wozu er Lust hatte.

Und dann tat er etwas, was er so spät nachts noch nie getan hatte. Er stellte sich vor seine Plattensammlung, zog *Help!* heraus, legte die Scheibe auf den Plattenspieler, führte den Arm zum drittletzten Lied, drehte die Lautstärke voll auf und verlor sich völlig in der vertrauten Stimme von Paul McCartney.

Die Digitaluhr auf dem Kaminsims zeigte 2.43 Uhr.

Es war ungefähr vier Uhr nachmittags, als die Lady wieder zu sich kam.

Johnny hatte den Tag damit verbracht, das Haus zu putzen, den Müll rauszubringen, das Geschirr abzuspülen und, natürlich, die Lady im Keller zu fesseln.

Er hatte Mums Zimmer nicht betreten, denn er wollte sie nicht stören. Noch nicht. Nicht, solange er mit der Lady noch nicht fertig war. Johnny hatte sich die Zeit im Keller vertrieben, bis sie zu sich kam, hatte zum 23. Mal *Weißes Rauschen* gelesen und ihre schwarze Sporttasche durchsucht. Sie enthielt hauptsächlich langweiliges Zeug: alte Klamotten, ein paar neue Kleidungsstücke, an denen noch immer das Preisschild hing, Wasserflaschen und Damenbinden. Was er in ihrer Handtasche gefunden hatte, interessierte ihn weit mehr – ihr Portemonnaie. Es war aufgrund der Dinge interessant, die es enthielt.

Und jenen, die es nicht enthielt.

Für das Portemonnaie einer Frau war es auffallend leer. Es gab keinen Führerschein und keine Kreditkarte und auch sonst nichts, womit man die Lady hätte identifizieren können (nicht, dass er ihren Namen hätte wissen wollen). Alles, was es enthielt, waren ein Haufen Geld (etwas mehr als tausend Dollar, hauptsächlich in Hundertdollarnoten, mit ein paar Zehnern und Zwanzigern) und ein Foto. Das Foto zeigte ein Mädchen um die zwanzig; sie war außergewöhnlich hübsch – sie erinnerte Johnny an Mum in ihren Jugendjahren.

Die Entdeckung des Fotos erregte und verärgerte Johnny gleichermaßen – die Lady hatte behauptet, sie habe keine Familie, um die sie hätte Angst haben können. Wenn das ihre Tochter war, hatte sie ihn angelogen. Aber wenn nicht, wer war sie dann?

Auf dem Plattenspieler, den er in den Keller gebracht hatte, lief ›Love Me Tender‹, als die Lady erwachte.

Er ging hinüber und drehte die Lautstärke herunter, schaltete aber nicht aus – schließlich sang hier The King. Dann trat er wieder an die Grube heran – ein großes, flaches Loch im Erdboden, das Johnny vor ein paar Jahren gegraben hatte – und blieb über der Lady stehen. »Gut geschlafen?«, erkundigte er sich.

Sie blickte sich in dem flachen Graben um, in dem sie saß, und schaute dann hinter sich auf das Seil, mit dem ihre Hände an einem aus der Wand ragenden Rohr festgebunden waren.

»Du musst das nicht tun«, sagte sie, und ihre Stimme klang immer noch verschlafen. »Ich hätte alles getan, was du verlangst.«

Johnny schob seinen Stuhl näher an die Lady heran und setzte sich. »Brauchst du Wasser?«

Sie schüttelte den Kopf.

»Bist du sicher? Hier unten kann die Luft ganz schön dünn werden. Vor allem, sobald das Geschrei losgeht.«

Die Lady sah zu ihm hinauf. »Du willst mir wehtun? Warum?«

»Du hast mich angelogen.«

Sie runzelte ihre schweißbedeckte Stirn. »Ich habe nicht gelogen.«

Johnny griff in seine Hemdtasche und zog das Foto heraus. »Du hast mir gesagt, du hättest keine Familie. Als ich dich nach deiner Angst gefragt habe, hast du gesagt, du hättest keine, weil du keine Familie hast, um die du Angst haben könntest. Wer ist dann das?«

Sie schaute das Foto mit unendlicher Traurigkeit an.

Johnny wartete auf eine Antwort. Er bekam keine. »Willst du es mir nicht sagen?«

»Wenn ich es dir sage, wirst du mich dann wieder losbinden und mir das Foto zurückgeben?«

»Ja.«

Es gab Johnny einen Kick, ihnen falsche Hoffnungen zu machen.

Die Lady atmete tief ein. »Das ist meine Tochter.«

»Dann *hast* du mich angelogen!«, kreischte Johnny, und warf das Foto in die Grube. Es landete neben ihrem nackten rechten Fuß. »Wo ist sie?«

»Tot.«

»Du lügst«, sagte er.

Das Kinn der Frau begann zu zittern. »Tue ich nicht. Sie ist vor über einem Jahr gestorben.«

»Was ist mit ihr passiert?«

Tränen rannen aus den Augen der Lady, als sie zu ihm hochsah. »Ich hatte gehofft, du könntest es mir sagen.«

Johnny zögerte. »Du denkst, ich hätte deine Tochter getötet?«

»Hast du das denn nicht?«

Johnny spürte ihren Schmerz und ihre Wut, und das machte ihn richtig heiß. Er verstand die Lady allmählich. Was sie antrieb oder was sie damit meinte, keine Angst vor dem Tod zu haben. Er wusste jetzt, wie er ihr Angst machen konnte. »Vielleicht, vielleicht auch nicht. Ich hab so viele Mädchen mit nach Hause gebracht, da ist es schwierig, den Überblick zu behalten.«

Die Schultern der Frau sackten herunter, und sie atmete lange und zitternd aus. »Du Scheißkerl. Du verdammtes, widerliches Monster.«

Dieses Wort von ihr zu hören, fühlte sich an wie ein Schlag in die Magengegend.

»Nenn mich nicht so.«

Er hatte wirklich geglaubt, die Lady habe Gefallen an ihm gefunden und trotz seines abscheulichen Gesichts Gefühle für ihn entwickelt.

Er hatte sich geirrt. Wie jede andere Frau, die er je getroffen hatte, war alles, was sie sah, ein Freak. Sie benutzte ihn, um Informationen zu bekommen, das war alles – Informationen, die er nicht preisgeben würde. Er würde sie im Ungewissen lassen. Während er sie folterte, würde sie sich die ganze Zeit fragen, ob er derjenige war, der ihre hübsche kleine Tochter umgebracht hatte.

Sie würde sterben, ohne es zu erfahren, und er wusste, dass ihm selbst dies die größte Befriedigung überhaupt verschaffen würde.

Dabei war er sich noch nicht einmal sicher, ob er das Mädchen umgebracht hatte. Je mehr er darüber nachdachte, desto mehr war er selbst davon überzeugt, dass er es möglicherweise wirklich getan hatte. Das Mädchen auf dem Foto kam ihm irgendwie bekannt vor.

»Ich dachte, du wärst anders«, sagte Johnny. »Ich dachte, du hättest mich wirklich gern. Ich habe keine Ahnung, wie das passieren konnte, aber ich habe mir selbst weisgemacht, dass es so ist. Jetzt weiß ich, dass du genauso eine verlogene Schlampe bist wie alle anderen. Und dafür wirst du bezahlen.«

›All Shook Up‹ lief leise im Hintergrund.

Johnny ging zu dem Eimer mit kaltem Wasser hinüber, den er neben dem Kellerwaschbecken hatte stehen lassen, und schleppte ihn zur Grube. »Du hast mich angelogen, als ich dich nach deinen Ängsten gefragt habe. Alles, was ich wollte, war die Wahrheit, aber du musstest ja lügen, und deshalb wirst du jetzt alles über Angst und Schmerz erfahren. Ich will, dass du weißt, wie es ist, ich zu sein. Der Schmerz, die Qualen – wie es ist, jeden Tag mit diesem Gesicht zu leben.« Er kippte das Wasser in die Grube.

»Was tust du da?«, keuchte die Lady.

»Ich hab's satt, dass Mädchen mir sagen, wie hässlich ich bin; dass sie lieber Freddy Krueger vögeln würden als mich. Den kennst du doch sicher, wo du so ein Horrorfan bist, oder?«

Er stellte den Eimer ab und ging gemächlich zu den Stromkabeln hinüber, die wie schlafende Schlangen auf dem Boden lagen.

»Das Foto! Es geht kaputt!«

Johnny blickte über seine Schulter. Sie versuchte, das Foto aus der Grube zu kicken, war aber nicht sonderlich erfolgreich.

Johnny ließ die Kabel fallen, kehrte zur Grube zurück, langte hinein und pflückte das Foto aus dem Wasser. Es war völlig durchnässt, aber das Bild war noch zu erkennen. »Vielleicht behalte ich das. Als Souvenir.« Er steckte das Foto in seine Hemdtasche.

»Gib es mir zurück!«, schrie die Lady. »Es gehört mir!«

Johnny ging wieder zu den Kabeln, nahm in jede Hand eine der dünnen schwarzen Leitungen und zog sie in Richtung der Lady.

»Wofür sind die?«, keuchte sie.

»Weißt du, woher ich die Narben in meinem Gesicht habe?«, fragte Johnny, als er die beiden Kabel auf die flache Wasserpfütze zuführte.

»Bitte nicht.« Die Lady zerrte an dem Seil, mit dem sie gefesselt war, aber alles, was sie dadurch erreichte, war, sich zu verausgaben.

»Mein Vater hielt es für lustig, seine Zigaretten in meinem Gesicht auszudrücken«, sagte Johnny. »Aber das Schlimmste daran war, dass er meistens Zigarren rauchte.«

Er tauchte eines der Kabel ins Wasser. Die Lady schrie und zappelte, als das Wasser durch den Strom zu knistern begann.

Er zog das Kabel wieder heraus. Die Lady saß da, zitternd und keuchend.

Er wartete etwa dreißig Sekunden, dann hielt er beide Kabel in die Grube.

Der Geruch von Verbranntem stieg ihm in die Nase, und eine Erektion presste sich gegen seine Hose, als die Schreie der Frau den stickigen, schattigen Raum erfüllten.

Er führte die Kabel immer wieder ins Wasser, bis sie ganz still wurde. Schließlich kippte sie gegen die Wand. Ihre Jeans war ein wenig angesengt.

Johnny ließ die Kabel fallen. Er zog sich die Hosen herunter, befreite seine Erektion und masturbierte. Er kam fast sofort. Sein Saft spritzte mit aller Macht aus ihm heraus und über das Gesicht und die Brust der Frau.

Hinterher – erleichtert, aber zugleich beschämt über sein sexuelles Verlangen – setzte er sich neben die Grube auf den Stuhl und las.

Das Abendessen kam an diesem Abend aus seiner Gefriertruhe. Alles andere im Haus war entweder verschimmelt oder bereits über dem Haltbarkeitsdatum. Er aß Würstchen, geriffelte Pommes Frites und gefrorenen Mais, der schon so lange in der Kühltruhe lag, dass sich um jeden Kolben eine dicke Eisschicht gebildet hatte. Er stellte auch für die Frau etwas zu essen beiseite, aber als sie aufwachte, war es längst kalt.

Er brachte ihr den Teller trotzdem in den Keller.

»Es ist kalt, aber ich habe sonst nichts zu essen im Haus, also solltest du besser zugreifen.«

Immer noch benebelt, blickte die Lady mit halboffenen Augen zu ihm auf. Sie zitterte und zuckte am ganzen Körper.

Johnny schnitt ein Stück des kalten Würstchens ab und bot es ihr an.

Sie blickte voller Abscheu auf das Stückchen Fleisch. Dann spuckte sie darauf. »Fick dich«, fauchte sie.

Er warf das Würstchen in die Grube, denn allein der Gedanke daran, dass jemand irgendetwas aß, das voller Spucke war, selbst wenn es sich um dessen eigene Spucke handelte, machte ihn krank. Er schnitt ein weiteres Stück des Würstchens ab. »Komm schon, iss. Du kriegst sonst bis morgen nichts mehr zu essen.«

Die Lady presste ihre Lippen noch immer fest zusammen, aber schließlich öffnete sie doch den Mund und riss das Stückchen Wurst von der Gabel. Sie kaute langsam.

»Lecker, hm?« Er spießte ein paar eiskaltes Pommes Frites auf, die sie schon bereitwilliger aß.

»Magst du Mais?«

Sie nickte.

Johnny legte die Gabel hin und nahm einen der Maiskolben vom Teller. Er hatte sie mit Butter und Salz bestrichen – so mochte er sie am liebsten. Er lehnte sich nach vorne, damit die Frau leichter abbeißen konnte.

Eine Fontäne aus halbzerkauten Würstchen und Kartoffeln traf ihn mitten ins Gesicht.

Er schleuderte den Mais in die Ecke, sprang auf und rannte zur Treppe. Keuchend taumelte er nach oben ins Badezimmer und erreichte das Waschbecken gerade noch rechtzeitig, um sein Abendessen hineinzuspucken.

Als er fertig war, wusch er sich das Gesicht mit Seife und heißem Wasser und schrubbte seine Haut so heftig und energisch, bis er sicher war, dass auch das letzte bisschen halbzerkauten Essens verschwunden war. Nachdem er sein Gesicht sorgfältig abgespült und abgetrocknet hatte, gurgelte er mit Mundwasser.

»Schlampe«, sagte er, und fing an zu weinen.

Dann verwandelte sich sein Weinen in einen Schrei, der seinen gesamten Körper erfasste und in seiner Kehle brannte. Wenn sie seine Angst vor Keimen und Krankheiten ausnutzen wollte, würde er sichergehen, dass sie begriff, was wahre Angst war. Der Tod ihrer Tochter hatte ihr großen Schmerz bereitet, er würde ihr nun noch größeren Schmerz zufügen.

Sein Schrei verebbte, und allmählich fühlte er sich besser. Es schlich sich sogar ein Lächeln auf sein Gesicht. Als er das Badezimmer verließ und wieder in den Keller hinunterging, kribbelte die Vorfreude in ihm.

Er trat vor die Lady. Sie grinste boshaft.

»Nun, wie ich sehe, schmeckt dir mein Essen nicht. Na schön. Ab jetzt bekommst du gar nichts mehr zu essen.«

Er ging in die Hocke, um außerhalb ihrer Schusslinie zu sein, falls sie noch mehr Essen im Mund hatte. Er sah ihr direkt in die Augen. »Ich möchte, dass du weißt, wie es ist, zu verhungern. Ich weiß schon, wie sich das anfühlt, weil ich es selbst erlebt habe. Natürlich bin ich nicht richtig verhungert, aber ich war verdammt nahe dran. Als Strafe dafür, dass ich meinen Vater geschlagen hatte – ich war vierzehn und habe aus reiner Notwehr gehandelt –, wurde ich eines Tages ohne Wasser und irgendetwas zu essen hier unten eingesperrt. Ich war eine ganze Woche hier unten, in der Kälte und der Dunkelheit, ohne irgendetwas zu essen oder zu trinken.«

Johnny grinste, als er sich an diese Zeit zurückerinnerte. Schon seltsam, wie ihm Dinge, die damals so schrecklich gewesen waren, heute fast komisch vorkamen. Tragödie plus Zeit, in der Tat.

»Na ja, ich hatte schon ein *bisschen* was zu essen. Mum und Dad wussten nichts davon, aber ich habe es geschafft, ein paar Spinnen und Ratten zu fangen und zu töten. Dicke, fette, haarige Spinnen und hässliche, fette Ratten. Die Ratten waren natürlich die beste Fleischquelle, aber die Spinnen waren leichter zu fangen. Daher kommt auch meine Angst vor Spinnen, ob du's glaubst oder nicht. Als ich sie fangen und essen musste – roh, wohlgemerkt, denn ich konnte hier unten ja kein Feuer machen und mir das Fleisch braten – wurde ich oft gebissen und bekam

Krankheiten. Ich schätze, die Spinnen hatten wohl irgendetwas an sich, das mir nicht bekam. Trotzdem: Am Ende der Woche hatte ich meine Schmerzgrenze bereits so weit hinter mir gelassen, dass ich nicht einmal zusammenzuckte, als ich über ein Brett stolperte, aus dem mehrere lange Nägel herausragten, die sich in meine Stirn und meine Wangen bohrten. Weißt du, die ersten paar Tage sind am schlimmsten. Dein Körper ist daran gewöhnt, regelmäßig etwas zu essen, deshalb fehlt im die Nahrung noch sehr. Und dann ist da noch der Durst.« Johnny schüttelte den Kopf. »Der Durst macht deinen Körper richtig fertig. Ich hatte Glück, ich konnte wenigstens noch meine Pisse trinken. Aber dir werde ich nicht einmal diesen Luxus gewähren. Für dich gibt's keine Spinnen und keinen Urin. Nein, für dich gibt's den kalten Entzug.«

Das Grinsen war aus dem Gesicht der Lady verschwunden. Nun starrte sie ihn mit leerem, gottlosem Blick an. Tränen rannen über ihre Wangen, aber sie schluchzte nicht.

Elvis sang noch immer im Hintergrund. Johnny ging zum Plattenspieler und schaltete ihn aus. Er wollte der Frau keinerlei Trost gönnen, nicht einmal Musik. Er nahm die Schallplatte vom Teller und hielt sie in die Höhe. »Hab Elvis nie richtig gemocht«, sagte er, und schleuderte die Platte gegen die Kellerwand. Sie zersprang in schwarze Scherben.

Er bückte sich, griff nach dem größten, schärfsten Stück der zerbrochenen Schallplatte und stapfte wieder zur Grube zurück. »Was hat Elvis gesungen? *Don't be cruel to a heart that's true?* Nun, dein Herz ist ganz sicher nicht aufrichtig. Du bist eine Lügnerin, die die Menschen ausnutzt. Ich glaube nicht, dass es den King gestört hätte, dass ich grausam zu dir bin.« Johnny setzte sich an den Rand der Grube und beugte sich nach vorne. »Ich werde dich in mich verwandeln. Wie gefällt dir das?«

Er kratzte mit der zackigen Seite der Scherbe über die rechte Wange der Lady. Sie fuhr zurück, und ihr Kopf krachte mit einem dumpfen Schlag gegen die Ziegelwand.

Blut tropfte wie eine Träne über ihr schmerzverzerrtes Gesicht. Johnny lehnte sich nach vorne und leckte es von ihrer Wange. »Mmm, salzig.« Er packte mit einer Hand eine Strähne ihres Haars, um ihren Kopf stillzuhalten, und legte die Scherbe so dicht an ihr rechtes Auge, dass jede plötzliche Bewegung von ihr oder ihm einen durchbohrten Augapfel zur Folge gehabt hätte. Die Lady zitterte, hielt aber still.

»Nur ein kleiner Stich und plopp!«, flüstere Johnny. Er hielt ihr die Scherbe noch eine Weile neben das Auge und sah zu, wie ihr die Schweißperlen über das Gesicht rannen, bevor er sich schließlich doch zurückzog. Er legte die Scherbe auf den Boden. »Vielleicht später. Ich will ja nicht, dass du mir zu früh wegstirbst.« Er strich über den Körper der Lady und begann, ihre Jeans aufzuknöpfen. Sie wehrte sich, aber nur schwach, und er hatte ihr die Hose schnell ausgezogen. Ihre weiße Unterhose war zur Hälfte gelb – zweifellos eine Folge der Elektroschocks –, also ging er nach oben, zog sich ein paar Gummihandschuhe an und eilte wieder hinunter, um zu beenden, was er angefangen hatte.

Schon bald war die Lady von der Hüfte abwärts nackt, und ihr blasser Hintern saß halb im trüben, drei Zentimeter tiefen Wasser.

Johnny schleuderte das dreckige Höschen durch den Raum, dann die Gummihandschuhe hinterher.

»Als ich noch ein Teenager war, hab ich pausenlos von Mädchen geträumt«, sagte Johnny. »Von ihren Brüsten, Hintern, Lippen, Haaren, … Muschis. Ich hatte nie Verabredungen, wie du dir ja vorstellen kannst. Meine Eltern waren streng – besonders meine Mum hasste Sex und fand, Pipimänner und diese hängenden, riechenden Teile von Frauen seien böse. Und sie haben mich immer genau beobachtet, sodass ich mir nicht mal schmutzige Zeitschriften kaufen konnte. Die hätten sie ganz bestimmt gefunden, und dann wäre ich bestraft worden. Also habe ich viel darüber fantasiert, wie die Körper der Mädchen wohl aussehen. Ich hatte alle möglichen Vorstellungen, aber keine Möglichkeit, herauszufinden, ob ich damit richtig lag. Irgendwann habe ich beschlossen, für das Privileg zu bezahlen, wenn ich schon auf normalem Weg keine Mädchen bekommen konnte. Ohne das Wissen meiner Eltern fuhr ich eines Nachts, als ich neunzehn war, in ein Bordell nach Melbourne. Sie haben mich an der Tür abgewiesen, also hab ich versucht, auf der Straße eine Nutte aufzusammeln, aber nicht mal die wollten mich. Sobald sie mich sahen, rannten sie weg, alle mit demselben verängstigten, angeekelten Ausdruck im Gesicht. Aber so habe ich meine erste Muschi gesehen.« Er hob die Scherbe wieder auf und stieß sie in den Oberschenkel der Frau. Sie schrie, und als er die Scherbe über ihren Schenkel zog, verwandelten sich ihre Schreie in schmerzerfülltes Weinen. Als er fertig war, strömte eine Blutspur über ihr gesamtes Bein und tropfte ins immer dreckigere Wasser.

»Eines Nachts«, fuhr Johnny fort, »als Mum dachte, ich sei im Kino – das war, nachdem Dad gestorben war – sprach mich eine Nutte an. Sie trat ans Autofenster und öffnete ihren Mund, um etwas zu sagen, aber stattdessen schrie sie nur. Das sollte das letzte Mal sein, dass ich mich von einer Nutte anschreien ließ. Ich meine, das waren dreckige, degenerierte Huren, und die lachten mich aus? Also sprang ich aus dem Wagen, jagte sie die Straße hinunter und in einen Park. Dort habe ich sie gepackt und auf den Boden geschleudert, aber ich bin schon gekommen, bevor ich ihr überhaupt das Höschen ausziehen konnte. Dann hab ich sie erwürgt. Ich bin noch mal gekommen, als ich sie gefickt habe. Das hat mich echt überrascht. Du musst verstehen, das war, bevor ich so vorsichtig wegen der Keime war. Heute würde ich nicht mal daran denken, eine dreckige Prostituierte anzufassen – schon gar keine tote. Hinterher hab ich mir ihren Intimbereich ganz genau angeschaut. Ihre Haare waren braun und rasiert.« Er beugte sich ganz nah zum Intimbereich der Frau hinunter. Sie war haarig – ein dichter blonder Busch bedeckte ihre Lippen. Er atmete tief ein und nahm eine Mischung aus Blut, Urin und diesem seltsamen Frauengeruch in sich auf. »Seither bin ich mit vielen Frauen zusammen gewesen. Natürlich wollte nie eine freiwillig mit mir kommen, deshalb habe ich sie gezwungen. Ich liebe den weiblichen Körper, besonders den Geruch. So ein ungewöhnlicher Geruch, findest du nicht?«

Er bohrte die Schallplattenscherbe in ihr verworrenes Schamhaar.

Die Lady atmete erschrocken ein und versuchte, zurückzuweichen.

»So ein starker Geruch, und ihr Frauen wisst genau, wie ihr ihn einsetzen müsst, nicht wahr? Ihr denkt, nur weil ihr diese rosa Teile und zwei Titten habt, könnt ihr die Menschen behandeln, wie es euch passt. Nun, die werden dich jetzt auch nicht retten.«

Mit einem lüsternen Grinsen stieß er die Scherbe tief in sie, und die durchdringenden Schreie der Lady hallten von den Kellerwänden wider.

Am folgenden Tag fuhr Johnny zum Supermarkt. Er hatte keine Angst, dass die Frau sich befreien würde – er hatte sie nicht nur sehr stramm gefesselt, die Elektroschocks hatten sie auch ganz schön durchgeschüttelt.

Ganz zu schweigen davon, dass sie jetzt Probleme beim Gehen haben dürfte, dachte Johnny mit einem Grinsen, als er auf den Parkplatz des Euroa-Supermarktes einbog.

Er ging nicht gerne in die Öffentlichkeit, nicht, wenn es sich vermeiden ließ. Er machte im Supermarkt jedes Mal einen Großeinkauf, damit er möglichst selten losziehen musste. Außerdem kaufte er nicht gerne im Supermarkt ein, der Gemischtwarenladen in Longwood war näher, aber leider auch kleiner. Im größeren Laden fiel er weniger auf. Trotzdem fühlte er sich sofort klaustrophobisch, als er den vollen, hell erleuchteten Supermarkt mit der nervigen Fahrstuhlmusik betrat, und ihm wurde übel.

Er hasste es, in den Supermarkt zu gehen, weil er voller Menschen war – und weil die Menschen ständig alles anfassten. All diese Keime! Er hasste es besonders, frische Produkte zu kaufen. All diese verseuchten Hände, die nach dem Obst und Gemüse grabschten, um zu prüfen, ob es reif genug war, nur, um es dann wieder zurückzulegen, falls das nicht der Fall sein sollte. Das war der Grund, weshalb er hauptsächlich Konserven und Tiefkühlprodukte kaufte.

Johnny schnappte sich einen Einkaufswagen aus der Schlange. Es störte ihn nicht, dass das linke Hinterrad seinen eigenen Willen zu haben schien. Er hetzte durch den Laden, lud Konserven und Fertiggerichte ein und versuchte, das Gaffen und

Gemurmel der Fremden und das Kichern und die gelegentlichen Verhöhnungen der Kinder und Teenager zu ignorieren. Aber er war noch nie gut darin gewesen, solche Dinge einfach über sich ergehen zu lassen – laut Mum war er zu sensibel.

Er fühlte sich wie ein gefangenes Tier in einem Käfig, das sich verzweifelt befreien wollte.

Um die Sache noch schlimmer zu machen, traf er ein paar Leute, die er kannte, sodass er sich auch noch mit dem üblichen sinnlosen Geplapper und den Fragen nach Mum herumschlagen musste: »Wie geht's ihr?« oder »Ich hoffe, es geht ihr besser?« oder »Du und Cheryl solltet mal zum Abendessen zu uns kommen. Wir könnten grillen.«

Johnny tat, was Johnny immer getan hatte. Er lächelte, tat so, als mache es ihm nichts aus, sich in diesem grauenhaften Supermarkt mit Leuten zu unterhalten, die ihm egal waren, und beantwortete ihre Fragen so höflich und schnell, wie er konnte, ohne unfreundlich zu sein oder Verdacht zu erregen. Nur, als Mavis Brimble vorschlug, sie könne ja vorbeikommen und nachsehen, wie es dem »alten Mädchen« gehe, verfiel er in leichte Panik. Er begann, ›All You Need is Love‹ in seinem Kopf zu summen und murmelte »Paul ist tot, und überall nur weißes Rauschen«, bevor er die verwirrt dreinschauende Mavis im Gang stehen ließ und sich wieder seinem Einkauf widmete.

Er war noch nie so erleichtert gewesen wie in jenem Moment, als sich die Glastüren öffneten und er in der kühlen Nachmittagsluft stand. Er verstaute die Tüten hinten im Auto, schubste den Einkaufswagen in eine Bucht und fuhr schneller als sonst zurück nach Hause. Außer, dass er unbedingt aus diesem Supermarkt raus musste, machte er sich langsam Sorgen, dass die Lady es vielleicht doch geschafft hatte, sich zu befreien.

Hatte sie nicht. Als er nach ihr sah, fand er sie schlafend vor. Um ihren Mund und ihre Nase war eine gelbe Kruste zu erkennen.

Beruhigt, dass sie noch immer im Keller saß und er für mehrere Wochen nicht mehr würde einkaufen müssen, machte Johnny sich ein Käsesandwich. Er fragte Mum, ob sie auch eines wolle, aber sie war nicht in der Verfassung, irgendetwas zu essen, also entspannte er sich vor dem Fernseher und sah sich ein paar Seifenopern und eine Gameshow an.

Der Gestank im Haus war noch schlimmer geworden, aber das machte ihm keine allzu großen Sorgen. Er hatte keine nahen Nachbarn, sodass keine Gefahr bestand, dass irgendjemand den beißenden Geruch bemerkte. Außerdem mochte er ihn irgendwie.

Drei Tage später schaute Johnny sich gerade Trickfilme an und trank eine Dose Cola, als er sie rufen hörte.

Johnny stellte die Cola ab, ging in die Küche und trat an die Kellertür. Er öffnete die Luke und stieg hinunter. Der Gestank von Urin und Exkrementen traf ihn wie ein Schlag.

»Rebecca! Rebecca! Wo bist du?«

Johnny ging zur Grube hinüber und blickte hinunter. Die Lady sah aus wie ein Skelett – ihre Knochen bohrten sich beinahe durch ihre kränklich weiße Haut. Nur ihre Arme, die über ihrem Kopf zusammengebunden waren, hatten eine andere Farbe – aufgrund der mangelnden Durchblutung waren sie ganz schwarz und blau. Ihr kurzes blondes Haar war voller Blut- und Schmutzflecken.

»Schrecklich«, sagte Johnny und schüttelte den Kopf. »Absolut widerlich.«

»Geh nicht, Rebecca! Nein, geh nicht weg! Stirb, Mutter, stirb!«

Johnny runzelte die Stirn. *Sie will sich umbringen?*

»Stirb, Mutter, stirb!«, heulte sie erneut.

Ihre Augen waren geschlossen, aber Johnny konnte nicht sagen, ob sie träumte oder im Delirium war. »Du hast noch einen langen Weg vor dir, bevor du stirbst. Dieser Schmerz ist nichts im Vergleich dazu, wie du dich in ein paar Wochen fühlen wirst«, sagte er, aber er war sich nicht sicher, ob sie ihn hören konnte.

»Rebecca!«, brüllte sie und öffnete ihre Augen. Sie starrte keuchend zu ihm hinauf. Ihre tief liegenden Augen funkelten ihn wild an. »Was hast du mit meiner Tochter gemacht?«

Johnny holte das Foto aus seiner hinteren Hosentasche und warf es ihr ins Gesicht. »Ist es das, was du willst?«

Weinend nickte sie: »Ja.«

»Du willst wissen, was mit deiner Tochter passiert ist?«

»Ja, oh Gott, ja. Bitte.«

Johnny grinste. »Sag mir, wie viel Schmerz du fühlst. Sag mir, wie viel Angst du hast.«

»Ja, ich habe Angst«, keuchte sie. »Ich will nicht sterben.«

»Das reicht nicht. Erzähl mir mehr.«

»Was soll ich denn sagen?«, wollte die Lady wissen.

»Sag mir, wie viel Schmerz du fühlst. Wie viel Angst du hast. Dass du alles tun würdest, um am Leben zu bleiben.«

»Okay, okay. Ich hatte unrecht. Ich hab gedacht, ich hätte keine Angst davor, zu sterben …«

»Ja?« Johnny begann, seinen Schritt zu streicheln. Die Angst anderer Menschen turnte ihn mehr an, als Pornografie es je getan hatte.

»Aber die habe ich. Ich will weiterleben. Ich will für Rebecca weiterleben. Da ist noch so viel, was ich tun muss. Bitte, lass mich gehen. Ich will nicht sterben.«

»Jetzt weißt du, wie ich mich Tag für Tag fühle. Wie es ist, jeden Tag mit Qualen und Demütigungen zu leben.« Er zog seine Hose herunter. »Ich will auf dich kommen, dann erzähl ich dir von deiner Tochter.«

»Versprochen?«

»Ja.«

Sie nickte und ließ ihren Kopf sinken.

Johnny trat ins flache Wasser hinunter. Er begann, seinen Schwanz zu streicheln. Er schloss die Augen und stellte sich vor, wie die Lady sich vor Schmerzen wand, heulte und ihn anflehte, sie gehen zu lassen. Es fühlte sich großartig an – bis er an Mum oben denken musste. Da er ihre Einstellung zum Sex kannte, besonders zu der Art, die nur dem Vergnügen diente, nicht der Fortpflanzung, und da er ihre Anwesenheit im Raum förmlich spüren konnte, hörte er auf, zog seine Hose schnell wieder hoch und schloss den Reißverschluss.

Wütend, weil Mum etwas zerstört hatte, das so wundervoll hätte werden sollen – wie sie es so oft tat – sagte Johnny: »Ich kann das nicht tun. Es ist Mum. Sie ist hier.«

Die Lady blickte auf und sah sich im Keller um. »Wo?«

»Nicht hier unten. Hier im Haus.«

»Oh.« Sie sah nervös und verängstigt aus. »Wirst du es mir jetzt erzählen?«

»Was?«

»Von Rebecca.«

Johnny hielt das Foto nicht mehr in der Hand, er musste es während seiner kurzen Anwandlung der Lust fallen gelassen haben. Er blickte sich schnell um und entdeckte es im schmutzigen Wasser. Er hob es auf. »Ich werde es dir erzählen«, sagte er, »wenn du das isst.«

»Nein«, schluchzte sie.

Johnny zuckte die Schultern. »Nun, ich schätze, dann wirst du nie erfahren, was mit deiner Tochter passiert ist.«

»Bitte, sag es mir.«

»Nur, wenn du das Foto isst. Wenn du wissen willst, ob ich derjenige bin, der deine Tochter getötet hat, dann musst du sie essen. Zeig mir, dass du alles tun würdest, um die Wahrheit zu erfahren.«

Die Frau, die ohnehin schon völlig ausgemergelt aussah, schien noch weiter zu schrumpfen, als sie in sich zusammensackte und sämtliche Emotionen aus ihrem Gesicht wichen. »Das ist das einzige Foto, das ich von ihr habe.«

»Dann nutze es weise. Iss es, und du wirst die Wahrheit erfahren.«

»Ich kann nicht«, sagte sie und schloss die Augen.

»Dann wirst du mit dieser Ungewissheit sterben. Und all das wird sinnlos gewesen sein.«

Johnny steckte das Foto wieder ein. Er dachte darüber nach, die Kabel zu benutzen, um sie gefügig zu machen, aber dann entschied er sich, dass es ihr mehr wehtun würde, die Wahrheit nicht zu kennen, als irgendwelche körperlichen Schmerzen, die er ihr zufügte. »Wie du meinst«, sagte Johnny und ging zur Treppe. »Ich muss mich um genügend andere Dinge kümmern.«

»Ich war dem Tod schon früher nahe«, sagte sie. »Es gab Zeiten in meinem Leben, in denen ich dachte, ich würde sterben.«

Johnny drehte sich zu ihr um. »Ja, das hast du mir schon erzählt. Als du vergewaltigt wurdest.«

Ihr dünnes Lächeln, voll von verborgenem Schmerz, überraschte Johnny. Sie öffnete die Augen. »Davon spreche ich nicht. Ich spreche von Rebeccas Vater, Burt. Er hat mich oft so heftig verprügelt, dass ich zu Gott gebetet habe, er möge mich sterben lassen. Die Momente, in denen ich glaubte, zu sterben, gehören zu den glücklichsten in meinem Leben. Es waren die Augenblicke danach – wenn mir klar wurde, dass ich noch immer am Leben war – die am meisten wehtaten. Als mir bewusst wurde, dass ich noch einen weiteren Tag erleben und eine weitere Prügelei ertragen musste, hasste ich Gott noch mehr als Burt.«

Johnny dachte daran, wie sein Vater ihn immer verprügelt und gequält hatte. Wie Johnny den Mistkerl hasste – und Mum, weil sie nichts getan hatte, um ihn aufzuhalten.

»Wieso hast du ihn nicht verlassen?«, fragte Johnny.

»Das hab ich irgendwann. Es ist eben schwer, zu gehen, wenn dein Wille gebrochen ist. Der einzige Grund, weshalb ich ging und mir nicht mehr wünschte, mein erbärmliches Leben möge endlich vorbei sein, war, dass ich mit Rebecca schwanger war. Sie hat mich vor dem Tod gerettet, aber jetzt ist sie weg und dieses Foto ist alles, was mir von ihr geblieben ist.«

Während er auf die Lady hinuntersah, dachte Johnny: *Vermutlich denkt sie sich das alles nur aus, damit ich sie am Leben lasse. Typisch Frau: manipulativ und verlogen und lässt ihren Charme spielen, um zu bekommen, was sie will.*

Nun, er würde jedenfalls nicht darauf hereinfallen. Er würde nicht zulassen, dass ihn noch einmal eine Frau ausnutzte.

Er holte das Foto wieder heraus, hielt es hoch und sagte: »Das ist deine letzte Chance. Entweder isst du das Foto und ich erzähl dir die Wahrheit, oder ich verbrenne es und du stirbst, ohne sie je zu erfahren. Du hast die Wahl.«

In der Stille konnte Johnny den Fernseher oben hören, ganz schwach und undeutlich, und irgendwo huschte etwas durch den Keller.

Schließlich sagte die Lady mit gebrochener Stimme: »Okay.«

Johnny riss einen dünnen Streifen des Fotos ab. Er ging zu ihr hinüber. »Weit aufmachen.«

Sie gehorchte zögerlich.

Er stopfte den Fotostreifen in ihren geöffneten Mund. Er hing noch halb heraus und sah aus wie der Schwanz einer Echse oder wie ein Wurm, der versuchte, sich hinauszuschlängeln.

»Kauen«, befahl er. »Das ist das Einzige, was du zu essen bekommst.«

Die Lady begann, ihren Kiefer zu bewegen, und schon bald war der Streifen verschwunden.

Während sie kaute, konnte sie ihn lächeln sehen; noch mehr als durch das Gefühl des starren Fotos, das ihre Kehle hinunterrutschte, musste sie bei diesem Anblick würgen.

»Lecker, wie?«

Sie schluckte das einzige Foto, das sie von Rebecca besaß. Er zerstörte das letzte greifbare Bild von Rebeccas zartem Gesicht und sie spürte, wie sie der Mut verließ.

Sie tat es für Rebecca. Daran musste sie immer denken.

Er riss ein weiteres Stück ab und bot es ihr an. »Mehr.«

»Nein, nichts mehr«, sagte sie, und das Foto fühlte sich an, als sei es in ihrem Hals stecken geblieben.

»Du willst doch, dass ich dir von deiner Tochter erzähle, oder?«

»Ich kann nicht«, sagte sie. »Ich brauche Wasser.«

Johnny seufzte. »Ich weiß nicht. Die Regel war, nichts zu essen oder zu trinken. Das war deine Strafe. Das hier kann ich ja nicht als Essen bezeichnen, deshalb ist der Teil deiner Strafe noch gewährt. Aber wenn ich dir Wasser gebe, breche ich den zweiten Teil der Regel.«

»Ich kann das Foto nicht essen, wenn du mir nicht ein bisschen Wasser gibst«, sagte sie und sah ihn mit roten, verquollenen Augen an.

Johnny nickte. »Ich schätze, du hast recht. Ein bisschen Wasser wird nicht schaden. Gerade genug, um Rebecca runterzuspülen.« Er eilte nach oben, holte ein Glas und rannte dann wieder nach unten. Er tauchte das Glas ins flache Wasser, das vor Blut, Urin, Exkrementen und Dreck ganz trüb war. Es roch faulig.

»Hier.«

Sie sah das Glas und starrte es sehr lange an. »Nein.«

»Was?«

»Das trinke ich nicht. Dann musst du mich wohl umbringen.«

Johnny blieb stur. »Wenn du die Wahrheit erfahren willst, dann musst du das trinken.«

»Ich weiß alles über dich«, sagte sie. »Ich weiß, was du getan hast.«

Johnnys Kopf füllte sich wieder mit dem Geräusch, das er weißes Rauschen nannte – eine lärmende Geräuschkulisse aus den Stimmen seiner Eltern, die ihn anbrüllten und ausschimpften. »Trink«, sagte er und versuchte, das weiße Rauschen seiner Eltern zu ignorieren. Er stieß der Lady das Glas ins Gesicht.

»Du hast deine Mutter getötet«, murmelte sie, während er das Glas gegen ihren Mund presste. Rotbraune Flüssigkeit schwappte auf ihren Mund und ihr Kinn.

Johnny schüttelte den Kopf. »Nein!«, brüllte er.

Die Lady wandte ihren Blick nach oben.

Johnny warf das Glas auf den Boden. Es zerbrach. Er packte die Frau an den Haaren und brüllte: »Was glotzt du so, du Schlampe?«

Er folgte ihrem Blick zu der Stelle an der Decke, der gleichzeitig der Boden des Zimmers seiner Mutter war. Er ließ die Haare der Frau los, richtete sich auf und hielt die Luft an, als er den riesigen Blutfleck sah, der sich über die Latten ausgebreitet hatte.

Er blickte wieder nach unten und sah mit Abscheu, dass sein ganzes Hemd mit dem Blut seiner Mutter befleckt war. *Mums Blut.* Für einen Moment war er wie festgefroren. Mum war wirklich tot, und nun kannte jemand sein Geheimnis. Er hätte ihre Leiche schon vor ein paar Tagen loswerden sollen, aber er hatte es einfach nicht übers Herz gebracht, sie zu entsorgen.

Er dachte an Mum, allein in ihrem Zimmer, an ihren zerstörten, blutigen Körper; an ihr Blut, das in dem Haus versickerte, das sie selbst mit aufgebaut hatte – und er fing an zu weinen.

Er war traurig, aber seine Traurigkeit wurde von einem Gefühl des Ekels übertroffen, das er empfand, wenn er an das dreckige, keimverseuchte Blut auf seinem Körper dachte. Er musste würgen. Es war zwar Mums Blut, aber es war trotzdem Blut, und seine lähmende Angst vor allem Verseuchten tobte unter der Oberfläche seiner Haut.

Schreiend riss er sich das Hemd vom Leib.

Er untersuchte seinen Körper; das Blut hatte seine Haut noch nicht beschmutzt. Dann erst bemerkte er es: Das Blut auf seinem Hemd war getrocknet; es sah aus wie Rost. Es war dasselbe Hemd, das er an jenem Tag getragen hatte, als er seine Mutter tötete; er hatte es nur noch nicht gewaschen. Das Blut von der Decke war nicht auf ihn getropft – er erkannte nun, dass es aussah wie eine dunkelrote Pfütze aus getrocknetem Klebstoff.

Er entspannte sich, und dann drang Gelächter in sein Bewusstsein, fast so wie das Blut, das einen Stock höher durch den Teppich gesickert war, und er drehte sich zu der Lady um, die mit hinter dem Rücken gefesselten Armen dasaß, mit dem Gesicht eines Skeletts, und ihn mit toten Augen anstarrte – und ihn auslachte. Diese feine Lady, diese Hure und Lügnerin, lachte ihn aus.

Und Johnny wusste, warum. Es war nicht seine Reaktion auf das Blut, die sie so lustig fand. Es war er selbst. In seiner Eile, das blutgetränkte Hemd loszuwerden, hatte er ganz vergessen, dass sie ebenfalls im Raum war. Er hatte vergessen, dass er niemals jemandem erlaubte, seinen Oberkörper zu sehen, niemals.

Aber nun fühlte er sich vollkommen entblößt und ausgeliefert, wie schon sein ganzes Leben lang, und die Frau lachte ihn aus. Er sah auf seinen grotesk vernarbten Körper hinunter, den Grund für so viel Schmerz und Demütigungen. Der bloße Anblick stieß ihn dermaßen ab, dass er sich ganz krank fühlte.

Die drei Brustwarzen … die beiden Bauchnabel … die zahlreichen Brandwunden der Zigaretten … die Messerwunden … der schwabbelige Bauch, der mit roten, eitrigen Pickeln übersät war. Die linke Seite seines Oberkörpers, die mit dicken Narben aus der Nacht bedeckt war, in der sein Vater einen Topf mit kochendem Wasser nach ihm geworfen hatte, als er acht Jahre alt gewesen war. Die langen, dicken schwarzen Locken, die sich willkürlich über seine Brust und seinen Bauch verteilten und die Tattoos auf seinen Armen, die ihn an die Zeit hinter Gittern erinnerten – in vielerlei Hinsicht ebenso seine glücklichste wie seine schlimmste Zeit.

Er sog alles in sich auf, die ganze grauenhafte Pointe seines Lebens, und übergab sich.

Er übergab sich lange und heftig, und durch sein Würgen und das weiße Rauschen, das immer noch in seinem Kopf dröhnte, hörte er die Stimme der Frau: »Du bist nicht er«, sagte sie. »Du bist nicht er. Stirb, Mutter, stirb!«

Das Gelächter. Ihr Gelächter.

Als er sich nicht mehr übergeben musste, stürmte er zu ihr hinüber. »Das ist richtig«, sagte Johnny, während er die Hände um ihren Hals legte. »Stirb, du gemeine Schlampe. Stirb.«

Die Lady zuckte, hörte aber bald damit auf, als Johnny fester zudrückte. Trotz allem bekam er eine Erektion. »Jetzt lachst du nicht mehr, oder?«, spuckte er aus. »Kein Gelächter mehr. Keine Lügen mehr.«

Seine Körper spannte sich an und ihm brach der Schweiß aus, als er sie erwürgte.

In seinem Kopf nichts als weißes Rauschen.

Er fiel in Ohnmacht.

Als er wieder zu sich kam, lag er halb in und halb außerhalb der Grube und hatte seine Hosen versaut. Die Frau saß nach vorne gebeugt, und ein Gallefaden rann aus ihrem Mund. Jetzt musste er zwei Leichen loswerden.

Er sprang aus der Grube und zog seine Hosen aus.

Auf dem Boden hatte sich eine große Blutpfütze gebildet; der Gestank machte ihn ganz krank, und er rannte nach oben und nahm eine kochend heiße Dusche.

Anschließend machte er Frühstück und legte ›Let It Be‹ auf.

Es war 7.37 Uhr.

DON, DER BIERTRINKER

Er musste pinkeln.

Dringend.

Das letzte Bier hätte ich nicht trinken sollen. Scheiße!

Er hatte es vor ein paar Stunden im Jiggy's geöffnet, und obwohl er kurz vor seinem Aufbruch zur Toilette gegangen war, musste er schon wieder.

Verdammt, wieso hab ich dieses letzte Bier noch getrunken?

Das Bedürfnis, zu urinieren, hatte ihn wie ein brechender Damm erwischt, plötzlich und übermächtig. Wenn er sich nicht bald erleichterte, würde seine Blase anfangen wehzutun und er würde nicht mehr ohne Beschwerden atmen können.

Die nächste Toilette lag fünf Minuten entfernt in Ronnie's Roadhouse, aber dafür hätte er umdrehen und wieder in die Richtung fahren müssen, aus der er kam – kein leichtes Unterfangen auf dem Hume Freeway. Und in der nächsten Zeit kamen auch keine Tankstellen oder Rastplätze. Seine Blase begann zu schmerzen. Als er sich auf dem Sitz wandte, ließ er beinahe ein bisschen Pisse entweichen.

Er musste in den nächsten fünf Minuten gehen, sonst drohte eine Riesensauerei.

Der Freeway war ziemlich leer und dunkel genug, sodass er einfach auf den Seitenstreifen fahren und sich dort erleichtern konnte. Das Auto würde ihn die paar Minuten, die er brauchte, verbergen; falls irgendjemand an ihm vorbeifahren sollte, würden sie annehmen, er habe entweder eine Panne oder mache eine Pause.

Was, wenn jemand anhält, um zu fragen, ob er mir helfen kann? Dann würde ich – im wahrsten Sinne des Wortes – mit heruntergelassenen Hosen erwischt.

Aber seine Blase platzte beinahe und er bekam allmählich Angst, dass er es nicht mehr länger halten könnte. Als er ein Ausfahrtschild für Locksley passierte – noch einen Kilometer – war ihm klar, dass er abfahren musste. In Locksley gab es zwar nichts, aber die Nebenstraße war ruhiger und dunkler, und es existierte ein Waldstück, in dem er sein Geschäft verrichten konnte.

Der eine Kilometer fühlte sich an wie zehn, doch endlich erreichte er die Ausfahrt. Er ging vom Gas, zuckte bei dem Schmerz, den diese leichte Bewegung verursachte, zusammen, und bog vom Freeway auf die Nebenstraße ab.

Er fuhr noch ein Stück die Straße entlang, und als er sich sicher war, weit genug von den Scheinwerfern des Freeway entfernt zu sein, lenkte er den Wagen an den Straßenrand und hielt an.

Er ließ den Motor laufen und stieg behutsam aus dem Auto. Er ging zügig, aber vorsichtig in den Busch, entfernte sich von den Scheinwerfern seines eigenen Autos, öffnete den Reißverschluss und ließ es laufen.

All seine Bedenken über vorbeifahrende Autos und neugierige Blicke flossen mit dem Urin aus seinem Körper, und erst, als er die letzten Tropfen abschüttelte, bemerkte er das Bündel, das ein paar Meter entfernt von ihm lag.

Er packte sein gutes Stück wieder ein, schloss den Reißverschluss und wagte sich noch tiefer in den Busch.

Er war froh, dass er schon auf der Toilette gewesen war, denn er wusste, dass er sich beim Anblick der Hand sonst sofort in die Hosen gemacht hätte.

Verursacht durch die Nervosität, spürte er, wie sich auch seine Blase sofort wieder füllte.

Die Hand war klein und sah im schwachen Licht sehr blass aus. Er nahm an, dass es entweder die Hand eines Kindes oder die einer Frau war. Er überwand seine Angst so weit, dass er sprechen konnte.

»Hallo?«, versuchte er es.

Er erwartete keine Antwort – er hätte vor Angst geschrien, wenn er eine bekommen hätte – und dankenswerterweise blieb die Person, zu der die Hand gehörte, tatsächlich still.

Als sich seine Augen an die Dunkelheit gewöhnt hatten, konnte er die Gestalt besser erkennen. An der Form ihres nackten Rückens und ihrer langen, schlanken Beine erkannte er, dass es eine Frau war. Sie hatte wirres, hellbraunes Haar, und sie trug keine Hosen. Von da, wo er stand, konnte er nicht feststellen, ob sie tot oder lebendig war, aber das Hemd, das sie trug, war mit dunkelroten Flecken übersät, die er für Blut hielt.

Er hatte genug gesehen. Er eilte zu seinem Wagen zurück, verschloss sämtliche Türen, kramte aufgeregt nach seinem Handy und wählte mit zitternden Händen den Notruf.

Nachdem er der Person am anderen Ende der Leitung von seinem Fund berichtet hatte, musste er erneut auf die Toilette. Er traute sich jedoch nicht, aus dem Auto zu steigen, und so saß er ängstlich und voller Unbehagen im Wagen und wartete darauf, dass die Polizei eintraf.

TEIL ZWEI
Die Kreuzung

So fand ich mich also im Alter von sechzehn Jahren wieder: Ich lebte in einer Einzimmerwohnung in West Footscray, war schwanger mit Rebecca und erhielt Arbeitslosengeld.

Das Geld, das ich von der Regierung bekam, reichte gerade so für meinen Lebensunterhalt. Ich hatte genügend übrig, um mir alle zwei Wochen ein wenig »Luxus« zu gönnen; Luxus waren in meinem Fall eine Musikkassette, ein Buch, eine extra Tafel Schokolade oder eine Packung Kekse. Ich konnte nicht arbeiten und hatte Angst, dass Burt mich finden würde. Kein besonderes Leben – aber wenigstens hatte ich Rebecca.

Nach ein paar Monaten ohne Burt und ohne das geringste Anzeichen seiner widerlichen Visage, entspannte ich mich allmählich und nahm an, dass er entweder gar nicht versucht hatte, mich zu finden, es nicht schaffte (ich hatte meinen Nachnamen geändert), im Gefängnis saß oder tot war.

Freitag- und samstagabends fanden oft Partys in einer der anderen Wohnungen statt, dann fühlte ich mich besonders einsam. Ich vermisste meine Eltern; angesichts der vielen Umzüge und des Mangels an Aufmerksamkeit und Zuneigung sowie der Art, wie sie Burt behandelt hatten, war ich überrascht, dass sie mir so sehr fehlten. Ich fragte mich oft, ob sie mich auch vermissten. Ich redete mir ein, dass sie das nicht taten und mich noch mehr hassen würden, wenn sie wüssten, dass ich schwanger war.

Das Einzige, was mir half, weiterzumachen, war Rebecca; ich wusste, dass ich stark sein musste, wenn sie erst einmal da war.

Ihre Tritte in mir zu spüren, gab mir den einzigen Grund, zu lächeln. Die Zeit verstrich langsam, aber dann war der Tag (eigentlich war es eine Nacht) endlich da, und – nach zwei Fehlalarmen – wollte Rebecca endlich raus. Ich erspare Ihnen die blutigen Details, aber die Wehen dauerten lange – fast dreißig Stunden – und ich bekam Medikamente, um mir die Geburt zu erleichtern. Aber als alles vorbei war, hatte ich ein wunderschönes kleines Mädchen: geboren am 5. Dezember, einen Monat zu früh, wog sie nur knapp zwei Kilogramm. Sie war winzig, aber das Wundervollste, was ich je gesehen hatte. Sie hatte Gelbsucht und musste ein paar Wochen im Krankenhaus bleiben, aber als es ihr besser ging, nahm ich sie mit nach Hause.

Rebecca war ein ruhiges Baby, was von Vorteil war, weil wir in einer winzigen Wohnung lebten. Sie weinte kaum, und wenn, war sie ganz leicht durch Kuscheln, eine Mahlzeit oder eine frische Windel zu beruhigen. Sie war ein Segen, das beste Baby, das sich eine sechzehnjährige alleinerziehende Mutter nur wünschen konnte.

Es lief jedoch nicht alles glatt – als sie drei Monate alt war, bekam sie Krupphusten, und mit acht Monaten eine virale Meningitis, wegen der sie eine Woche im Krankenhaus verbringen musste. Ich hatte schreckliche Angst, auch wenn die Ärzte mir versicherten, dass es nicht lebensbedrohlich war. Ich betete, dass sie alles gut überstand, und das tat sie auch.

Während dieser Phase dachte ich viel an meine Eltern. Es kam eine Zeit, als Rebecca zwei Jahre alt war, in der ich beschloss, sie ausfindig zu machen und sie wissen zu lassen, dass sie eine Enkeltochter hatten – eine nicht getaufte, nicht religiöse Enkeltochter (das würde sie, dafür kannte ich meine Eltern gut genug, ebenso wütend, wenn nicht sogar noch wütender machen, als wenn sie niemals erfahren hätten, dass sie überhaupt eine Enkeltochter hatten). Auch wenn ich nach wie vor hin und wieder zur Kirche ging und noch fast jeden Abend betete, wollte ich nicht, dass Rebecca mit derselben Hassliebe zur Religion aufwuchs wie ich. Ich wollte, dass sie in dieser Frage selbst entschied, wenn sie alt genug war, es zu verstehen. Auch wenn ich ihr noch Geschichten aus der Bibel vorlas und ihr von den verschiedenen christlichen Ritualen und Symbolen erzählte, nötigte ich ihr nichts auf und zwang sie nicht, zur Kirche zu gehen. Ich schätze, man könnte sagen, ich erzog sie zur Agnostikerin.

Als ich versuchte, meine Eltern zu kontaktieren, musste ich jedoch traurigerweise erfahren, dass sie vor über einem Jahr bei einem Autounfall ums Leben gekommen waren. Laut einiger Freunde meiner Eltern hatten sie versucht, mich zu finden, aber da hatte ich Burt bereits verlassen und war unter anderem Nachnamen in die neue Wohnung gezogen.

Ich war am Boden zerstört – wir konnten nie Frieden miteinander schließen. Ich schwor, Rebecca nie solche seelischen Qualen erleiden zu lassen. Ich wollte, dass sie ein besseres Leben hatte als ich – ein Leben voller Liebe und Zuneigung. Ich wollte immer für sie da sein und ihr niemals einen Grund geben, von zu Hause wegzulaufen, wie ich es getan hatte. Ich wollte, dass sie in einem hübschen Zuhause lebte, nicht in einer solchen Müllhalde von einer Wohnung in West Footscray.

Von der Beihilfe für alleinerziehende Mütter allein konnten wir nicht leben, und als Rebecca in die Grundschule kam, suchte ich mir einen Job. Das gestaltete sich äußerst schwierig. Obwohl ich klug, sehr belesen und clever war, hatte ich die Highschool nicht abgeschlossen und nicht die nötige Erfahrung, die ich für eine Stelle als Empfangsdame oder etwas Ähnliches brauchte. Auch wenn die Chefs mit mir flirteten, gaben sie mir nie einen Job. Ich wusste, dass ich die Arbeit bewältigen konnte, wenn man mir nur die Chance dazu gab, aber alles, was sie sahen, war eine junge Blondine ohne Bildung und mit einem fünfjährigen Kind.

Da ich aber eine Vollzeitstelle finden musste, nahm ich einen Job bei McDonald's am Schalter an.

Rebecca sah mir ähnlich (schlank gebaut, blondes Haar, grüne Augen; sie war so schön wie ein Engel), aber sie verhielt sich nicht wie ich, was in vielerlei Hinsicht eine gute Sache war. Sie hatte, Gott sei Dank, nichts vom Aussehen oder vom Wesen ihres Vaters geerbt, sodass ich wirklich nicht weiß, woher sie ihre Persönlichkeit hatte. Im Gegensatz zu mir, die ich immer vorlaut gewesen war und gesagt hatte, was ich dachte, war sie ein sehr ruhiges Kind. Trotzdem war sie beliebt. Sie fand leicht Freunde, was mich sehr glücklich machte. Wenn sie nach der Schule oder am Wochenende Freunde mit nach Hause brachte, verkroch ich mich in mein Zimmer und weinte, vielleicht zum ersten Mal in meinem Leben, Tränen der Freude. Ich wollte nicht, dass sie dieselbe Einsamkeit und Isolation spürte, die ich als Kind immer gespürt hatte – da ich sie oft lachen hörte und lächeln sah, wusste ich, dass sie nichts dergleichen empfand.

Als sie acht war, zogen wir aus der Wohnung in ein Zweizimmerhäuschen in Footscray. Die Gegend war ein wenig netter, aber immer noch nahe genug, dass Rebecca weiterhin auf dieselbe Grundschule gehen konnte, was ich für wichtig hielt. Ich war zur zweiten stellvertretenden Filialleiterin aufgestiegen und arbeitete Vollzeit, sodass ich genügend Geld verdiente, um uns ein angenehmes Leben zu ermöglichen.

Ich erzählte Rebecca oft Geschichten von ihren Großeltern. Ich erzählte ihr, wie sie gewesen waren (wobei ich die weniger schmeichelhaften Eigenschaften ausließ), von den Orten, an die sie mich mitgenommen hatten, und dass sie nun bestimmt auf uns herabschauten und uns beschützten (was ich irgendwie für ziemlich ironisch hielt).

Wann immer Rebecca nach ihrem Daddy fragte, log ich und behauptete, er sei nach Übersee gezogen, bevor sie geboren worden war. Ich fühlte mich schuldig, weil ich sie anlog, aber ich sagte mir, die Wahrheit war mehr, als irgendein Kind verkraftet hätte. Ich nahm mir vor, ihr die Wahrheit zu sagen, wenn sie älter war.

Aber für den Moment akzeptierte sie meine Erklärung dafür, dass sie nicht, wie die meisten anderen Kinder, auch einen Daddy hatte, und es schien ihr nicht zu schaden. Sie fragte nicht besonders oft nach ihm, und wenn, dann wollte sie meist nur Kleinigkeiten wissen: Wie sah er aus? Mochte er Schokolade und hasste Rosenkohl, so wie sie?

Rebecca interessierte sich, anders als ich damals, nicht für düstere Bücher und Filme. Sie bevorzugte Enid Blyton, Roald Dahl und, als sie ein wenig älter wurde, Judy Blume, John Marsden und Emily Rodda; ihre Lieblingsfilme waren Grease, Dirty Dancing *und* Forrest Gump. *Sie las gerne, wenn auch nicht so gerne wie ich, aber sie hatte ja, im Gegensatz zu mir, auch nicht die Zeit, so viel zu lesen. Sie war zu sehr damit beschäftigt, mit ihren Freunden zu spielen oder Sport zu treiben, was sie besonders liebte – besonders Basketball und Schwimmen.*

Ich ging fast jeden Samstag mit ihr ins Schwimmbad und sah ihr stundenlang beim Schwimmen oder – wenn ihre Freunde dabei waren – beim Herumtoben zu. Ein Talent für Musik hatte sie auch – sie bekam Klavierunterricht, als sie zehn war, und machte schnell Fortschritte.

Das Einzige, worunter sie litt, waren Albträume. Es war nicht ungewöhnlich, dass ich mitten in der Nacht aufwachte, weil sie schrie. Normalerweise erinnerte sie sich nicht an ihre Träume, und sie schienen ihr auch nicht zu schaden – sie waren einfach ein Teil ihres Lebens.

Wir zogen aus Footscray weg, als Rebecca die Grundschule beendete. In einem McDonald's in der Nähe von Clayton war eine Stelle als Filialleiterin frei geworden, und so zogen wir genau auf die gegenüberliegende Seite von Melbourne in ein nettes Haus in einer viel freundlicheren Gegend als alle, in denen wir bislang gelebt hatten.

Es war ein großer Schritt für uns beide. Wir wohnten nicht nur in einer anderen Gegend als die, in der Rebecca aufgewachsen war, ich hatte es auch geschafft, durch harte Arbeit eine leitende Position in einem riesigen Unternehmen zu bekommen. Das war ein kleiner Sieg für mich; er bedeutete mehr Druck, aber auch mehr Geld.

Rebecca gewöhnte sich schnell an das Leben auf der Highschool – nicht, dass ich mir je wirklich Sorgen deswegen gemacht hätte. Abgesehen von der Tatsache, dass sie zu einem außergewöhnlich hübschen Teenager heranwuchs (ein Vorteil in der Highschool, so oberflächlich diese Realität auch sein mochte), war sie ein freundlicher, aufrichtiger Mensch. Sie war fürsorglich und klug. Ihr einziger echter Fehler, wenn man es denn so nennen konnte, war, dass sie den Menschen gegenüber zu vertrauensselig war. Sie glaubte, jeder habe ein Herz aus Gold, selbst die, die schlimme Dinge taten, waren laut Rebecca in ihrem tiefsten Inneren nette Menschen – sie trugen nur zu viel negative Energie in sich.

Ich sagte ihr oft, sie würde einen tollen Hippie abgeben und sei etwa vierzig Jahre zu spät geboren. Ihre positive Sicht auf das Leben, besonders in Bezug auf ihre Mitmenschen, machte es mir umso schwerer, ihr die Wahrheit über ihren Dad zu erzählen. Viele Male war ich kurz davor. Ich redete mir ein, es sei der richtige Zeitpunkt und sie sei reif genug. Aber dann dachte ich jedes Mal wieder daran, wie der Scheißkerl mich verprügelt hatte, als er erfuhr, dass ich schwanger war, und wenn ich dann in Rebeccas liebes Gesicht sah, konnte ich ihr einfach nicht erzählen, dass sie von so einem Mann abstammte.

Ich fragte mich, ob sie immer noch der Ansicht wäre, alle

Menschen seien an sich gut, selbst wenn sie Böses taten, wenn sie erst einmal erfuhr, wie ihr feiner Dad mich behandelt hatte.

Während Rebeccas gesamter Highschoolzeit verstanden wir uns wunderbar. Wir waren eher Schwestern als Mutter und Tochter. Natürlich stritten wir uns auch – meist über typische Teenagerthemen wie Privatsphäre, Ausgehen, Alkohol und Sex (ich verbot ihr, welchen zu haben, bevor sie dreißig war. Dann lachte sie nur und sagte mir, ich solle mich entspannen). Diese Fragen schienen zu der Zeit wichtig zu sein, aber im Nachhinein kommen sie mir so klein, ja sogar, ich sage einfach mal: altmodisch vor.

Ich würde alles dafür geben, noch einmal durch diese frühen Teenagerahre zu gehen, wenn ich dafür Rebecca zurückbekommen könnte.

Aber das wird nicht passieren. Alles, was ich habe, sind meine Erinnerungen, und an denen muss ich festhalten; einige von ihnen sind zu persönlich, andere einfach zu schmerzlich, um sie niederzuschreiben – diese behalte ich für mich.

Vielleicht ist das der Grund, weshalb ich diesen Brief schreibe – damit mein Leben dokumentiert ist, falls …

Aber wie dem auch sei, ich muss es nicht aufschreiben, um mich an meine Rebecca zu erinnern – ich habe ein Foto von ihr eingepackt, für die besonders einsamen Nächte. Es ist mein Lieblingsfoto von Rebecca; sie lächelt, der Wind weht durch ihr Haar, und im Hintergrund liegt der Strand. Es ist kein großes Foto, auch kein professionelles. Es ist ein bisschen zu stark belichtet, dadurch sieht Rebeccas Gesicht blasser aus, als es tatsächlich war, aber ich war noch nie gut im Fotografieren. Es bedeutet mir alles, denn es ist eines der letzten Fotos, die ich von ihr geschossen habe – heimlich, als wir am Muttertag unten in Williamsburg waren und am Wasser ein Picknick machten. So möchte ich mich an sie erinnern: glücklich, unschuldig, voller Leben und Potenzial.

Schon als Rebecca noch ganz klein war, hatte sie immer Krankenschwester oder Tierchirurgin werden wollen – obwohl wir nie Haustiere hatten, liebte sie Tiere. Als sie älter wurde, tendierte sie eher zur Krankenschwester, und so bewarb sie sich während ihres letzten Highschooljahrs um eine Stelle. Sie wurde sofort angenommen. Ja, das ist richtig: Mein Baby wurde an der Hochschule für eine Krankenschwesterausbildung angenommen, und darüber war sie vollkommen aus dem Häuschen. Der Tag, an dem sie es erfuhr, war der Tag nach ihrem achtzehnten Geburtstag, und so glücklich hatte ich sie lange nicht gesehen.

Seit sie sechzehn geworden war, hatte Rebecca sich verändert. Sie war immer ein stilles Mädchen gewesen, aber sie wurde noch ruhiger, und ihre normalerweise fröhliche, positive Einstellung verblasste ein wenig. Mir fiel auf, dass sie nicht mehr so viel lächelte wie früher. Natürlich machte ich mir Sorgen – das Erste, was mir in den Sinn kam, war, dass sie mit irgendeinem Jungen ausging, der sie schlug, dann, dass sie schwanger war. Diese Ängste setzten mir, wenig überraschend, sehr zu.

Sie ging ziemlich oft aus – immer mit recht anständigen Jungs –, aber einen festen Freund hatte sie nie. Nichts, was länger als einen Monat hielt. Zu jener Zeit, als sich ihr Wesen zu ändern begann, traf sie sich meines Wissens nach mit keinem Jungen; dennoch bohrte in mir der Gedanke, dass sie schwanger sein oder andere Probleme haben könnte. So fragte ich sie eines Abends, ob irgendetwas nicht in Ordnung sei. Ihre Antwort überraschte und beunruhigte mich in gewisser Weise mehr, als hätte sie mir gesagt, sie sei schwanger. Sie erwiderte, sie habe viel über ihren Dad nachgedacht und wolle ihn kennenlernen.

Vielleicht regte ich mich etwas mehr darüber auf, als nötig gewesen wäre. Schließlich war es ein vollkommen natürliches Bedürfnis für einen Teenager, darüber Bescheid wissen zu wollen. Ich erklärte ihr streng, sie solle nicht versuchen, ihn zu finden, dass er ein Nichtsnutz sei und ein Treffen mit ihm nichts Gutes bedeuten würde.

Ich war so nahe daran, ihr die Wahrheit zu sagen, aber irgendetwas hielt mich davon ab – vielleicht dachte ich, dass er keine Chance haben würde, wieder in ihr Leben zu treten, wenn ich nicht über ihn sprach. Es war irrational, aber ein Teil von mir dachte, dass, wenn ich Rebecca von ihm erzählte, irgendetwas in der Welt erwachen und er uns finden würde.

Heute wünschte ich, ich hätte ihr von ihm erzählt – ich wünsche es mir so sehr. Vielleicht hätte ich damit verhindern können, was dann passierte, denn sich mit Bad Boy Burt auseinanderzusetzen, wäre sehr viel besser gewesen als das, was Rebecca zustieß, weil ich ihr nichts von ihm erzählte.

Wie dem auch sei, danach gingen die Dinge wieder mehr oder weniger ihren gewohnten Gang – ich nahm an, Rebecca habe den Gedanken, ihren Vater zu finden, beiseite gelegt. Sie schien wieder ihr altes Selbst zu sein. Sie arbeitete hart in ihrem elften und zwölften Schuljahr, bekam gute Noten, interessierte sich nicht allzu sehr fürs Ausgehen, aber dafür umso mehr für Musik – besonders liebte sie die Discomusik der Siebziger, und ihre Lieblingsstars waren ABBA, die Bee Gees, Donna Summer und die Jackson 5 (sie mochte auch die Jacksons, aber nicht ganz so sehr). Sie drehte ihre Platten immer laut auf, wenn sie lernte. (Bei Oldies gab sie Schallplatten gegenüber CDs den Vorzug; bei modernen Sachen, wie Metallica oder den Foo Fighters, legte sie CDs auf.) Es faszinierte mich, dass sie sich überhaupt konzentrieren konnte, während ›Blame it on the Boogie‹ aus den Lautsprechern dröhnte, aber sie konnte die Musik so weit ausblenden, dass sie sie nicht ablenkte. Ich hingegen brauchte vollkommene Stille, wenn ich meine Hausaufgaben machte.

Das Leben war gut. Ich war noch immer Filialleiterin, Rebecca arbeitete auf eine Stelle als Krankenschwester hin, und sie war nicht schwanger. Wir führten ein gutes, stabiles Leben – bis zum Januar des Jahres 2003.

Rebecca hatte ihren Abschluss geschafft und einen Platz an der Hochschule bekommen, entschied sich jedoch, ihn ein Jahr lang aufzuschieben. Sie sagte, sie brauche eine Pause von der Schule und wolle reisen, bevor sie sich wieder an die Arbeit machte. Sie hatte die letzten drei Jahre in meiner McDonald's-Filiale gearbeitet, um ein bisschen Geld zu verdienen und sich ihre Reisen zu finanzieren, die sie für die Zeit nach der Highschool plante.

Und sie reiste tatsächlich – allerdings nicht so, wie ich es mir vorgestellt hatte.

Dieser Sommertag im Januar, als sie, vor nur fünf Monaten, zu mir kam und mir von ihren Plänen berichtete, änderte unser Leben für immer.

Rückblickend hätte ich die Dinge besser handhaben sollen. Wenn ich nicht so stur und egoistisch gewesen wäre, wäre Rebecca jetzt noch hier.

Sie hatte jedes Recht dazu, aber als sie mir erzählte, sie habe ein paar Nachforschungen angestellt und Burt in Sydney gefunden und wolle hinfahren, um ihn zu treffen, war alles, woran ich denken konnte, dieser eine Morgen achtzehn Jahre zuvor, an dem Burt mich so übel verprügelt hatte, dass ich einen stechenden Schmerz im Bauch gespürt und geglaubt hatte, ich habe mein ungeborenes Kind verloren.

Ich wollte Rebecca nicht in seiner Nähe.

Ich wollte sie beschützen.

Aber ich habe versagt und sie trotzdem verloren …

RICK, DER KUNDE

Als er die Tankstelle verließ und zu seinem Auto ging, schaute Rick nach links und erkannte eine Frau, die gegen das Gebäude gelehnt stand. Sie hatte kurzes, blond gefärbtes Haar und trug enge Jeans und eine Jeansjacke.

Er blieb vor seinem Wagen stehen und beobachtete sie, anstatt einzusteigen.

Er entfernte die Folie von seiner eben gekauften Packung Peter Stuyvesant Kings, warf sie auf den Boden und zog eine Zigarette heraus. Ohne die Warnschilder über den Zapfsäulen zu beachten, holte er sein Feuerzeug heraus und zündete die Zigarette an.

Er stand neben dem Auto, rauchte, starrte und fragte sich, wieso sie noch nicht zu ihm herübergesehen hatte. Sonst schaute sie doch auch überall hin.

Sie muss eine Nutte sein.

Aber vielleicht irrte er sich auch – er hatte noch nie gesehen, dass eine so weit außerhalb der Stadt nach Kundschaft suchte. Sie waren hier in Fawkner, nicht in St. Kilda.

Endlich sah die Frau doch über ihre Schulter. Als ihre Augen Ricks Blick trafen, blieben sie lange Zeit daran hängen; er nahm an, dass das ihre Einladung war, zu ihr zu kommen.

Er schlenderte zu ihr hinüber, wobei er betont cool an seiner Zigarette zog. »Ein bisschen spät für ein süßes Mädchen wie dich, um noch alleine draußen zu sein, oder nicht?« Sie war kein süßes Mädchen, und es war ihm scheißegal, dass sie alleine draußen war. Alles, was er wollte, war ein Fick oder ein Blowjob, und ihrem Aussehen nach zu urteilen, war sie für beides billig zu haben.

»Suchst du ein bisschen Spaß?«, fragte sie und schaute sich dabei immer noch nervös um.

»Möglich«, erwiderte Rick und blies Rauch in die kalte Abendluft, um nicht zu begierig zu erscheinen.

»Ist das dein Auto?«

Rick folgte ihrem Blick zu seinem schwarzen Toyota Celica. »Ja, echt heiß, oder? Willst du ‘ne Spritztour machen?«

Die Frau nickte.

»Wie viel?«, fragte er.

Die Frau sah zur Seite. »Zwanzig mit der Hand, fünfzig fürs Blasen, achtzig fürs Ficken. Hundert, und ich geb dir alles.«

Die Frau klang unsicher; vielleicht war sie ja neu in diesem Geschäft. Rick war das egal – so lange er seine Ladung in ihr, auf ihr oder über ihr abfeuern konnte, war er zufrieden.

Sie sah nicht besonders aus – allein die gefärbten Haare ließen sie billig wirken, und unter ihrem rechten Auge war eine hässliche Narbe – aber er hatte schon Schlimmere gesehen. Er war schon mit Schlimmeren zusammen gewesen. »Ich geb dir vierzig fürs Blasen. Und du schluckst.«

Das Gesicht der Frau verfinsterte sich, und für einen Moment glaubte Rick, sie würde ihm sagen, er solle sich verpissen.

»Okay.«

Rick grinste durch eine Rauchschwade. »Alles klar. Das Lucky Star Motel ist ganz in der Nähe. Es mag vielleicht aussehen, als sei eine Narzisse drinnen explodiert, aber es ist billig. Und wen interessiert schon, wie es aussieht, richtig?«

»Wir müssen uns nicht mit einem Motel aufhalten«, sagte die Frau. »Dein Auto tut's auch.«

Rick zuckte die Schultern. »Schnell und schmutzig. Das gefällt mir. Ich kenne einen guten, ruhigen Platz. Mir nach, Herzchen.«

»Saug richtig fest dran, Baby. Wie an einem Babyfläschchen.«

Sie war besser, als Rick erwartet hatte. Nicht die Beste, die er je gehabt hatte, aber wenigstens biss sie ihn nicht, während sie seinen Schwanz bearbeitete, oder sabberte ihn total voll, wozu so viele andere neigten.

Er packte sie an den Haaren und drückte sie noch fester auf seinen Schwanz. »Nimm mehr«, keuchte er. »Saug richtig fest, nimm ihn ganz in den Mund.« Sie musste würgen, tat aber, was er verlangte. Ihre Wärme wanderte an seinem Schwanz rauf und runter, von der sensiblen Spitze bis hinab zu seinem Hoden.

Mit seiner freien Hand rauchte er eine Stuyvesant. »Ich zahl' dir fünfzig, wenn du mein Arschloch leckst«, sagte er.

Ihr Mund ließ seinen Schwanz mit einem lauten Schlürfen frei.

Mit aus dem Mund hängender Zigarette führte Rick seine Arme unter seine Knie und zog die Beine an seine Brust, sodass sein Arschloch frei lag. »Saug richtig fest dran.«

Die Frau beugte ihren Kopf hinunter und begann, mit ihrer Zunge an seinem angespannten Sphinkter zu spielen. »Mehr. Steck deine Zunge rein. Und hol mir nebenher einen runter.«

Die Nutte griff nach seinem pulsierenden Ständer und begann, ihn zu bearbeiten, während ihre Zunge weiter in ihn eindrang.

Er stöhnte. »Ja, schmeck die Scheiße.«

Er ließ seinen Kopf auf den Rücksitz des Celica sinken und genoss das Vergnügen inklusive Zigarette. Das Gefühl ihrer feuchten Wärme in seinem Arsch war die reinste Freude. Er war so entspannt, dass er einen saftigen Furz fahren ließ. Seine giftigen Gase füllten den gesamten Wagen, aber das Risiko, das Fenster herunterzukurbeln, war Rick zu groß, da man ihre illegalen Aktivitäten dadurch leichter hätte entdecken können – sie hatten in einer Seitenstraße eines Vororts neben dem Friedhof geparkt. Er musste wohl oder übel aushalten. Außerdem war es Winter und verdammt kalt draußen.

Für die Frau war der Gestank aber offensichtlich zu viel – sie wandte ihren Kopf ab. Ihre Hand ließ seinen Schwanz los. Sie murmelte so leise etwas, dass Rick es nicht verstand, aber ihn interessierte nicht, was sie gesagt hatte; er wollte nur, wofür er bezahlt hatte. »Geh wieder runter. Ich bezahl dich dafür und ich will, dass du das zu Ende bringst.«

Der Gestank seines Furzes war übel. Es stank nach verfaulten Eiern und alten Socken. Rick wusste, dass es für andere noch schlimmer war; trotzdem packte Rick die Frau an den Haaren und drückte sie mit Gewalt wieder zum Ort des Geschehens hinunter.

Sie machte mit dem Rimjob weiter.

»Das ist es, Baby. Saug das ganze Gas und die ganze Scheiße ein. Ja. Zieh's dir rein.«

Nach einer Weile zog Rick sie wieder hoch. »Leg dich hin«, befahl er.

»Das kostet aber mehr«, erwiderte sie.

Ihr Atem roch nach Scheiße, und Rick musste beinahe würgen.

»Ich will dich nicht ficken – zumindest nicht in deine Möse. Leg dich hin.«

Die Frau legte sich auf die Rückbank. Nur ihre Brüste waren nackt – Ricks Wunsch – und ihre kleinen rosafarbenen Brustwarzen waren weich und flach. Es war Rick egal. Es interessierte ihn einen Scheißdreck, ob sie angeturnt war. Sie hatte sowieso keine besonderen Titten.

Er spreizte ihre Beine und bewegte seinen steifen Schwanz auf ihren Mund zu. »Lutsch ihn schön fest, Baby. Jetzt verdienst du dir deine fünfzig.«

Er stieß seinen Schwanz in ihren geöffneten Mund.

Wie er vermutet hatte, war sie an diese Stellung nicht gewohnt. Sie würgte, als er sie in den Mund fickte. Er spannte seine Pobacken an und ließ seine Hüften so heftig kreisen, dass er Elvis hätte Konkurrenz machen können. Er fand einen regelmäßigen Rhythmus und drang tief in ihre Kehle ein.

Rick schloss die Augen, legte den Kopf zurück und packte den Griff an der Autodecke, als er einen Orgasmus kommen spürte. Ihn kribbelte am ganzen Körper. »Ich spritze«, keuchte er.

Er schoss eine Ladung Sperma in den Mund der Frau. Es fühlte sich nach mindestens einem Liter an. Während seine Hüften und sein ganzer Körper weiter zitterten, leckte die Frau – Profi, der sie war – seinen Schwanz ab. Er ließ seinen Penis in ihrem Mund und sie saugte so lange, bis er wieder ganz schlaff war.

Er zog ihn raus, griff nach seiner Brieftasche, warf ihr einen Fünfziger auf die Brust und sagte: »Verschwinde aus meinem Auto.«

Die Frau stieg aus, ohne ihr Hemd zuzuknöpfen. Als sie weg war, zog Rick seine Hosen hoch, schwang sich auf den Fahrersitz und ließ den Wagen an.

Er musste schnell nach Hause fahren. Seine Frau fragte sich bestimmt schon, wo er blieb.

BLAKE, DER TRUCKER

Sein erster Gedanke, als die Frau in sein Führerhaus kletterte, war, dass sie aussah, als könne sie eine gute Portion Schlaf vertragen. Ihr Gesicht war auffallend dünn und blass, ebenso wie ihre Lippen. Das Dunkelste an ihr, abgesehen von ihrem wirren, schulterlangen, schwarz gefärbten Haar, waren die Ringe unter ihren grünen Augen. Die blauen Flecken in ihrem Gesicht waren bereits verblasst. Gleiches galt für die Narben, die allerdings älter aussahen als die blauen Flecken.

Sein zweiter Gedanke war, dass sie eine Nutte oder ein Junkie sein musste – oder beides. Sein dritter, dass sie auf der Flucht vor ihrem Zuhälter war. Aber sie trug kein Make-up – sehr untypisch für eine Frau in diesem Gewerbe.

Sein letzter Gedanke war, dass sie ihn an die ältere Carol Brady erinnerte, aber nur, wenn Mrs. Brady eine Woche lang nicht geschlafen hätte und regelmäßig von Mr. Brady verprügelt worden wäre.

Die Frau schlug die Tür zu und machte es sich auf dem Beifahrersitz bequem. Ohne zu lächeln, bedankte sie sich.

»Hey, kein Problem«, versicherte Blake. »Ich freue mich, wenn ich einer jungen Dame wie Ihnen helfen kann.«

Er legte den ersten Gang ein, und sobald der Freeway frei war, lenkte er den Truck vom Rastplatz wieder auf die Straße.

Er wartete, bis er mit 110 km/h über den Freeway rollte (er war vermutlich einer der wenigen Trucker, die sich an die Geschwindigkeitsbegrenzung hielten), bevor er sprach: »Also, was gibt's in Sydney, ... Tut mir leid, ich hab Ihren Namen nicht verstanden.«

»Jane. Familie.«

Das würde eine zähe Fahrt werden, dachte Blake. Sie war von der Sorte »kurz und süß«, wie Blake es gern nannte. Einige Tramper waren ebenso gesprächig wie er – und das war jedes Mal ein großer Spaß. Andere waren ruhig, nervös und redeten nur, wenn man sie ansprach; meistens antworteten sie mit »ja«, »ich schätze schon«, »wenn Sie es sagen« oder »sicher«. Es störte ihn nicht, aber es machte die Fahrt doch ein wenig mühsamer.

»Familie, ja? Na, das ist doch nett. Immer nett, die Familie mal wiederzusehen. Wen wollen Sie denn treffen? Ihre Mum? Ihren Dad? Bruder? Ihre Schwester?« Er fragte nicht nach einem Sohn oder einer Tochter – er wollte sie nicht beleidigen. Auch wenn sie aussah, als sei sie um die vierzig – wenn auch eher ein paar Jahre drüber – konnte man vorher nie wissen, wie Frauen reagierten, wenn man sie nach irgendetwas fragte, das mit ihrem Alter zusammenhing. Diese Frau konnte ebenso gut schon Großmutter wie Mutter sein – eine junge Großmutter, sicher, aber er hatte schon Frauen getroffen, die um einiges jünger aussahen als Jane und bereits Großmütter waren.

»Meine Schwester lebt in Coogee«, sagte Jane.

»Wie heißt sie?«

Jane zögerte, antwortete aber dann: »Caroline.«

»Der Name meiner Mutter war auch Caroline. Sie bevorzugte Carol, aber ich habe Caroline immer gemocht. Klingt irgendwie schöner, finden Sie nicht?«

Jane zuckte die Schultern. »Ich schätze schon.«

Blake lächelte. Er beugte sich nach vorne und schaltete das Radio an. Er hatte immer den Oldie-Sender eingestellt. Seiner Ansicht nach war moderne Musik totaler Mist, nichts als müde Abklatsche der älteren, besseren Songs, die es längst gab.

Er hatte schon vor einiger Zeit festgestellt, dass sich die weniger geschwätzigen Tramper oft entspannten, wenn in den Redepausen Musik lief. Man konnte sich darüber unterhalten, das lockerte viele auf. Im Moment lief ›Hotel California‹ im Radio.

»Es stört Sie doch nicht, wenn das Radio läuft?« Auch wenn er die Lautstärke heruntergedreht hatte, fragte er trotzdem jedes Mal, nur, um höflich zu sein.

»Es gefällt mir«, antwortete Jane.

»Gut.«

Während des gesamten Refrains lag Stille in der Luft.

»Was haben Sie transportiert?«, wollte Jane wissen.

Jane hatte ihn auf dem Weg von Melbourne nach Hause erwischt. Er hatte zwei anstrengende Woche auf der Straße verbracht und war durchs ganze Land gefahren. Er hatte an den Docks in Melbourne auf eine Ladung gewartet, die er mit zurück nach Randwick nehmen konnte, aber als sich nichts ergab, beschloss er, ohne Fracht zurückzufahren – er vermisste Heather einfach zu sehr. »Gefriergut«, antwortete Blake. »Ziemlich langweilig, aber immerhin ein Job. Es macht aber sowieso keinen Unterschied, was ich fahre. Mein Job ist immer derselbe. Ich könnte Bomben transportieren oder eine Wagenladung voller Bikini-Models, es wär mir egal. Ich fahre einfach, so gut ich kann und sorge dafür, dass meine Ladung pünktlich und in einem Stück an ihrem Bestimmungsort ankommt.«

Blake drehte sich zu Jane um. Er fragte sich: *Ist sie eine Nutte?* Dann suchte er ihre viel zu dünnen Arme nach Einstichstellen ab, aber er konnte im schwachen Licht des Führerhauses keine erkennen. Vielleicht hatte er sie ja auch falsch eingeschätzt.

»Entschuldigung, ich schweife leicht ab. Nur einer meiner vielen Fehler.«

»Das ist doch kein Fehler«, erwiderte Jane. »Man kann bedeutend Schlimmeres sein als ein Plappermaul.«

»Wahrscheinlich. Meine Frau sagt mir immer, dass ich zu viel rede. Beim Abendessen, beim Fernsehen, beim … nun, ich neige zum Quasseln. Wenn Sie also Ihre Ruhe haben möchten, scheuen Sie sich nicht, mir zu sagen, dass ich die Klappe halten soll. Ich kann auch ganz gut *nicht* reden.«

»Sie können so viel reden, wie Sie wollen, das macht mir nichts aus.«

Blake lächelte. »Den Satz könnten Sie noch bedauern. Wir sind noch ein gutes Stück von Sydney entfernt.«

Wieder Schweigen, das aber dank Stevie Wonder, der ›For Once in My Life‹ sang, vielleicht etwas weniger peinlich war.

»Wie lange sind Sie schon verheiratet?«

Blake rutschte sich wieder aufrecht in seinem Sitz. »Ungefähr siebzehn Jahre. Ihr Name ist Heather. Wir haben uns in einer Disco kennengelernt, als wir achtzehn waren, und haben zwei Jahre später geheiratet.«

»Fahren Sie schon lange Trucks?«

»Etwa fünfzehn Jahre. Ich bin von der Highschool abgegangen, als ich sechzehn war, deshalb hatte ich keinerlei Qualifikationen. Aber Trucker haben mich schon immer fasziniert.« Blakes Gesicht begann zu glühen. »Ich meine, der Job. Die Verantwortung für eine riesige Maschine zu haben, Tag und Nacht auf der Straße zu sein, kein Chef, der einem über die Schulter schielt – na ja, jedenfalls nicht direkt. All das klang mir nach einem verflixt guten Leben.«

»Dann macht es Ihnen Spaß?«

Blake nickte. »Sehr sogar.«

»Wissen Sie, das ist wirklich toll. Man trifft nur selten Leute, die ihren Job wirklich lieben. Ich schätze, Sie treffen eine Menge Leute, und eine Menge Anhalter.«

»Das ist auch einer der Vorzüge. Man könnte sagen, ich bin gern mit Menschen zusammen – auch wenn sich das vielleicht seltsam anhört, wenn man bedenkt, dass ich oft lange Zeit allein unterwegs bin.«

»Das muss manchmal ganz schön einsam sein.« Janes Gesicht wirkte noch immer teilnahmslos, fast versteinert. Der dunkler werdende Winterhimmel warf Schatten auf ihre Züge, wodurch ihr Gesicht härter wirkte, als noch vor ein paar Minuten.

Blake schaltete die Lichter an seinem Führerhaus an, sodass sich die vor ihnen liegende Straße und Janes Gesicht erhellten, auch wenn sie durch die Beleuchtung des Armaturenbretts nun kränklich gelb aussah.

»Manchmal ist es schon einsam, aber ich kann auch gut mit mir alleine sein. Ich habe das Radio und das Funkgerät, und wenn ich welche sehe, nehme ich eigentlich auch immer Anhalter mit. Es sei denn, sie sehen wirklich seltsam oder schmutzig aus. Haben Sie mal *The Texas Chainsaw Massacre* gesehen? Ich meine natürlich das Original, nicht das Remake.«

Jane drehte sich zu ihm und runzelte die Stirn. »Remake?«

»Das, das letztes Jahr rausgekommen ist. Haben Sie das nie gesehen?«

Jane schaut wieder nach vorne. »Ich wusste nicht, dass es eins gibt.«

»Haben Sie ihn noch?«

»Habe ich was noch?«

»Den Felsen, unter dem Sie das letzte Jahr gelebt haben.« Blake lächelte, aber sein Lächeln fiel ihm sofort aus dem Gesicht, als er Janes ernsten Ausdruck sah. »Tut mir leid, da ist meine große Klappe mal wieder mit mir durchgegangen. Ich hab nur Spaß gemacht.«

»Schon okay«, seufzte Jane. »Ich interessiere mich nicht für neue Filme.«

»Verständlich. Die meisten sind sowieso totaler Mist. Wie das *Texas*-Remake.«

»Klingt, als seien Sie ein großer Filmfan.«

»Ich schätze, das kann man so sagen. Ich hab nicht viel Zeit, mir Filme anzusehen, wegen meines Jobs und so, aber ich halte mich schon für einen kleinen Cineasten.«

»Also, was wollten Sie zum original *Texas Chainsaw Massacre* sagen?«

»Ach ja, richtig. Nur, dass ich nie so einen Anhalter mitnehmen würde wie den im Film – Sie wissen schon, diesen irren Tramper mit der …« Er wollte schon sagen »Narbe im Gesicht«, aber er reagierte noch rechtzeitig. »Kamera«, beendete er den Satz. »Aber die meisten Tramper, die ich sehe, tun mir leid, und wie Sie schon sagten, ich hab gern Gesellschaft. Dann muss ich nicht mit mir selbst sprechen, das kann nämlich ganz schnell langweilig werden. Fahren Sie oft per Anhalter?«

»Manchmal.«

»Schon oft bei Truckern mitgefahren?«

»Öfter, als mir vielleicht lieb sein kann. Das ist nicht persönlich gemeint.«

Blake lachte. »Kein Problem. Ich weiß, dass manche Trucker ein wenig … ungehobelt sein können. Ich hoffe, Sie sind noch nie bei einem von denen mitgefahren.«

Janes Schweigen sagte ihm mehr, als ihr vermutlich klar war. Aber vielleicht war das ja auch ihre Absicht. Manche Dinge waren einfach zu schwer in Worte zu fassen.

»Nun, es dürfte Sie freuen, zu erfahren, dass ich so zahm bin wie ein Kätzchen«, versicherte Blake. »Ich bin so nett, dass mir die ganzen Insekten leidtun, die auf meiner Windschutzscheibe zermatscht werden. Und, wie bemitleidenswert finden Sie das?«

Jane lächelte, aber es war ein seltsames Lächeln. Es sah aus – und Blake fand es merkwürdig, dass ihm dieser Gedanke überhaupt kam – wie das Lächeln einer Puppe: falsch und aufgemalt. Hinter ihrem Lächeln schien keinerlei Gefühl zu liegen. Das beunruhigte Blake – und er ließ sich normalerweise nicht so schnell beunruhigen.

»Nun, Sie sehen ganz bestimmt nicht wie ein Kätzchen aus«, sagte Jane, und ihr Lächeln verblasste.

Blake wusste, dass sie auf seinen massigen Körper anspielte. Er hatte einen dicken Hals, sein Gesicht war fleischig, aber nicht schwabbelig, und seine tief liegenden Augen sahen aus wie geröstete Mandeln. Dann waren da noch seine raue Stimme, gegen die Sly Stallones absolut lächerlich war, die zahlreichen Tattoos, die seine muskulösen Unterarme zierten, und die alte blaue Mütze, die mittlerweile ebenso ein Teil von Blakes Körper war wie seine Arme oder Beine. Er sah aus wie ein Kerl, wegen dem man die Straßenseite wechselte – eben ein Typ, der einen bestenfalls ausrauben und schlimmstenfalls vergewaltigen und umbringen würde.

»Das Aussehen kann trügerisch sein«, sagte er, und dabei fragte er sich, ob sie die Anspielungen auf ihre eigenen äußerlichen Widersprüche verstand.

Er hatte Jane eben erst getroffen, und trotzdem hatte er schon das Gefühl, dass sie ihm etwas vorspielte – und damit war Blake sehr vertraut.

Zunächst einmal: wo war ihr Koffer? Sicher brauchte sie mehr als nur einen Rucksack, wenn sie zu Besuch zu ihrer Schwester fuhr. Außerdem passten ihre schlanke Figur und ihre sanfte Stimme überhaupt nicht zu ihren dunklen, beinahe leblosen Augen, die Blake an die eines Hais erinnerten. Und obwohl sie aussah wie ein Junkie, der in der letzten Woche nicht mehr als fünf Stunden geschlafen hatte, zeigte sie keines der typischen Merkmale eines Drogensüchtigen. (Es würde sich noch zeigen, ob sie ihm als Bezahlung fürs Mitnehmen Sex anbot. Nicht, dass er Interesse an so einem Angebot gehabt hätte, aber nach all den Jahren, in denen er nun schon Anhalter mitnahm, konnte er unmöglich noch nachvollziehen, wie oft ihm Sex versprochen worden war, wenn er die entsprechende Person hier- oder dorthin fuhr.)

Dieser alte Song von Kris Kristofferson traf Jane eigentlich ziemlich gut – sie war definitiv ein wandelnder Widerspruch – und sie hatte etwas Unechtes und zutiefst Bekümmertes an sich, das Blake sowohl interessierte als auch beunruhigte. Vielleicht identifizierte er sich deshalb mit ihr, weil er spürte, dass sie ihr wahres Ich verbarg. Was immer es auch war, dass ihn zu der Überzeugung brachte, dass sie ihm etwas vormachte, er schob es für den Moment beiseite. Sein Magen fühlte sich allmählich hohl an, und sein trockener Mund brauchte dringend etwas zu trinken. Er schaute auf seine Armbanduhr und stellte fest, dass es schon fast sechs war. »Ich weiß ja nicht, wie's Ihnen geht, aber ich krieg langsam Hunger«, sagte er. »Macht es Ihnen was aus, wenn wir was essen gehen?«

»Überhaupt nicht. Ich hab's nicht eilig.«

Blake ließ die Bemerkung auf sich beruhen, auch wenn es seltsam war, dass sie das sagte, wo sie doch auf dem Weg zu ihrer Schwester war. »Also gut. Wir sind nicht mehr weit von Albury weg. Wir könnten dort rausfahren und bei KFC oder McDonald's was essen. Oder Pizza oder chinesisch, wenn Ihnen das lieber ist.«

»Wie wär's mit Pizza?«

Blake sah zu Jane hinüber. Sie sah so winzig aus, wie sie dort saß; beinahe so, als würde der Sitz sie in der nächsten Sekunde verschlingen. »Gefällt mir. Ich kenne eine tolle Pizzeria.«

Joe's Pizza & Pasta war ein entspanntes, gemütliches Familienrestaurant. Es war halbvoll, als Jane und Blake es betraten, und die Kellnerin platzierte sie an einem Tisch für zwei Personen in der Ecke des Raumes. Sie saßen in angenehmer Stille, bis eine zweite Kellnerin kam, um ihre Bestellung aufzunehmen.

»Hallo«, sagte sie mit flüchtigem Lächeln.

Sally, so stand es auf ihrem Namensschild, hatte zu viel Makeup aufgelegt. Anstatt die Falten in ihrem Gesicht zu überdecken, klebte es hauptsächlich an den Rändern und unterstrich so nur die Falten, die sie so verzweifelt zu verstecken versuchte. Sie klappte ihren Block auf, holte einen Stift aus der oberen Tasche ihrer Uniform und lächelte, als sie ihre Aufmerksamkeit Jane zuwandte. »Oh, hi. Ich hab Sie schon länger nicht mehr hier gesehen. Mir gefällt, was Sie mit Ihren Haaren gemacht haben. Mary, nicht wahr?«

Jane schüttelte den Kopf. »Jane.«

Sally runzelte die Stirn. Sie tippte das Hinterteil des Stifts gegen ihre dick gepuderte Wange. »Ich hätte schwören können, es war Mary. Normalerweise kann ich mir Namen gut merken. Letztes Mal waren Sie mit einem kleinen Typ mit Brille hier, vor ungefähr vier oder fünf Monaten …«

»Mein Name ist Jane«, sagte sie knapp und fügte hinzu: »Können wir jetzt bitte bestellen?«

Sally schaute Blake an, bevor sie sich wieder Jane zuwandte. »Entschuldigung. Ich muss Sie mit jemandem verwechselt haben. Was darf ich Ihnen bringen?«

»Ich hätte gerne eine kleine vegetarische Pizza und ein Glas Wasser.«

Sally kritzelte auf ihren Block und wandte sich an Blake: »Und für Sie, Sir?«

»Große Hawaii und schwarzen Kaffee.«

»Kann ich einem von Ihnen vielleicht ein bisschen Knoblauchbrot anbieten?«

Jane starrte auf ihre Hände, die auf dem Tisch lagen. Sie blickte weder auf noch reagierte sie auf die Frage, und so antwortete Blake für sie beide: »Nein, danke.«

Sally verließ sie mit einem Nicken.

Nach einer angespannten Stille voller Fragen, räusperte Blake sich und sagte: »Also, ich bin verwirrt. War diese Kellnerin verrückt, oder hat sie Sie tatsächlich wiedererkannt?«

Jane, die noch immer unendlich fasziniert von ihren eigenen Händen zu sein schien, antwortete: »Ich schätze, sie hat mich wiedererkannt – ich war früher schon mal hier.«

Jane hatte nicht erwähnt, dass sie das Joe's kannte, als Blake vorgeschlagen hatte, hierher zu kommen. Sie hatte noch nicht einmal so gewirkt, als habe sie je von diesem Restaurant gehört, das gemeinhin als Alburys beste Pizzeria galt. Er fand es außerdem seltsam, dass die Kellnerin, die Blake seit Jahren vom Sehen kannte, Jane sofort erkannte und sogar ihre neue Frisur bewunderte, während sie Blake praktisch ignorierte.

»Und diese Mary-Sache?«

Jane weigerte sich noch immer, aufzuschauen.

»Wenn mich das nichts angeht, sagen Sie's einfach. Ich werde deshalb nicht beleidigt sein.«

»Nein, Sie sind so nett, mich mitzunehmen – das Mindeste, was ich tun kann, ist, Ihnen die Wahrheit zu sagen.«

Blake lächelte. »Hey, wir haben alle unsere Geheimnisse. Sie müssen mir Ihre nicht preisgeben, wenn Sie nicht wollen.«

Schließlich blickte Jane doch auf. Sie holte tief Luft. »Ich habe noch nie mit jemandem darüber gesprochen. Ich hoffe, Sie können mir vielleicht helfen. Ich … vertraue Ihnen.«

Blake beugte sich ein kleines Stück nach vorne. »Ich kann's versuchen. Worum geht's?«

Janes Augen wurden schmaler, und ihr ganzes Gesicht wirkte angespannter. »Ich fahre nicht wirklich nach Sydney, um meine Schwester zu besuchen. Ich habe gar keine Schwester. Und ich heiße auch nicht Jane. Ich habe Sie angelogen. Es tut mir leid.«

»Hey, Sie müssen sich nicht entschuldigen. Ich meine, wer ist schon immer ehrlich?«

Ein Gefühl der Schuld brannte ihn ihm, als er die folgenden Worte aussprach: »Nur so aus Neugier: Wie heißen Sie wirklich?«

Janes Augen wirkten leer; für einen Moment sah es so aus, als habe sie den Anschluss an die Realität verloren. Dann fuhr sie hoch, wie ein zurückschnappender Zweig. »Ich kann mich nicht erinnern«, sagte sie. »Ich habe schon so viele Namen gehabt. Ist das denn so wichtig?«

Blake zuckte mit den Schultern. »Ich schätze nicht. Der Name Jane ist genauso gut wie jeder andere.«

Sally kam mit ihren Getränken zurück. Blake dankte ihr und nahm einen Schluck von seinem Kaffee. Er war stark und heiß und schmeckte fantastisch.

Jane trank einen ausgiebigen Schluck Wasser. Sie atmete tief ein, bevor sie wieder zu sprechen begann: »Ich reise schon fast ein Jahr lang über den Hume. Mein Zuhause sind Motelzimmer,

Autos, sogar Rastplätze, wenn die Umstände es verlangten. Ich bin schon in so vielen Autos gewesen und habe so viele Leute getroffen, dass mein Verstand ganz taub und meine Erinnerung ganz vernebelt ist. Alles, was ich weiß, ist, dass ich ihn immer noch nicht gefunden habe, auch wenn ich schon ein paarmal glaubte, ich hätte ihn. Ich habe so viele Geschichten über mein Leben erfunden, dass ich gar nicht mehr weiß, was real ist und was nicht. Für mich ist nur real, dass meine Tochter nicht mehr lebt und dass der Mann, der sie umgebracht hat, immer noch irgendwo da draußen ist. Und ich werde ihn finden.«

Vermutlich zum ersten Mal in seinem Leben fehlten Blake die Worte.

»Sie denken, ich bin verrückt, nicht wahr? Sie glauben, ich hätte das alles nur erfunden.«

»Nein, ich bin nur … ein bisschen überrascht, das ist alles. Wie hieß Ihre Tochter?«

»Rebecca. Ich hatte ein Foto von ihr, aber es ist kaputt. Sonst hätte ich Ihnen gezeigt, wie sie ausgesehen hat. Sie wollte nach Sydney trampen, um ihren Vater zu treffen. Sie ist zu irgendeinem Kerl ins Auto gestiegen, der ihr gesagt hat, dass er sie die ganze Strecke mitnimmt, aber sie ist nie angekommen. Man hat ihre Leiche in einem Waldstück am Lake Mokoan gefunden.«

»Und Sie denken, der Typ, der sie mitgenommen hat, ist dafür verantwortlich?«

»Natürlich.«

»Hat die Polizei denn keine Anhaltspunkte? Keine Verdächtigen?«

»Seit wann tut die Polizei denn irgendetwas, um den Unschuldigen zu helfen?«, fragte sie bitter.

»Und jetzt versuchen Sie selbst, den Mann zu finden?«

Jane nickte.

»Ist das nicht gefährlich? Ich meine, da draußen laufen doch jede Menge Wahnsinnige rum.«

Jane lachte. Es war ein lautes, barsches Lachen, das von einigen der anderen Gäste mit mürrischen Blicken quittiert wurde. »Ich habe die letzten paar Monate im Krankenhaus verbracht, um mich von einem dieser Wahnsinnigen zu erholen. Ich habe ihnen erzählt, mein Name sei Caroline, und dass ich in Melbourne lebe, dass ich keine Familie habe und mein Ausweis gestohlen wurde, als man mich verschleppt hat. Ich bin abgehauen, bevor sie an meiner Geschichte zu zweifeln begannen oder in der Lage gewesen wären, mich wirklich zu identifizieren. Der Mann, der mich ins Krankenhaus gebracht hat, dachte, er hätte mich getötet. Er hat mich gefesselt in seinem Haus gefangen gehalten, in einer Grube im Keller, und hat mir Elektroschocks verpasst, mich hungern lassen und mich schließlich so lange stranguliert, bis er dachte, ich sei tot. Dann hat er mich halbnackt am Straßenrand abgelegt und zum Verrotten zurückgelassen. Glücklicherweise ist jemand vorbeigekommen und hat mich gefunden. Als der Notarzt kam, schaffte er es, mich weiter am Leben zu halten – angeblich war ich dem Tod schon sehr nahe, zumindest hat man mir das erzählt. Das Letzte, woran ich mich erinnere, bevor ich ins Krankenhaus eingeliefert wurde, ist sein entstellter Körper. Es dauerte zwei Monate, bis ich mich so weit erholt hatte, dass ich wieder halbwegs funktionierte; zwei Monate, in denen ich nur im Bett lag, mir beschissene Seifenopern ansah, widerliches Essen zu mir nahm und ganz genau wusste, dass der Mann, der Rebecca getötet hat, noch immer dort draußen ist. Aber ich war zu schwach, um nach ihm zu suchen, und all das nur, weil ich zu irgendeinem Irren ins Auto gestiegen war, weil ich hoffte, er sei derjenige. Aber wissen Sie, worüber ich am wütendsten war? Dass er nicht derjenige war. Ich war mir so sicher gewesen, endlich den Mann gefunden zu haben, der für den Mord an meiner Tochter verantwortlich war, aber dann musste ich feststellen, dass er nur irgendein weiteres krankes Arschloch war. Das tat mir mehr weh als all die Qualen, die er mir bereitet hatte. Und deshalb geht die Suche weiter. Mein Leben – wenn man es so nennen kann – geht weiter.«

Die Pizzas waren noch immer nicht da, als Jane zu Ende gesprochen hatte. Blake war dankbar dafür – er brauchte noch Zeit, um zu verdauen, was er eben gehört hatte. Das Essen kam kurz darauf, aber obwohl die Pizza wunderbar aussah – dick und saftig, mit Schinken, Ananas und Käse – war er plötzlich gar nicht mehr so hungrig. Trotzdem nahm er sich ein Stück und biss ab. Er hatte Probleme mit dem Schlucken, und so spülte er den Bissen mit einem Mundvoll Kaffee hinunter. Er nahm seine Serviette, wischte das Öl und den Ananassaft weg, die über sein Kinn tropften, und sah Jane – oder wer immer sie war – dabei zu, wie sie ein Stück von ihrer vegetarischen Pizza abbiss.

»Ist sie gut?«

Sie nickte. »Köstlich.«

Er musste sich zwingen, die Pizzaecke aufzuessen. »Haben Sie der Polizei von dem Typen erzählt, der Sie entführt hat?«

Jane schüttelte den Kopf. »Ich habe keine Verwendung für Bullen.«

»Richtig, das hab ich vergessen.« Trotz der kühlen Luft im Restaurant schwitzte Blake. »Wieso erzählen Sie mir das alles? Wieso sind Sie in meinen Truck gestiegen? Dachten Sie, ich sei der Mörder Ihrer Tochter?«

»Ich dachte, Sie könnten es sein. Hoffte es. Aber ich habe schnell gemerkt, dass Sie es nicht sind.«

»Wie?«

»Ihre Tattoos. Der Mann, den ich suche, hat eins auf seinem linken Arm. Er hat ›Stirb, Mutter‹ tätowiert.

Blake legte seine Stirn in Falten. *»Stirb, Mutter?«*

Jane nickte. »Kennen Sie jemanden mit so einem Tattoo?«

Blake schüttelte den Kopf und schob die Pizza von sich. Er hatte sie kaum angerührt – ihm war der Appetit vergangen.

Er brauchte diese Frau und ihre Probleme nicht; er hatte genug mit seinen eigenen zu tun. Es war schrecklich, was mit ihrer Tochter passiert war und wirklich entsetzlich, was ihr selbst zugestoßen war, aber er wurde den Gedanken nicht los, dass sie teilweise selbst dafür verantwortlich war. Es war ihre Entscheidung, nach diesem Mann zu suchen, ihre Entscheidung, dass sie zu Fremden ins Auto stieg. Was wollte sie denn tun, wenn sie ihn irgendwann fand? Was konnte diese dürre kleine Frau schon gegen einen Mörder ausrichten? Und wieso glaubte sie, dass sie ihn überhaupt je finden würde? Wusste sie denn, ob der Mann, den sie suchte, nicht längst tot oder in einen anderen Bundesstaat oder ein anderes Land gezogen war?

All diese Gedanken schwirrten Blake ihm Kopf herum, und als

die Frau sagte: »Blake, ich brauche Ihre Hilfe«, wäre er am liebsten aufgestanden, hätte sich von ihr verabschiedet, ihr viel Glück gewünscht und wäre wieder in seinen Truck gestiegen und davongefahren.

Stattdessen tat Blake Stewart, was er immer tat: er blieb. Wann immer jemand seine Hilfe brauchte, konnte er demjenigen einfach nicht den Rücken zukehren.

»Ich weiß nicht. Kann sich die Polizei nicht darum kümmern?«

Jane spitzte ihre dünnen, blutleeren Lippen. »Wenn Sie mir nicht helfen wollen, ist das in Ordnung. Dann verschwinde ich und Sie sehen mich nie wieder. Ich schaffe es auch ohne Sie. Ich dachte nur, Sie könnten mir vielleicht dabei helfen, ein paar Informationen zu beschaffen. Rumfragen. Ich meine, ihr Jungs seid doch so was wie ein Club, oder? Ihr wisst Dinge über einander, die andere Leute nie erfahren.«

Wut und Beschämung stiegen in Blake auf. Er konnte es nicht glauben – sie wusste Bescheid? Woher kannte sie sein Geheimnis? »Sie denken, wir Schwuchteln kennen uns alle untereinander, so als seien wir alle Mitglieder in einem besonderen Club?« Er kochte innerlich.

Jane sah ehrlich schockiert aus. »Sie sind schwul?«

»Das haben Sie doch mit ›ihr Jungs‹ gemeint, oder nicht?«

»Nein, ich meinte, ihr Trucker seid wie ein Club.«

Blake schloss die Augen und schüttelte den Kopf. »Entschuldigung«, sagte er, und kam sich wie ein Trottel vor. Er öffnete seine Augen wieder. »Es ist nur … Ich dachte, Sie machen sich über mich lustig. Ich wollte nicht, dass Sie es erfahren.«

»Es ist mir egal.«

Blake konnte in Janes Augen lesen, dass es sie wirklich nicht interessierte, aber er wollte ihr erzählen, wie schwer es ihm fiel, seine Homosexualität vor seiner Frau geheim zu halten, da er sie aufrichtig liebte und ihr auf keinen Fall wehtun wollte. Er wollte Jane erzählen, dass es ihn jedes Mal innerlich zerriss, wenn er das Gesicht seiner Frau sah und wusste, dass er ein so großes Geheimnis vor ihr verbarg. Dass er nachts wach lag und sich fragte, was er tun sollte. Seiner Frau die Wahrheit sagen und dadurch riskieren, ihre Ehe zu zerstören, oder seine Sexualität weiter geheim halten und vor lauter Schuldgefühlen zugrunde gehen?

Aber er konnte Jane diese Gedanken nicht offenbaren – jedenfalls noch nicht.

Sally kam an den Tisch und fragte, ob sie vielleicht ein Dessert oder noch etwas zu trinken wollten. Blake bat sie, sie möge bitte nur die Rechnung bringen.

»Dann werden Sie mir helfen?«, fragte Jane. »Alles, worum ich Sie bitte, ist, dass Sie sich ein wenig umhören. Mehr erwarte ich auch gar nicht.«

Blake seufzte. »Sie müssen verstehen – so etwas hab ich noch nie gemacht, und Ihnen ist sicher klar, wie schwer es für mich ist, mich bereit zu erklären, Ihnen zu helfen, diesen Mann zu finden. Ich bin zweifellos der Meinung, dass er gefasst und ins Gefängnis gesteckt werden muss, aber ob ich Ihrem Vorhaben zustimmen kann ...«

Jane ergriff seine Hand. Ihre Haut war eisig, aber trotz ihrer kalten Berührung zog Blake seine Hand nicht weg.

»Sie sind der erste Mensch, dem ich so sehr vertraue, dass ich ihm die Wahrheit erzähle. Bei den anderen Truckern habe ich irgendeine Geschichte erfunden – der Typ mit dem Tattoo sei mein Exmann oder etwas in der Art. Ich habe ihnen nicht vertraut. Ich mag und respektiere Sie, aber wenn Sie mir nicht helfen wollen, verstehe ich das. Dann lasse ich Sie einfach in Ruhe und verschwinde wieder.«

»Ich kann Sie nicht gehen lassen, jetzt, wo ich weiß, was ich weiß. Was für ein Mann wäre ich denn, wenn ich Sie jetzt gehen und bei irgendeinem Fremden einsteigen lassen würde?«

Blake hatte das unbestimmte Gefühl, dass er es noch bereuen würde, aber er musste ihr einfach helfen. »Okay, ich werde Ihnen helfen, diesen Kerl zu finden. Ich kann mir zwei Tage Zeit nehmen. Aber ich weiß nicht, wie sehr ich Ihnen überhaupt helfen kann, falls er gar kein Trucker ist.«

»Natürlich, Sie können nur tun, was Sie tun können. Mehr erwarte ich auch gar nicht von Ihnen.«

Sally legte die Rechnung auf den Tisch, und wie zwei unartige Kinder ließen Blake und Jane einander los.

»Bitteschön«, sagte Sally, und dann drehte sie sich mit einem heimlichen Grinsen wieder um und ging.

Blake angelte seine Brieftasche aus seiner Jeans. »Ich übernehme das«

»Danke. Ich hab nicht viel Geld. Als ich aus dem Krankenhaus kam, musste ich … verschiedene Dinge tun, um an Geld zu kommen. Ich sollte mir bald einen Job suchen – einen richtigen Job. Es sei denn, ich finde zuerst ihn.«

Blake erinnerte sich wieder an den ersten Eindruck, den er von Jane gehabt hatte, als sie in seinen Truck gestiegen war – er fand, er war gar nicht so weit von der Wahrheit entfernt gewesen.

Er legte vierzig Dollar auf den Tisch, stand auf und sagte: »Ich muss erst noch meine Frau anrufen. Ich muss ihr sagen, dass ich erst in ein paar Tagen nach Hause komme.«

»Wird sie da nicht sauer?«

»Ich sag ihr einfach, ich hätte noch 'nen Job. Sie wird nicht besonders glücklich sein, aber sie ist es gewohnt.«

»Ich weiß das wirklich zu schätzen«, sagte Jane, als sie vom Tisch aufstand. »So sehr hat mir noch nie jemand geholfen. Wenn ich zu viel von Ihnen verlange, dann sagen Sie es mir bitte.«

»Das werde ich.« Blake sah sich nach einem Münztelefon um und entdeckte eines vor den Toiletten. »Es dauert nicht lange.«

Jane nickte. »Ich warte draußen.«

»Alles okay?«, fragte Jane, als Blake sich zu ihr an den Truck gesellte.

»Sie sagt, sie vermisst mich und kann es nicht erwarten, mich wiederzusehen, wenn ich zurückkomme, aber sie versteht, dass ein Job ein Job ist.« Wieder brannte sein Gesicht vor Schuldgefühlen. »Ich hasse es, sie anzulügen.«

»Ich bin mir sicher, Ihre Frau wäre stolz auf Sie, wenn Sie die Wahrheit wüsste.«

»Ich weiß nicht, ob sie stolz wäre. Sie würde mich vermutlich eher für verrückt halten, weil ich einer Fremden einfach so helfe.« Er kletterte ins Führerhaus und öffnete die Beifahrertür; Jane kletterte auf den Sitz.

Blake drehte den Zündschlüssel, und der Motor begann zu stottern und Dieselschwaden in die frische Abendluft zu spucken.

»Es tut mir leid, dass Sie meinetwegen Ihre Frau anlügen mussten.«

»Ich hätte ja auch Nein sagen können. Es war meine Entscheidung, Ihnen zu helfen. Natürlich lüge ich meine Frau nicht gerne an, aber das tue ich schon die letzten zwanzig Jahre – Sie haben mich also nicht auf diesen abscheulichen Weg geführt.« Er drehte sich zu ihr und lächelte. Nicht, weil er glücklich war, sondern um ihr zu zeigen, dass er nicht wütend auf sie war und sie nicht für seine Taten verantwortlich machte.

Jane lächelte kurz, aber schon bald legte sich wieder derselbe versteinerte Ausdruck auf ihr Gesicht.

»Ich schaue mal, ob Dale in der Nähe ist. Ich weiß, dass er unterwegs ist, und er kann uns vielleicht dabei helfen, den Typen zu finden.«

»Wer ist Dale?«

»Ein guter Freund. Keine Sorge, er ist vertrauenswürdig.« Blake beugte sich nach vorne und schaltete das Funkgerät an. Er stellte Kanal 8 ein, den Straßenkanal. Aus dem Apparat sagte »Rocky« (eigentlich Clive Healey): »... und eine Radarfalle in der Nähe von Violet Town. Over.«

Blake nahm das Mikrofon in die Hand. »Wenn Dale in der Nähe ist, frage ich ihn, ob er uns irgendwo persönlich treffen kann – man weiß ja nie, wer mithört.« Er wartete. Niemand sonst funkte etwas durch, also drückte er auf den Sprechknopf und sagte: »Chip, hier ist Betsy. Hörst du mich, Chip?«

Nach ein paar Momenten der Stille antwortete Dale: »Zehn-zwei, Betsy. Hier ist Chip.«

»Schalt rüber auf zwanzig.«

»Roger, Betsy.«

Blake drehte den Schalter auf Kanal 20 – die Frequenz, die Dale und er normalerweise nutzten, wenn sie sich unterhalten wollten. Er lauschte, ob sonst noch jemand in der Leitung war. Das schien nicht der Fall zu sein, aber er musste sichergehen, bevor er sich mit Dale unterhielt.

»Irgendwer da draußen?« Er wartete. Niemand antwortete.

Sicher, dass der Kanal frei war, sagte Blake: »Chip, hörst du mich?«

»Roger, Betsy. Was gibt's, alter Kumpel?«

Blake kicherte. »Wo bist du?«

»Ungefähr 'ne Stunde hinter der ersten Stadt. Warum? Lust auf Party?«

Normalerweise hätte Blake noch ein paar der üblichen Albernheiten mit Dale ausgetauscht, vielleicht sogar ein paar vorsichtig formulierte Schweinereien, aber da Jane neben ihm saß, war er zu befangen. »Nein, vielleicht ein anderes Mal. Hör mal, könntest du am ersten RP nach der ersten Stadt abfahren?«

»Für dich tu ich doch alles.«

»Danke. Bin in zwanzig Minuten da. Over und out, Chip.«

»Bis dann.«

Blake steckte das Mikrofon wieder in die Halterung und schaltete das Funkgerät aus. »Gute Neuigkeiten. Dale ist in der Nähe, wir treffen ihn ...«

»Ich weiß, wir treffen ihn in zwanzig Minuten. Ich kenne die meisten Codes, aber ›RP‹ hab ich noch nie gehört; und was ist das mit der ersten Stadt?«

Blake lächelte. »Das sind nur die privaten Codes, die Dale und ich benutzen. ›RP‹ steht für ›Rastplatz‹, und Albury ist die erste Stadt, Wodonga die zweite. Nur ein paar zusätzliche Vorsichtsmaßnahmen, falls wir uns mal ... na ja, treffen wollen.«

»Ist Dale ...?«

»Jep.« Blake lenkte den Truck vom Parkplatz auf den Highway. »Wir sind kein Liebespaar oder so. Nur gute Freunde, die gerne Zeit miteinander verbringen.«

»Sie müssen mir nichts erklären. Außer ... was ist mit Ihren Spitznamen? Chip und Betsy?«

»Chip kommt von dem Cartoon *Chip und Chap*. Ziemlich peinlich, ich weiß, aber ihm gefällt's.«

»Und Ihrer?«

»Betsy ist der Name meines Trucks.«

»Verstehe.«

Blake schaltete das Radio ein. Bruce Springsteen tanzte im Dunkeln. »Der Boss«, sagte Blake. »Sehr schön.«

»Ich war nie ein Fan«, entgegnete Jane. »Ich konnte mich einfach nicht mit seiner amerikanischen Arbeiterklasse-Musik identifizieren.«

»Wen mögen Sie denn?«

»Ich interessiere mich nicht so für Musik. Rebecca war der Musikfan. Früher mochte ich Elvis. Rebecca hasste ihn – fand aber, dass er gut aussah. Ich muss zugeben, dass ich ihr da nur zustimmen kann.«

»Ich auch.«

»Also, wann haben Sie festgestellt, dass Sie schwul sind?«

Blake antwortete ihr nicht sofort. Er hatte unzählige Male über die Antwort auf diese Frage nachgedacht, aber er hatte noch nie mit einer Menschenseele darüber gesprochen. »Mir selbst habe ich es zum ersten Mal eingestanden, als meine Frau und ich versuchten, Kinder zu bekommen. Wir hatten Sex, und auch wenn ich sie liebte, fühlte ich keine Lust, keine Leidenschaft. Ich begehrte sie nicht. Ich dachte, es läge nur daran, dass wir beide uns so gut kannten – Sie wissen schon, wegen der Vertrautheit – aber schließlich musste ich mir die Wahrheit eingestehen. Ich habe es tief im Inneren schon lange gewusst, aber versucht, es zu ignorieren.

Als Heather nicht schwanger wurde, sind wir zum Arzt gegangen. Als er uns mitteilte, ich sei unfruchtbar, weinte ich mit meiner Frau, aber ich war nicht traurig. Ich weinte ihretwegen, weil ich wusste, wie sehr sie sich Kinder wünschte. Aber ich selbst war erleichtert, sogar glücklich, und jedes Mal, wenn sie das Thema künstliche Befruchtung oder Adoption zur Sprache brachte, sagte ich ihr, dass ich für einen solchen Schritt einfach noch nicht bereit sei oder ich fand irgendeine andere Ausrede.

Ich liebe sie immer noch, aber ich bin nicht in sie *verliebt.* Da ist überhaupt keine körperliche Anziehungskraft. All das geheim zu halten ist so schwer, dass ich manchmal glaube, es bringt mich um. Deshalb ist dieser Job so toll. Er ermöglicht mir ein paar Freiheiten.« Er kurbelte sein Fenster herunter, und eine kühle Brise wehte herein. Sein Gesicht glühte heftig – ihm war, als sei all seine Schuld an die Oberfläche geströmt und würde nun vom Wind fortgetragen. »Ich habe das noch nie jemandem erzählt, nicht einmal den Männern, mit denen ich zusammen bin. Und wissen Sie was? Ich fühle mich tatsächlich besser.«

»Manchmal ist es gut, darüber zu reden. Ich muss es wissen, ich rede immer mit mir selbst, wenn ich allein bin. Manchmal spreche ich auch mit Rebecca. Dumm, ich weiß, aber es ist der einzige Weg für mich, damit fertig zu werden. Na ja, das und die Gewissheit, dass ich eines Tages den Mann mit dem Tattoo finden werde.«

»Woher wissen Sie, dass er dieses Tattoo hat?«

»Rebecca hat mich von unterwegs aus angerufen. Ich wollte nicht, dass sie nach Sydney fährt; wir hatten einen heftigen Streit an dem Abend, bevor sie fuhr, weil sie ihren Dad treffen wollte. Als ich am nächsten Morgen runterkam, war alles, was ich fand, eine Nachricht. Darin stand, dass ich mir keine Sorgen machen solle, dass sie nach Sydney trampen und mich noch am selben Tag von unterwegs anrufe wolle, um mir mitzuteilen, dass es ihr gut gehe. Nun, sie hat mich angerufen und mir gesagt, der Mann, der sie mitgenommen hatte, habe ein Tattoo auf dem Arm, die Worte ›Stirb, Mutter‹. Das ist alles, was sie zu mir sagte, außer, dass ich mir keine Sorgen machen solle und dass sie mich anrufen würde, sobald sie bei ihrem Dad angekommen war. Sie hat nie wieder angerufen, und ein paar Tage später bekam ich Besuch von der Polizei, die mir mitteilte, man habe ihre Leiche am Lake Mokoan gefunden.«

»Haben Sie der Polizei von dem Tattoo erzählt?«

Jane zögerte. »Ja.«

Blake wollte ihr verzweifelt die eine Frage stellen, die ihm auf der Zunge brannte. Er wollte unbedingt wissen, wie ihre Antwort lautete. Es widerstrebte ihm zwar, sie zu fragen, aber schließlich war die Neugier doch zu groß und es brach aus ihm heraus: »Was werden Sie tun, wenn Sie ihn gefunden haben?«

»Sie können sich nicht vorstellen, wie oft ich darüber schon nachgedacht habe. Ich denke den ganzen Tag daran, oder wenn ich versuche, einzuschlafen. Oft wache ich mitten in der Nacht schreiend mit diesem Gedanken auf. Die Wahrheit ist, ich weiß es nicht.«

»Aber Sie suchen schon seit einem Jahr nach ihm?«

»Ich wusste doch, dass Sie mich für verrückt halten«, erwiderte Jane.

»Nein, es ist nur … ich kann mir nicht vorstellen, für so lange Zeit von zu Hause fort zu sein. Ich werde schon wahnsinnig, wenn es zwei Wochen am Stück sind.«

»Das hier ist mein Zuhause. Die Motels, die Restaurants, die Rastplätze. Sie sind das einzige Zuhause, das mir noch geblieben ist. Ich könnte nicht mehr in mein altes Leben zurück, selbst wenn ich es wollte. Ich bin schon zu weit weg und habe zu viel von mir selbst zurückgelassen. Dort gibt es nichts mehr für mich, nur die Geister der Vergangenheit.«

Schauder tanzen Blakes Wirbelsäule hinauf und hinunter. Er kurbelte das Fenster wieder hoch.

Im Radio sangen Crowded House von privaten Universen.

Sie fuhren schweigend durch Albury, beide in ihre eigenen Gedanken versunken. Dichter Nebel legte sich über die kalte Nacht. Als sie Albury verlassen hatten und über den schmaleren, gefährlicheren Highway fuhren, war der Nebel so dicht, dass es manchmal unmöglich war, weiter als ein paar Meter zu sehen. Auch das Licht der Scheinwerfer wurde von der weißen Nebelwolke verschluckt.

Glücklicherweise wusste Blake, wo sich der Rastplatz befand, und als sie schon fast da waren, ging er vom Gas und wartete, bis das Auto hinter ihnen sie überholt hatte, bevor er rechts abbog.

Neben dem Highway parkte, ganz in der Nähe des Waldgebiets im hinteren Teil des Rastplatzes, bereits ein Sattelschlepper. Blake stellte seinen Wagen daneben, ließ den Motor laufen und die Scheinwerfer an, drehte sich zu Jane um und sagte: »Es dauert nicht lange.«

Er sprang aus dem Truck, und seine Knie knacksten, als er auf dem Boden landete. Er ging zu Dales Truck hinüber und klopfte an die Fahrertür.

Dales blasses, sommersprossiges Gesicht erschien im Fenster. Er sah zunächst misstrauisch aus, entspannte sich aber dann und schenkte ihm ein Lächeln.

Blake machte einen Schritt zurück, als Dale die Tür öffnete und heraussprang. Während die Tür offen stand, erhaschte Blake einen Blick auf die Gestalt, die auf dem Beifahrersitz saß – ein Mann um die zwanzig, mit weiten, beinahe ängstlichen Augen. Er wirkte wie ein Rumtreiber.

Der Typ verschwand, als Dale die Tür wieder zumachte. »Hey, alter Freund«, begrüßte ihn Dale mit einem dünnen Lächeln auf den Lippen. Sein rotes Haar sah total wirr aus. »Was ist los? Was ist denn so wichtig, dass du mich praktisch von der Straße zerrst? Ich muss meine Ladung um elf in Melbourne abliefern.«

»Können wir uns unter vier Augen unterhalten?«, fragte Blake leise.

Dale nickte.

Sie ließen Dales Mack – Greta – stehen und gingen in Richtung der Bäume, die an den Parkplatz grenzten, wo sie in Dunkelheit getaucht wurden. Nicht einmal die unzähligen Lichter an Blakes Kenworth erreichten sie hier.

»Hey, ich hab dich nicht betrogen – er ist nur ein Tramper, den ich mitgenommen hab«, sagte Dale mit fröhlicher Stimme.

Blake war nicht in der Stimmung für Scherze. »Dale, ich wollte dich um einen Gefallen bitten.«

»Sicher, worum geht's?«

»Ich habe diese Frau in meinem Truck, eine Anhalterin …«

»Eine Frau? Betsy, gibt's da vielleicht was, was du mir nicht erzählt hast?«

»Bleib mal ernst.«

»Entschuldigung. Frau im Truck. So weit klar. Und weiter?«

»Sie sucht nach jemandem, und ich helfe ihr dabei. Ich hatte gehofft, du hättest vielleicht von ihm gehört.«

»Ist er ein Trucker?«

»Nun, das wissen wir nicht. Könnte sein.«

»Was hat er angestellt?«

»Das ist nicht so wichtig. Aber dieser Typ hat ein Tattoo auf dem linken Arm: ›Stirb, Mutter‹.«

»Stirb, Mutter? Mein Gott, das hört sich ja nach einem richtig charmanten Kerl an.«

»Kennst du irgendjemand mit so 'nem Tattoo?«

»Ich wünschte, ja. Hört sich nach 'nem wilden Jungen an. Aber nein, tut mir leid.«

»Kannst du mal rumfragen, bei anderen Truckern, denen du vertraust?«

»Klar, Kumpel.«

»Ich bin die nächsten Tage noch unterwegs, wenn du was hörst, kannst du mich einfach anfunken.«

»Vielleicht sollte ich Mick mal fragen.«

»Wen?«

»Meinen Tramper. Der könnte was über deinen bösen Jungen wissen.«

»Kannst du ihm trauen?«

Dale kicherte. »Ich hab ihn erst vor ein paar Stunden kennengelernt. Woher zur Hölle soll ich das wissen? Aber er ist ein Tramper und weiß vielleicht was über deinen Typen.«

»Okay.«

»Sag mal, Blake, brauchst du sonst irgendwas? Mir ist aufgefallen, dass du müde aussiehst, Mann. Ich hab was ihm Truck, das dich vielleicht wieder hochbringt.«

»Ich hab mit der Scheiße aufgehört – das weißt du doch, Dale.«

»Ja, aber du siehst aus, als ob du was vertragen könntest.«

Blake dachte über Dales Angebot nach. Sein Rücken tat weh und er hätte wirklich einen Muntermacher vertragen können – aber er hatte Heather versprochen, dass er kein Speed, keine Koffeintabletten oder irgendwelchen anderen Mist mehr nehmen würde. Sie anzulügen, war schlimm genug, doch er hätte es nicht ertragen, auch noch sein Versprechen zu brechen. »Nein, ehrlich, mir geht's gut. Trotzdem danke, Chip.«

Sie gingen zurück zu den Trucks. Blake wartete, während Dale ins Führerhaus seines Mack kletterte und mit dem Tramper sprach. Er stieg wieder herunter und schüttelte den Kopf. »Er sagt, er kennt niemanden mit so einem Tattoo.«

Blake nickte. »Trotzdem danke, Dale.«

»Wenn du dich einsam fühlst oder irgendwas brauchst, weißt du ja, wo du mich finden kannst.«

»Danke, aber ich hab ja Jane dabei – lieber ein anderes Mal, okay?«

»Abgemacht.« Dale zwinkerte ihm zu, als er zurück ins Führerhaus kletterte.

»Jane, ja? Dann kann ich dich also von jetzt an Tarzan nennen?«

Blake lächelte. »Das könnte doch mein neuer Spitzname werden.«

»Gefällt mir. Bis später, Kumpel.«

Blake sah zu, wie Dale vom Rastplatz fuhr, und ging dann zurück zu seinem Truck.

»Irgendwas Neues?«, fragte Jane, als Blake sich wieder auf seinem Sitz niederließ und die Tür schloss. In ihren kohlrabenschwarzen Augen lag ein leiser Hoffnungsschimmer.

»Dale hatte noch nie von dem Typ mit dem Tattoo gehört. Aber er wird sich mal umhören, wir haben also immer noch eine Chance.«

Die Hoffnung verblasste, und ihre Augen verfinsterten sich. »Oh. Wer war da bei ihm im Truck?«

»Irgendein Tramper. Aber der wusste auch nichts. Tut mir leid.«

Jane seufzte. »Und jetzt?«

»Na ja, ich treib mich noch ein paar Tage rum und unterhalte mich mit anderen Truckern. Aber ich fürchte, danach muss ich wieder nach Hause.«

»Das verstehe ich.«

»Was jetzt gleich betrifft, können wir uns für diese Nacht entweder ein Motelzimmer nehmen oder im Truck schlafen. Hinten, in der Schlafkoje, ist ein Stockbett – ist ziemlich gemütlich.«

»Da ich nicht besonders viel Geld habe, entscheide ich mich für Betsy.«

Blake nickte. »Gute Wahl.« Er schaltete erst den Motor und dann die Lichter aus. Abgesehen von den schwachen Lampen neben den dixie-artigen Toiletten, lag der Rastplatz in völliger Dunkelheit. Blake dachte daran, dass Heather heute Nacht alleine schlafen musste und keine Ahnung hatte, was ihr Ehemann trieb oder dass er ein Geheimnis vor ihr verbarg, von dem nur sehr wenige Menschen wussten – einschließlich einer Frau, die er eben erst kennengelernt hatte. Er fühlte sich schlecht, seine Frau bedeutete ihm noch immer sehr viel.

»Denken Sie, dass ich ein schlechter Mensch bin?«

»Wieso fragen Sie mich das?«

»Ich musste nur gerade an Heather denken und daran, dass ich sie seit so vielen Jahren anlüge.«

»Nein, überhaupt nicht. Sie sollten sich deshalb nicht schlecht fühlen. Es ist ja nicht so, dass Sie ihr nicht davon erzählen wollten. Sie haben nur Angst davor. Sie halten Ihre Sexualität geheim, weil Sie Angst haben, Ihrer Frau die Wahrheit zu sagen und nicht, weil Sie sie absichtlich täuschen wollen.«

»Ich sehe da keinen Unterschied. Nicht wirklich. Betrug ist Betrug, ganz egal, wie sehr man auch versucht, ihn zu rechtfertigen.«

»Ich hab den Bullen nichts von Rebeccas Anruf erzählt, als sie mich fragten, ob ich mit ihr gesprochen habe. Ich hab die Bullen angelogen. Aber fühle ich mich deswegen schlecht? Absolut nicht.«

»Wir sind sehr unterschiedliche Menschen«, sagte Blake.

»Wir sind gar nicht so verschieden. Wir haben beide jede Menge Schmerz und Bedauern in unserem Leben. Wir beide müssen mit Entscheidungen leben, die wir in der Vergangenheit getroffen haben. Wir beide wissen, was es bedeutet, sich in einer vertrauten Welt verloren zu fühlen. Und wir leben beide auf der Straße.« Sie sah Blake an, und ihre dünnen Lippen zitterten. »Rebecca wusste nichts über ihren Vater … wie er war und wie er mich behandelt hat, als wir zusammen waren. Sie hatte keine Ahnung, wie sie in diese Welt gekommen ist: nicht durch die Liebe zweier Menschen, sondern durch Angst und Schmerz. Ich habe alles versucht, um sie von ihm fernzuhalten. Ich habe es sogar so sehr versucht, dass ich, als sie mich fragte, ob ich sie für das Wochenende nach Sydney fahren würde, Nein gesagt habe. Sie ist trotzdem zu ihm gefahren, und Sie wissen ja, was passiert ist. Ich hätte ihr die Wahrheit sagen sollen, vielleicht wäre dann alles ganz anders gekommen.«

»Wie alt war sie?«

»Achtzehn.«

»Hatte sie keinen Führerschein?«

Jane schüttelte den Kopf. »Sie hatte nie die Möglichkeit.« Sie schaute zu Blake hinüber, und auf ihrem ansonsten schmerzverzerrten Gesicht lag ein Lächeln. »Ich wünschte, ich hätte das Foto noch. Ich hätte Ihnen so gerne meine Rebecca gezeigt. Sie war so schön. Die Leute haben oft gesagt, sie sehe aus wie eine junge Michelle Pfeiffer. Ich finde, sie war noch hübscher.«

Danach schwiegen sie beide.

Fünfzehn Minuten später war Jane eingeschlafen.

Als sie zu schnarchen begann, musste Blake lächeln.

Er wusste, wie müde sie war; ein Blick auf ihr aschfahles Gesicht und die dicken Ringe unter ihren blutunterlaufenen Augen, und jeder konnte sehen, dass sie verdammt noch mal Schlaf brauchte. Und da er wusste, wie schwer es für sie war, einzuschlafen, wenn jemand bei ihr war, nahm er es als Zeichen ihres Vertrauens – und das machte ihn glücklicher als irgendetwas anderes, an das er sich in letzter Zeit erinnern konnte.

Der Nebel hüllte den Rastplatz in weiße Schwaden und setzte dem Wald, dem Farmland und dem Highway rundum seine Maske auf. Es würde ein bitterkalter Morgen werden.

Als er einen Blick auf die Uhr warf, wurde Blake klar, dass er dringend ein wenig schlafen sollte. Meistens, wenn er in seinem Truck schlief, saß er erst noch eine Weile in der Kabine und schaute, mit einem Bier oder einem Kaffee in der Hand, nach den Sternen oder den vorbeirasenden Fahrzeugen auf dem Highway. Wenn er zu müde wurde, um noch zusammenhängende Gedanken zu fassen, kletterte er schließlich in die Schlafkoje und nickte sofort ein.

Heute Nacht hatte er viel an Heather gedacht und daran, ob er ihr die Wahrheit darüber sagen sollte, wer er wirklich war. Er hatte über Jane, oder wer immer sie auch war, und ihre Situation nachgegrübelt.

Er hatte eine komplette Thermosflasche Tee geleert und war zweimal zu den Rastplatztoiletten gewandert; Jane hatte die ganze Zeit über geschlafen, eigentlich wollte er sie auch nicht bewegen.

Sie lag gegen die Beifahrertür gelehnt. Blake wusste aus Erfahrung, dass ihr, wenn sie den Rest der Nacht in dieser Position verbrachte, morgen früh ein schmerzhaftes Erwachen bevorstand; so wenig er sie auch stören wollte, entschloss er sich zu ihrem Besten dazu, zu versuchen, sie in die gemütlichere Schlafkoje umzulagern.

Er setzte sich auf die Knie, drehte sich um, öffnete die Vorhänge, wandte sich dann wieder Jane zu, beugte sich nach vorne und schob, so vorsichtig er nur konnte und in der Hoffnung, sie nicht zu wecken, seine Hände unter ihre Beine und ihren Rücken.

Es gelang ihm, beide Arme unter ihren Körper zu schieben, ohne dass sie auch nur kurz den Atem anhielt, und er wollte sie gerade hochheben, als sie plötzlich aufwachte.

Blake zog seine Arme zurück. »Tut mir leid, ich habe versucht, Sie nicht aufzuwecken«, entschuldigte er sich.

Mit schwerem Atem und weit aufgerissenen Augen fragte Jane: »Wo sind wir? Was haben Sie da gemacht?«

Blake hielt seine Hände hoch. »Hey, alles okay. Sie haben seit neun geschlafen und ich wollte Sie nur in die Schlafkoje tragen. Da schläft sich's viel bequemer als auf dem Beifahrersitz.«

Jane wandte sich ab und sah aus dem Fenster. Als sie sich wieder umdrehte, atmete sie entspannter und ihre Augen sahen nicht mehr aus zwei riesige Teller. »Entschuldigung«, sagte sie. »Ich bin's nicht gewohnt, in einem Truck aufzuwachen – oder mit jemand neben mir. Ich hab nur einen Schreck bekommen. Wie spät ist es?«

»Ein Uhr.« Blake ließ sich auf seinem Sitz nieder. »Es tut mir wirklich leid, dass ich Sie geweckt habe. Ich hätte Sie schlafen lassen sollen, wo Sie waren.«

»Schon okay. Ich hab sowieso schlecht geträumt.«

»Nun, die Betten sind fertig. Sie können sich eins aussuchen. Mir ist egal, ob ich oben oder unten schlafe.«

»Ich bin zu wach, um wieder einzuschlafen. Aber ich hab Durst. Haben Sie was zu trinken?«

»Sicher. Ich hab Tee, Kaffee, Wasser, …«

»Haben Sie auch Bier?«

»Um diese Zeit?«

Jane zuckte die Achseln. »Jede Zeit ist die richtige Zeit für ein Bier.«

Blake lächelte. »Dieser Logik habe ich nichts entgegenzusetzen«, erwiderte er und kroch zwischen den beiden Sitzen hindurch in die Schlafkabine. Er öffnete die Tür des kleinen Schränkchens neben dem Stockbett, in dem der Kühlschrank untergebracht war, und holte zwei Dosen Melbourne Bitter heraus. Zurück in seinem Sitz, reichte er Jane eine der Dosen und öffnete dann seine. »Auf Nächte im Truck und neue Freunde.«

Jane hob ihr Bier und sie stießen mit den Dosen an.

Er nahm einen langen Schluck. »Es geht doch nichts über billiges, bitteres Bier, oder?«

»Ich hab den Geschmack von Bier nie gemocht«, sagte Jane. »Na ja, jedenfalls glaube ich das. Ich kann mich nicht an eine Zeit erinnern, in der ich kein Bier getrunken hätte, aber ich erzähle den Leuten immer, dass ich es eigentlich nie gemocht habe, also schätze ich, dass es wahr sein muss.«

»Erinnern Sie sich wirklich an nichts aus Ihrer Vergangenheit?«

»Nicht wirklich. Sie ist irgendwie abgebröckelt, Stück für Stück, je länger ich auf der Straße gelebt habe.«

»Ich könnte mir mein Leben ohne meine Vergangenheit gar nicht vorstellen. Ich meine, sie bestimmt doch, wer wir sind, oder? Ohne Vergangenheit ist man nur … ich weiß auch nicht …«

»Ein leeres Gefäß?«

Das klang richtig, fand Blake, aber er wollte es nicht laut sagen. »Nun, nicht ganz …«

»Aber Sie haben recht. Ohne Vergangenheit – wer sind wir da? Denken Sie doch nur daran, wie sehr wir Menschen mit Alzheimer bedauern. Die erkennen noch nicht mal ihre eigenen Kinder, geschweige denn, dass sie sich an ihre Vergangenheit erinnern. Es ist eine grausame Krankheit, weil sie uns unserer Identität beraubt. Bei mir ist es genauso, nur, dass ich meinen Zustand selbst verschuldet habe.

In mancher Hinsicht ist es schlimmer als Alzheimer, weil ich *weiß,* dass ich mich nicht an meine Vergangenheit erinnern kann.«

Blake nippte langsam an seinem Bier. Er wollte nicht fröhlich werden, sondern sich nur entspannen.

»Wissen Sie wenigstens noch, wo Sie gearbeitet oder gelebt haben?«

»Ich erinnere mich daran, wie mein Haus ausgesehen hat,

aber ich könnte Ihnen nicht sagen, wo es stand. Ich weiß nicht mehr, wo ich gearbeitet habe. Meine Vergangenheit ist wie ein Puzzle, bei dem die Hälfte der Teile fehlt und das keinen Rand hat. Ich kann das bisschen, an das ich mich erinnere, nicht in Bezug zu einander setzen – ich weiß ja nicht mal, ob das, woran ich mich erinnere, real ist oder nicht. Es gibt nur zwei Dinge, an die ich mich klar und deutlich erinnere. Das eine ist Rebecca. Ich kann ihr lebendiges Gesicht sehen und ihre Stimme ganz deutlich hören. Ich kann mich an ihre Macken erinnern, an ihre Gewohnheiten, sogar an ihren Geruch.«

Jane blickte mit sanftem Lächeln auf ihre Bierdose hinunter, aber Blake wusste, dass es nicht der rotweiße Aufdruck war, den sie sah.

»Und das andere, woran Sie sich erinnern?«

Janes Lächeln erstarb. »Rebeccas Vater. Ich erinnere mich auch an sein Gesicht und seine Stimme. Und an seinen Geruch, eine faulige Mischung aus Whiskey, Rauch und Wut. Ich erinnere mich daran, wie er mich auf den Boden gedrückt und mir ins Gesicht gespuckt hat, und an all die Male, die er mich geschlagen hat: immer auf den Körper, aber nie ins Gesicht. Manchmal versuche ich, mir selbst weiszumachen, dass diese Dinge nie passiert sind, dass sie nur ein Produkt meiner Fantasie sind, aber ich weiß, dass es wahr ist. Es muss ja passiert sein – ich wäre sonst nicht hier, um nach Rebeccas Mörder zu suchen.«

Blake rutschte peinlich berührt in seinem Sitz hin und her. Das Seufzen der Federn unter ihm klang in der Stille, die Janes Worten folgte, unendlich laut. Er wusste nicht, was er sagen sollte, also nahm er noch einen Schluck Bier und hoffte, dass ihm etwas halbwegs Sensibles einfallen würde. Schließlich, nach zu viel Bier und Schweigen, sagte er: »Es tut mir leid.«

»Was?«

»Was Ihnen passiert ist. Alles.«

Jane leerte ihr Bier. »Das muss es nicht. Mein Bedürfnis nach Mitleid ist vor langer Zeit gestorben.«

Blake nickte in Richtung ihrer leeren Bierdose – seine Dose war noch zu einem Viertel voll – und fragte: »Möchten Sie noch eins?«

Jane schüttelte den Kopf. »Danke, aber eins ist genug. Ich musste meine Nerven nur ein bisschen beruhigen.«

»Der Traum?«

»Unter anderem.«

Blake trank sein Bier aus. Ebenso wie Jane reichte auch ihm das eine.

»Die Straße ist ein seltsamer Ort, nicht wahr?«, sagte Jane mit verträumter, melancholischer Stimme.

»Wie meinen Sie das?«

»All diese Autos und Trucks mit all den Menschen, jeder Einzelne mit eigenem Ziel, und alle beeilen sich, es zu erreichen. Nur die Straße bleibt immer dieselbe. Sie verändert sich kaum, aber die Zeit vergeht. Die meisten Dinge im Leben wachsen, verändern ihre Form, nur die Straße nicht. Sie ändert sich nur, wenn wir es wollen, wenn es unseren Bedürfnissen dient. Die meisten Menschen denken nie über die Straße nach, auf der sie reisen. Sie denken nicht an den Schmerz und den Tod, die mit ihr verbunden sind, an all das Blut, das in der Erde versickert ist. Sie ist nur ein Mittel zum Zweck für sie, und sie denken nur an diese Dinge, wenn ein geliebter Mensch in einen Autounfall verwickelt ist. Die meisten sind zu sehr damit beschäftigt, dort anzukommen, wo sie hinwollen. Die meisten Menschen reisen auf dem Highway, aber die wenigsten von ihnen sehen ihn. Seltsam, finden Sie nicht?«

Blake zuckte mit den Schultern. »Ich hab nie richtig darüber nachgedacht. Für mich ist er ein Teil des Jobs, der mir hilft, dorthin zu kommen, wo ich hinmuss.«

»Für mich nicht. Ich kann Ihnen mehr über diese Straße erzählen als über mein eigenes Leben. Zum Beispiel, wo all die Denkmäler für Kriegshelden und die Menschen stehen, die auf dieser Straße gestorben sind. Ich kann Ihnen jede Stadt zwischen Melbourne und Sydney nennen, durch die der Hume führt oder einst geführt hat. Ich war in jeder Tankstelle und auf jedem Rastplatz; ich kann Ihnen sogar sagen, wo die Straße eine Kurve macht. Und trotzdem kann ich Ihnen nicht sagen, in welcher Straße mein Haus stand oder wie mein Vorname lautet. Ich bin vermutlich der einzige lebende Mensch, der diese Straße sein

Zuhause nennen kann … der einzige Mensch, der nicht irgendwo hin will.«

»Aber so muss es nicht sein«, sagte Blake. »Sie können jederzeit die Entscheidung treffen, nicht mehr nach diesem Mann zu suchen und den Highway zu verlassen. Ich kann Sie morgen nach Melbourne zurückfahren, und Sie können noch mal ganz von vorn anfangen.«

»Denken Sie wirklich, dass es so einfach ist? Nichts ist so einfach. Wenn man so viel Zeit mit etwas verbracht hat und so viel von sich selbst wegen dieser einen Sache verloren hat, ist es nicht so leicht, einfach aufzuhören und alles hinter sich zu lassen. Es ist nicht so einfach, alles zu ändern, was man kennt, oder? Manchmal ist es leichter, das Leben zu akzeptieren, als es zu verändern. Das bedeutet aber nicht, dass es auch das Richtige ist.«

Blake dachte nun ernsthaft über ein zweites Bier nach. Ihm war eigentlich nicht wirklich danach, aber er glaubte, es würde vielleicht den schalen Geschmack in seinem Mund überdecken. »Tut mir leid, ich hätte nicht so gedankenlos sein sollen. Manchmal vergesse ich mein eigenes armseliges Leben und was für ein heuchlerischer Mistkerl ich sein kann.«

»Ich habe schon darüber nachgedacht, alles zurückzulassen und zu versuchen, wieder nach Hause zu gehen, wo immer das auch sein mag. Ich denke oft darüber nach, wenn ich das Gefühl habe, dass ich ihn niemals finden werde. Aber dann denke ich an Rebecca.« Jane atmete tief ein und aus, so als wolle sie einen Dämon austreiben. »Ich denke oft daran, was sie wohl in ihren letzten Stunden durchlebt hat. Ich kann nichts dagegen tun. In mancher Hinsicht fühle ich mich ihr dadurch näher. Ich stelle mir vor, wie der Mann sie mitgenommen hat, was er gesagt hat, damit sie zu ihm ins Auto steigt, worüber sie unterwegs gesprochen haben. Ich frage mich, wann Rebecca zum ersten Mal bewusst wurde, zu wem sie da ins Auto gestiegen war. Woran dachte sie, als sie sich wehrte und versuchte, zu entkommen? Hat sie an mich gedacht oder hatte sie so entsetzliche Angst, dass sie an überhaupt nichts denken konnte? Ich denke an den Mann und was er mit ihr gemacht hat, nicht nur, als er sie getötet hat, auch hinterher, und dann verschwinden all meine

Gedanken ans Aufgeben. Ich will ihn finden, ich muss ihn finden – dann kreisen meine Gedanken darum, was ich tun werde, wenn ich ihn endlich gefunden habe. Einige dieser Vorstellungen machen mir Angst, andere trösten mich. Aber der Drang, ihn zu finden, treibt mich immer weiter an. Daran muss ich denken; das ist mein einziger Lebenszweck. Ich habe keine Ahnung, wo ich ohne ihn wäre. Sie sehen also, ich kann nicht aufgeben. Ich will nicht aufgeben. Der Moment, an dem ich aufgebe, ist der Tag, an dem ich sterbe.«

Blake hörte Janes Ausführungen aufmerksam zu, aber er verstand sie nicht wirklich. Er nahm an, dass man so etwas nicht wirklich nachvollziehen konnte, wenn man nicht in derselben Situation war. Er lehnte sich hinüber zu ihr und drückte ihre Schulter. Er spürte nur Knochen. »Ich kann nicht nachempfinden, was Sie durchmachen, aber ich werde mein Bestes tun, Ihnen bei Ihrer Suche zu helfen.«

Zögernd legte Jane eine Hand auf seine, aber sie lächelte nicht und sagte kein Wort.

Sie beschlossen, zum Frühstück nach Holbrook zu fahren. Sie entschieden sich für das Conrad's, ein gemütliches, reges Café gleich neben dem Hume Highway, in dem der Duft von Kaffee und Speck sie begrüßte, sobald sie durch die Tür traten. Sie setzten sich an einen Tisch neben dem vorderen Fenster. Als die Kellnerin, Verna, zu ihnen kam, bestellte Blake Speck, Eier und Bratkartoffeln und einen großen Kaffee. Jane entschied sich für Pfannkuchen mit Speck, gegrillter Ananas und Ahornsirup und ein Glas Orangensaft.

»Keinen Kaffee?«, fragte Blake.

»Vielleicht später. Mir ist heute Morgen nach etwas Gesünderem.«

Jane war schon den ganzen Vormittag recht guter Stimmung und entspannter, als er sie je zuvor erlebt hatte, was er einem erholsamen Schlaf und guter Gesellschaft zuschrieb. Er fragte sich aber auch, ob ihre gute Stimmung vielleicht etwas mit der Möglichkeit zu tun hatte, neue Informationen über den Mann zu erhalten, den sie suchte.

Blake seinerseits war weniger fröhlich. Er hatte unruhig geschlafen und konnte nicht aufhören, an Heather zu denken und darüber zu grübeln, was Jane über Veränderung gesagt hatte. Sie hatte recht gehabt – es war viel leichter, die Dinge so zu belassen, wie sie waren, als seiner Frau zu erzählen, wer er wirklich war und dadurch alles kaputt zu machen.

Nachdem er sich Ewigkeiten hin- und hergewälzt hatte, war er zu einer endgültigen Entscheidung gekommen, und auch wenn er sich sicher war, dass er das Richtige vorhatte, fand er trotzdem nicht besser in den Schlaf.

Er hatte Jane von seinem Entschluss erzählen wollen, sobald sie aufwachten, aber dann schien es ihm doch nicht der richtige Zeitpunkt zu sein. Tief im Inneren kannte er natürlich den wahren Grund für dieses Aufschieben – er hatte Angst. Angst davor, was Jane sagen würde, und Angst vor den Konsequenzen seiner Entscheidung.

Als die Getränke kamen, stürzte Blake eine halbe Tasse Kaffee in einem einzigen Zug hinunter. Er wärmte ihn wunderbar von innen. »Die machen hier guten Kaffee«, sagte er, trank auch den Rest der Tasse aus und schenkte sich eine neue ein. Bei dieser ließ er sich Zeit.

»Also, wie sieht der Plan für heute aus?«, fragte Jane. »Sie müssen keine Ladung abliefern und ich muss nicht trampen. Sitzen wir nur hier und warten, dass Dale sich meldet?«

»Ich hör mich weiter nach dem Tattoo-Mann um, aber das wird nicht den ganzen Tag dauern. Wie wär's, wenn wir versuchen würden, einen Job für Sie zu finden? Sie sagten doch, dass Sie Geld brauchen.«

Jane schnaubte. »Und was soll ich tun? Der Hume bietet nicht gerade großartige Berufsmöglichkeiten.«

»Wie wär's mit einem Job auf einer Farm?«

»Ich muss mich um wichtigere Dinge kümmern als um Kühe. Was noch?«

»Zimmermädchen im Motel?«

»Ich steh nicht so drauf, das Chaos anderer Leute aufzuräumen, aber ich denk drüber nach.«

»Was ist mit McDonald's? Die suchen immer Leute.«

Jane schüttelte den Kopf. »Nein, ich glaube nicht, dass ich bei McDonald's arbeiten möchte.«

»Was haben Sie denn gegen die goldenen Bögen? Haben Sie schlechte Erfahrungen mit einem Haar in Ihrem Big Mac gemacht?«

»Ich glaube nicht – aber die Läden haben irgendwas an sich …«

Blake sah, dass Verna auf sie zusteuerte und zwei riesige Teller balancierte. Sie kam mit einem Lächeln an ihren Tisch und stellte einen Berg aus gegrilltem Speck, gebratenen Eiern und goldgelben Bratkartoffeln vor Blake ab. »Eier und Speck für Sie – und Pfannkuchen für Sie.« Sie platzierte drei Stapel Pfannkuchen mit Speck und gegrillter Ananas, über und über voll Ahornsirup, vor Jane. »Guten Appetit«, wünschte Verna und verließ sie mit einem noch breiteren Lächeln im Gesicht.

»Da hat wohl jemand heute Morgen Gute-Laune-Pillen geschluckt«, spottete Jane.

»Wie wär's mit Kellnern?«

Jane zuckte die Schultern, während sie ein Stück Pfannkuchen abschnitt. »Das klingt bislang am besten. Aber wenn alles gut geht, brauche ich hoffentlich gar keinen Job mehr.« Sie stopfte sich den Pfannkuchen in den Mund.

Ein paar Tische weiter versuchte eine Mutter vergeblich, ihr weinendes Kind zu beruhigen. Der Junge, der ungefähr zehn Jahre alt war, wollte Eiscreme zum Frühstück, aber seine Mutter erklärte ihm, er müsse Müsli und Toast essen.

»Gib ihm einfach die verdammte Eiscreme«, murmelte Blake.

»Ja, dann können wir anderen unser ungesundes Frühstück in Ruhe genießen.«

Der Junge schaltete schnell von Schluchzen auf Brüllen hoch. Die Mutter versuchte, ihn zur Ruhe zu bringen, indem sie ihm mitteilte, dass er nie wieder Eiscreme essen würde, wenn er nicht aufhörte, aber das machte sein Gebrüll nur noch schlimmer.

»Sie wird einbrechen«, prophezeite Jane.

»Denken Sie?«

»Ich weiß es. Sie ist schwach. Sie gibt zu schnell nach.«

Blake sah sich um und beobachtete heimlich die Mutter und ihr brüllendes Kind. Die Mutter sah jung und hübsch aus, und der Junge wirkte, als habe er in seinem kurzen Leben schon viel zu viel Eiscreme gegessen. Blake wandte sich wieder Jane zu. »Nein, der Junge wird bald die Klappe halten, wenn er einsieht, dass er kein Eis bekommt.«

Jane, den Mund voller Pfannkuchen, schüttelte den Kopf.

»Wollen Sie wetten?«

Sie schluckte. »Aber ich hab kein Geld.«

»Okay, wie wär's damit: Wenn ich gewinne, möchte ich, dass Sie mit mir zurückkommen, egal, ob wir den Mann finden oder nicht.«

Jane sah Blake argwöhnisch an. »Was?«

Blake legte Messer und Gabel am Rand seines Tellers ab und nahm einen Schluck Kaffee. Plötzlich war er nervös; er hatte es ihr eigentlich jetzt noch nicht sagen wollen, es war einfach aus ihm herausgesprudelt. »Ich habe beschlossen, meiner Frau die Wahrheit darüber zu sagen, wer ich bin. Ich würde mich wirklich sehr freuen, wenn Sie dabei wären, wenn ich das tue – als moralische Unterstützung. Ich könnte dabei einen Freund gebrauchen, einen Freund, der über mich Bescheid weiß und mich nicht verurteilt. Aber wenn Sie gewinnen, können Sie tun, was immer Sie wollen, wenn die zwei Tage vorbei sind. Klingt das fair?« Er wischte sich den Schweiß von der Stirn.

»Sie machen Witze«, sagte Jane, und ihr Ausdruck schwankte zwischen Schock und Wut.

»Sie können doch nicht Ihr ganzes Leben nach diesem Typen suchen. Wahrscheinlich ist er schon tot oder im Gefängnis. Sie werden ihn nie finden. Kommen Sie mit mir zurück, fangen Sie neu an und vergessen Sie das alles.«

Schließlich entschied sie sich für Wut. »Ich kann nicht glauben, dass Sie mir sagen, ich solle das alles vergessen. Nach allem, was ich Ihnen erzählt habe.« Sie ließ ihr Besteck fallen und legte das Gesicht in die Hände. »Mein Gott, ich hab geglaubt, Sie seien auf meiner Seite.«

Hinter Blake hatte der Junge aufgehört zu brüllen. Blake war sich nicht sicher, ob er aufgegeben oder ob seine Mutter eingelenkt hatte. Es schien jetzt nicht mehr wichtig.

»Ich bin auf Ihrer Seite. Das ist ja das Problem. Ich kann nicht hier sitzen und Sie für Gott weiß wie lange über den Highway ziehen lassen, wahrscheinlich sogar, bis Sie sterben oder getötet werden.« Er bedauerte den letzten Teil schon in dem Moment, als die Worte sein großes, hässliches Mundwerk verließen.

Jane hob den Kopf, funkelte Blake einen Augenblick lang an und sah dann an ihm vorbei. »Wie dem auch sei, es sieht aus, als hätte ich gewonnen«, sagte sie.

Blake blickte über die Schulter und sah, dass vor dem Jungen eine volle Schüssel Eiscreme mit Schokoladensoße auf dem Tisch stand.

»Vergessen Sie das.« Er schaute wieder Jane an. »Ich möchte wirklich, dass Sie mit mir nach Sydney zurückkommen. Ich helfe Ihnen in den nächsten Tagen bei der Suche nach dem Mann, aber danach muss ich nach Hause. Ich möchte, dass Sie mit mir kommen; Sie müssen mit mir kommen.«

»Denken Sie, wir hätten eine besondere Verbindung oder so?« Die Wut in Janes Augen war ebenso feurig und bitter wie der Klang ihrer Stimme.

»Nun, ja, das denke ich.«

»Denken Sie nicht, dass Sie vor mir den Helden markieren müssen. Sie müssen die arme verlorene Lady nicht retten. Ich bin keine verdammte Jungfrau in Nöten. Hauen Sie ab und tun Sie gefälligst anderswo Buße.«

Ihre Stimme war Blakes Meinung nach etwas zu laut, aber er würde ihr bestimmt nicht sagen, sie solle leiser sein. »Ich kann nicht abhauen. Nicht jetzt. Sie sind der Grund, dass ich beschlossen habe, meiner Frau die Wahrheit zu sagen.«

»Das können Sie mir nicht in die Schuhe schieben. Ich habe Ihnen zu gar nichts geraten.«

»Ich gebe Ihnen für gar nichts die Schuld. Ich will damit nur sagen, dass Sie mir geholfen haben, klar zu sehen und zu erkennen, was das Richtige ist.« Er schwitzte, und sein Herz klopfte wie wild in seiner Brust. Er trank einen Schluck Kaffee und atmete ein paarmal tief durch.

»Ihr Gesicht ist ganz rot«, bemerkte Jane und zog abwesend einen Streifen Speck mit ihrer Gabel durch den Sirup.

»Mir ist heiß.«

»Geschieht Ihnen recht.«

»Ist die Vorstellung, mit mir zurückzukommen, so schrecklich?«

Jane seufzte. »Ich dachte, Sie verstehen mich. Es hat nichts damit zu tun, dass ich nicht mit Ihnen zurückkommen möchte. Ich mag Sie, ich mag Sie wirklich. Aber ich bin nicht gerade die Art von Mensch, die man gerne um sich hat.«

»Lassen Sie das mal meine Sorge sein, ja?«

Mit leiser Stimme, die durch den Lärm im Café fast nicht zu hören war, sagte Jane: »Ich hätte mich nie mit Ihnen anfreunden sollen.«

Sie hätte genauso gut ihre Gabel in Blakes Brust rammen können. »Das ist ja wirklich reizend. Aber ich will Ihnen mal was sagen: Man kann sich nicht aussuchen, zu wem man eine Verbindung aufbaut. Freunde sind nichts, das man wegwirft wie das Weihnachtsgeschenk vom letzten Jahr. Sie sind in mein Leben getreten. Ich habe nicht darum gebeten, dass Sie plötzlich auftauchen, aber das sind Sie, und jetzt haben Sie mich am Hals, ob es Ihnen gefällt oder nicht.«

»Ich kann verschwinden, wann immer ich will. Freund oder nicht, ich gehöre Ihnen nicht. Es ging mir gut, bevor ich in Ihren Truck gestiegen bin. Ich kam dem Mann, der Rebecca getötet hat, immer näher.«

»Tatsächlich? Wie sieht er aus? Wie heißt er?«

»Das muss ich mir nicht antun«, sagte Jane und stand auf.

»Sie hauen ab?«

»Worauf Sie wetten können. Ich verschwende hier nur meine Zeit. Ich sollte draußen auf der Straße sein und nach ihm suchen, nicht hier rumsitzen und auf Nachrichten warten, die ohnehin nie eintreffen. Ich war ein Narr, weil ich dachte, ein Trucker könnte ihn finden.«

»Sie meinen eine Schwuchtel?«

Jane funkelte ihn angewidert an.

Blake hatte nicht erwartet, dass Jane wirklich gehen würde, und als er sich umdrehte und sie aus der Tür stürzen sah, konnte er ein paar Augenblicke lang nur verblüfft dasitzen. Als ihm klar wurde, dass er sie vielleicht nie wieder sehen würde, holte er seine Brieftasche aus der hinteren Hosentasche, zog ein paar Scheine heraus und warf sie, ohne sie zu zählen, auf den Tisch, schnappte sich seine Mütze und rannte ihr nach.

Die Kälte traf ihn wie ein Tritt in die Leistengegend. Der Nebel hatte sich noch immer nicht gelichtet, sodass es schwierig war, überhaupt etwas auszumachen, aber durch den Dunst sah er eine Gestalt, von der er sicher war, dass es sich um Jane handelte. Sie ging in Richtung Highway. Er setzte seine Mütze auf und lief hinüber, und als er sah, dass es tatsächlich Jane war, packte er sie am Arm.

»Halt. Hey, Jane. Bitte.«

Sie hatte keine große Wahl, da Blakes Griff ziemlich fest war. Sie wirbelte herum und knurrte ihn an: »Lassen Sie mich los, Blake.«

Er ließ sie los.

»Hören Sie zu, ich verschwinde jetzt, und Sie können rein gar nichts dagegen tun. Es tut mir leid, wenn Sie das Gefühl haben, dass ich Sie im Stich lasse. Ich weiß, dass Sie glauben, Sie bräuchten mich, aber Sie werden auch alleine gut zurechtkommen. Die Wahrheit zu sagen ist das Richtige, und ich wünsche Ihnen alles Gute dafür.«

»Entschuldigung.«

Blake drehte sich um und sah einen jungen Mann hinter sich stehen. Er war drahtig, mittelgroß und trug eine Sonnenbrille.

Eine Sonnenbrille bei diesem Wetter?

Blake nahm an, der Typ habe sie streiten sehen und versuchte, den Helden zu spielen.

»Das hier geht dich nichts an«, fuhr Blake ihn an.

»Ja, es ist alles okay«, fügte Jane hinzu. »Nur ein kleines Missverständnis.«

Der Mann trat näher.

»Verschwinde«, warnte Blake. Er hatte kein bisschen Angst vor ihm. Blake wog mindestens zwanzig Kilo mehr als der Typ und war sieben oder acht Zentimeter größer.

»N-n…nein, nein, Du h-h…hast das ganz falsch verstanden.« Er seufzte. »T-t…tut mir leid, ich sch-sch-sch…stottere, wenn ich nervös bin.«

Blake verdrehte die Augen. Er war wirklich nicht in der Stimmung dafür.

»Du bist B-B…Blake, oder?«

Blake runzelte die Stirn. »Und wer bist du?«

»Ich heiße M-M…Mick«, antwortete er. »Ich s-s…suche schon den ganzen Morgen nach einem Kerl namens B-B…Blake. F-F…Fährt einen Truck wie den da.« Er nickte in Richtung Betsy, die vor dem Café auf der Straße parkte.

»Was hast du mit Blake zu tun?« Es konnte nie schaden, vorsichtig zu sein – Blake hatte schließlich keine Ahnung, wer dieser Typ war oder was er wollte.

»I-I…Ich habe I-I…Informationen für ihn.«

»Was für Informationen? Ich kann ihm was ausrichten.«

»Es ist eigentlich vertraulich. Ich w-w…würde es ihm lieber persönlich sagen. T-T…Tut mir leid, wenn ich deine Zeit verschwendet habe.«

Mick drehte sich um und entfernte sich, aber bevor Blake etwas sagen konnte, rannte Jane dem Fremden bereits hinterher. Sie schnitt ihm den Weg ab und er blieb stehen. »Er ist Blake. Er hat nur Spaß gemacht. Was für Informationen hast du?«

Die Verzweiflung in Janes Augen war so greifbar, dass es Blake überraschte, dass sie in der kalten Morgenluft nicht zu Eis erstarrte.

Mick sah über die Schulter. »Bist du der B-B…Blake, den ich suche?«

»Nun, ich kenne sonst keine Trucker, die Blake heißen, also schätze ich, der bin ich wohl. Worum geht's denn überhaupt?«

Mick ging zu Blake hinüber, Jane folgte ihm. »Können w-w…wir uns in deinem Truck unterhalten? Allein?«

Blake nickte. Solange er nicht wusste, was dieser Typ vorhatte, musste er wachsam bleiben und den harten Kerl markieren – was ihm, dank seines Äußeren, nicht schwer fiel. »Okay, komm mit.« Er drehte sich zu Jane um, sah die verzweifelte Hoffnung in ihren Augen und führte Mick zum Truck.

»Nimm deine Brille ab«, sagte Blake, als sie im Führerhaus saßen. »Ich kann Leute nicht leiden, die ihre Augen verstecken.«

Mick gehorchte und Blake erkannte, wie nervös der Typ war.

Er sah jünger aus, als Blake vermutet hatte, vielleicht Anfang zwanzig. Aber was Blake am meisten verwunderte, war, wie vertraut Mick aussah, obwohl ihm einfach nicht einfallen wollte, wo sie sich schon einmal begegnet waren.

»Okay, was ist los? Woher kennst du mich?«

Mick schluckte. »Wir h-h…haben uns sozusagen gestern Nacht gesehen, g-g…ganz kurz.«

Blake dachte an letzte Nacht zurück. Er war die ganze Zeit mit Jane zusammen gewesen.

»Wo?«

»In D-D…Dales Truck. Ich war der Typ, den er mitgenommen hat.«

Blake nickte. »Oh, richtig. Ich hab dich gar nicht erkannt.«

»Na ja, es war dunkel, und wir wurden einander nicht r-r …richtig vorgestellt.«

»Also, jetzt, wo wir uns kennen – was hast du mir zu sagen?«

»Dieser Mann, nach dem du suchst, der mit dem T-T…Tattoo, auf dem ›Sch-Sch…Stirb, Mutter‹ steht? Ich kenne ihn.«

Blake war für ein paar Sekunden sprachlos, dann sagte er: »Ich dachte, du kennst ihn nicht. Das hast du Dale doch letzte Nacht gesagt.«

Mick zuckte mit den Schultern. »Ich war s-s…stoned. Ich k-k…konnte nicht klar denken. Mir ist erst heute Morgen wieder eingefallen, dass ich den M-M…Mann mit dem Tattoo schon mal getroffen habe.«

Blake starrte zur Windschutzscheibe hinaus. Jane lief unruhig über den Parkplatz und blieb nur hin und wieder stehen, um in ihre Richtung zu schauen. »Bist du sicher?«

»Ja. Ich hab ihn vor ein p-p…paar Wochen getroffen, als ich auf dem Highway unterwegs war. Dieser Typ hat mich mitgenommen, ist mit mir zu ‘nem a-a…abgeschiedenen Rastplatz gefahren und wir … Du weißt schon. Er hat mich echt gut bezahlt. Es war später Nachmittag, eiskalt, aber er wollte, dass ich mich ganz n-n…nackt ausziehe, und er hat das Gleiche gemacht. Er hatte einen guten Körper; nicht superfit, aber r-r…relativ muskulös, und abgesehen von diesem einen Tattoo auf seinem Arm, war sein Körper weiß und unbehaart.«

»Dann ist er kein Trucker?«

»Nein. Ist das wichtig?«

Blake schüttelte den Kopf. »Was hat er mit dir gemacht?«

»Du weißt schon, das Übliche. Aber er war gut. Richtig gut. Suchst du ihn, w-w...weil du ein bisschen Spaß haben möchtest?«

Da er nichts verraten wollte, antwortete Blake: »Ja. Denkst du, du könntest ihn für mich finden?«

Mick grinste.

Zum ersten Mal fiel Blake auf, wie gut dieser Junge aussah, auf zerzauste, Stephen-Dorff-in-*Blade*-Art.

»Du hast Glück. Ich s-s...soll ihn heute Abend treffen. Er hat mir seine Handynummer gegeben und mir gesagt, ich solle ihn anrufen, w-w...wenn ich mal ein bisschen Spaß will. Ich hab ihn heute Morgen angerufen, nachdem mir das mit dem T-T...Tattoo wieder eingefallen ist. Er meinte, er käme sowieso wieder hier vorbei und war einverstanden, sich mit mir zu treffen. S-S...Soll ich ein Treffen mit ihm für dich klarmachen?«

Blakes Mund war trocken, sein Kopf fühlte sich an, als sei er voller Watte. Es war ihm nie in den Sinn gekommen, dass er sich irgendwann mal in dieser Lage befinden könnte. Er war hin- und hergerissen, das gesetzlich Richtige zu tun, wie er es sein ganzes Leben lang getan hatte, oder das Richtige für Jane zu tun, was bedeutete, einen Mann ins Verderben zu schicken.

Einen Mörder, sicher, aber einen Mann, der zumindest einen fairen Prozess verdiente hatte.

Was soll ich bloß tun? Denk nach, du Idiot. Denk nach ...

»Alles okay?«, fragte Mick.

»Was?«

»Willst du nun, dass ich ein Treffen mit dem Typen für dich arrangiere oder nicht?«

Blake schaute noch einmal zu Jane hinaus. Sie lief hin und her, die Arme über der Brust verschränkt, vom Nebel umgeben. Sie sah klein aus, wie ein verlorenes Kind. Blake brachte es nicht übers Herz, zu ihr hinauszugehen und ihr zu sagen, dass Mick nichts über den Mann wusste. Blake hatte es in der Hand, ihr zu geben, wonach sie seit über einem Jahr suchte, und er wusste, wie seine Entscheidung aussehen musste.

»Okay«, sagte Blake und wandte sich wieder Mick zu. »Mach ein Treffen klar. Aber es muss heute Nacht sein.«

Als Blake dem Treffen zustimmte, überkam ihn ein überwältigendes Gefühl der Angst. Ihm wurde bewusst, wozu er sich soeben bereiterklärt hatte. Es erfüllte ihn mit Schuld und er wusste, dass er für diese Entscheidung bestraft werden würde, entweder in diesem oder im nächsten Leben.

»Klar. Wo willst du dich t-t…treffen?«

»Irgendwo, wo es dunkel ist; ein abgelegener Ort, an dem wir nicht gestört werden.«

»Wie wär's mit dem Rastplatz von letzter Nacht?«

Blake nickte. »Okay. Auf dem Rastplatz um, sagen wir, zehn?«

»Klingt nach 'nem Plan. Ich hab kein Handy, ich k-k…kann dich also nicht anrufen. Du musst unbedingt kommen, sonst k-k…krieg ich echt Ärger.«

»Ich werde da sein.«

»Sag mal, k-k…kann ich dich was fragen?«

»Was denn?«

»Dieser Typ mit dem Tattoo, der ist nicht nur irgend so ein Kerl, oder? Du willst mehr von ihm als nur S-S…Sex. Was hat er getan? D-D…Dir den Mann ausgespannt?«

Wenn du wüsstest, dachte Blake. »Ja, du bist ein cleveres Kerlchen. Er schuldet mir Geld.«

Mick nickte. »Na, keine Sorge, ich w-w…werde ihm nichts sagen. Ich mag den Typ sowieso nicht, deshalb ist es mir e-e…egal, wieso du ihn treffen willst. Aber ich hatte noch kein F-F…Frühstück, und mit vollem Magen lüge ich normalerweise besser.«

Blake verdrehte die Augen. Das hätte er kommen sehen müssen. »Wie viel?«

»Hundert sollten reichen.«

»Das nenn ich ein Frühstück. Hast du vor, das ganze Restaurant leer zu essen? Fünfzig, und wir sind quitt.«

»Siebzig, und ich blas dir noch g-g…gratis einen.«

»Sechzig, und du kannst deine Zunge drinlassen.« Obwohl das Angebot wirklich verlockend war.

»Abgemacht«, sagte Mick und streckte seine Hand aus.

Blake war sich nicht sicher, ob er wollte, dass Mick zur Besiegelung ihres Vertrags einschlug oder ob er das Geld kassieren wollte. Blake nahm an, dass es das Geld war, also angelte er nach seiner Brieftasche und knallte drei Zwanziger in Micks Hand.

»Bitteschön. Gib nicht alles auf einmal aus.«

»Bestimmt nicht.« Mick steckte das Geld ein und sprang aus dem Truck.

Als Blakes Füße den Boden berührten, war der Kleine schon im Café verschwunden. Jane stand schon im nächsten Moment neben Blake, mit hochrotem Kopf und weit aufgerissenen Augen.

»Und?«

Zärtlich umfasste Blake ihre beiden Hände. »Meine liebe Jane, wir haben deinen Mann gefunden.«

»Sie müssen heute Nacht nicht mitkommen.«

Es war das Erste, was Jane seit über einer Stunde gesagt hatte, seit Blake ihr erzählt hatte, dass sie den Mann mit dem Tattoo gefunden hatten.

Sie saßen im Gras am Albury-Ufer des Murray River, da sie nichts Besseres wussten, wo sie hätten hingehen können, um sich die zwölf Stunden bis zu dem Treffen zu vertreiben.

»Sie haben Ihren Teil getan«, fuhr sie fort. »Sie haben ihn gefunden und das Treffen arrangiert. Sie müssen nicht bei dem mitmachen, was heute Nacht passiert, was immer das auch sein wird. Sie haben selbst wichtige Dinge zu erledigen und jemanden, der auf Sie wartet.«

»Ich kann Sie nicht allein da hingehen lassen. Das ist zu gefährlich.«

»Glauben Sie immer noch, Sie müssten mich beschützen? Ich habe über ein Jahr allein hier auf der Straße überlebt, und Sie denken, ich bräuchte Schutz? Ich bin dankbar für all Ihre Hilfe und schätze Ihre Freundschaft sehr, aber was Ihre Pflichterfüllung angeht, ist Ihr Teil getan.«

»Wollen Sie nicht, dass ich mitkomme?«

»Nein, will ich nicht«, sagte Jane bestimmt. »Aber ich kann Sie auch nicht davon abhalten.«

Blake hob seine Mütze hoch und wischte sich den Schweiß von der Stirn. »Ich will dabei sein. Zu Hölle, ich bin schon so weit mit Ihnen gekommen, und außerdem brauchen Sie ja eine Mitfahrgelegenheit zurück nach Melbourne.«

Jane zog eine Augenbraue hoch. »Wer sagt, dass ich nach Melbourne zurückgehe?«

»Wo wollen Sie denn sonst hin, wenn das alles vorbei ist?«

Jane sah auf den Fluss hinaus. Sie ließ ihre Antwort vom kalten Wind forttragen. »Dann haben Sie sich also entschieden?«

»Was soll ich sagen? Ich steh auf Jungfrauen in Not.«

»Ich wollte Ihnen nur die Chance geben, auszusteigen, bevor es übel wird. Ich will nicht, dass Sie meinetwegen in irgendetwas reingezogen werden, das Sie später bereuen könnten.«

»Zu spät.«

Beinahe brach ein Lächeln durch Janes ernste Fassade. »Es gibt einen Ort, den ich Ihnen gern zeigen würde. Ich finde, Sie haben es verdient, ihn zu sehen.« Jane hielt inne. »Es ist der Ort, an dem Rebeccas Leiche gefunden wurde.«

Blake war sprachlos. Ihm fiel nichts Bedeutsames ein, was er hätte sagen können.

»Nur, wenn Sie wollen. Wenn Sie denken, es sei irgendwie seltsam oder morbide, dann sagen Sie es einfach. Ich verstehe das.«

Blake streckte eine Hand aus und legte sie auf ihre rechte Schulter. »Es wäre mir eine Ehre«, sagte er.

Sie fuhren fast zwei Stunden durch dichte Nebelschwaden, bis sie den Lake Mokoan erreichten. Die Stille zwischen ihnen war überhaupt nicht unangenehm; die ungezwungene Nähe zwischen ihnen glich mittlerweile der zwischen zwei alten Freunden. Blake war noch nie am Lake Mokoan gewesen und hatte auch noch nie davon gehört, bevor Jane ihn erwähnt hatte. Als er in Betsys warmem Führerhaus saß, stellte er sich einen kleinen See vor, der von herrlich grünem Weideland umgeben war, das hier und da von einem kleinen Wäldchen durchbrochen wurde.

Wie sehr er sich doch irrte.

Auf der Fahrt über die schmale Landstraße, die zum See führte, hatte er hin und wieder einen vereinzelten Baum durch eine freie Stelle in der dichten Vegetation am Straßenrand erspäht, aber der Anblick, der sich ihm bot, als er in die Zufahrt einbog – das erste Mal, dass der See zu sehen war – war ebenso grauenhaft wie eindrucksvoll.

Der Nebel war hier dichter als auf dem Freeway und bildete eine weiße Meeresdecke über dem See, sodass er aussah wie ein unendliches Gewässer. Auch wenn Blake wusste, dass dies nicht der Fall war, war die Szenerie dennoch ein wenig surreal – es schien ihm, als blicke er auf eine endlose Wolke. Aber es waren die Bäume – fünfzig, vielleicht auch hundert –, die Blakes Aufmerksamkeit auf sich zogen. Sie ragten aus dem nebligen Wasser wie tote Hände, die sich gegen den grauen Himmel recken, ohne ein einziges Blatt, ohne Leben oder Schönheit, so als seien sie an Ort und Stelle beim Ertrinken erfroren.

Meist standen sie in knorrigen, unförmigen Gruppen zusammen, ihre dürren Zweige wie Tausende verknöcherter Finger ineinander verwoben; ein paar standen auch ganz allein im weißen Nebel.

Blake stellte den Truck auf dem Parkplatz ab, machte den Motor und die Scheinwerfer aus und drehte sich zu Jane um. Sie blickte mit einer inneren Ruhe auf den See hinaus, die Blake noch nie bei ihr gesehen hatte – sie schien nicht nervös oder ängstlich zu sein, weil sie sich an jenem Ort befand, an dem man die Leiche ihrer Tochter entsorgt hatte.

»Ich habe hier noch nie so viel Nebel gesehen. Es ist … wunderschön.«

Schönheit lag in der Tat im Auge des Betrachters, dachte Blake. Es war ein unglaublicher Anblick – das konnte er nicht bestreiten – aber er hätte ihn nicht unbedingt als schön bezeichnet. Dies war nicht gerade ein Wasserfall, der malerisch über die Berge in die Tiefe stürzte. Dies war ein Postkartenmotiv nach dem Geschmack von Edgar Allan Poe.

Sie kletterten beide aus dem Truck.

Der plötzliche Temperaturabfall versetzte Blakes Körper einen Schock; die eiskalte Luft biss sich bis auf seine Knochen durch, und die Luft, die er ausatmete, verwandelte sich in Nebel.

Jane ging auf einen Bootssteg zu. Blake zog den Reißverschluss seiner Jacke zu, steckte die Hände in die Taschen und folgte ihr. Er fragte sich, weshalb ein Ort wie dieser überhaupt einen Bootssteg brauchte – es war nicht gerade ein bootsfreundlicher See.

Während er zum Steg ging, sah er sich um. Links neben dem Steg befand sich ein kleiner Picknickbereich mit Tischen und Grillstellen; weiter hinten sah er ein Gebäude – das einzige Wort, das er darauf durch den Nebel erkennen konnte, war »Yacht«. Hinter dem Picknickbereich erstreckte sich ein Wald.

Je weiter sie sich dem See näherten, desto dichter wurde das Weiß. Er fühlte sich ein wenig schwindelig. Ihm war beinahe, als schwebe er; er konnte das gegenüberliegende Ufer des Sees noch immer nicht ausmachen. Das Kreischen und Trällern der Vögel und das Quaken der Frösche wurden lauter – das Echo ihrer Schreie breitete sich über die ansonsten vollkommen stille Gegend aus.

»Das ist ein Yachtclub?«, fragte Blake, als er sich zu Jane gesellte, die auf der Mitte des Stegs stand.

»Das ist eine sehr beliebte Gegend zum Boot fahren und Angeln, besonders im Sommer.«

»Ja, das kann ich mir vorstellen«, sagte Blake mit einem Lächeln, aber da seine Lippen völlig taub waren, war er sich nicht sicher, wie breit es ausfiel. »Was machen die Boote hier – Autoscooter mit den Bäumen spielen?«

»Es ist ein großer See. Was wir hier sehen, ist ein Sumpf. Na ja, wenigstens war er das mal. Der Winton-Sumpf. Er wurde vor langer Zeit zu einem See erweitert, aber die Bäume sind geblieben.«

»Die sind unheimlich«, entgegnete Blake. »Wachsen an denen auch manchmal Blätter?«

Jane schüttelte den Kopf. »Das Wasser ist viel zu verseucht. Außerdem sind die Bäume alle abgestorben, als der Sumpf in den Siebzigern geflutet wurde, und sie sind nie nachgewachsen. Sie stehen einfach nur da, so als warteten sie darauf, dass ihnen jemand ihr Leben zurückgibt.«

Blake schaute nach vorne, wo der Steg ins Wasser tauchte. Er fragte sich, ob er wohl durch den Nebel direkt in die Dunkelheit stürzen würde, wenn er ihm bis zum Ende folgte. Er wusste, dass unter dem Nebel nur Wasser lag, aber bei dem Gedanken erschauderte er trotzdem. Als Jane sagte: »Kommen Sie, ich zeige Ihnen, wo sie gefunden wurde«, war Blake froh, dass er den Steg verlassen konnte und wieder festen Boden unter die Füße bekam.

Sie durchquerten den Picknickbereich und gingen am Yachtclub vorbei in den Wald. Als sie den Wald betraten, verschwand der See hinter der dichten Wand aus Bäumen. Die Luft wurde noch kälter, und das Atmen fiel Blake schwerer. Er wusste, dass es nur seine Nerven waren, obwohl er eigentlich keine Ahnung hatte, weshalb er nervös war – es war ja nicht so, dass Rebeccas Leiche immer noch dort lag.

Nach etwa fünf Minuten blieb Jane vor einer Lichtung stehen, die aussah, als nutze man sie zum Campen. Es gab genügend Platz für Zelte, und die Aussicht auf den See war spektakulär. Der Ausblick wurde von keinem einzigen Baum gestört, und der See sah riesig aus – eine weite Fläche aus perfektem weißen Nebel und toten Bäumen. Es hätte Blake nicht überrascht, hätte man ihm gesagt, dort stünden fünfhundert tote Bäume, wenn nicht sogar tausend. Sie erstreckten sich schier unendlich weit in sämtliche Richtungen. Massen von Vögeln flatterten um die Bäume herum und flogen zwischen ihren Skelettarmen hin und her. Ihr Kreischen schrillte hier noch lauter durch die Luft als vorhin am Bootssteg.

»Ziemlich unglaublicher Anblick, nicht wahr?«, sagte Jane fröhlicher, als Blake erwartet hätte.

Er wandte sich vom See ab.

Jane sah gelassen aus, beinahe glücklich. »Dort haben sie sie gefunden; sie lag neben dem Baumstamm.«

Blake folgte der Richtung, in die Janes Finger zeigte. Er hatte erwartet, dort mehr zu sehen, Blumen oder eine Art Denkmal. Doch dort war gar nichts, nur ein Baumstamm, der zwischen dem Dreck und den Büschen lag. Es machte Blake traurig, und er fing plötzlich an zu weinen.

Er weinte heftig und laut, aber sobald sein plötzlicher Gefühlsausbruch vorbei war, hatte er sich beinahe so schnell wieder unter Kontrolle, wie es aus ihm herausgebrochen war. Er wischte sich das Gesicht mit dem Ärmel seiner Jacke ab. »Es tut mir leid.«

Jane sah ihn fragend an. »Wieso sollte Ihnen das leidtun?«

»Na ja, das ist Ihr Schmerz, nicht meiner. Ich habe nicht das Recht, Ihnen das wegzunehmen.«

»Unsinn. Sie haben Rebecca zwar nie kennengelernt, aber das heißt doch nicht, dass Sie ihretwegen nicht traurig sein können. Ich bin mir sicher, sie würde sich darüber freuen, was für ein mitfühlender Mensch Sie sind. Nur Menschen, die ein gutes Herz haben, würden ihretwegen weinen.« Jane schloss die Augen. Ihre Gesichtszüge entspannten sich noch mehr. Sie wirkte so voll des inneren Friedens, wie Blake sie noch nie gesehen hatte. »Ich komme oft hierher. Wann immer ich mich besonders einsam fühle oder das Gefühl habe, ich müsste aufgeben, kann ich sie hier spüren. Manchmal spreche ich mit ihr.«

»Die Erinnerung an sie ist hier so stark?«

»Nein, es ist ihr Geist.«

»Sie meinen, sie ist noch immer hier?«

»Irgendwie schon. Ich kann sie nicht sehen, nicht wie im Film – Sie wissen schon, wie diese Geister, die durchsichtig durch die Luft schweben – aber in meinem Inneren kann ich sie sehen, und ich spüre ihre Wärme. Dies ist jetzt mein liebster Platz auf Erden. Klingt seltsam, wenn man bedenkt, was hier geschehen ist, nicht wahr?«

Blake glaubte nicht an das Übernatürliche. Er hatte nie an Geister oder Gespenster oder irgendwelche anderen Dinge geglaubt, die er nicht sehen oder anfassen konnte, aber als er nun auf den Lake Mokoan hinausblickte und sah, wie der Nebel über dem Wasser und zwischen den toten Bäumen waberte, glaubte er, irgendeine Präsenz zu spüren. Er konnte das Gefühl nicht erklären, aber er wusste, dass Jane recht hatte – hier zu stehen, entspannte ihn, und er fühlte definitiv eine Wärme, die nirgendwo sonst zu spüren war. Zufall? Spielte sein Gehirn ihm einen Streich? Oder war da etwas Ätherisches? Er wusste es nicht, aber würde es auch nicht infrage stellen.

»Ich kann mich nicht mehr an vieles aus meinem Leben erinnern«, sagte Jane, die Augen noch immer geschlossen.

»Aber die Dinge, an die ich mich erinnern kann, haben meistens mit Rebecca zu tun. Alberne Sachen, die damals überhaupt nichts bedeutet haben, im Nachhinein aber die Welt bedeuten. Zum Beispiel, als sie vier war und ihr *My Little Pony* irgendwo in unserer Wohnung verloren hatte. Sie kam weinend zu mir und sagte, sie habe ›mein Ferdchen verloren‹ und sie wollte, dass ich danach suchte, weil es den ganzen Tag noch nichts gegessen hatte und bestimmt verhungern würde. Als ich es endlich fand, drückte sie mich ganz fest. Sie ließ es nicht mehr aus den Augen, bis sie zu alt dafür wurde. Ich erinnere mich, dass sie, bis sie sechs war, immer wollte, dass ich ihre Hand hielt, wenn sie auf die Toilette ging. Sie hatte Angst, das Toilettenmonster könnte sie schnappen, deshalb musste ich sie festhalten und die Toilette überprüfen, bevor sie ging.

Ich weiß noch, dass wir mal in Bright zum Campen gewesen sind. Sie war vierzehn und entwickelte sich zu einer richtigen Schönheit, und ich habe sie beim Knutschen mit einem Jungen erwischt, den sie an jenem Tag kennengelernt hatte und der ganz in der Nähe mit seinen Eltern zeltete. Es war ihr so peinlich; sie hat den Rest des Tages und die ganze Nacht nicht mit mir gesprochen. Am nächsten Morgen kam sie heulend zu mir und erzählte mir, sie habe gesehen, wie Tim ein anderes Mädchen küsste. Ich hab sie in den Arm genommen und wir haben den Rest des Urlaubs über Jungs gelästert.«

Jane schüttelte den Kopf. Einer ihrer Mundwinkel verzog sich zu einem Lächeln.

»Komisch, dass ich mich an den Namen des Jungen erinnere. Tim. Wie dem auch sei, das sind die Erinnerungsfetzen, die mir geblieben sind. Die Momente, in denen sie mich brauchte. Es machte mich ein wenig traurig, als sie älter wurde und mich nicht mehr so sehr brauchte. Es waren immer nur wir zwei gewesen, ein Team, aber als sie fünfzehn wurde, war es, als ob ich … ich weiß auch nicht, gegen ein neues, besseres Schulter-zum-Ausweinen-Modell ausgetauscht worden sei. Sie hatte ihre Freunde. Ich wusste nicht, was ich tun sollte. Ich fühlte mich wertlos. Ich weiß, dass das dumm von mir war, sogar egoistisch. Ich freute mich, dass sie sich zu einem unabhängigen, intelligenten Menschen entwickelte, und sie kam auch nach wie vor zu mir und weinte sich bei mir aus, aber eben nicht mehr so oft. Als sie starb … nun, da war ich keine Mutter mehr, ich wurde von niemandem mehr gebraucht. Ich würde mein Leben dafür geben, noch einmal ihre Umarmung zu spüren und mich wieder gebraucht zu fühlen.«

Jane öffnete die Augen. Sie waren voller Tränen.

»Deshalb liebe ich es, hierher zu kommen. Der See mag kein besonders schöner Anblick sein, aber er bringt mich Rebecca näher. Ich vermisse sie mehr als mein Leben, aber irgendetwas zu fühlen ist besser als gar nichts, und wenn ich da draußen auf der Straße bin, dann fühle ich genau das – gar nichts. Mit jedem Tag, der vergeht, verliere ich ein bisschen mehr von mir selbst und von meiner Erinnerung. Ich habe Angst, dass irgendwann der Zeitpunkt kommt, an dem ich nicht mehr das Bedürfnis verspüre, hierher zu kommen … dass ich vergesse, dass dieser Ort existiert oder sogar, wonach ich eigentlich suche.«

»Ich bezweifle, dass das passieren wird«, beruhigte Blake sie. »Dies ist ein ganz besonderer Ort für Sie.«

»Vielleicht. Aber ich muss gestehen, dass es noch einen anderen Grund gibt, weshalb ich hierher komme. Ich hoffe, dass der Mann, der Rebecca getötet hat, hierher zurückkehrt. Ich habe gelesen, dass Mörder oft an den Ort ihres Verbrechens zurückkehren, um die Erfahrung noch einmal zu durchleben. Aber bisher habe ich ihn noch nicht gesehen.«

»Sind Sie sicher, dass er sie hier umgebracht hat? Kann es nicht sein, dass er sie woanders getötet hat?«

»Das kann nicht nur sein, es ist sicher. Die Polizei hat herausgefunden, dass er sie woanders getötet hat. Aber da ich nicht weiß, wo das war, muss ich mich mit dem Ort begnügen, an den er sie anschließend gebracht hat und hoffen, dass er auch an diesen Tatort zurückkehrt. Aber hoffentlich muss ich nach heute Nacht nicht mehr aus diesem Grund hierher kommen. Und wer weiß – vielleicht folge ich Rebecca ja heute Nacht.«

»Sagen Sie das nicht. Ich sorge dafür, dass Ihnen nichts passiert.«

»Vielleicht wäre das gar nicht so schlimm. So lange er bekommt, was er verdient, bin ich glücklich. Danach wird mein Leben ohnehin keine Bedeutung mehr haben.«

»Dann dreht sich Ihr ganzes Leben nur um diese eine Sache? Gibt es denn keine Chance, dass Sie wenigstens darüber nachdenken, mit mir zurückzukommen?«

»Ich will nicht so weit im Voraus denken. Vielleicht ist er ja gar nicht der Richtige.«

»Wieso sagen Sie das?«

»Keiner von uns weiß, wer dieser Junge eigentlich ist. Vielleicht lügt er uns ja an. Oder er irrt sich einfach und bringt uns den falschen Mann.«

Blake hatte gar nicht über die Möglichkeit nachgedacht, dass Mick sich irren könnte. Er hatte einfach angenommen, dass sie von demselben Mann sprachen – wie viele Menschen hatten schließlich ›Stirb, Mutter‹ auf ihren Arm tätowiert? Aber vielleicht täuschte er sich wirklich. Vielleicht hatte dieser Mick ihn tatsächlich verarscht und es würde gar kein Treffen geben – vielleicht hatte er nur das Geld gewollt und war verschwunden.

All diese Zweifel wirbelten plötzlich in Blakes Kopf herum, und er fühlte sich überhaupt nicht mehr ruhig. Er geriet in Panik. »Lieber Gott«, sagte er. »Wir wollen ja schließlich nicht den falschen Mann erwischen. Was sollen wir tun, wenn er es gar nicht ist? Und überhaupt: Woher sollen wir denn mit Sicherheit wissen, ob er der Richtige ist? Sollen wir ihn bitten, sich vor uns auszuziehen? Wir müssen uns erst darüber klar werden. Wir müssen uns darüber unterhalten, was zur Hölle wir tun sollen.«

»Beruhigen Sie sich«, sagte Jane. »Ich habe schon den ganzen Morgen darüber nachgedacht. Ich habe mir alles genau überlegt.«

»Was haben Sie sich überlegt?«

»Es ist ganz einfach. Ich weiß nicht, wie er aussieht, richtig? Die einzige Möglichkeit, herauszufinden, ob er der Richtige ist, ist das Tattoo. Da kommen Sie ins Spiel.«

»Ich?«

»Er kommt, um Sie zu treffen und denkt, Sie würden ein

bisschen Spaß miteinander haben. Ich verstecke mich im Gebüsch, während Sie ihn zu Ihrem Truck lotsen.«

»Wieso dorthin?«

»Weil er ein Bett hat und ganz gut beleuchtet ist. Sorgen Sie dafür, dass er sein Hemd auszieht, damit Sie das Tattoo sehen können. Fragen Sie ihn ganz nebenbei über die Leute aus, die er so mitgenommen hat. Wenn der Typ wirklich das ›Stirb, Mutter‹-Tattoo hat, kommen Sie mich holen. Sagen Sie, Sie müssten mal pinkeln oder so. Ich kümmere mich dann um den Rest.«

»Sie haben das wirklich bis ins Detail durchdacht, nicht wahr?«

Jane zuckte die Achseln.

»Was, wenn ich gesagt hätte, dass ich heute Abend nicht mitkomme?«

»Ich hatte einen Plan B. Aber der hier ist besser. Ich hatte gehofft, Sie würden mitkommen. In der Hinsicht hab ich Sie angelogen.«

»Ich soll einen potenziellen Mörder zu Betsy locken? Ganz toll.«

»Sie müssen nicht …«

»Natürlich werde ich es tun«, unterbrach sie Blake. Sein Gesicht fühlte sich allmählich so taub an, dass ihm das Sprechen immer schwerer fiel. »Ich will schließlich auch sicher sein, dass wir den richtigen Kerl haben.«

»Dann fühlen Sie sich jetzt besser?«

»Besser« war ein relativer Ausdruck. Er war weit davon entfernt, sich gut dabei zu fühlen – zu hören, was er heute Abend tun musste. Neben all seinen anderen Sorgen fühlte sich das an, als habe er einen Rasenmäher verschluckt. Aber, wie Jane, war er aus freien Stücken in diese Sache hineingeraten, sodass er niemandem außer sich selbst die Schuld an seinem Unbehagen geben konnte. Also nein, er fühlte sich nicht gut … aber im Vergleich dazu, wie er sich noch vor einigen Augenblicken gefühlt hatte, als er fürchtete, sie könnten einen Unschuldigen töten?

Er nickte. »Ich kann es nur kaum erwarten, bis diese Nacht endlich vorbei ist.«

Jane lächelte und sagte: »Ich glaube, wir besorgen Ihnen lieber mal was zu essen.«

»Bitte?«

»Ihr Magen; der knurrt mich schon seit zehn Minuten an.«

»Ehrlich? Das ist mir gar nicht aufgefallen.« Blake wartete – und wirklich, sein Magen röhrte, als trampele eine Herde Elefanten durch seinen Bauch.

»Wir können nach Benalla fahren, das ist nicht weit weg.«

Blake nickte. Er wollte endlich von hier weg und raus aus der Kälte, und ein Mittagessen war ein ausgezeichneter Grund dafür. Welchen Frieden und welche Wärme er vorhin auch gespürt haben mochte, sie waren nun verschwunden – vertrocknet wie die vielen hundert toten Bäume, die aus dem See emporstachen.

Er wandte sich zum Gehen, hielt jedoch inne, als er merkte, dass Jane ihm nicht folgte. Er drehte sich um, sah, dass sie sich mit geschlossenen Augen dem Baumstamm zugewandt hatte und ihre Lippen sich bewegten, aber er konnte nicht hören, was sie sagte. Er fragte sich: ein Gebet? Sagte sie ihrer Tochter auf Wiedersehen?

Er würde sie nicht fragen. Manche Dinge waren zu persönlich.

Er wartete, bis sie die Augen wieder öffnete, sich zu ihm umdrehte und sagte: »Okay, ich bin fertig. Gehen wir.«

Sie hielten an einem Bistro in Benalla, in dem Jane sich ein Stück Kuchen kaufte und Blake einen Hotdog, eine Teigtasche und ein Vanilleplunderteilchen. Den Rest des Tages verbrachten sie in der Kunstgalerie, im alten Gerichtsgebäude, in dem einige von Ned Kellys frühen Verbrechen verhandelt worden waren, im Trachten- und Pioniermuseum (mit noch mehr Erinnerungsstücken von Ned Kelly) und im alten Stiefelmacherladen, in dem Ned Kelly sich versteckt hatte, nachdem er aus dem Polizeigewahrsam geflohen war.

Als sie dringend eine Pause von der Kelly-Legende brauchten, machten Jane und Blake einen Spaziergang durch den botanischen Garten, und auch wenn nur wenige Blumen blühten, bot er doch eine willkommene Abwechslung von der Unausweichlichkeit der kommenden Nacht. Die Zeit verstrich schnell. Als es fast sechs Uhr war, fuhren sie zurück nach Albury, wo sie in einem Hotel zu Abend aßen.

Um halb zehn hatte Blake bereits drei Bier geleert, aber nur die Hälfte seines Steaks gegessen. Auch Jane hatte ihres kaum angerührt. Draußen, als sie wieder zum Truck zurückgingen, wünschte Blake sich, es sei bereits Morgen und Mick nie in ihr Leben getreten.

Der Nebel hatte sich im Lauf des Nachmittags gelichtet und nun war die Nachtluft klar und frisch und nach dem stickigen Pub sehr erfrischend. Aber während sie sich Betsy näherten, wurde Blake schon bald wieder unbehaglich.

»Sind Sie bereit?«, fragte Blake, als sie im Führerhaus saßen. Er wusste, dass die Frage sinnlos war. Keine Antwort, wie sie auch lauten mochte, wäre vollkommen ehrlich gewesen, aber er hatte das Gefühl, etwas sagen zu müssen.

Jane nickte und kurbelte das Fenster herunter.

Blake dachte, sie müsse sich übergeben, aber sie saß nur da, das Gesicht von ihm abgewandt, während der Wind durch ihr schwarz gefärbtes Haar fuhr.

Die Fahrt zurück zu dem Rastplatz, auf dem sie sich am Abend zuvor mit Dale getroffen hatten, war die angespannteste, die sie je zusammen unternommen hatten. So viele Dinge mussten gesagt werden, aber weder Blake noch Jane hatten die Kraft, sie auszusprechen. Als sie den Rastplatz erreichten, drehte sich Jane zu ihm um und sagte: »Letzte Chance.«

»Ich habe ein Versprechen gegeben, und daran halte ich mich.«

»Okay.«

Blake fuhr langsamer und lenkte den Truck auf den Rastplatz. Die mächtigen Scheinwerfer des Trucks erhellten den leeren Platz. Der Typ war noch nicht da. Keine Überraschung, da es erst zehn Minuten vor zehn war.

Er fuhr einen Halbkreis mit dem Truck und stellte sich neben den Picknickbereich, der sich zwischen den Hume und den Parkplatz quetschte, damit er den Rastplatz im Ernstfall so schnell wie möglich wieder verlassen konnte. Er schaltete die Lichter aus, dann den Motor. Dunkelheit umfing sie. »Sie verstecken sich besser, bevor er kommt. Sie sollten schließlich gar nicht hier sein.«

Jane schnallte sich ab und öffnete die Tür. Bevor sie hinaussprang, legte sie eine Hand auf seinen Arm und sagte: »Seien Sie vorsichtig.«

Blake nickte. Er beobachtete, wie sie zu den Bäumen hinüberrannte. Schon bald war sie in der Dunkelheit verschwunden.

Wieder allein, ging Blake den Plan zum x-ten Mal im Kopf durch. Er wusste, was er zu tun hatte, aber den Plan auch wirklich in die Tat umzusetzen, war etwas vollkommen anderes. Er wollte es für Jane nicht versauen – oder für sich selbst. Er wollte nicht enden wie … nun, wie Rebecca.

Wenn nur Heather mich jetzt sehen könnte. Sie würde es nicht glauben. Verdammt, ich glaube es ja nicht mal selbst.

Er konnte sich nicht erinnern, jemals so viel Angst verspürt zu haben. Er hatte vor gar nichts Angst – nicht vor Spinnen, Schlangen, großen Höhen oder Spritzen. Aber nun, da er hier saß und auf diesen Fremden wartete, hatte er ein Kribbeln im Magen, und auf seinen Handflächen und im Gesicht brachen ihm wahre Schweißbäche aus.

Ich brauch was zu trinken.

Die drei Bier vorhin hatten nicht gereicht – er brauchte etwas Stärkeres, und zwar jede Menge davon.

Licht strömte in seine Kabine.

Er erstarrte und sah, wie ein Auto auf den Rastplatz einbog. Es blieb etwa fünfzehn Meter entfernt stehen, ungefähr dort, wo der Busch in Farmland überging. Die Scheinwerfer erloschen, und jemand stieg an der Beifahrerseite aus. Es war Mick: Er schloss die Tür und blieb neben dem Wagen stehen.

Was zur Hölle ist hier los?, dachte Blake.

Konnten sie den Plan durchziehen, obwohl Mick hier war? Selbst wenn er wieder ging, war er trotzdem ein Zeuge.

Blake zog den Zündschlüssel ab, steckte ihn in die Hosentasche, öffnete die Tür und sprang hinaus. Seine Beine fühlten sich wie Gummibänder an, als er auf Mick zuging, der von einem Bein aufs andere trat, während er an seinem zerzausten Haar herumspielte. Sein Blick huschte von Blake zum Boden.

Blake blieb ein paar Meter vor Mick stehen. Der Wagen, aus dem er gestiegen war, war ein neuerer Ford Falcon, senffarben, mit außergewöhnlich dunklen Fenstern, die vermutlich eine

Stufe schwärzer getönt waren als erlaubt. Blake sah Mick an. Selbst im schwachen Licht konnte er die roten Augen des Jungen erkennen. Er war entweder stoned oder betrunken.

»Was machst du hier?«

»B-B…Bist du allein?«, fragte Mick.

Blakes Augen wurden schmaler. »Äh, ja. Sag mal, was ist denn hier los? Hast du den Typ mitgebracht oder nicht?«

»Warte.« Mick drehte sich um und drückte den Türgriff, aber anstatt die Tür zu öffnen, sah er über seine Schulter und sagte: »H-H…Hey, du hast d-d…doch nichts dabei, oder?«

»Dabei?«

»H-H…Hast du 'ne Knarre?«

Blake schüttelte den Kopf. »Wir sind hier in Australien, nicht in Amerika.«

»R-R…Richtig. Gut. Okay, w-w…warte.«

Blake musste dringend auf die Toilette. Die ganze Situation fühlte sich falsch an – sein Verstand brüllte ihn förmlich an, sich umzudrehen und verdammt noch mal vom Hof zu reiten. Aber er überzeugte sich selbst, dass nur seine Nerven mit ihm durchgingen, und er schluckte seine negativen Gefühle hinunter und schaute zu, wie Mick die Beifahrertür öffnete, hineinkroch, mit jemandem im Wagen sprach und sich dann von dem Auto entfernte.

Die Vorder- und Hintertüren öffneten sich und vier Männer stiegen aus.

Nicht einer. Vier. Das war nicht das, was Blake erwartet hatte. Er hatte jedes mögliche Szenario in seinem Kopf durchgespielt, mit dem er konfrontiert werden konnte, wenn er Rebeccas Mörder gegenübertrat. Doch an dieses hier hatte er nicht gedacht. Vier Männer, alle etwa im selben Alter wie Mick, nur größer und kräftiger. Erst, als Blake sah, was die vier in Händen hielten – drei hatten einen Baseballschläger, der Vierte eine Brechstange – kam ihm der Gedanke, dass sie hier waren, um ihm wehzutun.

»Das ist also die Schwuchtel, von der du uns erzählt hast«, sagte einer der Männer, und dabei schlug er den Baseballschläger immer wieder in seine Handfläche. »Wir werden dir eine kleine Lektion erteilen, Schwuchtel.«

Die anderen drei lachten, während sie sich ihm näherten.

Mick blieb zurück und zappelte nervös herum, halb grinsend, halb zweifelnd.

»Lasst mich verdammt noch mal in Ruhe«, sagte Blake und ging langsam ein paar Schritte zurück.

»Er ist echt ein hässlicher Wichser«, kicherte ein anderer aus der Gang, dieses Mal der mit der Brechstange. »Kriegst du viele Schwänze ab, Schwuchtel?«

Normalerweise stellte sich Blake seinen Kämpfen. Er war kein schlechter Kämpfer, und er war stark und kräftig gebaut und wusste, dass er jeden dieser Typen alleine locker fertiggemacht hätte. Aber vier bewaffnete Kerle sprachen nicht gerade für einen fairen Kampf, und Blake war klug genug, um zu wissen, wann er sich stellen und wann er lieber abhauen sollte. Obwohl sich seine Beine wie Pudding anfühlten, drehte Blake sich um und rannte los.

Sein Truck stand ganz in der Nähe, aber er war nicht besonders gut in Form, sodass die vier Männer schnell aufholten, und gerade, als er den Kühlergrill seines Trucks erreicht hatte, fuhr ein knochenbrechender Schlag auf seinen Hinterkopf nieder und schickte ihn zu Boden.

Es fühlte sich an, als treffe ihn ein eiserner Feuerball. Tränen füllten seine Augen, als der Schmerz durch seinen Körper raste und ein Klingeln in seinem Kopf dröhnte.

Es folgte ein weiterer Schlag auf den Hinterkopf, dann auf den Kiefer. Jeder einzelne fühlte sich an wie ein brennender Blitzschlag, der durch seine Haut drang und seine Seele zertrümmerte.

Er versuchte aufzustehen, wurde aber von Tritten und Schlägen mit den Baseballschlägern und der Brechstange wieder zu Boden geknüppelt.

Es gelang ihm, sich zu einer Kugel zusammenzurollen, aber das änderte nichts daran, wie sehr die Schläge schmerzten.

Über dem Klingeln, das wie eine Polizeisirene in seinem Kopf heulte, hörte er Gelächter und gelegentlich ein »härter« oder ein »Schwuchtel« und – und das beunruhigte ihn am meisten – ein »Seht euch das Blut an«.

Gedanken wirbelten wie Windböen in seinem Kopf herum:

Das passiert nicht wirklich. Nicht mir.
Bestimmt kommt jemand, um mir zu helfen.
Wer wird sich um Heather kümmern?
Wer wird sich um Betsy kümmern?
Ich kann nicht glauben, dass ich in eine Falle gelockt wurde.
Ich hoffe, Jane geht's gut.

Die Schläge nahmen kein Ende. Blake verlor immer wieder das Bewusstsein.

Aber schließlich fiel er in die Dunkelheit, und dort blieb er.

Mick hielt sich zurück, während die Jungs die Arbeit machten. Ihm reichte es, zuzusehen, denn er konnte es einfach nicht ertragen, solch entsetzliche Gewalt auszuüben.

Er fühlte sich noch immer so betrunken wie ein Säufer am Sonntag und war dankbar für die Flasche Jack Daniel's, die Tony mitgebracht hatte. Alkohol half ihm immer dabei, seine Nerven zu beruhigen und sein Stottern etwas zu unterdrücken. Er bezweifelte, dass er es ohne geschafft hätte, die Sache mit dem Hinterhalt durchzuziehen. Er hatte Angst gehabt, der Riese mit dem Dreitagebart würde seine Lügen durchschauen, aber zum Glück für ihn – und zum noch größeren Glück für seine Kumpel – glaubte dieser Trucker wirklich, dass Mick ihm irgendeinen Typen anschleppen würde.

Nach einer Weile hörten die Jungs mit ihren Schlägen auf. Mick rief: »Ist er tot?«

Steve, dessen Brechstange in seiner Hand neben seinem Körper baumelte, antwortete: »Ja. Der lutscht an keinem Schwanz mehr.«

Mick eilte über den Parkplatz zu der Stelle, an der die Jungs um die Leiche standen, alle vier waren mit Blut bespritzt und verschwitzt. Sie traten auseinander, als er sie erreichte. Mick sah mit düsterer Faszination auf den Klumpen zu seinen Füßen hinunter. »Um G-G…Gottes willen«, stöhnte er und schluckte ein wenig Galle.

Es war schlimmer, als er vermutet hatte.

»Bisschen wie bei der scheiß *Passion Christi*«, lachte Fazz.

Tatsächlich fühlte sich Mick an die Szene in Mel Gibsons Film erinnert, in der Christus gegeißelt wird – nur dass dieser Körper in einem entschieden schlimmeren Zustand war. Das Gesicht des Typen war kaum noch als menschlich zu erkennen. Zähne bohrten sich in den absurdesten Winkeln aus seinem verdrehten, blutigen Mund, der grotesk verzerrt aussah, so als habe er unfassbare Schmerzen durchlitten. Auf seiner Wange saß ein Klumpen aus rotem Brei, der entweder seine gebrochene, vollkommen zertrümmerte Nase oder eines seiner Augen war, das sie aus seiner Höhle geprügelt hatten.

Die Jungs hatten ihre Schläge auf den Kopf des Truckers konzentriert, aber auch dem Rest seines Körpers eine ordentliche Ladung verpasst. Seine Arme waren in unnatürlichen Winkeln verdreht. Ein Fleischstück war abgerissen, sodass seine Muskeln sichtbar waren, und ein kurzer Blick auf Steves Brechstange beantwortete die Frage, wo dieses Stück Fleisch geblieben war. Die Jacke und sein Hemd waren zerrissen, und was vorher blau und weiß gewesen war, war nun in Rot getränkt. Unter dem zerrissenen Stoff konnte Mick schwere Prellungen und tiefe Schnitte erkennen.

Mick nahm all das mit demselben Schrecken und derselben Aufregung in sich auf wie all die anderen Dinge, die er bereits miterlebt hatte, direkt oder indirekt. Als er die Sauerei auf dem Boden betrachtete, war er schockiert von der schieren Menge Blut, sowohl auf dem Trucker selbst als auch in der Pfütze, die sich um ihn herum gebildet hatte.

Eine Stimme riss Mick aus seinen Träumereien: Tony.

»Wir verschwinden besser, bevor jemand kommt.«

Die anderen drei murmelten zustimmend.

Fazz beugte sich nach unten.

»Was machst du denn?«, fragte Steve.

»Ich hol mir seine Brieftasche.«

Mick stand zwischen Tony und Steve, während Fazz die Jeans des Toten durchsuchte. Fazz verzog das Gesicht, anscheinend angewidert, weil er die blutige Leiche berühren musste, aber Mick fragte sich, ob es nicht eher daran lag, dass er den Körper einer Schwuchtel anfasste. Kurz darauf erhob Fazz sich wieder und hielt eine Brieftasche und Schlüssel in der Hand.

»Nimm die Brieftasche mit und lass die Schlüssel da«, sagte Tony, und sie gingen zurück zum Falcon.

Mick und Fazz blieben zurück.

Mick konnte seinen Blick nicht von den zerfetzten Überresten des Mannes abwenden.

Fazz stieß ihn an und fragte: »Willst du 'ne Runde mit dem Truck drehen?«

Er ließ die blutverschmierten Schlüssel vor Micks Gesicht baumeln.

Mick war gezwungen, von der Leiche aufzusehen. »Denkst du, dass wäre klug?«

»Scheiß auf klug, Mann. Ich hab noch nie 'nen Truck gefahren.«

Vom Auto auf der anderen Seite des Parkplatzes hörten sie Tonys tiefe Stimme: »Schmeißt die verdammten Schlüssel weg und kommt!«

Fazz seufzte. Er wirkte enttäuscht, als er weit ausholte und die Schlüssel ins Gebüsch warf. Dann ging auch er zum Wagen zurück.

Mick warf einen letzten Blick auf den zerstörten Körper, bemerkte, dass die Mütze des Typen nur noch halb auf seinem Kopf saß, und gesellte sich zu den anderen.

Als er in den Wagen stieg, rief Fazz neben ihm auf dem Rücksitz aus: »Dreihundert Tacken! Nicht schlecht für eine Nacht Arbeit. Danke, dass du uns angerufen hast, du irischer Mistkerl.«

Als sie vom Rastplatz auf den Highway rauschten, war der Mord ihr einziges Gesprächsthema. Wie der Typ gewimmert hatte, als er starb. Wie viel er geblutet hatte. Wie er sich selbst vollgepisst hatte. Wie es sich anfühlte, jemandem das Leben aus dem Leib zu prügeln, der es ohnehin nicht verdient hatte, zu leben.

Mick konnte sich ihrer begeisterten Rekapitulation nicht anschließen, und so lehnte er sich zurück und dachte über den Mann nach, den sie getötet hatten. Wo lebte er? Hatte er eine Frau – oder einen Freund?

Aber hauptsächlich dachte er darüber nach, wie der Typ ausgesehen hatte, dort auf dem Boden, leblos und voller Blut.

DALE, DER VERSTÖRTE FREUND

Es war eine langweilige Nacht. Auf dem Oldie-Sender liefen ununterbrochen Hits aus den Achtzigern, die Dale hasste – er war ein Fan des Sechzigerjahre-Rocks, nicht dieser glatten, metallischen Mistklänge, die heutzutage schon als »Klassiker« galten – und die musikfreien Sender schläferten ihn mit ihren monotonen Stimmen und dem endlosen leeren Geschwätz beinahe ein. Auf den Funkkanälen war niemand Interessantes unterwegs, sodass er sich die Zeit nicht einmal mit dem Austausch von Albernheiten mit Blake, Clive oder Solomon vertreiben konnte.

Es würde noch eine lange Nacht werden, bis er Sydney erreichte, und er freute sich schon, endlich nach Hause zu kommen und in einem richtigen Bett zu schlafen. Es sah ganz so aus, als sollte seine Thermoskanne mit Kaffee seine einzige Gesellschaft bleiben.

Er war wach genug, um die Nacht bis Sydney durchzufahren. Er hatte sich vor einer Weile ein paar Aufputschpillen eingeworfen, als er nach ein paar Stunden dringend benötigten Schlafs erwacht war. Es war ihm gelungen, eine Fracht zurück nach Sydney zu ergattern, aber bevor er aufgebrochen war, hatte er noch mit ein paar Truckern an den Docks über Blakes Tattoo-Mann gesprochen. Keiner von ihnen hatte je von jemandem mit einer solchen Tätowierung gehört.

Wieso hilft er dieser Frau?, fragte sich Dale, als er eine Stimme über Funk hörte, die durch heftiges Rauschen gedämpft wurde. *Was will sie bloß von …?* Als Dale das Wort »Chip« aufschnappte, schenkte er der weiblichen Stimme aus dem Funkgerät seine volle Aufmerksamkeit.

»Ich habe eine 10-35 für Chip. Chip, bitte kommen, wenn du mich hören kannst.«

Dale hatte keine Ahnung, wer diese Person war. Sie war kein Trucker, oder zumindest keiner, mit dem er je gesprochen hatte. Aber wer immer sie auch war, sie klang aufgewühlt, und sie behauptete, sie habe eine dringende Nachricht für ihn.

Dale griff nach dem Mikrofon und drückte den Sendeknopf. »Hier ist Chip. Bitte um QRZ.«

»Schalt rüber auf 20, Chip. Es geht um Betsy.«

Dale war verblüfft. Kanal 20 war der von ihm und Blake. Wer zur Hölle war diese Frau? Sie kannte die Codes und seinen und Blakes Spitznamen.

Blakes Anhalterin?, fragte sich Dale.

Wer immer sie auch war, irgendetwas stimmte nicht – er konnte es in ihrer Stimme hören.

»Roger«, antwortete er und wechselte auf Kanal 20. Er atmete tief ein, bevor er fragte: »Jemand da?«

»Nur ich«, hörte er die Stimme der Fremden. Sie klang sehr weit weg.

»10-91. Und identifiziere dich.«

Es folgte Stille. Dale drückte erneut auf den Knopf.

»Identifiziere dich.«

Er wartete.

»Ich bin am ersten RP hinter der ersten Stadt. Betsy ist ... verletzt.«

Dale krampfte sich der Magen zusammen.

Blake ist verletzt?

Mein Gott.

Mit zitternden Händen erwiderte Dale: »Wie schlimm ist Betsy verletzt?«

Er war etwa vierzig Minuten von Albury entfernt, und wenn Blake in einem kritischen Zustand war, dann durften sie keine Zeit verlieren. Er würde einen Krankenwagen rufen müssen.

»Hallo? Bist du noch da? Wie schlimm ist Blake verletzt?«

Scheiß auf Spitznamen.

Er wartete, während sein Magen immer nervöser wurde. Endlich antwortete eine leise, beinahe kindliche Stimme:

»Tot.«

Dale glaubte, er habe sich verhört. Er hoffte es, hatte aber das schreckliche Gefühl, dass dem nicht so war.

»Wiederholen.«

Er wartete. Keine Antwort.

»Hallo? Bist du noch da? Wiederhol deine letzte Antwort.«

Nichts als Schweigen im Äther.

Kanal 20 blieb noch weitere zehn Minuten still. Schließlich, nachdem er mehrfach um weitere Informationen über Blake gebeten, aber keine erhalten hatte, warf Dale das Mikrofon von sich und schaltete das Funkgerät aus.

Er raste in einem Nebel aus Panik und Ungläubigkeit durch Albury, und Tränen rannen ihm über die Augen, während sich der Highway immer enger um ihn zu ziehen schien. Als er sich dem Rastplatz näherte, dachte er: *Es kann nicht stimmen. Das muss ein Scherz sein. Das ist es. Blake erlaubt sich einen Scherz mit dem guten alten leichtgläubigen Dale. Und ich fall voll drauf rein.*

Er konnte das Gefühl drohenden Unheils jedoch nicht abschütteln, und als er auf den Rastplatz einbog, wurde es noch stärker. Er sah nur ein einziges Fahrzeug – eine Zugmaschine ohne Container – und wusste, dass es Blakes sein musste. Als er seinen Truck rechts neben sie lenkte, wischten die Scheinwerfer über irgendetwas auf dem Boden hinweg, und jede Hoffnung, dass es sich nur um ein großes Missverständnis oder einen Scherz handelte, fiel in sich zusammen und verschwand in einer dunklen, luftdichten Kiste.

Er brachte seinen Truck zum Stehen, ließ den Motor laufen, sprang hinaus und rannte zu dem Klumpen auf dem Boden hinüber.

Er blieb einen Moment lang stehen, bis sein Gehirn verarbeitet hatte, was er dort sah. Dann, als die blutige Form eine vage menschliche Gestalt annahm, drehte er sich um und übergab sich. Dieser Anblick brannte ihm für den Rest seines Lebens eine Narbe ins Hirn – das wusste er schon jetzt.

Als sein Magen leer war, wischte Dale sich den Mund ab und sah sich nach der Frau um. Er konnte sie nirgends sehen, allerdings vermochte er durch seine verschwommenen Augen auch sonst nicht viel zu sehen – nur Blake, der auf dem Boden lag, von oben bis unten voller Blut.

Ist das überhaupt Blake?, fragte sich Dale. Der Körper, der da auf dem Boden lag, sah eigentlich nicht wie ein Mensch aus, und Dale fiel es schwer, sich irgendein Gesicht oder ein Leben dazu vorzustellen. Und wo war Blakes Mütze? Er war nie ohne seine alte blaue Baseballmütze unterwegs, und diese Leiche hier trug keine, vielleicht bestand also doch noch Hoffnung. Vielleicht hatte, wer immer ihn angefunkt hatte, nur geglaubt, es sei Blake, sich aber geirrt. Das war nicht Betsy, das konnte nicht sein.

Blake war nicht tot. Das war unmöglich. Blake würde im nächsten Moment hinter seinem Truck hervorspringen, mit einem Lächeln auf seinem rauen, aber freundlichen Gesicht, und alles wäre nur ein Scherz, und nicht dieses irreale, surreale, viel zu reale ...

Oh mein Gott, armer Blake.

Dale brach zusammen und weinte.

TEIL DREI
Der Highway

Dieser Teil wird am schwierigsten niederzuschreiben sein. Aber ich muss es tun. Ich muss Ihnen erzählen, was passiert ist, damit Sie verstehen, wieso ich diesen Brief überhaupt schreibe – wie ich zu der Entscheidung gelangt bin, nach der Person zu suchen, die Rebecca getötet hat.

Okay. Folgendes ist also passiert:

Als ich herausfand, dass sie Burt ausfindig gemacht hatte und nach Sydney fahren wollte, um ihn zu treffen, bin ich durchgedreht. Ich habe sie angeschrien und ihr gesagt, dass ich ihr verbiete, ihn zu treffen. Sie hat zurückgeschrien und mir gesagt, sie sei achtzehn und könne tun, was sie wolle.

Natürlich wusste ich, dass sie recht hatte. Sie war einen Monat vor unserem heftigen Streit achtzehn geworden. Sie war nun erwachsen und konnte ihre Entscheidungen ohne mein Einverständnis treffen. Meine einzige Rettung war – oder wenigstens dachte ich das damals – dass sie noch keinen Führerschein hatte. Sie hatte noch keine Zeit gehabt, ihn zu machen, deshalb konnte sie auch nicht nach Sydney fahren. Und auch wenn sie genug Geld für ein Flugticket besaß, dachte ich nicht, dass sie gehen würde, ohne mir Bescheid zu sagen.

Ich war wütend, weil sie hinter meinem Rücken abgehauen war. Doch hauptsächlich machte ich mir Sorgen um ihre Sicherheit, falls sie sich tatsächlich mit ihrem Vater treffen würde. Sie hatte ihn nicht angerufen, sodass er nichts von ihren Plänen wusste – und soweit es mich betraf, sollte es auch dabei bleiben.

Wir stritten bis tief in die Nacht. So viele Male war ich kurz davor, ihr von Bad Boy Burt zu erzählen, dass es wirklich an ein Wunder grenzte, dass die Worte nicht einfach aus mir herauspurzelten.

Alles, was ich ihr erzählte – was ich ihr wieder und wieder erzählte – war, dass er kein guter Mensch war und uns verlassen hatte, bevor sie geboren wurde, dass er sie damals nicht kennenlernen wollte und dass das auch heute noch so war.

Das tat ihr weh. Ich konnte den Schmerz in ihren Augen sehen, und damals war ich froh, dass ich ihr nicht gesagt hatte, was für ein schrecklicher Mensch Burt wirklich war.

Trotzdem bettelte Rebecca immer noch, ich solle sie nach Sydney fahren. Sie hatte die naive, idealistische Hoffnung, dass wir ihn einfach besuchen konnten und zwischen uns eine neue Verbindung wachsen würde, dass wir eine Familie werden oder wenigstens ein Teil im Leben des anderen sein würden. Ich sagte ihr, das sei ein schöner Traum, aber so würde es bestimmt nicht enden – das Leben ist nicht so einfach.

Sicher, es war möglich, dass Burt sich in den letzten achtzehn Jahren in einen anständigen Menschen verwandelt hatte, aber ich bezweifelte es sehr stark.

Schließlich, nachdem wir eine Menge Tränen vergossen und unserem Ärger ausgiebig Luft gemacht hatten, gingen wir auf unsere Zimmer – Rebecca wütend, ich voller Angst. Ich dachte, wir würden am nächsten Morgen in aller Ruhe darüber reden, und vielleicht – nur vielleicht – würde ich ihr die Wahrheit über ihren Vater erzählen.

Nicht in meinen wildesten Albträumen hätte ich geglaubt, dass es das letzte Mal sein würde, dass ich sie lebend sah. Ich hätte nie gedacht, dass sie es riskieren würde, zu trampen. Sie war ein freundlicher, vertrauensvoller Mensch, aber sie war weder dumm noch leichtsinnig.

In jener Nacht schlief ich kaum und wälzte mich hin und her, aber irgendwann in den frühen Morgenstunden muss ich doch eingenickt sein, denn ich habe nicht gehört, wie Rebecca aufstand, packte und das Haus verließ.

Als ich gegen acht Uhr aufstand, war ihre Schlafzimmertür geschlossen. Ich nahm an, dass sie ebenfalls eine unruhige Nacht gehabt hatte und ausschlief.

Das Haus war totenstill. Als ich in die Küche ging, um mir meine morgendliche Tasse Kaffee zu kochen, sah ich die Nachricht, die sie an die Kühlschranktür geheftet hatte. Sie fiel mir sofort ins Auge, da wir dort sonst normalerweise nichts hinhängten.

Mit rutschte das Herz in die Hose.

Ich wusste, was auf dem Zettel stand, aber ich war nicht darauf vorbereitet, wie sie nach Sydney reisen wollte.

Folgendes stand in der Nachricht:

> Trampe auf dem Hume nach Sydney, um Dad zu treffen. Mach dir keine Sorgen um mich. Ich ruf dich heute irgendwann an, damit du weißt, dass es mit gut geht. Unser Streit letzte Nacht tut mir leid. Hab dich lieb, Bec.

Ich glaube, ich stand noch ewig in der Küche, bevor ich nach oben in Rebeccas Zimmer stürzte. Ich wollte nicht glauben, dass sie wirklich fort war, bevor ich ihr leeres Zimmer mit eigenen Augen gesehen hatte.

Ihr Bett war gemacht, das Zimmer aufgeräumt, aber keine Rebecca.

Ich geriet in Panik. Ich wusste nicht, was ich tun sollte. Die Polizei anrufen? Nach ihr suchen? Burt anrufen?

Das Erste, was ich tat, war, sie auf dem Handy anzurufen, aber entweder war ihr Akku leer oder sie hatte es ausgeschaltet. Ich erreichte nur die Mailbox und hinterließ ihr eine verzweifelte, tränenreiche Nachricht, in der ich sie anflehte, wieder nach Hause zu kommen. Hinterher lief ich ziellos durchs Haus und dachte nach. Schließlich entschied ich mich, darauf zu warten, dass sie anrief und dann zu versuchen, sie zu überreden, wieder nach Hause zu kommen oder wenigstens zu bleiben, wo sie war, damit ich sie abholen konnte. Schließlich war sie ja weder vermisst noch entführt worden. Sie war erwachsen und trampte nach Sydney – illegal, sicher, aber kein Grund für einen Polizeieinsatz.

Ich wollte nicht losfahren, um nach ihr zu suchen, falls sie anrief, während ich nicht da war.

Und ich wollte ganz sicher nicht bei Burt anrufen, wenn es nicht absolut notwendig war.

Also wartete ich.

Und ich betete.

Stundenlang wartete ich angespannt und wollte keinen Meter vom Telefon weichen – nicht, um zu duschen und nicht einmal, um auf die Toilette zu gehen, aus Angst, ihren Anruf zu verpassen.

Als es Mittag wurde und Rebecca sich immer noch nicht gemeldet hatte, war ich fast verrückt vor Sorge und kurz davor, die

Polizei anzurufen, aber dadurch hätte ich die Leitung blockiert, und deshalb irrte ich nur weiter durch das viel zu stille Haus.

Um fünf vor eins musste ich dringend auf die Toilette. Ich hatte eine Kanne Kaffee gekocht und schon vier Tassen getrunken, sodass meine Blase beinahe platzte. In all meiner Sorge, Angst, Verwirrung und mit wachsendem Unbehagen traf ich die folgenschwere Entscheidung, zur Toilette zu gehen. Obwohl wir ein schnurloses Telefon hatten, nahm ich den Hörer nie mit auf die Toilette – ich hielt das für eine widerliche Angewohnheit und mir kam zu keinem Zeitpunkt der Gedanke, meine Regel zu brechen.

Ich hatte mich eben auf die Toilette gesetzt, als das Telefon klingelte. Der Anrufbeantworter sprang nach viermal Klingeln an – ich musste zu viel Kaffee loswerden und es war völlig unmöglich, mittendrin abzubrechen. Ich konnte eine Stimme hören, erkannte aber nicht, wer es war.

Als ich auf der Toilette fertig war, hatte der Anrufer aufgelegt. Ich wusch mir die Hände und rannte ins Wohnzimmer. Das rote Licht des Anrufbeantworters blinkte.

Ich wollte nicht, dass es Rebecca war. Ich wollte, dass sich jemand verwählt hatte oder irgendeine Telefongesellschaft mich als Kunden werben wollte. Ich wollte mit meiner Tochter sprechen und keine aufgezeichnete Nachricht abhören.

Ich spulte zurück und drückte auf »Play«.

Es war Rebeccas süße Stimme. Sie klang glücklich.

Im Hintergrund war viel Lärm, und manchmal war Rebeccas Stimme nur schlecht zu verstehen, aber ich hörte aufmerksam zu, und dabei rannen Tränen über meine Wangen.

Hinterher blieb ich neben dem Telefon stehen.

Meine Brust krampfte sich zusammen.

Ich hatte ein ungutes Gefühl. Mein mütterlicher Instinkt sagte mir, dass mein Baby in Schwierigkeiten war.

Ein Mann. Ein ruhiger Mann. Ein Mann mit einem Tattoo nahm Rebecca den ganzen Weg nach Sydney mit.

Nein, es ging mir überhaupt nicht gut.

Ich versuchte noch den ganzen Tag, sie auf dem Handy zu erreichen. Ich hinterließ ihr etwa zwanzig Nachrichten, aber Rebecca hat nie wieder angerufen.

Als die Nacht hereinbrach und ich noch immer nichts von ihr gehört hatte, hatte ich solche Angst, dass ich mich körperlich krank fühlte. Ich dachte daran, Burt anzurufen, aber ich kam zu dem Schluss, dass es sinnlos war. Er wusste nicht, dass sie unterwegs zu ihm war, und wäre sie schon bei ihm angekommen, gab es keinen Grund, weshalb sie nicht hätte anrufen sollen. Burt mag ein Mistkerl gewesen sein, aber er war kein Mörder. Davon abgesehen, kannte ich seine Adresse nicht und hatte keine Ahnung, wo er in Sydney wohnte. Ich wusste, dass es schwierig sein würde, seine Nummer herauszufinden, selbst wenn ich ihn anrufen wollte.

Ich saß die ganze Nacht am Küchentisch. Ich hatte den ganzen Tag nichts gegessen und nur Kaffee getrunken. Ich zitterte, befürchtete das Schlimmste und betete für das Beste.

Um acht rief ich die Polizei an.

Auch wenn Rebecca erwachsen und erst seit vierundzwanzig Stunden weg war, nahm die Polizei die Tatsache, dass sie sich nicht mehr gemeldet hatte, ernst. Rebecca hatte noch nie zuvor so etwas getan, und sie war per Anhalter unterwegs. Ich erzählte ihnen nichts von ihrem Anruf.

Die nächsten paar Tage waren die schlimmsten, die ich je durchleben musste. Jede Minute, die verging und keine Nachricht von Rebecca brachte, fühlte sich an, als sterbe ein kleiner Teil von mir.

Die Polizei nahm Kontakt zu Burt auf. Er sagte, er habe keine Ahnung gehabt, dass Rebecca auf dem Weg zu ihm war und bekräftigte, dass er sie nicht gesehen hatte. Sie glaubten ihm – sie hatten keinen Grund, es nicht zu tun.

Ich habe in den Tagen, bevor Rebeccas Leiche gefunden wurde, wenig geweint. Ich war wie betäubt, gefangen in einem seltsamen Nichts, das weder Traurigkeit noch Verzweiflung noch Resignation war. Ich wollte einfach nur wissen, was mit meiner geliebten Tochter passiert war.

Am dritten Morgen, nachdem ich Rebecca als vermisst gemeldet hatte, klopfte es an der Tür. Ich saß am Küchentisch, umklammerte eine Tasse lauwarmen Kaffee und hatte Angst, aufzumachen. Ich wusste, wer es war – ich hatte keine Freunde und keine Familie, und alle Freunde von Rebecca hatten sich schon gemeldet. Nur die Polizei konnte an der Tür geklopft haben.

Es konnten ja auch gute Neuigkeiten sein, redete ich mir ein.

Aber mein Bauch sagte mir etwas anderes.

Ich stand auf, schnürte den Bademantel enger und nahm den weiten Weg zur Haustür auf mich.

Ich wurde von zwei uniformierten Beamten begrüßt. Die Frau hatte ihr Haar zu einem strengen Knoten zusammengebunden. Sie war hübsch, auch ohne Make-up. Der Mann sah noch sehr jung aus. Er hatte sanfte Augen und war vermutlich nicht viel älter als Rebecca.

Sie baten mich, eintreten zu dürfen, und nachdem sie mein Angebot, ihnen etwas zu trinken zu bringen, abgelehnt hatten, teilten sie mir mit, dass in einem Waldstück an irgendeinem See eine Leiche gefunden worden war, auf die Rebeccas Beschreibung passte.

Ich fiel in Ohnmacht – zum ersten Mal in meinem Leben. Später wurde ich in die Gerichtsmedizin gebracht, um den Leichnam zu identifizieren.

Ich werde – ich kann – hier nicht ins Detail gehen. Allein, daran zu denken, bringt mich beinahe um. Das hier muss genügen: Die Leiche, die sie mir zeigten, lag auf einem Tisch in einem kalten, grell beleuchteten Raum. Es war Rebecca. Sie sah aus, als schliefe sie, aber das tat sie nicht.

Die Beamten fuhren mich nach Hause zurück, um mir ein paar Fragen zu stellen, hauptsächlich über Rebecca, ihre Freunde, warum sie getrampt war, den Streit, den wir an dem Abend gehabt hatten, bevor sie gegangen war – Dinge, über die ich schon mit anderen Polizisten gesprochen hatte. Als sie mich fragten, ob Rebecca sich an dem Tag, an dem sie aufgebrochen war, gemeldet habe, log ich und sagte ihnen, das habe sie nicht. Ich weiß nicht, wieso ich das Bedürfnis verspürte, die Nachricht geheim zu halten – vielleicht legte ich schon damals unbewusst den Grundstein für das, was einmal meine Mission werden sollte. Was auch immer der Grund dafür war, es fühlte sich nach der richtigen Entscheidung an. Ich wusste, dass ich Ärger bekommen würde, wenn sie jemals von dem Anruf erfuhren, aber das war mir egal. Nichts spielte mehr eine Rolle. Rebecca war tot, was konnte da noch Schlimmeres passieren?

Nach der Befragung teilte mir einer der Beamten mit, dass die Mordkommission den Fall übernahm. Er sagte außerdem, wenn auch ohne allzu große Überzeugung, er hoffe, sie würden mit etwas Glück die Person finden, die dafür verantwortlich war. Ich teilte seine mangelnde Überzeugung. Sie hatten nur sehr wenige Anhaltspunkte und ich erwartete nicht, dass sich die Situation entscheidend verbessern würde.

Aller Wahrscheinlichkeit nach war Rebecca von einem völlig Fremden getötet worden, einem Serienmörder – genau wie die in den Büchern und Filmen, die ich so gerne las bzw. anschaute – sodass sie Chancen, den Schuldigen zu finden, verschwindend gering waren.

Wenigstens hatte ich das Band aus dem Anrufbeantworter, das ich immer wieder abspielte, Tag und Nacht. Ich hörte es mir an, um mich Rebecca nah zu fühlen und ihre Stimme zu hören, aber ich suchte auch nach Anhaltspunkten. Ich weiß nicht, was ich zu hören hoffte – irgendetwas, wenn auch noch so unbedeutend, das mir dabei helfen konnte, den ruhigen Mann mit dem Tattoo zu identifizieren, der meine Tochter getötet hatte.

Ich nahm mir bei der Arbeit frei.

Abgesehen von der Beerdigung ging ich nicht aus dem Haus. Ich verbrachte die ganze Zeit zu Hause, weinend, und in den meisten Nächten konnte ich nicht schlafen. Wenn doch, dann schlief ich immer nur sehr kurz, bis mich ein Albtraum aus dem Schlaf riss, in dem es meist um Rebecca oder Burt ging.

Wochen voller schlafloser Nächte wurden zu Monaten, aber der Schmerz nahm nicht ab. Ich fühlte mich nutzlos und unruhig. Es gab niemanden, um den ich mich kümmern, mit dem ich lachen oder weinen konnte. Niemanden, mit dem ich mir einen Film anschauen oder um den ich mich sorgen konnte. Aber was mich am meisten beschäftigte, war der Mann, der sie getötet hatte. Ich spielte das Band ab, lauschte ihrer süßen, glücklichen Stimme und stellte mir den Mann neben ihr vor, der sie beobachtete und sich in seinem kranken Hirn ausmalte, wie genau er es tun wollte.

Ich fragte mich, wie viele andere Mädchen er noch umgebracht hatte, noch umbringen würde. Die Vorstellung, ihn zu finden, entwickelte sich zum beherrschenden Gedanken in meinem Kopf.

Die Bullen hatten kein Glück bei ihrer Suche nach dem Schuldigen gehabt.

Sie wussten nichts über den Mann.

Ich schon.

Ich hatte die Macht.

Mir kam der Gedanke, dass dieser Mann, da er Rebecca mitgenommen hatte, vielleicht auch eine andere Anhalterin mitnehmen würde. Der Hume, die Straße, auf der Rebecca getrampt war, wurde von den meisten Menschen genutzt, die zwischen Melbourne und Sydney unterwegs waren.

Was, wenn dieser Typ regelmäßig auf dem Hume unterwegs war?

Was, wenn er ständig dort entlangfuhr, vorbei an den Polizeiautos, und sich ins Fäustchen lachte?

Ich konnte es vor mir sehen – das Lachen dieses grausamen, ruhigen Mannes. Dieser Mann, der meine Tochter auf so brutale Weise getötet hatte, war noch am Leben. Er war immer noch auf der Straße unterwegs, lachte – und kam damit davon.

Das war nicht richtig.

Das war ganz und gar nicht richtig …

HEATH, DER GESCHEITERTE EHEMANN

Heath Sangram war es gewohnt, in erstklassigen Hotels abzusteigen – mit Pfefferminzbonbons auf den aufgeschüttelten Kissen, Teppichen, die so sauber und weich wie das Fell einer Katze waren, riesigen Bädern, die über hundert verschiedene Schalter für hundert verschiedene Lichter und eine Dusche verfügten, die groß genug für drei war. Hotels, in denen die Nummer einer ausgezeichneten Eskortagentur im Telefon gespeichert war, in denen es rund um die Uhr Zimmerservice gab und im Fernsehen jeder erdenkliche Pay-TV-Sender zu sehen war – das war die Art von Luxus, an die er gewöhnt war.

Aber verzweifelte Zeiten verlangen nach verzweifelten Maßnahmen. In Heaths Fall bedeutete das, dass man, wenn die eigene Frau die Scheidung einreicht, weil sie herausfindet, dass man seinen 150.000-Dollar-im-Jahr-Job verloren, jede Frau unter dreißig gevögelt, das meiste Geld für Drogen verprasst hat und kopfüber in Spielschulden steckt, die man nicht bezahlen kann, keine Wahl hat, als in irgendeinem heruntergekommenen Motel in irgendeiner heruntergekommenen Stadt zwei Stunden außerhalb von Sydney abzusteigen, da es zu teuer und zu gefährlich wäre, in der Stadt zu übernachten.

Heath hingen nicht nur Kredithaie an den Fersen, da waren auch noch ein paar Dealer, denen er einige Tausender schuldete – Geld, das er nicht bezahlen konnte, weil er keinen Job mehr hatte.

Also hatte er sich aus dem Staub gemacht und Sydney am Nachmittag – aus Angst um sein Leben – verlassen und im ersten Ort angehalten, der aus mehr als nur einem Pub und einer Kirche bestand. Wenn er schon nicht in der Stadt bleiben konnte, wollte er wenigstens an einem halbwegs zivilisierten Ort absteigen. Goulburn – laut des Schildes, das er am Ortseingang passiert hatte, Australiens erste Stadt im Landesinneren – fiel gerade so in diese Kategorie. Es war nicht unbedingt Darling Harbour, aber was machte das für einen Unterschied, wenn er morgen schon nicht mehr existieren würde? Er wollte seine letzte Nacht auf dieser Erde einfach nicht mitten im Nirgendwo verbringen.

Dass er seinen Job verloren hatte, war nicht allein seine Schuld. Es war nicht seine Schuld, dass 150.000 Dollar im Jahr sein Kokainhobby nicht abdeckten. Er musste ja auch noch leben, verdammt. Er brauchte die schicken Autos, die Mitgliedschaft im Fitnessstudio, die Frauen – eben alles was glänzte, glitzerte und Kurven hatte. Scheiße, 150.000 Dollar waren nichts im Vergleich zu dem, was ein paar andere Typen verdienten, die er kannte.

Seine sogenannten Freunde und seine nicht besonders nachsichtige Frau sagten ihm oft, er lebe über seine Verhältnisse. Weit darüber.

»Drauf geschissen. Von mir aus«, spuckte er in Richtung Fernseher und nahm noch einen Schluck Tequila.

Er hatte ein wildes Leben geführt und bezahlte nun ordentlich dafür. Er hatte seine Sucht und seinen Schwanz nicht im Griff gehabt, und alles, was ihm jetzt noch blieb, waren ein Koffer voller Klamotten, ein paar Kosmetikartikel, seine Waffe und der Mercedes, der draußen parkte und den er schon hatte, seit er 25 war. Glenda lebte noch immer in Saus und Braus, die miese Schlampe. Als er so auf dem Bett lag, sich nach einer Nase Koks sehnte und dem Talkshowheini dabei zusah, wie er das Publikum zum Lachen brachte, wünschte Heath sich mit einem trotzigen Grinsen, seine Frau würde an der Perlenkette ersticken, die er ihr zum dreißigsten Hochzeitstag geschenkt hatte, den sie erst letztes Jahr gefeiert hatten.

Ein Streit auf der Straße riss Heath aus seinen Träumereien. Er stürzte noch einen Tequila hinunter, hüpfte vom Bett und trat ans Fenster. Die Flasche in der einen Hand, schob er den Vorhang mit der anderen zur Seite, und eine Wolke aus Staub und Schimmel stieg von dem Stoff auf. Er schaute in beide Richtungen über den Balkon des Motels, konnte aber niemanden sehen. Plötzlich durchbohrten die Schreie einer Frau die Nacht und ihm wurde klar, dass die Stimmen vom Parkplatz unten kamen.

Wahrscheinlich irgendeine Hure, die mit ihrem Zuhälter streitet, dachte Heath.

Wieder Schreie von unten, dieses Mal die eines Mannes. Heath interessierte sich nicht für die armselige Existenz der beiden, und so schloss er den Vorhang wieder und ließ sich zurück aufs Bett fallen.

Er fasste in den Popcorn-Chicken-Eimer, der die eine Hälfte seines Abendessens darstellte, aber er fand nur noch ein paar frittierte Reste.

»Scheiße«, seufzte er.

Er war nicht nur einsam und brauchte dringend eine Line, er hatte auch Hunger. Der Chicken-Burger, die Pommes Frites und das Popcorn Chicken hatten seinen Appetit einfach noch nicht gestillt. Sein Körper war an ausschweifende Mahlzeiten nach Mitternacht gewöhnt.

Er lehnte sich über das Bett und nahm seine Brieftasche vom Nachttisch. Er zählte achtzehn Dollar. Das letzte Geld, das ihm auf dieser Welt noch geblieben war. Er konnte sich noch mehr Fastfood holen, aber kein Koks.

In Fußentfernung befand sich ein McDonald's, aber bevor er sich auf den Weg machte, brauchte er einen Schluck Wasser, also warf er seine Brieftasche aufs Bett und ging ins Badezimmer. Er drückte auf den einzigen Lichtschalter. Das grelle Licht tat ihm in den Augen weh, und er musste sie zusammenkneifen.

»Beschissenes Billigmotel mit seinem beschissenen Billiglicht«, murmelte er. Blinzelnd ging er zum Waschbecken hinüber und drehte den Kaltwasserhahn auf. Er spritzte sich eiskaltes Wasser ins Gesicht, dann schluckte er Unmengen des kühlen Nass' hinunter, bis er sich ganz aufgedunsen fühlte und den Wasserhahn wieder abstellte. Als sich die Augen endlich an die Helligkeit gewöhnt hatten, erblickte er sein Spiegelbild und erschrak über das, was er sah. Er sah aus wie sein Vater, als er bereits alt und halbtot war. »Gott«, sagte Heath, schwankte aus dem Bad und schaltete das Licht wieder aus.

Er drehte die Lautstärke des Fernsehers leiser, da das fortdauernde Geräusch des sinnlosen Lärms an seinen Nerven zerrte, und legte sich wieder aufs Bett. Das Wasser hatte seinen Hunger gedämpft, und so verwarf er die Idee, noch einmal loszuziehen und fragte sich stattdessen, was Glenda wohl gerade tat. Es war halb zehn, Freitagabend. Heath nahm an, dass sie sich wohl gerade mit ihren dümmlichen Freunden amüsierte, den Poolboy vögelte oder Gott weiß was tat – höchstwahrscheinlich high von Heaths Vorrat und nicht im Geringsten daran interessiert, wo er steckte.

Nicht daran interessiert, dass er in irgendeinem vergammelten Motelzimmer saß und Nutten dabei zuhörte, wie sie sich ein Schreiduell mit ihrem Zuhälter lieferten, oder dass sein Leben vorbei war.

Du hast wirklich alles versaut, Kumpel. Hast weit über deine Verhältnisse gelebt.

Sicher, er hatte es versaut, aber Glenda war auch nicht viel besser. Gott, sie hatte ja noch nicht mal einen Job, den sie verlieren konnte; sie hatte Daddys Millionen geerbt, und ganz sicher vögelte auch sie munter durch die Gegend. Der einzige Unterschied zwischen ihr und Heath war, dass sie ihren Hobbys weiterhin nachgehen konnte, zumindest im Moment, und dass sie sich nie fürs Spielen interessiert hatte.

Er überlegte, zurück nach Hause zu fahren und alles wieder in Ordnung zu bringen, dafür zu sorgen, dass Glenda ihre Meinung über sie beide noch einmal änderte, und falls ihm das nicht gelang …

Nein, sagte er sich, unfähig, den Gedanken zu Ende zu bringen. Er war kein Mörder. Er wäre niemals in der Lage, jemandem so etwas anzutun, nicht mal ihr. Trotzdem: So, wie er sich im Augenblick fühlte, war er froh, dass Glenda nicht in der Nähe war.

Und dennoch, so verrückt das auch klang, ein Teil von ihm vermisste sie.

Ob sie mich vermisst? Nach all der Scheiße, die zwischen ihnen gelaufen war, nach all dem Schmerz – vermisste sie ihn da, wenn auch nur ein bisschen?

Vielleicht hatte sie ja jetzt, nachdem sie eine Weile voneinander getrennt gewesen waren, ihre Meinung über die Scheidung geändert.

Vielleicht musste sie sich ja nur beruhigen und brauchte nur ein wenig Zeit für sich allein.

Es hatte keinen Sinn, sie jetzt aufzusuchen, nicht in diesem Zustand – das würde alles nur schlimmer machen.

Aber nichts konnte ihn davon abhalten, sie anzurufen. Er kroch über das Bett zum Nachttisch, nahm den Telefonhörer ab, drückte die Null und, als er ein Freizeichen hörte, wählte er ihre Festnetznummer.

Sie nahm das Telefon nach dem fünften Klingeln ab. »Hallo?«

Seine Frau klang entweder betrunken oder stoned – gut möglich, dass sie beides war. Heath schwieg. Plötzlich war ihm übel. Der Hörer fühlte sich glitschig in seiner Hand an. Gott, er brauchte eine Line.

»Hallo?«, fragte Glenda erneut, und in ihrer Stimme war ein Anflug ihrer charakteristischen schlechten Laune zu erkennen. »Wer ist da? Heath? Bist du das?«

Heath schluckte und zuckte zusammen, als er den bitteren Geschmack in seinem Mund schmeckte. »Ja, ich bin's.«

Glenda seufzte. »Verdammter Irrer, du hast mich zu Tode erschreckt. Was willst du?«

Heath hatte hundert Antworten auf diese Frage – sein Haus, sein Geld, seine Drogen, seine Würde, seinen Job, sein Leben, sie – aber alles, was er sagte, war: »Reden.«

»Ich kann jetzt nicht reden.«

Erst da bemerkte er die Musik, das Lachen und die Stimmen im Hintergrund. »Schmeißt du 'ne Party?«

»Ja, nur eine kleine Feier.«

Er horchte nach einem Anzeichen für Reue oder Traurigkeit in Glendas Stimme. Er hörte keins von beidem.

»Du schmeißt 'ne Party, während ich in diesem Drecksloch sitze?«, sagte Heath und kämpfte mit den Tränen. »Gott, Glenda, ich sterbe hier.«

»Hör zu, ich muss …« Sie schnappte nach Luft, so als habe ihr jemand einen Eiswürfel hinten in den Ausschnitt gesteckt. Dann ein Kichern. »Ich muss auflegen. Das ist unhöflich gegenüber meinen Gästen.«

»Scheiße, Glenda, ich hab nicht genug Geld für eine weitere Nacht im Motel. Dann muss ich im Auto schlafen. Bitte, Glenda, können wird das nicht wieder in Ordnung bringen? Kann ich morgen vorbeikommen, und wir reden noch mal über alles? Bitte, gib mir noch eine Chance.«

»Noch eine Chance?«, schnaufte Glenda. »Willst du wissen, wieso du kein Geld hast, Heath? Weil du ein Idiot bist. Du hast keinen Job, weil du ein Idiot bist. Du hast kein Leben, weil du ein Idiot bist. Also ruf mich bitte nicht mehr an, ich spreche nicht mit Idioten.«

Heath schloss die Augen. »Ich kann so nicht mehr weitermachen, Glenda. Ohne dich, ohne meinen Job bin ich gar nichts.«

Glenda stöhnte ins Telefon. Dann sagte sie leise: »Da hast du wohl recht.«

Heath riss die Augen wieder auf. In seinem Körper loderte ein rasendes Feuer. »Was zur Hölle ist mit dir los, Glenda?«

»Wie? Ach, nichts. Ich muss Schluss machen, Heath …«

»Leg nicht auf! Was machst du gerade?«

»Mach's gut … Ohhhh … Heath.«

»Was ist los? Lässt du dir gerade die Muschi lecken? Du beschissene Schlampe!«

Er hörte gedämpfte Stimmen am anderen Ende der Leitung, gefolgt von weiterem Stöhnen und einem Klicken, als Glenda auflegte.

Heath knallte den Hörer auf die Gabel. »Fuck!«

Bilder von Glenda, die ausgestreckt auf dem Bett lag – *ihrem* Bett – mit dem Gesicht irgendeines Kerls zwischen den Beinen, tanzten in Heaths ohnehin schon wirrem Kopf herum. Er fühlte sich krank, hintergangen und unglaublich ausgetrocknet. Heath stürzte ins Badezimmer und trank gierig noch mehr Wasser, das über sein Kinn strömte und auf sein Hemd tropfte. Als er sich wieder aufs Bett warf, fragte er sich, wie lange er es wohl noch eingeschlossen in diesem Zimmer aushielt, ohne irgendetwas schniefen, rauchen oder spritzen zu können und ganz genau zu wissen, dass seine Frau (bald Exfrau) irgendeinen Fremden fickte.

Die Waffe in seinem Koffer sah extrem verlockend aus.

Er war froh, dass sie nie Kinder gehabt hatten. Es war ihm ein schwacher Trost, zu wissen, dass er wenigstens diese Verantwortung nicht tragen musste und dass, ganz egal, wie sehr er und Glenda sich ihr eigenes Leben auch versaut hatten, sie im

Zuge dessen nicht auch noch das Leben von ein paar Kindern zerstört hatten.

Es gab so vieles, was er Glenda sagen wollte, zum Beispiel, wie er sich fühlte und was er vorhatte, aber jedes Mal, wenn er nach dem Telefon griff, zog er seine Hand wieder zurück.

Er wollte Glenda unbedingt sagen, dass er sich umbringen wollte, dass alles ihre Schuld war und dass sie ihn hierher geführt hatte. Er wollte sie anrufen, damit sie hörte, wie er den Abzug drückte. Er sehnte sich so sehr danach, dass er den süßen, bitteren Geschmack des Blutes bereits schmecken konnte.

Er rutschte noch einmal zum Telefon hinüber, aber anstatt zu Hause anzurufen, öffnete er die oberste Schublade und nahm das örtliche Branchenbuch heraus. Er blätterte durch die Gelben Seiten, bis er das Kapitel »Eskortagenturen« fand.

Glenda hat heute Abend Spaß, wieso sollte ich da nicht auch welchen haben?

Er sondierte die reißerischen Anzeigen, die allesamt behaupteten, die besten, heißesten Mädchen zu liefern, die Goulburn zu bieten hatte. Nach ein paar Minuten entschied er sich, es mit »xxxclusive« zu versuchen – sie warben mit einem halbseitigen Farbfoto einer bildschönen Brünetten, und sie lieferten sowohl nach Hause als auch ins Motel. Sie sahen teuer aus – ihr Stundenpreis war nicht angegeben – aber Heath konnte ohnehin nicht zahlen und fand, dass es daher keine Rolle spielte. Wieso nicht gleich die Besten aussuchen?

Er nahm den Hörer ab und wählte die Nummer.

Er hatte das schon öfter gemacht, als er sich erinnern konnte, aber als er es klingeln hörte, hatte er ein nervöses Gefühl im Magen.

Warum tue ich …?

Die Frau am anderen Ende klang jung und kess. Mit trockenem Mund sagte Heath: »Ja, hi. Ich möchte eine Eskortdame bestellen.«

Gott, das klingt, als würde ich eine Pizza bestellen. Normalerweise war er gewandter und flirtete mit der Frau am anderen Ende der Leitung.

»Selbstverständlich, Sir. Wir haben heute Abend jede Menge

bezaubernder Mädchen. Irgendwelche Vorlieben? Fantasien? Wünsche?«

Heath schluckte. Für gewöhnlich war er sehr präzise. Normalerweise sagte er: brünett, mittelgroß, lange Beine, schmale Taille, feste Brüste, braungebrannt, dunkle Augen. Aber jetzt, wo der kalte Schweiß auf seinen Händen perlte und er den Geschmack von nasser Pappe im Mund hatte, stammelte er nur: »Eine Rothaarige.«

Heiteres Lachen. Dann: »Eine Rothaarige, alles klar. Ist das alles?«

»Äh, ja.«

Glenda hat rotes Haar. Verdammt, wieso fehlt sie mir so sehr? Die Frau hat mein Leben zerstört, und trotzdem bin ich …

Die Eskortdame sprach bereits weiter. Heath sagte: »Wie bitte?«

»Sind Sie zu Hause oder in einem Motel?«

»Motel. Das, äh …« Was er sagen wollte, war: »Dieses Drecksloch von einem Motel in irgendeiner gottverlassenen Stadt, in dem ich gezwungen bin, die Nacht zu verbringen, weil meine Frau mich rausgeschmissen hat, und ja, ich bin ein hoffnungsloser Verlierer ohne Geld und ich werde jede Schlampe vögeln, die du mir schickst, und mich anschließend vielleicht umbringen, weil ich sonst nichts mehr habe, wofür ich leben will.« Stattdessen sagte er: »Das Imperial Inn. Zimmer sechzehn.«

»Das ist das Motel an der Wakerville Street, das aussieht wie ein Kolonialgebäude, richtig?«

»Ja, ich schätze schon.«

Wie verdammt peinlich, zugeben zu müssen, dass er sich nichts Stilvolleres leisten konnte.

»Okay, Sir. Ich schicke Ihnen in etwa einer halben Stunde eine wunderschöne Rothaarige. Zahlen Sie mit Karte oder bar?«

Er hätte beinahe losgelacht. »Bar.«

»Wunderbar, Sir. Das wären 240 Dollar. Vielen Dank, dass Sie xxxclusive ausgewählt haben. Gibt es sonst noch etwas, womit ich Ihnen heute Abend weiterhelfen kann?«

»Sind die Fritten inbegriffen?«

»Wie bitte?«

»Nichts. Danke.«

»Auf Wiederhören.«

Heath legte auf. Normalerweise durchströmte ihn freudige Erregung, nachdem er eine Eskortagentur angerufen hatte, aber dieses Mal fühlte er sich nur einsam. Einsam und niedergeschlagen. Gott, es machte ihm noch nicht einmal mehr Freude, eine Nutte zu bestellen. Sein Leben war wirklich einen Scheiß wert.

In der Zeit, bevor die Nutte kam, ging Heath zur Toilette, trank noch mehr Wasser, putzte sich die Zähne, erfrischte seine Achseln mit etwas Deo und räumte das Zimmer ein bisschen auf. Er versteckte die Flasche Jose Cuervo, die er noch aus dem Haus mitgenommen hatte, setzte sich aufs Bett und schaute sich einen Schwarzweißfilm an. Um zwanzig nach zehn klopfte es.

Er stand auf und ging zur Tür. Seltsamerweise verspürte er weder Vorfreude noch Aufregung – er war noch nicht einmal besonders geil. Er nahm die Türkette ab und öffnete schwungvoll die Tür. Draußen standen, ungefähr so diskret wie ein Ku-Klux-Klan-Mitglied auf einem Treffen der Black Panther, eine Dame in einem hautengen, schreiend pinkfarbenen Kleid und ein dünner, versiffter Typ mit einer Baseballmütze.

Die Nutte war ein paar Zentimeter größer als Heath und eher kräftig gebaut, so wirkte ihr Kleid alles andere als schmeichelhaft. Er stellte außerdem fest, dass ihr Haar eher hellbraun als rot war. Sie sah aus, als sei sie Anfang zwanzig, aber bei all dem Make-up, dass sie sich ins Gesicht geklatscht hatte, war es schwer, ihr Alter zu schätzen. Sie war überhaupt nicht das, was er sich vorgestellt hatte. Am liebsten hätte er gesagt: »Tut mir leid, ich bin nicht in Stimmung. Verschwindet.«

Aber das tat er nicht.

»Tag, Chef«, sagte der Fahrer (und, vermutlich, Aufpasser) der Nutte. »Stört es Sie, wenn wir reinkommen?«

Heath zuckte mit den Schultern und trat zur Seite. Als die Nutte und ihr Beschützer das Zimmer betraten, brachten sie den Geruch von billigem Parfüm und noch billigeren Zigaretten mit.

Heath schloss die Tür. Als er sich umdrehte, saß die Nutte mit überkreuzten Beinen auf dem Bett und sah bereits gelangweilt aus.

»Also, Chef«, sagte der Typ, »das ist Hope. Sie tut alles, was Sie wünschen, eine ganze Stunde lang. Aber keine harten Sachen.« Der Mann lächelte, schob seine Baseballmütze zurück und fuhr fort: »Ich mach dann mal fix, dass ich hier wegkomme. Ich müsste nur noch schnell kassieren.«

Oh, Scheiße …

Heath hatte immer mit Kreditkarte bezahlt, und wenn die Nutten kamen, war längst alles erledigt. Er hatte nicht darüber nachgedacht, wie die Agenturen es bei einer Barzahlung handhaben würden. Er hatte nicht damit gerechnet, dass sie einen Typen mitschickten, der vorab kassierte. Er hatte erwartet, seinen Spaß zu haben und die Nutte hinterher einfach rauszuschmeißen.

Es war absolut sinnvoll, dass sie einen Kerl mitschickten, aber in den letzten Tagen hatte Heath nicht alle Sinne beisammen gehabt – verdammt, auch in den letzten zehn Jahren nicht.

Es galt, einen weiteren auf der langen Liste der Momente zu notieren, in denen Heath Sangram Scheiße gebaut hatte.

»Das macht 260, Chef.«

Trotzdem stand Heath nicht so neben sich, dass er den plötzlichen Preisanstieg nicht bemerkt hätte. »Am Telefon hieß es 240.«

Der Mann grinste und zeigte seine spitzen gelben Zähne. »Benzingeld. Die Frauen am Telefon vergessen immer das Benzingeld.«

»Tja, ich habe keine 260«, sagte Heath.

Der Typ machte ein schnalzendes Geräusch und legte dann sein Gesicht in Falten, so als sei er tief in Gedanken versunken. »Wie viel haben Sie denn?«

Heath seufzte. Er kam einfach nicht darüber hinweg, wie wenig geil er war. Der Anblick der Nutte und ihrer mächtigen Titten löste bei ihm nicht einmal ein Zucken im Schritt aus. Er hatte nur angerufen, weil er … einsam, wütend war? Weil er dachte, er sollte wenigstens noch einmal vögeln, bevor er sich das Hirn wegpustete?

»Die Sache ist die«, gestand Heath, »dass ich gar kein Geld habe.«

Der Typ runzelte die Stirn, wodurch er aussah wie eine Ratte. »Was soll'n das heißen, du hast kein Geld?«

»Nun, meine hinterhältige Frau hat mich rausgeschmissen, weil ich meinen Job verloren habe, und …«

»Deine Probleme interessieren mich nicht, Mann. Vervollständige einfach folgenden Satz: Der Geldbetrag, den ich in meiner Brieftasche habe, beläuft sich auf …«

Dies war mit Sicherheit der Tiefpunkt in seinem Leben – einem Drecksack von einem Möchtegern-Zuhälter sagen zu müssen, dass Heath Sangram, der früher 150.000 Dollar im Jahr verdient hatte, gerade mal genügend Geld hatte, um sich eine Tasse Kaffee leisten zu können. »Achtzehn Dollar.«

Der Typ sah zu Hope hinüber, auf deren dicklichem, angemaltem Gesicht vollkommene Leere lag, und dann wieder zu Heath. »Willst du uns verarschen, Chef?« Er trat einen Schritt nach vorne.

»Hey, nein«, sagte Heath und machte einen Schritt zurück, stieß jedoch gegen die Tür. »Ich wollte nur …«

»Du wolltest nur was? Dachtest du, du könntest hinterher bezahlen? Hältst du uns für blöd? Nein, wir kassieren natürlich vorher, damit Hope nicht umsonst an irgendwelchen Schwänzen lutschen muss, denn, weißt du was, Chef, sie lutscht nicht gerne umsonst an Schwänzen. Genauso wenig, wie ich es mag, meine Zeit mit Wichsern wie dir zu vergeuden, die uns zu irgendwelchen Motels rauslocken und dann nicht genug Kohle haben, um uns zu bezahlen.«

Jetzt war der Kerl nur noch wenige Zentimeter von Heaths Nase entfernt. Heath atmete eine widerliche Mischung aus Tabakqualm, Schweiß und Gras ein. »Tut … mir leid?«

Heath sah die Faust nicht kommen, aber er konnte sie definitiv spüren. Er wurde von einem kieferzerschmetternden Schlag getroffen. Als er auf dem dreckigen, stinkenden Teppich lag, bekam er drei Tritte in die Magengegend, bevor er schließlich auch noch bespuckt wurde.

»Beschissener Versager«, sagte der Mann. Er rief Hope zu: »Durchsuch seine Brieftasche, der Typ schuldet uns was.«

Schmerzverzerrt und kurz davor, etwas zum herrlichen

Bouquet des Teppichs beizutragen, lag Heath in Fötusstellung zusammengekauert auf dem Boden. Er wollte nur noch, dass sie endlich abhauten; gleichzeitig wollte er sich wehren und sie davon abhalten, sein Geld zu klauen. Dann ging ihm jedoch dieser eine Gedanke durch den Kopf: Was für einen Unterschied macht das? Was für einen Unterschied macht es, ob er achtzehn Dollar in seiner Brieftasche hatte oder nichts? Er plante, morgen um diese Zeit längst tot zu sein – er hoffte nur, dass man im Himmel keinen Eintritt zahlen musste. Wenn doch, dann war er absolut, vollkommen und endgültig am Arsch.

Eine Weile lag er still da und lauschte den stumpfen schlagenden Geräuschen. Dann, als die Geräusche endlich verstummten, trat man ihm wieder gegen den Kopf. Er hörte, wie Hope mit seltsam gedämpfter Stimme »Arschloch« sagte, und dann gingen sie und knallten die Tür kräftig zu.

Heath blieb noch lange Zeit auf dem Boden liegen, und das Brummen des Kühlschranks klang wie ein Moskito in seinen Ohren. Einmal musste er sich übergeben. Dann, als er schließlich zu dem Ergebnis gekommen war, dass dies der Zeitpunkt war, dass er jetzt unmöglich noch tiefer fallen konnte, nahm er seine ganze Willenskraft zusammen, rappelte sich auf und humpelte zu seinem Koffer hinüber, um nach seiner Waffe zu suchen.

Heath hatte seine Waffe letztes Jahr gekauft – eine 657 Magnum, Kaliber 41. Laut Colin, seinem Bekannten aus dem Fitnessstudio, das Ultimative in Sachen »Heimsicherheit«. Wie passend oder ironisch es doch war, dass er sie gegen sich selbst einsetzen wollte, weil er eben jenes Haus verloren hatte, das er mit ihrer Hilfe hatte beschützen wollen.

Er wühlte sich durch seine hektisch eingepackten Klamotten, bis er sie fand. Er hielt sie ganz fest, legte sich aufs Bett, öffnete den Mund und wollte gerade mit seinen Lippen den kalten Edelstahllauf umschließen, als er jemanden weinen hörte. Er hielt inne.

Das Weinen kam aus dem Zimmer nebenan – es war eine Frau.

»Beschissenes Billigmotel mit seinen beschissenen Billigwänden«, sagte er, als das Weinen lauter wurde.

Er fragte sich, ob es sich um dieselbe Frau handelte, die er vorhin draußen hatte schreien hören, »die Hure«. War der Streit in Gewalt ausgeartet? Wenn dem so war, wieso hatte er dann nichts gehört? Wenn die Wände so dünn waren, dass er sogar jemanden weinen hören konnte, dann hätte er doch bestimmt gehört, falls jemand verprügelt worden war.

Hatte die Frau Heaths Zusammenstoß mit Hope und ihrem Beschützer gehört?

Wahrscheinlich, nahm Heath an.

Dann kam ihm ein anderer Gedanke. Vielleicht war sie wirklich eine Hure und hatte heftige Gewissensbisse. Sie hatte gerade einen Freier gevögelt und erinnerte sich plötzlich an ihre Zeit in der katholischen Mädchenschule, und nun war sie wegen dem, was aus ihr geworden war, voller Schuld und Hass auf sich selbst.

Heath war auf eine katholische Jungenschule gegangen, und er wusste ein oder zwei Dinge über Schuld.

Vielleicht sollte ich rübergehen, damit wir gemeinsam unser beschissenes, sündiges Leben beweinen können. Vielleicht macht sie's mir ja umsonst, als Dankeschön, als allerletztes Geschenk.

Oder noch besser – sie könnte auch abhängig sein und vielleicht ein bisschen Koks haben.

Vergiss es, Kumpel. Keine Crackhure ist so großzügig. Gratissex vielleicht. Gratiscrack – vergiss es.

Der Revolver fühlte sich schwer in seinen klammen Händen an, als Heath an seine Zeit als Christ und seine alte Angst vor der Hölle und dem Leben nach dem Tod zurückdachte. Als Kind hatte er oft nachts im Bett gelegen und sich vorgestellt, wie die Hölle wohl aussehen mochte, denn wie alle anderen, die er kannte, sündigte er ununterbrochen, sodass er mit Sicherheit in die feurigen Gräben hinabfahren würde. Er fluchte, er dachte an Mädchen, er log, er masturbierte – er tat all die Dinge, die als falsch galten, sich aber so verdammt gut anfühlten.

Im Lauf der Zeit vergaß er irgendwann die Verdammnis und gab sich diesen Lastern voll und ganz hin. Allerdings legte er noch einen drauf und dachte nicht nur an Mädchen, er fickte sie auch – und nicht nur eine, manchmal auch zwei oder drei gleichzeitig. Und anstatt nur zu fluchen, stieg er die Karriereleiter immer weiter hinauf, was, wie er annahm, einem kategorischen »Fickt euch!« an seine Mitmenschen gleichkam. Und was das Lügen anging – darauf hatte er sein Leben aufgebaut.

Aber diese Sünde, dieser selbstsüchtige, amoralische Akt der Selbsttötung, war sogar für ihn neu, und auch wenn er nicht mehr an Gott, ein Leben nach dem Tod oder an die Hölle glaubte, legte er die Pistole wieder hin.

Er wollte voll und ganz bereit sein, wenn er die Tat ausführte, und einer Frau durch die Wand eines billigen Motels beim Heulen zuzuhören, waren nicht gerade die Umstände, die er sich für sein Dahinscheiden aus dieser Welt, so beschissen sie auch sein mochte, vorstellte.

Zuerst mal brauchte er was zu trinken. Also holte er die Flasche Cuervo wieder hervor – er beglückwünschte sich dazu, sie sicher verstaut zu haben, bevor diese beiden Diebe aufgetaucht waren – streckte sich auf dem Bett aus und kippte einen Schluck Tequila.

Er rann mit Leichtigkeit seine Kehle hinunter, und so schickte er gleich noch ein paar Schlucke hinterher.

Vorsichtig, warnte er sich selbst. Er wollte sich nicht zu sehr volllaufen lassen; ein schlecht platzierter Schuss wäre eine Katastrophe. Er wäre lieber tot als ein sabbernder Pflegefall, der im Suff seinen Selbstmord versaut hatte.

Er gönnte sich einen letzten Schluck Tequila, bevor er die Flasche neben der Magnum auf dem Nachttisch abstellte.

Dann schloss er die Augen und wartete darauf, dass der Alkohol seine Nerven beruhigte und die Frau im Nebenzimmer aufhörte zu flennen.

Als er den Schrei hörte, glaubte Heath für einen Moment, er sei aus seinem eigenen Mund gekommen, aber als er erneut ertönte, wurde ihm klar, dass die Frau im Nebenzimmer den schrillen Schrei ausgestoßen hatte.

Er musste eingenickt sein, denn er erinnerte sich daran, dass er davon geträumt hatte, Glenda umzubringen, bevor der Schrei ihn aufgeschreckt hatte. Er sprang aus dem Bett, sein Körper wund und steif von den Schlägen, und ging ins Badezimmer. Er pinkelte, wusch sich die Hände, spritzte sich Wasser in sein brennendes Gesicht und trank so viel davon, dass ihm fast der Magen platzte.

Er trat aus dem Badezimmer und fiel sofort wieder aufs Bett. Die Wirkung des Alkohols war verflogen, er war wieder ganz zittrig. Er blickte zu der Wanduhr hinauf und sah, dass es drei Uhr sechzehn morgens war. Er hatte weniger als sieben Stunden, bevor er für eine weitere Nacht bezahlen musste oder in hohem Bogen rausgeworfen wurde, sodass er in seinem Wagen würde schlafen müssen.

Mit größter Mühe ergriff Heath die halbleere Tequilaflasche und nahm einen Mundvoll. Der Alkohol wirkte Wunder, beruhigte sofort seine Nerven und dämpfte den Schmerz in seinem Kiefer. Hinter ihm, auf der anderen Seite der Wand, schluchzte die Frau noch immer. Heath fragte sich, was der Grund für ihre Qualen war – was mochte jemanden wohl dazu bringen, so höllisch zu schreien, als würden ihm die Fingernägel ausgerissen?

Vielleicht hatte ihr Mann sie rausgeschmissen. Vielleicht saß sie im selben Boot wie Heath: kein Geld, keinen Job, kein Leben.

Es war seltsam tröstlich, daran zu denken, dass sich jemand ebenso elend fühlte wie er. Es nahm ihm ein wenig von seinem eigenen Schmerz. Er wusste, dass es falsch war, sich am Leid eines anderen Menschen zu laben, aber er konnte nichts an seinen Gefühlen ändern.

Das Weinen der Frau schien nicht schwächer zu werden; jedes tiefe, nasse Schluchzen war ebenso innig wie das vorige. Wenig später hörte er, dass das Heulen von Worten unterbrochen wurde, aber er konnte nicht verstehen, was sie sagte. Die schmutzigen weißen Wände lagen zwar nur eine Stufe über schlichtem Papier, aber *so* dünn waren sie auch wieder nicht.

Er dachte darüber nach, hinüberzugehen und sie zu fragen, ob er ihr Gesellschaft leisten sollte. Vielleicht konnte sie ja auch einen Schluck gebrauchen – vielleicht sogar die Waffe.

Wenn ihr Leben, ebenso wie seines, vorbei war, wenn sie keinen Funken Licht am Ende des sprichwörtlichen Tunnels mehr sah, würde sie sich vielleicht über die Möglichkeit eines

Kopfschusses freuen. Er wusste jedenfalls, dass er, so, wie er sich momentan fühlte, dankbar dafür wäre, wenn jemand an seine Tür klopfen würde und Alkohol und eine Lösung dabei hätte.

Drauf geschissen, wieso nicht?

Er ließ noch mehr Tequila seine Kehle hinunterströmen, sprang aus dem Bett und schnappte sich die Pistole. Er steckte den Revolver vorne in den Hosenbund, bedeckte die Beule mit seinem Hemd und trat an die Tür.

Draußen wurde er von einer kühlen Brise begrüßt. Heath nahm sich einen Augenblick Zeit, um die knackige Luft des frühen Morgens einzuatmen.

Die Welt schien totenstill. Abgesehen vom gedämpften Weinen der Frau war alles ruhig. Er konnte noch nicht einmal Autos auf der nahen Straße vorbeifahren hören.

Er war an einen gewissen Lärmpegel gewöhnt – Leute, die sich unterhielten, klingelnde Telefone, piepsende Faxgeräte. Selbst wenn er noch spät abends im Büro arbeitete, hatte er immer das Radio angemacht, Musik aufgelegt oder den Fernseher laufen lassen. Er mochte Lärm; er half ihm beim Denken. Die fehlenden Geräusche vergrößerten Heaths Nervosität nur.

Er ging die paar Schritte zur Nachbartür, wechselte die Tequilaflasche in die linke Hand und wollte gerade an die Tür von Zimmer 15 klopfen, als er hörte: *Gott, wenn du da oben bist, tue das Richtige und bestrafe ihn. Er verdient es nicht, zu leben. Er hat gesündigt, und dafür muss er bezahlen …* Den Worten folgte eine weitere Runde qualvoller Schluchzer.

Heath wich zurück. Er fühlte sich, als habe man ihm in die Eier getreten.

Hatte sie von ihm gesprochen?

Sicher nicht.

Das war nicht möglich – sie hatten sich nie getroffen.

Es klang aber ganz so, als spreche sie von ihm!

Er verdient es nicht, zu leben. Er hat gesündigt, und muss dafür bezahlen …

Heath wurde plötzlich schwindelig. Er wirbelte herum und stürzte zum Balkongeländer. Er lehnte sich darüber und erwartete eigentlich, dass er die unten stehenden Autos mit einer halben Flasche erbrochenen Tequilas begießen würde, aber seine Übelkeit verflog wieder und er holte so tief Luft, dass ihm die Kehle schmerzte. Er blieb stehen, blickte ungefähr zehn Minuten über den Parkplatz des Motels und das verschlafene Städtchen Goulburn. Er versuchte zu verdauen, was er eben gehört hatte und sich davon zu überzeugen, dass die Frau sich mit Gott nicht über ihn unterhalten hatte. Sie musste von jemand anderem gesprochen haben – vermutlich von der Person, die sie so zum Weinen gebracht hatte.

Trotzdem gelang es Heath nicht, ihre Worte aus seinem Kopf zu verbannen. Er konnte nicht anders, als sich zu fragen, ob sie vielleicht ein Zeichen von ganz oben gewesen waren.

Er trank noch mehr Tequila, drehte sich um und dachte: *Ich sollte sie fragen. Ich sollte an die Tür klopfen, und wenn sie öffnet, sollte ich sie ganz direkt fragen: ›Haben Sie von mir gesprochen? Denken Sie, ich verdiene, zu sterben? Denken Sie, meine Sünden verdienen diese Art der Bestrafung?‹*

Sein Mund war trocken, und er nahm noch einen Schluck Cuervo.

Als er jung war, hatte er Gott oft um ein Zeichen dafür gebeten, dass er tatsächlich existierte. Er hatte gebetet, gebettelt, gefleht und, als er ein wenig älter war, gehandelt, aber er hatte rein gar nichts bekommen.

Vielleicht hatte er jetzt endlich eines erhalten.

Es gab nur einen Weg, das herauszufinden.

Heath trat wieder an die Zimmertür der Frau. Er lehnte sich zur Tür und lauschte.

Drinnen war alles ruhig: kein Weinen, kein Reden, nur Stille.

Er stürzte noch mehr Tequila hinunter und verschüttete etwas auf seinem Hemd.

Vorsicht, gleich bist du wieder besoffen.

Er wollte die Frau nur ungern stören, falls sie schlief. Und davon abgesehen: Wollte er wirklich ehrlich wissen, ob die Frau von ihm gesprochen hatte?

Vielleicht blieben einige Dinge besser ungeklärt.

Scheiß drauf. Ich bin nur paranoid. Sie hat nicht von mir gesprochen. Da ist unmöglich.

Mit schwerem Kopf und müden Augen taumelte Heath wieder zu seinem Zimmer hinüber, griff nach dem Türknauf und drehte ihn um. Die Tür weigerte sich stur, aufzugehen.

Er blickte auf die Zimmernummer, um sich zu vergewissern, dass er nicht zu weit über den Balkon getorkelt war.

Die Nummer 16 starrte ihn an, lachte ihn aus, machte sich über ihn lustig.

Er drehte erneut am Türknauf; rüttelte und zog wie wild daran, aber die Tür blieb verschlossen.

Er warf den Kopf zurück und lachte und weinte gleichzeitig – etwas, das er bis zu diesem Moment immer für unmöglich gehalten hatte.

Du bist wirklich total im Arsch. Erst wirst du aus deinem eigenen Haus geworfen, dann sperrst du dich aus deinem Motelzimmer aus. Du verdienst es nicht, zu leben. Die Welt wäre besser dran ohne Heath Sangram, der nur Scheiße baut.

Verschwitzt und klebrig von dieser bescheidenen Anstrengung, taumelte Heath rückwärts, prallte gegen das Geländer und schüttete wunderbar wohltuenden Tequila in seine Kehle. Er trank, was noch in der Flasche war, und ließ sich auf den Boden fallen.

Der Griff der Waffe bohrte sich in seine Rippen.

Er ließ die leere Flasche Cuervo los und hörte, wie sie über den Balkonboden rollte und gegen die Wand prallte.

Er tastete nach dem Revolver und zog ihn aus der Hose. Mit einem Arm, der sich anfühlte, als bestehe er aus Ziegelsteinen, führte er die Waffe an seine rechte Schläfe, aber irgendetwas – Erschöpfung? Trunkenheit? Gott? – kam dazwischen. Er verlor das Bewusstsein, bevor er den Abzug drücken konnte.

Er wurde von Licht geweckt, aber es war kein Sonnenlicht. Es war heller als Sonnenlicht und irgendwie reiner, aber es tat ihm nicht in den Augen weh, als er in die Strahlen blickte.

Er versuchte, sich zu bewegen, aber ihm war, als klebe er fest.

Eine Gestalt trat aus dem Licht – sie schien auf ihn zuzuschweben.

»Hallo?«, sagte Heath. Zumindest dachte er, er hätte es gesagt

– er war sich nicht sicher, ob die Worte auch wirklich über seine Lippen gekommen waren.

Heath blickte mit trüben Augen auf, als die Gestalt vor ihm stehen blieb. Er sah eine Frau von unendlicher Schönheit und Reinheit, die ein Ring aus glänzendem Licht umrahmte. Sie schien nur einen Hauch über dem Boden zu schweben.

Sie begann zu sprechen, aber Heath konnte nicht verstehen, was sie sagte. Nicht, dass das eine Rolle spielte – ihre Stimme klang wohltuend, beinahe kindlich, und sie erfüllte ihn mit glühender Wärme.

Vielleicht träume ich ja, dachte er.

Wenn es ein Traum war, dann der beste, den er je gehabt hatte.

Wenn er wirklich träumte, dann wollte er nie mehr aufwachen.

War das das Zeichen, nach dem er sich immer gesehnt hatte? Sprach Gott endlich zu ihm?

Das ätherische Wesen streckte einen Arm nach ihm aus.

Wärme strahlte durch Heaths Körper.

Er konnte spüren, wie ihre heilenden Kräfte durch jede Faser seiner Seele flossen und hörte sich sagen: *Heilige Mutter Maria? Bist du gekommen, um dich um mich zu kümmern?*

Die Gestalt begann wieder zu sprechen, und ihre Worte durchströmten ihn wie eine warme Sommerbrise. Dann richtete sie sich wieder auf, drehte sich um und segelte davon, und sie nahm die Wärme und das Licht mit sich …

Heath erwachte mit dröhnenden Kopfschmerzen und dem Bedürfnis, sich zu übergeben. In derselben Sekunde, in der er die Augen öffnete, fuhr er blitzschnell auf und spuckte saures, wässriges Erbrochenes über sich selbst und den Boden des Motelbalkons.

Als diese Unannehmlichkeit überstanden war, hatte er einen widerlichen Geschmack im Mund und noch schlimmere Kopfschmerzen.

»Ist alles okay?«, fragte eine hohe, stockende Stimme.

Immer noch im Sitzen und unfähig aufzustehen, solange die Welt sich weiterdrehte, wischte Heath sich den Mund ab und blickte zu einer kleinen asiatischen Frau hinauf, die vor der offenen Tür von Zimmer 15 stand, eine Hand an ihrem Reinigungswagen, während sie mit der anderen ein paar Putztücher gegen ihre Brust drückte, die Augen vor Angst und Abscheu weit aufgerissen.

»Soll ich einen Arzt für Sie rufen?«

Heath schüttelte den Kopf, bedauerte dies aber sofort.

»Mir … geht's gut«, sagte er und spuckte einen Klumpen Schleim aus. »Nur eine üble Nacht.«

»Wohnen Sie im Motel?«, fragte das Zimmermädchen.

Heath musste sich anstrengen, um sich zu erinnern. Schließlich nickte er sehr, sehr vorsichtig.

»Zimmer … Zimmer 16.«

Und genau in dem Moment traf ihn die Erinnerung an die letzte Nacht wie ein Blitz: wie er aus dem Zimmer getreten war, um die Frau in Zimmer 15 zu besuchen; wie sie mit Gott über ihn gesprochen hatte – oder über jemand anderen; wie er sich aus seinem Zimmer ausgesperrt hatte; sein bizarrer Traum von der Jungfrau Maria; und dass er sich das Gehirn hatte wegpusten wollen, dann aber eingeschlafen war …

Die Waffe!

Heath schaute sich um, konnte seine Magnum aber nirgendwo entdecken. Er sah die leere Flasche Jose Cuervo neben seiner Tür liegen, aber keine Waffe.

Wut stieg in ihm auf. Nicht nur, dass die Waffe teuer gewesen war, sie war vor allem von größtem Nutzen für Heath.

»Ist … alles in Ordnung?«, fragte das Mädchen, blieb aber in sicherer Entfernung hinter ihrem Wagen stehen und sah aus, als sei sie bereit, im Ernstfall sofort wegzurennen.

Hör auf, das zu fragen! Siehst du denn nicht, dass hier gar nichts in Ordnung ist? Scheiße, wo ist meine Waffe?

Heath öffnete den Mund, um das Mädchen zu fragen, ob sie seine Waffe gesehen habe, aber dann dachte er, es sei besser, ihr nicht noch mehr Angst einzujagen, als sie ohnehin schon hatte.

»Äh, ja, alles in Ordnung«, antwortete er und versuchte aufzustehen.

Er war sehr wacklig. In seinem Kopf drehte sich alles, und er übergab sich erneut, dieses Mal über das Balkongeländer und auf einen Geländewagen, der darunter stand, aber wenigstens gelang es ihm, auf den Beinen zu bleiben.

»Ich sollte wohl besser den Manager holen«, sagte das Mädchen und warf die Putzlappen auf den Wagen.

»Nein, warten Sie«, sagte Heath. »Wie spät ist es?«

»Fast sieben.«

Das Mädchen sah Heath an, als habe er tatsächlich eine Waffe und ziele damit direkt auf sie.

»Und die Frau, die in Zimmer 15 gewohnt hat, ist die weg?«

Sie nickte schnell.

»Wann ist sie gegangen?«

»Gegen halb sieben.«

Heath fragte sich, ob die Frau wohl seine Waffe mitgenommen hatte.

Nein, sicher nicht.

Aber wo war sie dann?

Vielleicht hatte das Zimmermädchen sie sich geschnappt, kurz bevor er aufgewacht war, weil sie dachte, dass er sie damit bedrohen würde.

Er hielt das erste Szenario für wahrscheinlicher.

»Hören Sie«, seufzte Heath. »Könnten Sie mir einen Ersatzschlüssel für mein Zimmer bringen? Ich muss meine Sachen holen.«

Mit einem weiteren Nicken eilte das Mädchen den Balkon entlang und die Treppe hinunter.

Heath wusste, dass es äußerst wahrscheinlich war, dass sie dem Manager von dem dreckigen Kerl erzählen würde, der über den Balkon gekotzt hatte, und dass dieser wiederum die Bullen rufen würde.

Wen interessiert's?, dachte er, als er zur Tequilaflasche hinüberwankte. Er hob sie auf – sie war vollkommen leer. »Verdammt«, sagte er und ließ die Flasche wieder fallen.

Na und, dann kamen die Bullen eben und nahmen ihn mit.

Er konnte nirgendwo hingehen und hatte nichts mehr, wofür es sich zu leben lohnte.

Er hatte noch nicht mal mehr eine Waffe.

In einer Gefängniszelle zu schlafen, war vermutlich gemütlicher als im Auto – und sie war definitiv geräumiger. Außerdem würde er kostenlos etwas zu essen bekommen.

Als er sich gegen die Tür lehnte, fühlte sich sein Magen an, als habe er hundert äußerst hungrige Kakerlaken verschluckt. Er schaute zur offenen Tür von Zimmer 15 hinüber, in dem die verzweifelte Frau (bzw. Jungfrau Maria oder Waffendiebin) gewohnt hatte und hoffte, dass sie wirklich die Polizei rufen würden.

Glenda hatte die ganze Zeit recht gehabt – er war wirklich ein Versager.

GEORGE UND MARTHA, DAS PÄRCHEN

Sie saß gegen einen Eukalyptusbaum gelehnt, ihre Hände ruhten auf einer abgenutzten alten Baseballmütze, die in ihrem Schoß lag, ihre Augen waren geschlossen und ihr Haar nass vom ständig einsetzenden und abreißenden Regen, der den Autofahrern schon den ganzen Morgen Schwierigkeiten machte – und sie schnarchte. Sie trug eine rosafarbene Uniform – eine, wie sie Kellnerinnen oder Putzfrauen tragen. Wie dem auch sei, sie schlief neben einem der meistbefahrenen Highways Australiens, mitten an einem nassen Frühlingstag. Eine Elster pickte an ihrem Rucksack, der wie ein treuer alter Hund neben ihr saß.

George wollte sie nicht aufwecken, aber er würde sie auch nicht irgendeinem Psychopathen als Beute überlassen. Er wusste besser als die meisten, dass es davon mehr als genug gab.

Er hockte sich neben sie – und dabei spürte er jedes der 74 Jahre, die in seinem Körper steckten – und schüttelte sie sanft.

Die Frau schreckte hoch und verscheuchte dabei die Elster. Wie ein Kaninchen, das von einem Fuchs überrascht wird, wich sie vor George zurück und keuchte: »Lassen Sie verdammt noch mal die Finger von mir, Sie Perverser.« Dann fügte sie hinzu: »Was wollen Sie?«

George hatte eine solche Reaktion erwartet, also lächelte er trotz der dröhnenden Kopfschmerzen, die ihn seit der vergangenen Nacht plagten. (Seine Kopfschmerzen waren zwar in letzter Zeit nicht so schlimm gewesen, aber wenn er diese als Vorzeichen bewerten sollte, kamen sie wohl mit ihrer alten Vehemenz zurück.) Er sagte: »Ich will Ihnen nicht wehtun. Ich bin nur vorbeigefahren und habe Sie hier schlafen sehen; und ich fand, es wäre besser, wenn Sie das hier nicht täten.«

Die Frau sah ihn argwöhnisch an. »Ja, na und? Ist das gegen das Gesetz?«

»Nun …«

Nein, du bist kein Polizist mehr. Sie schadet ja niemandem.

George wollte gerade hinzufügen: »Nun, ich bin nicht sicher«, als er von einem heftigen Hustenanfall geschüttelt wurde. Er wandte sich ab, keuchend und röchelnd, sein mächtiger Körper von Schmerzen gequält, während sich in seinem Mund der kupferartige Geschmack von Blut ausbreitete. Als es vorbei war, drehte er sich wieder zu der Frau um, entschuldigte sich und sagte: »Und, ist Ihr Wagen liegen geblieben oder …?«

»Was geht Sie das an?«

»Ich bin nur ein besorgter Mitbürger. Neben dem Highway zu schlafen ist ein gefährliches Hobby … in vielerlei Hinsicht.«

»Ich kann auf mich selbst aufpassen.«

»Da bin ich mir sicher«, entgegnete George lächelnd und versuchte, die Übelkeit zu verbergen, die ihn überkam. »Aber erinnern Sie sich an die Backpacker-Morde? Ich bin sicher, dass Sie nicht wie diese armen Menschen enden wollen.«

Die Frau sah an George vorbei auf den Highway. »Wo ist *Ihr* Auto?«

Er hob einen knochigen Arm und zeigte in Richtung des Rastplatzes, der ein paar hundert Meter entfernt lag. »Mein Wohnmobil steht da hinten.«

»Wohnmobil?«

George nickte. »Ich kann Sie mitnehmen, wenn Sie möchten.« Als er spürte, dass die ersten Tropfen eines neuerlichen Frühlingsschauers auf seine wollene Golfkappe fielen, musste er erneut heftig husten. Dieses Mal spukte er Blut, und er tat es so diskret wie möglich, wobei er der Frau seinen Rücken zukehrte. Als er sich wieder umdrehte, die Lippen rot umrandet, sah die Frau ihn eher besorgt als wachsam an.

»Sind Sie okay?«

»Ja, ja, alles gut«, versicherte George. »Sie sollten sich entscheiden, Miss. Ich will mir keine Erkältung einfangen.« Ein schwarzer Sinn für Humor, bis zum bitteren Ende.

»Also, ich will eigentlich nirgendwo Bestimmtes hin«, sagte sie. »Ich habe mir ein paar Tage freigenommen … ich reise nur so durch die Gegend und schaue mir das Land an.«

»Haben Sie kein Auto?«

»Es ist in der Werkstatt. Ich hatte letzte Woche einen Unfall, ziemlich schlimm. Mein Auto war beinahe ein Totalschaden. Ich war ohnehin reif für Urlaub, also hat mein Chef gesagt, ich soll mir freinehmen und mich von dem Unfall erholen.«

»Hätten Sie nicht mit dem Zug oder mit dem Bus fahren können?«

»Das kann ich mir nicht leisten. Mein ganzes Geld steckt in der Autoreparatur. Es wird erst in ein paar Wochen fertig sein, bis dahin muss ich mich transportmäßig auf meine Füße verlassen.«

»Also, mein Wohnmobil ist schön gemütlich, und Sie müssten nicht durch diesen Regen wandern. Das Angebot steht, wenn Sie es annehmen wollen.«

»Okay«, sagte sie und hob ihren Rucksack und ihre Mütze vom Boden auf.

Ihre Haltung hatte sich von defensiv und wachsam zu entgegenkommend gewandelt. Auch ihr Gesicht hatte sich verändert; es war noch immer schrecklich hager, und sie sah kränklich blass und beinahe so aus, als sei sie eben erst von den Toten wiederauferstanden, aber wenigstens wirkte sie etwas entspannter.

»Ich bin George«, sagte er, während er sich in Richtung Rastplatz aufmachte.

»Krista«, erwiderte sie, folgte ihm und stopfte die Mütze in ihren Rucksack.

»Wo arbeiten Sie?«

»Conrad's.«

»Kenne ich nicht.«

»Das ist ein kleines Restaurant in Holbrook.«

»Leben Sie da?«

»Jep.«

»Wie lange arbeiten Sie schon in dem Restaurant?«

»Etwa einen Monat.«

»Die haben Ihnen nach nur einem Monat Urlaub gegeben?«

»Es sind nette Leute. Ich kenne die Besitzer schon seit einer Weile, und nach dem Unfall und so … nun, sie waren einfach froh, dass ich nicht getötet wurde.«

»Ich wette, man trifft jede Menge interessante Leute, wenn man im Restaurant arbeitet.«

»Nach einer Weile verschwimmen die Leute irgendwie zu

einem einzigen fremden Gesicht. Man nimmt einzelne Personen gar nicht mehr richtig wahr und konzentriert sich einfach darauf, seinen Job zu erledigen.«

Je mehr Krista sprach, desto mehr beunruhigten George ihre Stimme und ihr Verhalten – es schien, als sei alles Leben aus ihr gewichen. Die einzigen anderen Menschen mit so wenig Lebensfreude, die er je getroffen hatte, waren Drogensüchtige. Selbst die Menschen, die er im letzten Jahr im Krankenhaus kennengelernt hatte, hatten mehr Elan als diese Frau.

Vielleicht stand sie immer noch ein wenig unter Schock von dem Unfall – wenn es überhaupt einen Unfall gegeben hatte. Es war nur so ein Gefühl, aber er glaubte nicht, dass sie ihm die Wahrheit darüber erzählt hatte, weshalb sie ohne Auto unterwegs war. Sie war eine seltsame, verschlossene Person. Punkt.

Sie erreichten den Lkw-Parkplatz des Rastplatzes. Georges Apollo Euro Cruiser war das einzige Fahrzeug dort. Als er Krista darauf zuführte, sagte er: »Von außen sieht es vielleicht nicht nach allzu viel aus, aber da können drei Personen drin schlafen. Es hat alle Annehmlichkeiten, die ein alter Trottel wie ich braucht: Fernseher, Mikrowelle, Herd, Dusche, Toilette, Kühlsch…«

Er hustete wieder, nass und qualvoll. Die Kopfschmerzen wurden schlimmer, ebenso die Übelkeit und die Müdigkeit. »Kühlschrank«, endete er und öffnete die Tür. Krista stieg in sein Wohnmobil. Er folgte ihr nach drinnen, und sofort schlang sich die Wärme um seinen zitternden Körper.

George schloss die Tür und sah sich im Wohnmobil nach Martha um, aber es war niemand zu sehen, also nahm er an, dass sie auf der Toilette war.

»Martha, ich bin wieder da. Und ich hab Besuch mitgebracht.«

Hinter der geschlossenen Toilettentür sagte seine Frau: »Das ist schön, Schatz. Ich bin gleich bei euch.«

»Martha, wer ist Martha?«, fragte Krista, und dabei sah sie sowohl verwirrt als auch ein wenig verärgert aus.

»Meine Frau, Martha. Ich habe Ihnen doch von ihr erzählt.«

»Nein, haben Sie nicht.«

George öffnete den Mund, um ihr zu widersprechen, aber er schloss ihn sofort wieder. Hatte er Martha Krista gegenüber erwähnt? Er konnte sich nicht erinnern. »Nun, äh, vielleicht auch nicht. Tut mir leid, ich bin mit meiner Frau unterwegs. Ist … das ein Problem?«

Krista blickte über ihre Schulter und starrte ein paar Augenblicke auf die Tür, bevor sie sich wieder zu George umdrehte. Sie seufzte. »Das ist kein Problem.«

»Na, da bin ich ja froh. Ich will ja nicht, dass Sie gleich wieder wegrennen, wo Sie doch eben erst hereingekommen sind.«

Die Toilettenspülung wurde betätigt, und wenig später erschien Martha mit ihrem sanften, herzlichen Lächeln auf den Lippen. »Hallo.« Sie wusch sich die Hände im Waschbecken neben der Toilette und trocknete sie mit einem Geschirrtuch ab. Sie streckte eine Hand aus, während sie die paar Schritte auf Krista zuging. »Ich bin Martha. Freut mich, Sie kennenzulernen.«

Mürrisch reichte Krista ihr die Hand. »Krista.«

Martha drehte sich, immer noch lächelnd, zu George um. Er konnte in ihren Augen lesen, als seien es seine eigenen. Die meisten Menschen hätten darin nur reine Freude gesehen, aber George erkannte auch Unruhe und Besorgnis, die sowohl ihrem Ehemann als auch ihrem neu eingetroffenen Gast galten. Martha wusste ebenso gut wie George, dass Krista irgendetwas Merkwürdiges an sich hatte, und sie teilte ihm all ihre Bedenken in diesem einen Blick mit.

Martha war noch immer eine attraktive Frau – zumindest war George dieser Ansicht. Ihr Haar war ergraut und momentan etwas zerzaust, und ihre Jogginghose und ihren Pullover hatte sie sicher eher aus Gemütlichkeits- als aus modischen Gründen ausgewählt, aber nichts davon spielte für George eine Rolle. Es waren Marthas Humor, ihr gutes Herz und, wie er im letzten Jahr hatte entdecken dürfen, ihre Stärke, für die er sie liebte.

»George hat Sie neben dem Highway gesehen und fand, es sei nicht sicher für eine Frau, so ganz allein da draußen. Das ist der Polizist in ihm; er mag nicht mehr im Dienst sein, aber er wird im Herzen immer Polizist bleiben.«

»Martha …«, seufzte George.

Martha warf ihm ein schiefes Lächeln zu. »Was ist denn? Ich

habe Krista doch nur erklärt, weshalb wir angehalten und sie gefragt haben, ob sie mitfahren möchte.«

»Sie waren Polizist«, sagte Krista.

Es war weniger eine Frage als eine Feststellung, und sie verbarg ihre Verachtung unter einem sehr dünnen Schleier.

»Ja. Martha teilt das immer gerne allen mit. Aber das ist lange her.«

George bevorzugte es, dieses Detail aus seiner Vergangenheit nur preiszugeben, wenn jemand es unbedingt wissen musste – und Krista musste es nicht wissen. *Wollte* es nicht wissen, wenn man sich ihren Gesichtsausdruck anschaute: Sie sah aus, als habe sie gerade in eine Zitrone gebissen.

»Er ist so bescheiden. Er mag es nicht, wenn ich mit ihm angebe, das ist alles. Aber was soll's, ich kann nun mal nichts dagegen tun, dass ich so stolz auf ihn bin. Polizist ist ein ehrenwerter Beruf. Und mein George war einer der Besten.«

»Martha, wirklich, Krista möchte das nicht hören.« Er schaute zu seiner Frau hinüber und bat sie stumm, nicht mehr darüber zu reden. Sah sie denn nicht, wie unangenehm Krista das war?

»Also schön«, sagte Martha. »Entschuldigen Sie, meine Liebe. Dann gebe ich Ihnen mal eine kleine Führung. Falls Mr. Griesgram nichts dagegen hat.«

George nickte. »Ich setze mich hin und schaue euch zu.« Er ließ sich in die Sitzecke fallen und legte seine zitternden Hände auf den Tisch.

Martha warf ihm einen Blick zu, der sagte: »Du strengst dich zu sehr an, deshalb fühlst du dich jetzt erschöpft, also leg dich besser hin, bevor du dir wieder richtig leidtust«, und dann drehte sie sich lächelnd zu Krista um.

»Gut, da hinten ist die Toilette, da ist nur ein kleines Waschbecken drin. Daneben ist die Dusche.« Sie drehte sich zum vorderen Bereich um. »Links sind die Mikrowelle, der Fernseher und der Herd. Über dem Führerhaus ist das Doppelbett, in dem George und ich schlafen, und der Tisch, an dem George sitzt, lässt sich zu einem ziemlich gemütlichen Einzelbett umklappen. Wir haben Saft, Bier, Obst, Milch, Schokolade und Butter im Kühlschrank; Tee, Kaffee, Zucker, Müsli, Brot,

Thunfischdosen und Cremetörtchen sind im Schrank unter dem großen Spülbecken.«

»Martha, sie wohnt nicht bei uns«, sagte George, der Schwierigkeiten hatte, wieder zu Atem zu kommen. »Sie muss nicht wissen, wo sie jedes einzelne Teil findet. Wir wissen ja noch nicht einmal, wohin sie möchte.«

»Ich wollte nur gastfreundlich sein«, erwiderte Martha.

»Das ist wirklich nett«, sagte Krista. »Aber ich gehe vielleicht wirklich gleich wieder. Ich möchte Ihnen beiden keine Umstände machen.«

»Unsinn«, sagte Martha und fasste Krista am Arm.

Krista zuckte zusammen. Es schien ihr noch unangenehmer zu sein als die Tatsache, dass George einst Polizist gewesen war.

»Seien Sie nicht albern. Wir können Sie nicht wieder in den Regen rausschicken. Sie machen uns keine Umstände, stimmt's, George?«

George hatte Mühe, die Augen offen zu halten. Er fühlte sich schrecklich erschöpft, und das Licht – so schwach es auch war – das von draußen hereinfiel, tat ihm in den Augen weh. Das Fahren hatte ihn mehr angestrengt, als er erwartet hatte. »Nein, Sie machen keine Umstände.«

»Wohin möchten Sie denn, Liebes?«

Mit halboffenen Augen sah George, dass Krista erneut zur Tür blickte und dann Marthas Hand auf ihrem Arm ansah. »Wohin fahren Sie denn?«, fragte sie.

»In die Nähe von Tarcutta«, antwortete Martha.

»Na ja, Holbrook ist nicht so weit von dort weg, ich schätze also, wenn es Ihnen nicht zu viele Umstände macht, könnte ich mitfahren und Sie könnten mich in Tarcutta rauslassen.«

»Wir können sogar noch mehr tun als das«, sagte Martha strahlend. »Wir können Sie nach Holbrook fahren.«

Martha liebte es, Menschen zu helfen; je schlechter es ihnen ging, desto besser.

»Das müssen Sie nicht tun. Holbrook ist mindestens eine Stunde Fahrt von Tarcutta.«

»Wir haben Zeit, machen Sie sich darüber keine Sorgen.«

Sprich für dich selbst, dachte George mit schwerem Kopf.

»Na gut. Dann vielen Dank.«

»Nichts zu danken. Machen Sie es sich einfach bequem, wir fahren bald weiter.«

»Martha, hol Davey«, murmelte George, dem plötzlich bewusst wurde, dass er Davey schon eine Weile nicht mehr hatte lachen hören. »Ich glaube, er spielt draußen auf der Wiese.«

»Davey ist tot, George, weißt du nicht mehr?«

George wusste es nicht mehr, die Müdigkeit brachte alles in seinem Kopf durcheinander.

»Davey ... ist was?«

»Komm, ich glaube, du legst dich besser hin«, sagte Martha. Dann, so als spreche sie mit jemand anders, fügte sie hinzu: »Ich hab George gesagt, dass er nicht fahren soll. Aber hat er auf mich gehört? Natürlich nicht. Er ist zu stur. Aber ich lasse ihn nur tagsüber fahren – da bin ich sehr streng – und am liebsten am Morgen, wenn er noch nicht so erschöpft ist. Er fährt so gern, aber er schafft es nur noch an seinen guten Tagen. Es war eine gute Woche für ihn, aber ...« Martha räusperte sich und fügte dann mit eiserner Überzeugung in der Stimme hinzu: »Nun, er braucht ein bisschen Ruhe, das ist alles. Komm, George, bringen wir dich ...«

Marthas Stimme verhallte.

Kurz darauf war George eingeschlafen.

George hatte nicht geträumt, zumindest konnte er sich nicht daran erinnern. Als er erwachte, war es dunkel, er lag im Klappbett und das Wohnmobil bewegte sich. Er fragte sich, wie lange er wohl geschlafen hatte und weshalb Martha ihn nicht geweckt hatte, als sie die Farm erreicht hatten. Aber als sich der Nebel des Schlafes lichtete und seine Sinne langsam wieder zurückkehrten, sah er, dass alle Vorhänge zugezogen waren, auch der, der das Führerhaus vom Wohnbereich trennte. Durch den Vorhang vor dem Fenster über dem Bett sah er die Sonne aufblitzen.

Er entspannte sich ein wenig – ganz offensichtlich hatte er nicht lange geschlafen, und die Farm hatte er auch nicht verpasst.

Dann hörte er Stimmen hinter dem Vorhang, was ihn für einen Moment verwirrte, doch dann fiel ihm wieder ein, dass sie eine Frau mitgenommen hatten. Wie hieß sie noch gleich? Cassie? Christine?

Krista!

In letzter Zeit hatte er Schwierigkeiten, sich Dinge zu merken – Namen, Orte, an denen er gewesen war, bestimmte Erinnerungen. Er war sich nicht sicher, ob das nur am Alter lag oder ein Symptom seiner Krankheit war. Leider hatte er keinerlei Schwierigkeiten, sich daran zu erinnern, was der Grund dafür war, dass er sich so schwach fühlte.

Als er seinen Namen hörte, spitzte er die Ohren, während er auf dem harten Klappbett lag und der sanften, vertrauten Stimme seiner Frau lauschte: »... Lunge, und hat sich dann auf das Gehirn ausgebreitet. Er hat zu lange damit gewartet, seinen Husten untersuchen zu lassen, so lange, bis er Blut spuckte, und selbst dann musste ich ihn praktisch zum Arzt zerren. Männer, oder? Allesamt Sturköpfe. Und meiner ist der Schlimmste von allen. Als wir dann wussten, dass er Lungenkrebs hat, hat der Arzt seine anderen Organe untersucht, und natürlich hatte der Krebs sich unter anderem schon bis aufs Gehirn ausgebreitet.«

»Und wie lange ist das her?« Im Vergleich zu Marthas warmem Klang hörte sich Kristas Stimme leer an.

»Die ursprüngliche Diagnose bekam er im Februar 2003, also vor über anderthalb Jahren, aber krank war er schon vorher. Er hat Chemo- und Strahlentherapien bekommen, aber die haben ihn nur noch kranker gemacht. Also haben wir die Behandlungen abgebrochen und beschlossen, stattdessen durchs Land zu reisen. Wir haben das Haus verkauft, alles, was wir hatten, und uns dieses Monstrum zugelegt. George liebt es, ich finde es hässlich. Aber mir ist egal, wo wir sind oder wie wir dort hinkommen, solange ich George bei mir weiß, habe ich alles, was ich brauche.«

»Und wie geht es ihm heute?«

»Er hat gute Tage und nicht so gute Tage. Als wir Queensland letzten Monat verlassen haben, fühlte er sich schlecht, aber sobald er die Behandlung abgebrochen hatte, ging es ihm ein wenig besser. Das ist aber nur eine vorübergehende Besserung. Es wird wieder schlimmer werden. Es hat schon angefangen, das konnte ich sehen, als wir heute Morgen vom Campingplatz gefahren sind. Der Krebs hat sich zu stark und zu weit ausgebreitet. Bald wird er Sauerstoff brauchen und dann … nun, alles, was er sich wünschte, war, noch einmal die Farm zu besuchen, auf der er aufgewachsen ist, bevor es ihm zu schlecht geht. Das ist der wahre Grund für unsere Reise.«

»Und die Farm liegt in der Nähe von Tarcutta?«

»Genau. Anscheinend ist heute nicht mehr viel davon übrig, denn die Farm ist schon lange nicht mehr in Betrieb und das Letzte, was wir gehört haben, war, man wolle sie plattwalzen. Ein Jammer, denn nach allem, was George mir erzählt hat, war es wirklich eine schöne Farm.«

Das war sie allerdings, verdammt noch mal, dachte George und wischte sich ein paar Tränen aus den Augen.

Er hatte nicht weinen wollen und wusste nicht, weshalb er wie ein Kind heulte, dessen Hund gerade gestorben ist. Das Weinen ging bald in einen Hustenanfall über, der seinen schwachen Körper schüttelte. Er setzte sich auf, während seine Lunge das Gift ausstieß. Der Schmerz durchbohrte seine Brust und schoss bis in sein Gehirn. Ihm wurde furchtbar übel. Er sprang auf, schwankte zur Toilette, schloss die Tür und übergab sich. Was aus ihm herauskam, war ein wenig Schwarz und jede Menge Rot. Die Schmerzen waren entsetzlich stark und raubten ihm die letzten Kräfte.

Als sein Körper endlich aufhörte, sein Innerstes auszuspucken, kniete er auf dem Boden, legte seinen Kopf auf den Rand des Plastiktoilettensitzes und schloss die Augen.

Als die Übelkeit abnahm, stand George auf, spülte die widerlich riechende Masse die Toilette hinunter und verließ den viel zu kleinen Raum. Er wusch sich im Waschbecken neben der Toilette den Mund aus und spritzte sich ein wenig Wasser ins schweißnasse Gesicht und in den Nacken.

Da er sich nicht wieder hinlegen wollte und sich fragte, wie lange es wohl noch bis zur Farm dauern würde, wankte George durch das Wohnmobil zur Fahrerkabine, blieb jedoch stehen, als ihm einfiel, dass er seine Mütze nicht trug.

Wut und ein Gefühl der Verlegenheit stiegen bei dem Gedanken in ihm auf, dass Krista vielleicht seinen völlig kahlen Schädel gesehen hatte.

Verdammt, wieso hatte Martha sie auch ausziehen müssen? Sie weiß doch, dass ich es nicht mag, wenn Fremde mich so sehen.

Er sah seine graue Golfmütze auf dem Tisch neben der Mikrowelle liegen. Er setzte sie auf und fühlte sich sofort besser.

An der Fahrerkabine zog George genau in dem Augenblick die Vorhänge auf, als eine Werbetafel vorbeizog, die den Autofahrern mitteilte, in fünf Minuten kämen sie in den Genuss eines McDonald's.

Martha, die am Steuer saß, sagte: »Ah, hallo, Fremder.« Sie drehte sich zu ihm um und lächelte. Hinter ihrem Lächeln lag Angst. Sie sah wieder nach vorne. »Gut geschlafen?«

»Nicht schlecht«, antwortete er, wobei seine Stimme ebenso erschöpft klang, wie er sich fühlte. »Wie lange war ich denn weg?«

»Fast eine Stunde. Wir sind nicht mehr weit von der Farm weg – vielleicht noch fünfzehn Minuten. Es sei denn, jemand möchte bei McDonald's zu Mittag essen?«

Allein bei dem Gedanken, einen Burger oder Pommes Frites – oder überhaupt irgendetwas – zu essen, drehte sich George der Magen um. »Äh, nein, ich hab keinen Hunger.«

»Ich auch nicht«, sagte Krista. »Entschuldigung«, fügte sie hinzu und schnallte sich ab.

»Sie müssen nicht meinetwegen aufstehen«, versicherte George.

»Ich muss mal für kleine Mädchen.«

»Wissen Sie noch, wo es ist, Schätzchen?«

»Ja.«

George machte einen Schritt zur Seite, um Krista durchzulassen.

»Hüpf rüber«, forderte Martha ihn auf, als Krista gegangen war.

George ließ sich auf den Beifahrersitz fallen. Es regnete nicht mehr. Die Sonne schien, und alles glänzte.

»Du solltest wirklich etwas essen, Schatz«, sagte Martha in ihrer sanfteren, persönlicheren Stimme, die anders klang als die, in der sie sich mit anderen unterhielt. »Wie wär's, wenn ich dir ein Vegemite-Sandwich mache, wenn wir die Farm erreicht haben? Ich würde dir das Brot gern toasten, aber wir haben ja erst wieder auf dem Campingplatz in Gundagai Strom.«

»Ich kann jetzt nichts essen. Ich glaube nicht, dass ich das bei mir behalten könnte.«

»Ja, ich hab dich da hinten gehört. Geht's dir gut?«

»Nur die üblichen lustigen Spielchen.«

»Viel Blut?«

»Ja, ziemlich viel.«

Keiner von beiden sprach, bevor sie die Ausfahrt Gundagai und den McDonald's passiert hatten.

»Ich schätze, es musste bald wieder schlimmer werden«, sagte George. »Ich habe Krebs; der geht nicht einfach weg wie eine Erkältung. Bald werden auch die Anfälle wiederkommen.«

»Das weiß ich. Ich hatte nur gehofft ...«, seufzte Martha. »Ich weiß auch nicht, ich habe für ein Wunder gebetet und geglaubt, vielleicht, nur vielleicht, habe Gott meine Gebete ja erhört. Letzte Woche ging es dir so gut.«

George wandte seinen Blick von den grünen Hügeln ab und schaute Martha an. Liebe, süße Martha. Eine Frau, die in ihrem ganzen Leben nichts Falsches getan hatte. Sie hatte das nicht verdient. Sie verdiente einen Mann, der stark und immer für sie da war, immer für sie da sein würde, nicht so einen blassen, kränklichen Schatten von einem Mann, um den sie sich ununterbrochen kümmern musste. Sie hatte etwas Besseres verdient, und er hasste sich jeden Tag dafür, dass er ihr die Qualen zumuten musste, ihm beim langsamen, schmerzvollen Sterben zuzusehen.

»Wir schaffen das schon«, sagte George. »Ich bin ein zäher alter Mistkerl. So leicht lasse ich ihn nicht gewinnen.«

Martha, in deren Augen Tränen glänzten, lächelte. »Du bist ein zäher alter Mistkerl. Das hab ich auch zu Krista gesagt.«

»Ja, hab ich gehört.«

»Hast du?«

»Wieso musstest du ihr von mir erzählen? Und wieso musst du mir immer die Mütze ausziehen?«

»Es ist doch offensichtlich, dass du nicht gesund bist, Schatz. Sie hat es ganz allein herausgefunden, ich hab ihr nur ein paar Einzelheiten erzählt. Ich verstehe nicht, warum du unbedingt ein Geheimnis aus deiner Krankheit machen willst. Es ist nicht so einfach, so zu tun, als sei alles in Ordnung, wenn du dir auf der Toilette die Lunge aus dem Leib hustest.«

»Du hättest ihr sagen können, ich hätte die Grippe oder eine Lebensmittelvergiftung.«

Martha seufzte. »George Wilbur Hobbs, ich werde diese arme Frau nicht anlügen. Sie hat in ihrem Leben schon genug durchgemacht, sie muss sich nicht auch noch von einer alten Frau anlügen lassen, schon gar nicht, wenn sie so nett ist, sich die Farm mit uns anzusehen.«

»Sie kommt mit auf die Farm? Warum? Dort gibt es doch nichts, nur die Erinnerungen eines sterbenden Mannes.« George wusste, dass er sich wie ein weinerliches Kind anhörte, aber das war ihm egal. Das sollte eine persönliche Reise sein – er wollte nicht, dass eine Fremde darin eindrang, sie sollte etwas ganz Besonderes sein.

»Sie hat mich gefragt, ob es uns etwas ausmacht, wenn sie mit uns kommt und sie sich anschaut. Ich hab ihr gesagt, natürlich tut es das nicht.«

George hob die Schultern. Er hatte nicht die Kraft, sich deswegen mit ihr zu streiten. Er drehte sich um, sah in den Wohnbereich, wandte sich wieder nach vorne und sagte: »Was denn durchgemacht?«

»Hmm?«

»Du hast gesagt, Krista habe schon genug durchgemacht. Was denn?«

»Nun, ihre Tochter ist vor ein paar Jahren an einem Melanom gestorben. Das arme Kind, war gerade mal achtzehn Jahre alt.«

»Ihre Tochter ist an Krebs gestorben?«

»Das hab ich doch gesagt. Du klingst überrascht.«

»Bin ich auch. Das ist schon ein Zufall.«

»Immer Polizist«, sagte Martha. »Alle sind verdächtig.

Außerdem ist ihr Mann bei einem Autounfall ums Leben gekommen, als ihre Tochter sechs war. Kein Wunder, dass die Frau so niedergeschlagen aussieht. Sie hat so viel durchgemacht.«

»Dann ist dir das auch aufgefallen? Sie sieht gar nicht gut aus. Ich meine nicht krank, aber …« George strengte sein Hirn an, um das richtige Wort zu finden, aber er musste passen. Er hatte sich geschworen, niemals wütend oder frustriert zu werden, wenn er Probleme hatte, sich zu konzentrieren, aber sich an dieses Gelöbnis zu halten, war einfacher gesagt als getan. »Krank«, wiederholte er mit zusammengebissenen Zähnen.

Martha tat, was sie um Georges willen immer auf ihre liebenswerte Weise tat: Sie ignorierte Georges Probleme mit seinen Gehirnfunktionen und fuhr einfach mit der Unterhaltung fort: »Sie sieht aus, als könnte sie eine ordentliche Mahlzeit und eine gute Mütze Schlaf vertragen. Wenn wir die Farm gesehen haben, halten wir in Tarcutta an und essen erst mal was.« Dann fügte sie ein bisschen leiser hinzu: »Und wir laden sie zum Mittagessen ein. Ich glaube nicht, dass sie viel Geld hat.«

Wieder einmal bewunderte George die Großzügigkeit seiner Frau. Er hatte zweifellos eine ganz besondere Frau geheiratet. Er öffnete seinen Mund, um ihr zu sagen, wie sehr er sie liebte, aber er hörte, wie die Toilettentür geöffnet und wieder geschlossen wurde und er beschloss, damit zu warten, bis sie wieder allein waren.

»Wir sind fast da«, teilte Martha Krista mit, als sie wieder bei ihnen war.

»Okay«, erwiderte Krista, die hinter den Sitzen stand. Dann wandte sie sich an George: »Ich hoffe, es stört Sie nicht, dass ich mitkomme. Es ist nur … na ja, ich bin vorher noch nie auf einer Farm gewesen.«

»Es macht mir überhaupt nichts aus«, log George. »Aber ich fürchte, von der Farm ist nicht mehr allzu viel übrig. Es gibt keine Tiere.« George stand auf. »Hier, setzen Sie sich. Ich sollte das Bett wieder zum Tisch umklappen.«

»George, das hat doch bis nachher Zeit«, sagte Martha.

»Nein, ist schon gut. Das dauert ja nur einen Moment.«

George konnte Martha einfach nicht den wahren Grund dafür

nennen, weshalb er das Bett wieder umbauen wollte – er fühlte sich in Kristas Nähe unwohl. Er wusste, dass Martha es nicht verstehen würde, aber er hatte die meiste Zeit seines Lebens damit verbracht, Menschen einzuschätzen und gelernt, seinen Instinkten zu vertrauen. Krista hatte etwas Seltsames an sich. Er glaubte nicht, dass sie gefährlich war, doch sehr gefestigt wirkte sie nicht. Auch die Geschichte über ihre Tochter kam ihm irgendwie merkwürdig vor.

Er wünschte sich, Martha hätte Nein gesagt, als er vorgeschlagen hatte, die Frau zu fragen, ob sie eine Mitfahrgelegenheit brauchte.

George quetschte sich an Krista vorbei und spürte, wie es ihm kalt den Rücken hinunterlief, dann machte er sich daran, den Tisch wieder aufzuklappen.

»Da sind wir«, sagte Martha und drehte sich zu George um, der am Tisch saß. »Letzte Haltestelle, Hill Creek.«

Das ist nicht Hill Creek, dachte George und spürte einen Kloß in seinem brennenden Hals. Hill Creek ist wunderschön, wild, voller Leben. Das … das ist …

Er seufzte angesichts der Ruinen, die er draußen vor dem Fenster sah.

Krista hüpfte aus der Fahrerkabine. Martha trat zu George an den Tisch.

»Raus mit dir, alter Griesgram.«

George wandte seinen Blick vom Fenster ab, sah seine Frau an und nickte. Als er aufstand, drehte sich alles um ihn herum. Martha hielt ihn fest, und als der Schwindel verflogen war, folgte er ihr nach draußen.

Die Luft war herrlich sauber, ein bisschen kühl vielleicht, aber von einer wunderbaren Süße, die sich auf seine Zunge legte.

»Es ist wunderschön«, sagte Krista.

George erwiderte: »Danke«, aber er wusste, dass sie nur höflich war. Sie hatte ja keine Ahnung, wie schön es hier früher gewesen war – wie sollte sie auch? Es war früher noch viel schöner, wollte er hinzufügen, aber er hatte Angst, dass ihn diese Worte dann unwillkürlich zum Weinen bringen würden, und so hielt er den Mund.

Für den gewöhnlichen Betrachter war die Gegend tatsächlich schön. Das Tal, in dem die Farm lag, war weit und saftig grün, und die Hügel, die sie flankierten, waren zwar eher klein und idyllisch, aber doch so hoch, dass sie einem das Gefühl gaben, dies sei der einzige Platz auf der Welt. Aber alles, was George hier noch sehen konnte, waren vertrocknete Erinnerungen und eine Vergangenheit, die für immer verloren schien. Es war ihm schier unmöglich, die Farmgebäude anzusehen, ohne von dem Gefühl übermannt zu werden, sich auf dem Boden zusammenkauern und losheulen zu müssen. Er sah den Arbeitsschuppen, den Heuschober – einst war er vor Heuballen fast aus allen Nähten geplatzt, heute stand er jedoch leer und bot nur noch Spinnen und Unkraut ein Zuhause – und, am allerschlimmsten, das Haus – sein Zuhause für fast siebzehn Jahre – war in einem so heruntergekommenen Zustand, dass es ihn mit unendlicher Traurigkeit erfüllte.

Martha, die neben ihm stand, atmete tief ein. »Es ist so friedlich. Ich verstehe, weshalb du diesen Ort so sehr geliebt hast.«

Der Highway war nicht allzu weit entfernt – nur eine kurze Minute Fahrt über die Schotterstraße – aber der Lärm erreichte sie hier nicht. Die einzigen Geräusche waren das Heulen des Windes, das Rascheln der Blätter im nahen Eukalyptusbaum und das Zwitschern der Vögel.

Die Farm hörte und fühlte sich ohne die Kühe, Schafe und die anderen Tiere, die seine Familie gehalten hatte, leer an – aber sie *war* friedlich, das musste George zugeben.

»Und wem gehört dieses Grundstück heute?«, wollte Krista wissen.

»Irgendeinem alten Mann, der zu alt war, um den Farmbetrieb aufrechtzuerhalten«, antwortete George. »Ich habe mit ihm gesprochen, bevor wir unsere Reise angetreten haben, um sicherzugehen, dass er einverstanden ist, dass wir hierher kommen. Er sagte, es sei okay, da er ohnehin nicht mehr hierher kommt und dass er bisher nur zu faul war, das Grundstück zu verkaufen, es aber bald tun will. Zweifellos wird er es an irgendeinen

Bonzen verkaufen. Wird richtig reich durch den Verkauf, und hier entstehen dann Wohnhäuser oder ein Einkaufszentrum.«

»Das glaube ich nicht«, kicherte Martha. »Sei nicht albern.«

»Wart's nur ab. Vielleicht nicht in allernächster Zukunft, aber irgendwann wird das hier eine Betonwüste sein. Das ist der Lauf der Welt, man kann den Fortschritt nicht aufhalten. Schau dir nur den Hume an: Früher verlief er durch jede Stadt zwischen Sydney und Melbourne. Damals dauerte es vielleicht länger, bis man am Ziel war, aber jede Stadt war einzigartig und hatte einen ganz eigenen interessanten Charakter. Heute kann man froh sein, wenn man auf der gesamten Strecke fünf Städte sieht. Verdammt, in Victoria fährt man durch *keine einzige* Stadt mehr. Der Freeway führt an allen vorbei – man erfährt noch nicht einmal, dass sie existieren. Und was, glaubst du, passiert mit ihnen? Sie sterben eines langsamen Todes. Wenn man heutzutage in eine der ganz kleinen Städte fährt, dann ist die Milchbar geschlossen und der Pub leer … sie sind wie Geisterstädte. Niemand muss mehr dort anhalten, denn heute haben wir diesen wundervollen Asphaltstreifen, der ungefähr so aufregend ist wie … wie … nun, wie ich schon sagte, bald wird diese ganze Gegend nur noch aus Beton bestehen. Asphalt und Beton.« Am Ende seines Vortrags war er völlig außer Atem – teils vor Zorn, aber hauptsächlich aufgrund seiner angeschlagenen Gesundheit.

»Du machst dich noch mal selbst kaputt, George«, mahnte Martha. »Komm, wir schauen uns mal das Haus an.«

George schaute zu dem einstöckigen Farmhaus hinüber. Es sah ebenso verfallen aus wie er selbst. Er wollte am liebsten wieder ins Wohnmobil steigen und wegfahren, aber er würde sich nicht von seiner Angst vertreiben lassen, nicht, wenn es um so etwas Wichtiges ging wie das hier. Er wollte den Ort seiner Kindheit noch ein letztes Mal sehen, bevor er starb. Er wusste, er würde es bedauern, falls er jetzt wieder umkehrte, auch wenn es ihm vermutlich mehr schmerzte, seine Erinnerungen unter Staub und Spinnweben begraben sehen zu müssen, als der Krebs, der seinen Körper von innen auffraß.

»Oder wir könnten zum Bach gehen, wenn dir das lieber wäre«, schlug Martha vor. »Und uns das Haus für später aufheben?«

Der Bach bildete die Südgrenze des Grundstücks. Als Kind hatte George es geliebt, darin zu spielen, und er hätte ihn sehr gern noch einmal gesehen, aber dorthin waren es bestimmt zehn Minuten zu Fuß – zu viel in seinem Zustand. »Vielleicht später«, sagte er. »Lass uns erst mal das Haus hinter uns bringen.«

»Ich bleibe hier. Ich habe keinen Grund, es mir anzuschauen«, sagte Krista.

»Unsinn«, protestierte Martha. »Es gibt keinen Grund, weshalb Sie nicht mitkommen sollten – es sei denn, natürlich, wenn Sie nicht wollen. Aber Sie müssen sich nicht als Eindringling fühlen.«

Doch, das muss sie, dachte George. *Das ist mein Haus, mein Leben. Mit ihr stimmt irgendwas nicht, und ich will sie nicht da drinnen haben.*

Natürlich konnte er das nicht laut aussprechen, nicht, wenn er wollte, dass ihn heute Nacht jemand im Bett wärmte.

»Also gut, danke«, sagte Krista.

Zu dritt gingen sie auf das Haus zu, George und Martha Hand in Hand, Krista ein paar Schritte dahinter.

Während sie durch das hohe Gras staksten, wurde der Wind stärker, und die Art, wie er an Georges Ohren vorbeirauschte, klang für ihn wie Kinderlachen.

Er blieb stehen und blickte zu den Hügeln in der Ferne hinüber. Er war sich nicht sicher, was er zu sehen erwartet hatte: sich selbst als Zehnjährigen? Seinen älteren Bruder Phil, der jetzt ebenfalls im Ruhestand war und allein lebte?

Davey?

»Was ist los?«, fragte Martha, aber sie klang eher neugierig als besorgt.

George lauschte. Das entfernte Geräusch der Erinnerung verklang wieder, und er schüttelte den Kopf.

»Nichts. Mir war nur eben ein bisschen schwindelig, das ist alles. Ist schon wieder vorbei.«

»Geht's dir gut?«

Er nickte.

Sie gingen weiter.

Je weiter sie sich dem Haus näherten, desto deutlicher

erkannte George, wie heruntergekommen es war. Die Farbe blätterte ab, die Latten der Veranda waren durchgebrochen und die Fenster mit einer dicken Schmutzschicht bedeckt, die Dachrinne hing herunter, die Dachziegel konnten eine Reinigung vertragen und eine Seite der Hollywoodschaukel war kaputt.

Martha half ihm die Verandastufen hinauf. Der Geruch des Verfalls wurde stärker.

»Ich hätte nie zur Polizei gehen sollen«, sagte George zwischen zwei schweren Atemzügen. »Ich hätte auf der Farm bleiben und sie übernehmen sollen, als Mum und Dad starben.«

»Wir kauen das nicht noch einmal durch. Du warst nicht zum Farmer geboren, und das weißt du auch. Du warst der geborene Polizist.«

»Schau dich doch mal hier um«, sagte er und umging eine Spalte in den Bodenbrettern. »Hier fällt alles in sich zusammen.«

»Was hast du denn erwartet? Hier wohnt schon seit Ewigkeiten niemand mehr.«

»Ich weiß, aber ...« Wie sollte er ihr nur klarmachen, dass es mehr war als nur die Tatsache, dass er die Farm in diesem heruntergekommenen Zustand sehen musste? Dass dies mehr war als nur Land und ein Haus – dies war ein Teil von ihm, und es im Verfall zu sehen, war, als würde man einen Teil seiner Vergangenheit abschneiden. Am liebsten hätte er den Besitzer angerufen und ihn dafür angebrüllt, dass er sich nicht besser um Hill Creek gekümmert hatte. »Es ist nur so hart für mich, es sterben zu sehen, das ist alles«, gestand er.

»Es kommt der Zeitpunkt, an dem man sich trennen muss«, sagte sie. »Alle Dinge verfallen, auch Häuser. Aber ich weiß, dass es schwer sein muss, den Ort, an dem du aufgewachsen bist, in einem solchen Zustand zu sehen. Du musst nicht reingehen, wenn du nicht willst. Ich verstehe das.«

Als er vor der Haustür stand, der Tür, durch die er schon tausende Male ein- und ausgegangen war, schüttelte George den Kopf. »Nein, ich möchte es.«

George öffnete die Fliegengittertür. Ihre Angeln quietschten.

Das hatten sie schon getan, als er noch ein Junge war, und es war gut, zu sehen, dass sich wenigstens ein paar Dinge nicht verändert hatten.

Er streckte eine Hand aus, ergriff den Türknauf und drehte ihn. Die Tür war nicht verschlossen, genau, wie der Besitzer gesagt hatte.

Nichts drinnen, was man mitnehmen könnte, hatte er George am Telefon mitgeteilt.

George stieß die Tür auf.

Plötzlich traf ihn der starke Geruch des Verfalls noch heftiger.

»Sind Sie sicher, dass ich mit reinkommen soll?«, fragte Krista hinter ihm. Ihre Stimme klang sanft, aber nicht freundlich.

George hatte ganz vergessen, dass sie bei ihnen war.

Er drehte sich um und sah in ihr blasses Gesicht. Sie sah anders aus als heute Morgen, als er sie zum ersten Mal gesehen hatte: älter, mit härterem Gesicht und dunkleren Augen. Er musste ein paar Augenblicke warten, bis sich das Gefühl der Übelkeit wieder gelegt hatte, bevor er sprechen konnte. »Ich will Sie nicht anlügen. Dieses Haus bedeutet mir eine Menge, und der Gedanke, dass ein Mensch, den ich eben erst kennengelernt habe, hier eindringt, gefällt mir nicht besonders. Das geht nicht gegen Sie persönlich, aber so empfinde ich eben.«

»George!«, schimpfte Martha und ließ seine Hand los. »Ich weiß, dass du wegen der Farm aufgebracht bist, aber das ist kein Grund, es an Krista auszulassen.«

»Nein, ist schon okay«, sagte Krista. »Ich verstehe das.«

George konnte es in ihren Augen lesen – sie verstand ihn wirklich.

Martha hingegen nicht. Sie sah George finster an, und ihre runden blauen Augen befahlen ihm, sich zu entschuldigen.

George seufzte. Er hatte weder die Energie noch die Willenskraft, sich mit ihr zu streiten. »Es tut mir leid, Krista. Wenn Sie mit reinkommen möchten, können Sie das natürlich tun. Es ist Ihre Entscheidung.« Er drehte sich um und betrat das Haus.

Hinter sich hörte er Marthas schwere Tritte, dann Kristas leichtere Schritte.

Er hörte, wie jemand den Lichtschalter neben der Tür umlegte, aber, wenig überraschend, blieb das Haus finster.

»Kein Strom«, sagte Martha.

Es lag ihm auf der Zungenspitze, zu erwidern: »Was hast du denn erwartet?«, aber er schwieg. Martha war ohnehin nicht gut auf ihn zu sprechen, nicht nachdem, was er eben zu Krista gesagt hatte.

George ging ein paar Schritte den Flur hinunter, blieb dann stehen und betrat den großen Raum zu seiner Linken, der früher das Wohnzimmer gewesen war.

George war schockiert darüber, wie leer er war. Der staubbedeckte Boden war vollkommen karg – hier standen kein alter kaputter Tisch und kein überflüssiges Sofa, ja, hier lag noch nicht einmal eine vergessene Limonadendose oder das Papier eines Schokoriegels. Selbst der Kamin war leer. Da waren keine verkohlten Holzscheite und keine Asche – nur eine schwarze Ausbuchtung, die einst das Herzstück vieler kalter Winterabende gewesen war.

Sein Kopf füllte sich mit Bildern. Er konnte sich selbst als Kind sehen, wie er auf einem Teppich vor dem Kamin saß, Radio hörte oder irgendeinen billigen Abenteuerroman oder ein Comic las. Die Erinnerungen brachten ein tiefes Gefühl des Verlustes mit sich.

Martha nieste und riss George aus seinen Gedanken.

»Entschuldigung«, sagte sie.

George drehte sich um und lächelte. »Schon okay. Möchtest du lieber draußen warten? Es wird nicht lange dauern.«

Martha schüttelte den Kopf. »Mir geht's gut«, sagte sie mit verschnupfter Nase. »Ich möchte das hier mit dir teilen.«

George blickte zu Krista hinüber; ihr Gesicht leuchtete ihm schwachen Licht.

Sieht ganz so aus, als ob noch jemand das hier mit mir teilen möchte.

Er wusste, dass er Krista gegenüber nicht so feindselig sein sollte. Seine Krankheit, der Zustand von Hill Creek, die Kopfschmerzen, die Übelkeit – nichts von alldem war Kristas Schuld, und er sollte seine Wut nicht an einer Frau auslassen, die er eben erst getroffen hatte. Aber das änderte nichts an der Tatsache, dass er immer noch das Gefühl hatte, sie dringe hier in private Angelegenheiten ein – und dass er sich in ihrer Nähe unwohl fühlte.

Er schob die Gedanken an Krista beiseite und ging zur Küche.

Der Anblick des Raumes vergrößerte seinen Kummer nur noch. Spinnweben hingen in jeder Ecke. Einige wirkten ebenso alt und verstaubt wie das Linoleum, das noch immer den Boden bedeckte. Aber anstatt des Duftes von frisch gebackenem Brot oder eines Eintopfs, der auf dem Herd köchelte, lag der Geruch von Schimmel und altem Fett in der Luft.

Während er in die bescheidene Küche trat, stellte George sich seine Mutter vor, die am Herd stand und in einem Topf Suppe oder Eintopf rührte. Als er an die Kindheit zurückdachte oder an die Zeit, als er noch ein Teenager gewesen war – jene Zeit, bevor er sie verließ und zur Polizei nach Goulburn ging – schien es ihm, als habe seine Mutter ihr ganzes Leben in dieser Küche verbracht, die Schürze eng um ihre Taille geschlungen, das Haar zu einem Dutt zusammengebunden, das Gesicht leicht gerötet von der Hitze. Er dachte immer an die Küche, wenn er an seine Mum dachte.

Martha trat neben ihn. »Ich frage mich, ob sie irgendwas zu essen im Schrank gelassen haben«, flüsterte sie.

»Wenn du so hungrig bist: Im Wohnmobil gibt's genug zu essen«, erwiderte George, dessen Magen schon bei der puren Erwähnung von Essen Flickflacks vollführte.

»Das war doch nicht ernst gemeint. George, bist du sicher, dass es dir gut geht?«

»Alles okay. Ich schau mir nur noch schnell mein altes Zimmer an, dann können wir gehen.« Er ging nach rechts, den dunklen Flur hinunter.

»Schatz, wir müssen doch nicht so schnell wieder fahren«, sagte Martha und folgte ihm. »Ich kann auch noch bis Tarcutta warten und dort etwas essen. Willst du dich nicht noch ein bisschen in der Küche umschauen?«

»Wieso?«, fragte George. »Es ist doch nur eine alte Küche; da gibt's nichts zu sehen.« Auch wenn nicht der kleinste Lichtstrahl diesen Teil des Hauses erhellte, hatte George nicht vergessen, wo sich sein altes Zimmer befand, und er blieb stehen, als er die Tür erreicht hatte.

»Ich weiß nicht, wieso ich wieder hierher kommen wollte. Ich weiß nicht, was ich zu finden erwartet habe. Es sind nur vier Wände und ein Dach, wenn man es genau nimmt.«

Er ergriff den Türknauf, musste jedoch kurz innehalten, bis die plötzlich aufsteigende Übelkeit sich wieder gelegt hatte. Für einen Moment wurde der Geschmack des Staubs durch den Geschmack von Galle ersetzt, aber schon bald legte sich der Staub wieder auf seine Zunge und in seinen Rachen, und er stieß die Tür auf.

In dem Zimmer lag ein düsterer Dunst. Das schmutziggelbe Licht, das von den alten Spitzenvorhängen gefiltert wurde, war das einzige, das den Raum erhellte. Es roch stark nach Feuchtigkeit – und nach toten Dingen.

»Igitt«, stöhnte Martha und wandte sich ab.

George trat in den Raum und ging zum Fenster hinüber. Der Stoff der Vorhänge war kalt, und als er sie zur Seite schob, wirbelte Staub auf. Sonnenstrahlen strömte herein und tauchten das Zimmer in fleckig-grelles Licht. Als George sich wieder umdrehte, fand er sich um mehr als vierzig Jahre zurückversetzt.

Das Zimmer sah nicht mehr aus wie während seiner Kindheit – auf der Wand gegenüber dem Fenster stand kein Bett mehr. Es gab keine Kommode mit seinen Socken, seiner Unterwäsche, seinen Comicheften und Footballkarten – aber an den Wänden hing noch dieselbe blaue Tapete (jetzt jedoch viel ausgeblichter), und auch der Einbauschrank links neben der Tür war noch intakt. Dies war, so lange er sich zurückerinnern konnte, sein Kinderzimmer gewesen. Es war sein und Daveys Zimmer, bevor Davey starb. Phil hatte das Zimmer direkt neben der Küche gehabt – er war immer am liebsten allein gewesen.

Viele unvergessliche Erlebnisse hatten in diesem Raum stattgefunden: seine erste sexuelle Erfahrung, das erste Mal, als er sich eine von Mums Zeitschriften angeschaut hatte, und das erste Mal, dass er *In the Mood* gehört hatte.

Er erinnerte sich außerdem daran, wie er mit fünfzehn auf

dem Bett gelegen und in der Zeitung gelesen hatte, dass der Krieg vorbei war.

Es gab noch eine weitere Erinnerung, die jedoch weniger fröhlich war. Einen Tag, den er für immer mit diesem Zimmer in Verbindung bringen würde: als er Davey draußen liegen sah, reglos wie ein Fels …

»Das ist also dein Zimmer«, sagte Martha und riss George erneut aus seinen Gedanken. Auch sie stand nun im Zimmer, aber sie verzog noch immer das Gesicht, denn der Geruch war ganz offensichtlich zu viel für sie.

Krista stand im Flur und sah traurig aus, und das machte George wütend. Worüber musste sie denn traurig sein?

Dann fragte er sich: *Erinnert sie dieses Zimmer an das ihrer Tochter?*

Wenn sie überhaupt eine Tochter hatte.

An einem Melanom gestorben; das hatte sie Martha erzählt.

Ich glaube ihr nicht. Sie hat in ihrem Leben viel Kummer erlitten, da bin ich sicher, aber nicht diese Art.

»Ja, das ist es«, sagte George. »Sieht nach nichts Besonderem aus … Hat es auch nicht, als ich noch hier gewohnt habe, aber es war mein Zimmer.« Er schaute zur Decke hinauf. »Jetzt wohnen hier die Spinnen.« Wenn die Küche eine ländliche Arachnoiden-Kleinstadt war, dann war sein Zimmer eine wahre Metropole. Durch die unzähligen Spinnweben konnte er fast kein einziges Fleckchen der Decke sehen. In den Ecken waren sie am dichtesten. Sie zogen sich fast über die gesamte Decke, überall hingen Spinnennetze herunter wie dünne Baumwollfäden.

George bildete sich ein, zwischen all den Spinnweben ein paar dicke schwarze Spinnen erkennen zu können, aber das konnten ebenso gut auch Schatten oder Klumpen aus toten Fliegen sein.

»Wie lange ist die Farm denn schon leer?«, fragte Krista.

»Fast zehn Jahre«, antwortete George. »Kein Freund unserer achtbeinigen Freunde?«

»Nun … nein.«

George hatte sich nie vor Spinnen gefürchtet, aber als er nun in dem kahlen Raum stand, mit einer ganzen Armee von Spinnen, die über ihm in den dichten Spinnweben lauerte, verstand er besser, welche Gefühle sie vielleicht bei anderen auslösten.

»Ich will mir gar nicht vorstellen, was sich da drin vielleicht versteckt«, sagte Martha und nickte in Richtung des geschlossenen Kleiderschranks.

Marthas harmlose Bemerkung setzte irgendetwas in Georges Erinnerung frei. Er erinnerte sich dunkel daran, wie er mit sieben oder acht Jahren etwas ganz hinten im Kleiderschrank versteckt hatte. Es war damals unheimlich wichtig für ihn gewesen, doch jetzt vermochte er sich nicht mehr daran erinnern, was es gewesen war.

Er ging auf den Kleiderschrank zu.

»Ich hab doch nur Spaß gemacht«, sagte Martha. »Mir ist egal, was da drin ist.«

»Nein, ich weiß noch, dass ich etwas da drin versteckte habe, in einem Geheimfach – oder zumindest hinter einem losen Brett, das ich für ziemlich geheim hielt. Du weißt ja, wie Siebenjährige bei so was sind.«

»Was hast du denn versteckt?«

»Ich erinnere mich nicht. Eine Karte oder Spielzeug: irgend so was.« George öffnete die linke Schranktür, dann die rechte. Im Schrank waren nicht so viele Spinnweben, wie er erwartet hatte, nur ein paar in den oberen Ecken und eine unten rechts. Die Regalbretter waren mit einer pelzigen Schmutzschicht bedeckt, und der Staub kitzelte ihn im Hals. Er begann zu husten. Seine Brust verkrampfte sich vor Schmerzen.

»Komm, Liebling, vielleicht sollten wir doch besser gehen. Dieser ganze Staub kann nicht gut für dich sein.«

George brauchte dringend etwas Wasser, aber er hob die Hände und schüttelte den Kopf. »Noch nicht«, sagte er, als er aufgehört hatte zu husten.

Er wusste, dass das, war er hier versteckt hatte, schon längst von den ehemaligen Bewohnern entfernt worden sein konnte, aber es bestand noch immer die Möglichkeit, dass niemand das Brett entdeckt hatte. Er tastete die Rückwand des Schranks ab und erinnerte sich wieder, wo sich das lose Brett befand. Für ein paar Augenblicke glaubte er, jemand habe es repariert, aber nach ein paar Versuchen fiel das Brett aus der Wand. Er zog es heraus, steckte seine Hand in das Loch und hoffte, auf keine unfreundliche Ratte oder Spinne zu treffen. Das Loch war nicht so tief wie in seiner Erinnerung und es dauerte nicht lange, bis seine Finger über etwas glitten, das sich wie ein Stück Papier oder ein Foto anfühlte. Er griff danach, zog seine Hand wieder aus dem Loch und schaute sich an, was er all die Jahre dort versteckt hatte.

»Nun?«, fragte Martha.

George starrte das zerknitterte und leicht verblasste Foto an.

Er musste schlucken.

Tränen strömten über seine Wangen.

Wie hatte er das nur vergessen können? Wie hatte er nur etwas so Wichtiges und Persönliches zurücklassen können?

»George? Was ist denn?«

Ihm fiel alles wieder ein: die Trauer, nachdem Davey gestorben war, die Schuld, die er gefühlt hatte, der Schmerz, der Verlust. Er hatte das Foto von sich und seinem kleinen Bruder an sich genommen und es in dem Geheimfach im Schrank versteckt, wo niemand es finden und er es jederzeit ansehen konnte, Tag und Nacht, in seinem Zimmer, in dem er weinen konnte, wenn niemand ihn sah.

Er hielt das uralte Schwarzweißfoto in seinen kalten, zitternden Händen, die Tränen warm auf seinen eisigen Wangen, unfähig, zu sprechen, während die Trauer über Daveys Verlust zu schnell und zu heftig wieder über ihn hereinbrach.

Er bemerkte, dass Martha zu ihm herüberkam, obwohl sie wie eine schattenhafte Gestalt aussah.

»Lass mich mal sehen«, sagte sie mit ihrer sanftesten, liebevollsten Stimme.

Er wollte nicht loslassen. Er wollte das Foto für immer festhalten.

Aber er war schwach, und es fiel Martha nicht schwer, ihm das Foto aus der Hand zu nehmen. Er hörte, wie seine Frau einatmete.

»Oh, Schatz. Oh, schau dir das an … Ist das nicht süß? Oh, George.«

Er konnte das Lächeln in ihrer Stimme hören – sie fand es niedlich, *süß,* dass er ein Foto von sich und Davey versteckt hatte, auf dem sie beide Grimassen in die Kamera schnitten.

George fand es alles andere als süß.

»Das ist George, da war er ungefähr acht, mit seinem jüngeren Bruder Davey«, wandte Martha sich an Krista. »Er muss damals … oh, wie alt muss er da gewesen sein, George?«

George ignorierte die Frage seiner Frau und trat ans Fenster hinüber.

Er schaute hinaus auf die Wiese, herrlich grün vom hohen Gras, aber sie hatte nicht immer so ausgesehen. An dem Tag, als Davey gestorben war, war sie braun und ganz kurz gemäht.

Bevor George in Gedanken zu diesem Sommertag vor 66 Jahren zurückreiste, hörte er seine Frau zu Krista sagen: »… ungefähr fünf oder sechs. Das arme Kind wurde von einer Biene gestochen – niemand wusste, dass er allergisch gegen sie war …«; und dann war er wieder acht Jahre alt, lag auf seinem Bett, völlig gefesselt von der neuesten Ausgabe von *Unheimliche Geschichten*. Es war das Jahr 1938, und er hatte noch nicht beschlossen, einmal Polizist zu werden, sondern wünschte sich von ganzem Herzen, Filmstar oder Cowboy zu werden (keine vollkommen abwegige Vorstellung, wenn man sich überlegte, was letztlich aus ihm geworden war). Seine Eltern waren in Albury, um Vorräte für die Farm zu kaufen, und Phil war bei seinem besten Freund zu Hause, sodass es nur George und seinen nervigen kleinen Bruder gab. George war von seinen Eltern damit beauftragt worden, auf Davey aufzupassen. Sie hatten ihm gesagt, dass er für Davey verantwortlich sei und dass er das nicht auf die leichte Schulter nehmen durfte. George wusste, was es bedeutete, Verantwortung zu übernehmen, denn er hatte schon früher auf Davey aufgepasst, wenn seine Eltern unterwegs waren und Phil sich irgendwo anders herumtrieb, doch er nahm diese Aufgabe nie allzu ernst. Was konnte denn schon groß passieren? Sie lebten auf einer Farm, der Hume war weit weg, und alle Farmwerkzeuge waren im Schuppen eingeschlossen. Davey hatte im Jahr zuvor schwimmen gelernt, sodass keine Gefahr bestand, dass er im Bach ertrank. Es gab keinen Grund, weshalb er seinen Bruder die ganze Zeit im Auge behalten sollte – und davon abgesehen, hatte George sein Comic beinahe fertig, sodass er ruhig für eine Weile in sein Zimmer gehen und es zu Ende lesen konnte, während Davey draußen spielte.

George wischte sich die Tränen weg, als er sich an den Augenblick erinnerte, in dem ihm zum ersten Mal aufgefallen war, dass er Davey schon eine Weile nicht mehr hatte lachen hören. Er hatte das aufgeklappte Comic verkehrt herum abgelegt, auf der Seite geöffnet, auf der er sich gerade befand, damit er später gleich weiterlesen konnte, und war zum Fenster hinübergegangen. *Was stellt das kleine Ungeheuer jetzt wieder an?*, dachte er, und dann sah er Davey auf dem Boden liegen, völlig reglos.

Sicher spielte er nur. Aber selbst damals, als sorgloser Achtjähriger, der ganz gut in der Schule und beim Sport war, spürte er, dass etwas nicht stimmte. Davey konnte niemals so lange stillhalten, schon irgendein vorbeiflatternder Schmetterling hätte ihn abgelenkt, oder es wäre ihm einfach zu langweilig geworden.

George hatte lange Zeit am Fenster gestanden, oder zumindest hatte es sich lange angefühlt. Vermutlich waren es in Wirklichkeit nur ein paar Herzschläge gewesen, bevor er in den hellen Sonnenschein hinaus zu seinem Bruder rannte.

Als er an diesen Tag zurückdachte, wollte George sich nicht lange damit aufhalten, wie sein Bruder ausgesehen hatte, als er dort im verbrannten Gras lag. Er hatte die Erinnerung daran nicht verdrängt, wie Menschen es oft bei traumatischen Ereignissen tun, sondern sie absichtlich weit in die hinterste Ecke seines Bewusstseins verbannt. Das musste er, sonst hätte er im alltäglichen Leben nicht funktioniert.

Aber als er durch das schmutzige Fenster hinausschaute und die Stimmen von seiner Frau und Krista sehr weit entfernt wirkten, stieg das Bild doch vor seinem inneren Auge auf.

Davey, der aussah, als schlafe er, sein Gesicht ganz geschwollen und voller Flecken.

Davey, gestorben an einer allergischen Reaktion auf einen Bienenstich. Tot, weil George nicht auf ihn aufgepasst hatte, wie man es ihm aufgetragen hatte.

Wenn ich bloß nicht dieses Comic gelesen hätte. Wenn ich doch nur auf ihn aufgepasst hätte, dann hätte ich schneller Hilfe holen können.

Wenn, wenn, wenn …

Aber George hatte nicht auf Davey aufgepasst, und er hatte nicht schnell genug Hilfe geholt, und jetzt, dicht an dicht mit dem Tod, 66 Jahre später, fragte er sich, ob Davey so viel Angst vor dem Sterben gehabt hatte wie er selbst, und auf eine ganz seltsame Art fühlte sich George seinem kleinen Bruder näher als jemals zuvor.

Als die Erinnerungen verblassten und er wieder in die Realität zurückkehrte, erkannte er im Fenster das blasse Spiegelbild von Krista, die im Türrahmen stand, und in dem Moment wurde ihm klar, weshalb sie ihm so nahe ging und was an ihr ihn so sehr aus der Fassung brachte: Wenn er Krista ansah, dann sah er sich selbst. Den gleichen tiefen Kummer, dieselbe Schuld, dieselbe Krankheit, dieselbe Angst.

Deshalb wusste er auch, dass sie in Bezug darauf gelogen hatte, wie ihre Tochter gestorben war. Niemand trägt diese Düsternis in sich, wenn er eine geliebte Person durch etwas verloren hat, das außerhalb seiner Kontrolle lag.

Er kannte ihre wahre Geschichte nicht, und sie interessierte ihn auch nicht besonders; auch sie starb, das konnte er jetzt sehen, wenn auch nicht an Krebs. Etwas anderes fraß sie von innen auf, etwas ebenso Tödliches, wenn auch vermutlich nichts Erkennbares.

Und was immer das auch war, weder er noch Martha konnten ihr helfen.

Und dann drehte er sich um und lächelte das ehrlichste Lächeln seit langer Zeit.

»Steck das Foto wieder zurück, Martha. Wir können jetzt gehen.«

BARBARA, DIE BRITISCHE BACKPACKERIN

Sie rannte.

Schmerzende Beine, schmerzender Schädel, schmerzende Augen, schmerzender Hals, *furchtbar* schmerzende Schulter.

Sie konnte das Seil um ihren Hals spüren; eng, aber nicht so eng, dass es sie würgte, wobei das Ende bei jedem Schritt gegen ihren linken Oberschenkel schlug.

Sie rannte. Nur weg hier.

Sie war von Wald umgeben, in welcher Richtung lag ihre Rettung, ihre Sicherheit?

Barbara wusste es nicht. Sie wusste nicht, wo sie sich befand. Nur die Götter allein – und der Mann – wussten es.

Sie war nach Australien gekommen, weil sie einen Sommer im Paradies erleben wollte, und sie hatte von mehreren Leuten gehört, dass das Trampen hier sicher sei: eine tolle Art, die Einheimischen kennenzulernen und etwas über das Land zu erfahren. Das war es auch gewesen – bis zu dem Mann. Dies war erst ihre zweite Woche in Australien, und schon rannte sie auf der Flucht vor einem Wahnsinnigen um ihr Leben. Er hatte ganz freundlich ausgesehen und schien auch nett zu sein. Er hatte ihr angeboten, sie nach Melbourne mitzunehmen, aber dann hatte er sich als Ungeheuer herausgestellt, als wahrer Teufel; da waren sie erst zwei Stunden hinter Sydney gewesen.

Er hatte an einem Rastplatz angehalten und behauptet, er wolle nach ein paar Kassetten suchen, die sie im Auto hören konnten. Stattdessen hatte er einen Hammer mitgebracht, und bevor sie überhaupt begriff, was sie sah und was es bedeutete, schlug er ihr den Hammer auf den Kopf.

Sie hatte immer wieder das Bewusstsein verloren. Sie war zu schwach, um sich irgendwie gegen ihn zu wehren, und als sie spürte, dass der Wagen langsamer wurde und sie auf eine ruhigere Straße abbogen, kribbelte die Angst in ihrem ganzen Körper. Sie wusste, dass sie abhauen musste, irgendwie, und schnell.

Als das Auto schließlich anhielt und der Mann mit dem kurzen welligen Haar, den schmalen Lippen, den tief liegenden Augen und der braungebrannten Haut sie aus seinem Lieferwagen zerrte, nutzte sie ihre Chance. Noch immer benebelt und mit qualvoll dröhnendem Schädel, taumelte sie vom Wagen weg und die schmale Schotterstraße hinunter, auf der der Mann geparkt hatte. Sie war sich nicht sicher, wie weit sie sich vom Highway entfernt hatten. Aber sie waren rundum von Wald umgeben, und das Einzige, was sie hörte, waren die Vögel, und daher nahm sie an, dass sie sich relativ weit weg befanden. Trotzdem musste sie es versuchen. Sie durfte nicht zulassen, dass der Mann sie noch mal erwischte.

Bevor sie nach Australien kam, hatte man ihr erzählt, die meisten Männer dort seien durchtrainierte Strandtypen. Auch wenn sie schnell bemerkte, dass die nicht ganz so häufig anzutreffen waren, wie sie gehofft hatte, entsprach es in diesem Fall einer unglückseligen Tatsache. Dieser Mann war schnell und stark.

Als er sie eingeholt hatte, warf er sie zu Boden und schlug sie bewusstlos. Sie kam auf einem ungemütlichen Bett aus Steinen, Zweigen und trockenen Blättern wieder zu sich, nackt. Um ihren Hals lag ein Seil, und der Mann war gerade damit beschäftigt, ihre Füße zu fesseln. Der Himmel – soweit sie es durch die Baumkronen erkennen konnte – war ein wunderschöner Schleier aus dunklem Orange und Violett.

In ihrem Kopf drehte sich alles. Ihr gesamter Körper wurde von Schmerzen geplagt. Sie wusste, dass sie nicht zulassen durfte, dass er das Seil zuknotete. Falls ihm das gelang, würde es unmöglich für sie werden, sich zu befreien.

Dann ging alles sehr schnell – auch jetzt konnte sie sich nicht daran erinnern, wie sie es eigentlich geschafft hatte – aber sie kämpfte und wehrte sich und befreite sich so irgendwie aus seinem Griff. Ihr Schlag musste ihm die Luft genommen haben, denn als sie aufstand, verfolgte er sie nicht sofort. Erst zehn, vielleicht fünfzehn Sekunden später erschreckte sie der Knall eines Schusses, und ein brennender Schmerz fuhr ihr in die rechte Schulter.

Er warf sie auf die Knie, aber durch schiere Willenskraft gelang es ihr, sich wieder aufzurappeln und weiterzurennen. Nicht sicher, wohin sie eigentlich lief, hoffte sie, sie bewege sich in

Richtung Highway, auch wenn sie fürchtete, dass sie nur noch tiefer in den Wald lief.

Und sie rannte. Die nackten Füße zerschnitten und blutig, der Körper triefend vor Schweiß. Der Vollmond strahlte hell genug, damit sie erkennen konnte, wohin sie lief. Das war gut – so würde sie nicht gegen irgendwelche Bäume rennen – aber es bedeutete auch, dass der Mann sie besser sehen konnte. Sie machte ohnehin schon zu viel Lärm, wenn sie auf die trockenen Blätter trat, und Vollmond oder nicht, ihr war klar, dass sie möglichst bald Hilfe finden musste.

Ihre Lungen brannten; sie blieb stehen, atmete ein paarmal tief ein und schaute sich um. Sie sah nur Bäume und die schwarzen Streifen dazwischen, und plötzlich spürte sie, dass ihr Tränen über die Wangen strömten – oder war es Blut? Sie horchte nach dem Mann, konnte aber nur das Geräusch der Grillen hören. Sie entschloss sich, die Richtung zu ändern, dann rannte sie weiter.

Während sie durch den Wald stolperte, spürte sie unsichtbare Augen auf sich gerichtet. Auch wenn sie sie nicht sah, fühlte sie, dass sie sie beobachteten, sich förmlich in sie bohrten, und sie fragte sich: *Sind es die Augen des Mannes oder die eines Tieres?*

Wahrscheinlich war sie inzwischen noch orientierungsloser als zuvor; soviel sie wusste, konnte sie auch ebenso gut im Kreis gelaufen sein. Es gab keinen Ausweg; ein Baum sah aus wie der andere und verströmte denselben süßen Eukalyptusduft.

Das Hupen eines Trucks durchbrach ihre Gedanken, und sie blieb stehen. Das Geräusch war schwach – sehr schwach – gewesen, aber sie hatte es gehört. Ihr Herz klopfte schneller.

Sie vergaß ihren Schmerz und ihre Angst und konzentrierte sich darauf, ihre Beinmuskeln zu bewegen und in die Richtung zu laufen, aus der, wie sie glaubte, das Hupen erklugen war. Schon bald sah sie ein Licht durch die Lücken zwischen den Bäumen.

Das müssen Scheinwerfer sein, dachte sie hoffnungsvoll.

Unbewusst stieß sie einen Freudenseufzer aus.

Sie legte sofort eine Hand auf den Mund, spürte, wie die Augen sich ihr näherten, ignorierte sie und lief in Richtung des Lichts.

Der Schein wurde heller.

Als ihr klar wurde, dass das Licht von einer Taschenlampe und nicht von Scheinwerfern stammte, war es zu spät. Die Taschenlampe fuhr durch die Luft, sauste auf ihren Kopf nieder und versetzte ihr einen stechenden Schmerz, der sie zu Boden zwang.

Sie blieb bei Bewusstsein. Das grelle Licht verschwand und wurde durch den sanften Schein des Mondes ersetzt. Über sich hörte sie tiefes, heftiges Atmen; dann: »Tut mir leid, Schätzchen. Du kannst davonlaufen, aber du kannst dich nicht verstecken.«

Ihr nackter Rücken kratzte über Steine und andere scharfe Dinge auf dem Untergrund, als der Mann das Seil packte, das um ihren Hals hing und es um ihre Füße knotete. Sie war zu benommen, um sich zu wehren. Mit dem Rest des Seils fesselte er ihre Hände. Als er fertig war, stopfte er ihr einen Stofffetzen in den Mund und band ihr ein Stück Stoff um den Kopf. »Das hätte ich gleich machen sollen«, keuchte er.

Sie war nun in einer seltsamen, unbequemen Position gefesselt: die Beine in der Luft zusammengeknotet, während ihre Arme ihr die Brust zerquetschten. Dieses Mal gab es kein Entfliehen.

Sein Schatten glitt über sie hinweg. Weinend schloss sie die Augen.

Eine Bewegung im nahen Gebüsch zwang sie, die Augen wieder zu öffnen. Sie starrte in die Schatten und war sich sicher, dass sie dort Augen sah, die sie beobachteten.

Der Mann hatte das Rascheln offensichtlich nicht gehört. Als er sein Hemd auszog, kniff Barbara erneut die Augen zusammen, um ihn oder die leuchtenden Augen im Gebüsch nicht sehen zu müssen.

»Wir wollen doch nicht, dass meine Klamotten ganz blutig werden, oder?«, sagte der Mann und kicherte leise.

Die Nacht war schwül, die Hitze erdrückend, aber als sie dort auf dem Boden lag, begann Barbara zu zittern. Sie dachte an ihre Familie zu Hause in Manchester … an ihren Hund Sammy … an das Haus, in dem sie aufgewachsen war und an die grauenhafte Tapete in ihrem Zimmer, die sie immer schon hasste und hatte ändern wollen. Sie dachte an die Augen im Gebüsch und fragte sich, wieso die Person ihr nicht half. Dann kam ihr der Gedanke, dass dort vielleicht gar niemand war. Sie würde ihre Augen jedoch nicht öffnen, um nachzusehen – denn dann hätte sie auch ihn ansehen müssen.

Sie konnte ihn neben sich spüren, seine Hitze. Sie roch seinen Schweiß, und das war schlimm genug. Als seine Hand sich in ihren Schritt legte und seine Finger etwa so behutsam in sie eindrangen, als grabe er ein Loch in seinem Garten, schrie sie in den Stofffetzen, der in ihrem Mund steckte, leerte ihre Blase – sie konnte nichts dagegen machen – und wartete auf die nächste Runde im kranken Spiel des Mannes.

Die Runde begann ein paar Minuten später mit einem Messer, das sich ihr in den Magen bohrte.

DANNY, DER SCHRIFTSTELLER

Allmählich sah es schon ziemlich nach Weihnachten aus.

Zumindest in den Vororten, wo die Häuser mit Lichterketten verziert und die Bäume mit Lametta geschmückt waren. In der Stadt weihachtete es sogar noch mehr; die riesigen Kaufhäuser waren die größten Huren: Sie gaben vor, es ginge ihnen um die wahre Bedeutung des Festes, wenn es ihnen in Wahrheit doch nur darum ging, die Brieftaschen der Konsumenten zu leeren – nicht die der Menschen, die der *Konsumenten.*

Nur so eine Idee, lachte Danny innerlich: Wenn die Läden wirklich so vom Geist der Weihnacht erfasst sind, wieso verteilen sie ihre Waren dann nicht kostenlos? Da draußen gab es eine Menge Leute, die die hundert Dollar teuren Geschenkkörbe mit Kaffee und Pralinen gut gebrauchen konnten.

Leute wie Danny.

Deshalb war er so gern an Heiligabend auf dem Highway unterwegs: Hier gab es nicht einmal einen Hauch dieses albernen Feiertags (abgesehen von den Radiosendern, die die uralten verstaubten Weihnachtslieder wieder auspackten, weshalb er auch eine Best-of-Pearl-Jam-Kassette abspielte, die er aufgenommen hatte). Die Autos waren nicht mit blinkenden Lichtern geschmückt, auf den Stoßstangen klebten keine blöden Plastik-Weihnachtsmänner und es gab kein falsches Lächeln und keine leeren Versprechungen. Nur denselben alten Highway, der sich bis in alle Ewigkeit zu erstrecken schien – und Danny und seinen 1982er Mazda 323, die auf ihm entlangtuckerten und Blei in die ansonsten klare, aber glühend heiße Luft des Sommerabends bliesen. Er hatte das Fahrer- und das Beifahrerfenster heruntergekurbelt – eine Klimaanlage war ein Luxus, den er sich nicht leisten konnte, aber das war ihm egal. Auch wenn er nur zehn Mäuse davon entfernt war, total abgebrannt zu sein, war er vermutlich glücklicher und freier als all diese Schwachköpfe, die bei ihren unangenehmen Familienabendessen so taten, als könnten sie Tante Mavis und Onkel Wie-heißt-er-noch-gleich richtig gut leiden.

So banal dieser Gedanke auch sein mochte, er glaubte wirklich, die Menschen hätten den Sinn fürs Geben verloren. Und zwar nicht nur an Weihnachten, immer. Ihm schien, als ob niemand mehr einen Scheiß auf irgendjemand gab – außer auf sich selbst und alle, die sie in Sachen Status und Wohlstand noch übertrafen.

Deshalb hatte er angefangen, Romane zu schreiben. Es war das Lesen, das ihn vor dem Tod bewahrt hatte, und es war das Schreiben, das ihm einen Grund zu leben geschenkt hatte. Schreiben war seine Art, der Gesellschaft etwas zurückzugeben, und er wäre der glücklichste Mensch auf der Welt, wenn seine Bücher auch nur einen Menschen vor der Trostlosigkeit des Lebens retteten.

Natürlich musste er dazu erst einmal veröffentlicht werden, denn sonst waren ein paar Bäume das Einzige, was sein Roman rettete.

Die Menschen, die von seinem Schreiben wussten – nicht, dass es davon viele gab – fanden es seltsam und ironisch, dass er versuchte, durch das Schreiben von Horrorromanen seine Mitmenschen zu retten. »Werden der ganze Tod und all diese Gewalt nicht eher dazu führen, dass die Menschen sich umbringen – oder andere?«, fragte seine Mum oft. Sie verstand es nicht. Auch ihn hatte ein Horrorroman gerettet – so hatte er sich seiner Sterblichkeit ohne das Risiko des Todes stellen und sich bewusst machen können, dass sein Leben tatsächlich noch viel schlimmer hätte sein können.

Es war eine Art Ventil gewesen, durch das er seine Wut und seine Niedergeschlagenheit in etwas Greifbares hatte umleiten können. Der Horror hatte ihn gerettet, und nun wollte er den Gefallen auf die beste Art zurückzahlen, die er kannte, und das Endprodukt seiner Bemühungen befand sich in dem ramponierten braunen Aktenkoffer, der auf dem Beifahrersitz lag.

Er schaute zu dem Koffer hinüber und wurde von Stolz erfasst; im selbem Moment sah er aus dem Augenwinkel eine Gestalt, die neben dem Highway entlangtrottete.

Er schaute in den Rückspiegel und dachte, er habe sich vielleicht doch nur etwas eingebildet (es wäre nicht das erste Mal gewesen) und nur einen ausrangierten Kühlschrank oder ein Auto gesehen.

Ein Kühlschrank, der sich bewegte?

Er hatte sich jedoch nichts eingebildet – irgendjemand spazierte am Heiligabend den Hume entlang.

Danny trat auf die Bremse. Sein altes orangefarbenes Fließheck kreischte wie unter Schmerzen, als er es auf den Seitenstreifen lenkte. Er ließ den Motor laufen, stieg aus, lehnte sich mit den Armen gegen den Türrahmen und wartete.

Die Allgemeinheit riet davon ab, Anhalter mitzunehmen, aber er wusste, wie es sich anfühlte, einsam und pleite zu sein; er wusste, wie es war, ignoriert zu werden. Schließlich war Weihnachten. Es war seine Pflicht, seinem Nächsten (oder, in diesem Fall, *seiner* Nächsten) zu helfen.

Die Frau schlich mit gesenktem Kopf am Straßenrand entlang, und erst als sie nur noch einen Meter vom Mazda entfernt war, blickte sie zu Danny auf. Sie starrte ihn abwesend an. Sie trug eine rosafarbene Uniform und eine blaue Baseballmütze, die ihr viel zu groß war; über ihrer Schulter hing ein Rucksack.

»Wollen Sie mitfahren?«, fragte Danny.

Die Frau runzelte die Stirn.

Die Frage war nicht kompliziert, aber vielleicht war sie es einfach nicht gewohnt, dass jemand anhielt und ihr eine Mitfahrgelegenheit anbot. Schließlich hielten heutzutage nicht mehr viele Leute an, um Anhalter mitzunehmen.

Sie schob die Mütze ein Stück nach oben und nickte ohne allzu große Begeisterung.

»Toll, springen Sie rein. Tür ist offen.« Danny hüpfte wieder in den Wagen und warf den Aktenkoffer auf den Rücksitz, als die Frau einstieg. Sie schloss die Tür mit mehr Schwung, als das Auto gewohnt war.

Danny zuckte zusammen, sagte aber nichts. Er wollte nicht, dass sie ihn für irre hielt, wo sie sich doch gerade erst kennengelernt hatten. Das würde sie später, ganz ohne Zweifel, sowieso noch tun.

»Ich bin Danny«, sagte er und wandte sich der Frau zu.

Sie saß da und starrte auf das Armaturenbrett, drückte ihren

Rucksack fest gegen ihre Brust und sagte kein Wort. Ihr Gesicht war blass, ihre Wangen knochig und ihre Lippen sehr dünn. Aufgrund der Mütze konnte Danny nicht sehen, welche Farbe ihr Haar hatte oder wie lang es war.

»Und Sie sind?«

Es folgte eine lange Pause, bevor die Frau antwortete: »Ist das wichtig?«

Ihre Stimme war tief und rau, so als habe sie sich eben erst ein Footballspiel angeschaut und mitgebrüllt. Er hatte erwartet, dass diese zierliche Frau mit der zu großen Mütze und dem eiskalten Ausdruck eine hohe, sanfte Stimme haben würde.

Die Menschen überraschten ihn immer wieder. Das war einer der Gründe, weshalb er Anhalter mitnahm. Wenn man pleite war und keine Freunde hatte, boten sich nicht allzu viele Gelegenheiten, die Menschen zu studieren und etwas über ihre Eigenarten, Vorlieben und Abneigungen zu erfahren – all die unerlässlichen Zutaten, um die Figuren in einer Geschichte zum Leben zu erwecken. Tramper waren der perfekte Ersatz.

»Nun, ich muss Sie ja irgendwie ansprechen«, sagte Danny lächelnd.

Die Frau seufzte. »Nennen Sie mich Betsy.«

»Gut, Betsy, und wo wollen Sie hin?«

»Wo fahren Sie denn hin?«

»Chiltern.«

»Lassen Sie mich in Albury raus.«

Danny nickte. »Geht klar. Haben Sie da Familie?«

»Nein.«

»Besuchen Sie einen Freund?«

Wieder seufzte Betsy. »Nein, ich … ich kann sonst nirgendwo hin.«

Danny zog sich die Kehle zusammen. Hätte er ein Lächeln im Gesicht gehabt, es wäre ihm herausgefallen. Er hatte vielleicht nicht viele Freunde, aber wenigstens hatte er seine Mum. Sie war halbsenil, aber sie war das Wichtigste in seinem Leben, viel wichtiger als irgendein Buch oder sogar sein Manuskript. Nichts und niemanden zu haben, zu dem man an Heiligabend gehen konnte – das brach ihm das Herz.

»Also Albury«, sagte Danny, als er wieder auf den Highway auffuhr.

»Was ist in Chiltern?«, fragte Betsy.

»Meine Mutter.«

»Besuchen Sie sie über Weihnachten?«

»Ja. Ich wohne in Sydney, deshalb kann ich nicht so viel Zeit mit ihr verbringen, nur an den Feiertagen.«

»Und was machen Sie?«

»Ich bin Schriftsteller.«

Er fühlte sich erst seit einiger Zeit selbstsicher genug, um das zu sagen.

»Das ist … aufregend«, sagte Betsy vollkommen unaufgeregt. »Wurde schon irgendwas von Ihnen veröffentlicht?«

Ihm ging nicht mehr aus dem Kopf, was Betsy gesagt hatte: *Ich kann sonst nirgendwo hin.*

»Ein paar Kurzgeschichten in Zeitschriften, die nur echte Horrorfans lesen. Und die nur mit Belegexemplaren bezahlen.«

»Dann schreiben Sie Horrorgeschichten? Wie Stephen King?«

»Ganz genau. Haben Sie schon viele Horrorgeschichten gelesen?«

»Nein, nie. Ich lese nicht.«

»Also, wenn Sie mal damit anfangen wollen, könnte ich Ihnen ein paar echt gute Bücher empfehlen …«

»Ich kannte mal einen Maler, der Bilder von Menschen malte, die Schmerzen litten. Seine Arbeiten waren grausam, aber sehr fesselnd. Ich schätze, so fühlt man sich wohl auch, wenn man einen Horrorroman liest.«

»Klingt plausibel. Dieser Typ, ist der ein Freund von Ihnen?«

»Kaum. Und, haben Sie schon mal einen Roman geschrieben?«

»Einen. Er liegt da hinten.«

Betsy drehte sich um. »In dem Aktenkoffer?«

»Jep. Ist das einzige Exemplar, das ich habe. Ich nehme ihn mit zu Mum, damit sie ihn lesen kann.«

Betsy drehte sich wieder nach vorne. »Nur ein Exemplar? Ist das nicht riskant?«

Danny nickte. »Ist es, aber ich habe kein Geld für einen Computer; ich muss Mums alte Schreibmaschine benutzen.«

»Schreibmaschine? Ich hätte nicht vermutet, dass die noch irgendwer benutzt.«

»Ich tue es. Und um Ihnen die Wahrheit zu sagen: Ich glaube, ich ziehe sie einem Computer vor. Ich schätze, ich bin ein kleiner Romantiker. Ich liebe das Geräusch, das sie macht; ihre Schlichtheit. Außerdem erinnert sie mich an Jack Nicholson in *Shining* – mein Lieblingsfilm.«

Betsy drehte sich Danny zu und sah ihn zum ersten Mal an, seit sie in den Wagen gestiegen war. »Wo nehmen Sie denn Ihre Ideen her?«

»Die uralte Frage«, sagte Danny. Er wusste, dass Schriftsteller das am häufigsten gefragt wurden, aber für ihn war es das erste Mal. Es war aufregend; er fühlte sich wie ein echter Schriftsteller. Das einzige Problem war, dass er nicht wusste, was er erwidern sollte, jetzt, wo ihn endlich jemand gefragt hatte. Seine Aufregung verebbte.

»Von überall. Dem Leben. Den Menschen.« Es frustrierte ihn, dass ihm nichts Besseres als Antwort einfiel. Das erste Mal, dass jemand außer seiner Mum Interesse an seiner Arbeit zeigte, und er hatte nichts zu sagen, was auch nur im Entferntesten interessant gewesen wäre.

»Lassen Sie beim Schreiben auch persönliche Erfahrungen einfließen?«

Danny atmete nachdenklich ein und hoffte, dass er ihr dieses Mal etwas Spannenderes liefern würde. »Ich glaube schon. Ich meine, ich bin mir dessen beim Schreiben nicht bewusst, aber Leute, die ich getroffen oder Dinge, die ich gesehen oder getan habe, finden durchaus ihren Weg in meine Geschichten.«

Das war schon besser. Mit dieser Antwort war er glücklicher.

»Dann tun Sie Menschen weh, um Erfahrungen zu sammeln?«

»Was?« Danny schnappte nach Luft. Er sah zu Betsy hinüber, um herauszufinden, ob sie nur gescherzt hatte. Sie sah aus, als meine sie es ernst.

»Sie schreiben Horrorgeschichten und Sie sagen, dass Ihre Erfahrungen mit einfließen, deshalb müssen Sie den Menschen wehtun, um besser zu verstehen, was Schmerz und Angst bedeuten. Ist schon okay, Sie können es mir sagen.«

Danny schaute wieder nach vorne. »Nur, weil ich Geschichten schreibe, in denen es um Angst und den Tod geht, heißt das nicht, dass ich irgend so ein Psychopath bin. Wieso denken Sie, dass ich das bin?«

»Der Maler, von dem ich Ihnen erzählt habe, er hat Menschen wehgetan, um seine Kunst zu verbessern. Teilweise hat er ihnen sogar sehr wehgetan. Ich dachte, Sie arbeiten vielleicht auf dieselbe Weise.«

»Nein«, platzte Danny heraus. »Ich weiß ja nicht, wer dieser Maler ist, aber er hört sich nach einem Irren an.«

Er fragte sich, welche Beziehung Betsy zu diesem Künstler hatte.

»Tut mir leid«, sagte Betsy. »Ich wollte damit nichts andeuten, ich war nur neugierig. Ich hab noch nie einen Schriftsteller getroffen.«

»Schon okay. Und, was machen Sie, wenn Sie in Albury sind?«

»Ich weiß nicht. Was zu essen suchen, schätze ich.«

Danny räusperte sich. Ihm war schon vorher der Gedanke gekommen, als sie gesagt hatte, sie könne nirgendwo hingehen, aber er entschied sich erst in diesem Augenblick endgültig. »Wieso kommen Sie nicht mit mir nach Hause, nach Chiltern? Mum macht einen Truthahnbraten, und sie kocht immer viel zu viel.«

»Das geht doch nicht.«

»Unsinn. Ich könnte die Feiertage gar nicht genießen, wenn ich wüsste, dass Sie ganz allein sind. Ich würde mich freuen, wenn Sie mit zu Mum kommen.«

»Ich will Sie nicht stören. Und Sie haben Ihre Mum ja auch gar nicht gefragt. Vielleicht will sie mich ja gar nicht dabei haben.«

»Das macht ihr nichts aus. Sie würde sich über weibliche Gesellschaft freuen.«

Danny drehte sich um und lächelte sie an, stolz auf sein großzügiges Angebot. Er kannte nicht viele Menschen, die so freundlich waren, einen Fremden an Heiligabend zu sich nach Hause einzuladen.

Aber in Betsys Gesicht lagen weder Freude noch Dankbarkeit. Sie sah verängstigt aus. Ihre Hände zitterten, und sie drückte ihren Rucksack fest gegen die Brust. War es falsch gewesen, sie einzuladen?

Er wollte sie gerade fragen, was los war, aber ein plötzlicher Knall ließ ihn verstummen, bevor er die Möglichkeit dazu hatte.

Das Auto machte einen Satz nach rechts. Der erstickende Geruch von brennendem Gummi erfüllte den Wagen.

Er nahm den Fuß vom Gas und versuchte mit zusammengebissenen Zähnen, das Auto nach links zu steuern. Das Lenkrad zitterte heftig in seinen Händen, und der Wagen fuhr in die entgegengesetzte Richtung, als die, in die er eigentlich wollte. Wenigstens waren keine anderen Fahrzeuge in der Nähe, die seinem ausbrechenden Mazda in die Quere kommen konnten.

Schließlich brachte er den Wagen wieder unter Kontrolle. Er lenkte ihn an den Straßenrand, hielt an und schaltete den Motor ab. Zitternd atmete er aus. »Verdammte Scheißkarre.« Er drehte sich zu Betsy um. »Geht's Ihnen gut?«

Sie nickte. Die Mütze war ihr über die Augen gerutscht, und sie schob sie wieder hoch.

»Gut«, sagte er. Der Schock legte sich langsam.

»Zeit, meine Reifenwechselkünste zu testen.«

Danny hüpfte aus dem Wagen und ging auf wackeligen Beinen zum Kofferraum. Er öffnete die Klappe und hob die Abdeckung an, unter der das Ersatzrad lag. »Scheiße«, stöhnte er angesichts des platten Reifens.

Er war kein besonderer Autonarr; selten kontrollierte er den Ölstand oder die Bremsflüssigkeit ... oder den Zustand des Ersatzrads. Er hatte noch nicht einmal eine Luftpumpe oder eins von diesen Dingern dabei, mit denen man einen Platten mit klebrigem Schaum füllen konnte.

Mit gequältem Grinsen bemerkte Danny das Schild vor sich: *Unfälle können auch Sie treffen. Fahren Sie langsamer.*

Er ging mit schweren Schritten zur Beifahrertür und stellte sich neben das offene Fenster. »Das Ersatzrad ist platt. Schönes Pech, wie?«

Betsy schaute zu ihm hoch.

Danny zitterte.

»Haben Sie eine Pumpe?«

Er schüttelte den Kopf. »Ich schätze, ich könnte den platten Reifen nach Woomargama rollen und von einer Tankstelle oder einem Restaurant aus die Pannenhilfe rufen.«

Die Vorstellung begeisterte ihn nicht gerade. Jahrelang am Schreibtisch zu sitzen, war seiner Fitness nicht unbedingt zuträglich gewesen. Er war zwar schlank – was er allein guten Genen zuschrieb – aber er hatte seine Gesundheit vernachlässigt und konnte froh sein, wenn er zwanzig Minuten laufen konnte, bevor sich seine Lungen anfühlten, als würden sie explodieren.

Betsy schüttelte den Kopf. »Woomargama ist nur ein ganz kleiner Ort. An Heiligabend sind alle Läden geschlossen. In Holbrook auch, nicht mal die Restaurants haben geöffnet. Albury ist so ungefähr der einzige Ort in Fußentfernung, an dem überhaupt irgendwas geöffnet sein dürfte.«

Danny seufzte. »Es würde ewig dauern, nach Albury zu gehen. Es gibt noch eine andere Möglichkeit – wir könnten warten, ob ein Auto anhält. Die haben dann hoffentlich eine Pumpe dabei, oder, wenn nicht, nehmen uns mit nach Albury. Mir persönlich gefällt die Idee.«

»Da hoffen Sie aber auf einiges.«

»Na ja, immerhin ist Weihnachten … da hält doch bestimmt jemand aus Nächstenliebe an.« Er ging vorne um das Auto herum, stieg wieder ein und schaltete den linken Blinker an. »Vielleicht haben wir ja Glück und müssen nur zehn Minuten warten.«

»Erwartet Ihre Mum Sie nicht zu einer bestimmten Zeit?«

»Nicht wirklich. Sie weiß, dass ich immer trödele.«

Eine glatte Lüge: Seine Mum war extrem streng, wenn es darum ging, dass er pünktlich zum Essen erschien. Er hatte Angst davor, was es in ihr auslösen würde, wenn er nicht um sechs bei ihr zu Hause war. Die Uhr im Wagen zeigte 17.34 Uhr – er war jetzt schon spät dran.

»Haben Sie kein Handy?«

»Ich kann mir gerade mal Benzin für den Wagen leisten, geschweige denn ein Handy«, gab Danny zu. »Ich schwimme nicht unbedingt im Geld, falls Sie sich das nicht sowieso schon gedacht haben. Ich kriege Arbeitslosenhilfe, solange ich auf meinen großen Vertrag bei einem Verlag warte.«

»Glauben Sie, dass es dazu kommen wird?«

»Klar. Das muss es. Das ist mein Leben.« Danny wollte ihr von seinem Roman erzählen, aber er hatte Angst vor spöttischen Bemerkungen, selbst von jemandem, den er eben erst kennengelernt hatte. Aber er wollte auch eine zweite Meinung, und so nahm er seinen ganzen Mut zusammen und fragte: »Wollen Sie wissen, worum es geht?«

Betsy rutschte in ihrem Sitz hin und her. Sie sah nervös aus, wie ein eingesperrtes Tier, das aus seinem Käfig hinaus wollte.

»Alles okay?«

»Mir geht's gut«, versicherte sie, obwohl offensichtlich war, dass das nicht stimmte. »Erzählen Sie mir von Ihrem Buch.«

»Okay, es hört sich vielleicht ein bisschen albern an, aber es liest sich viel besser als es klingt. Okay. Es ist der erste Teil einer düsteren Horror-Fantasy-Trilogie über einen Planeten, der von zwei verschiedenen Arten von Kreaturen bewohnt wird. Die einen sind so was wie Vampire, nur, dass sie fledermausmäßiger sind als die traditionellen Dracula-Vampire. Die anderen sind wie Werwölfe, nur wolfsartiger. Beide Arten entführen Menschen, die sie in einer riesigen Höhle auf ihrem Planeten halten. Sie brauchen das Fleisch und das Blut, um zu überleben, verstehen Sie? In dem Roman geht es um eine Gruppe von Menschen, die in dieser Höhle gefangen sind, und um ihre Fluchtversuche, währenddessen führen die Kreaturen draußen einen Krieg gegeneinander, der ihre Welt zerstören könnte. Außerdem gibt's noch Zombies, die den Vampiren als Sklaven dienen. Sie spielen eine wichtige Rolle im zweiten Teil der Geschichte. Das ist eigentlich schon alles. Aber das ist nur der erste Teil: Ich fange bald mit dem zweiten an. Also, was denken Sie? Klingt das okay?«

Er atmete tief ein – er brauchte dringend Luft – und wartete auf Betsys Antwort.

Sie sagte: »Ich fühle mich nicht gut dabei, so in Ihr Weihnachtsfest reinzuplatzen. Lassen Sie mich einfach in Albury raus, ich komme dann schon zurecht.«

Danny war etwas gekränkt von Betsys Desinteresse an seiner Geschichte, aber er nahm an, dass sie einfach Wichtigeres im Kopf hatte als Vampire und Werwölfe. »Ich möchte, dass Sie mit mir kommen. Glauben Sie mir, meiner Mum wird es nichts ausmachen. Es wird sie wirklich nicht stören.«

»Es gibt keine Mutter«, murmelte Betsy.

»Hä?«

»Nichts.« Wieder war ihr die Mütze über die Stirn gerutscht, sodass ihre Augen fast ganz bedeckt waren, aber dieses Mal schob sie sie nicht wieder hoch.

»Woher haben Sie die Mütze?«

Leise antwortete sie: »Von einem Freund.«

»Ihr Freund muss einen großen Kopf gehabt haben«, kicherte Danny.

Betsy schaute Danny mit dunklem, durchdringendem Blick an. »Sprechen Sie nicht so über Blake.«

Danny hob die Hände. »Ich hab mich doch nur unterhalten, solange wir warten. Es tut mir leid, ich hab mir nichts dabei gedacht.«

Ihre Augen durchbohrten ihn noch immer, aber schließlich wandte sie doch den Blick ab. Danny war erleichtert. »Es ist eine schöne Mütze«, log er. Er drehte sich weg, sah aus dem Fenster, schaute den vorbeifliegenden Autos nach und wünschte sich, eines von ihnen möge anhalten.

»Ziehen Sie Ihr T-Shirt aus.«

»Wie bitte?«, erwiderte Danny und schaute zu Betsy hinüber, sicher, dass er sie eben falsch verstanden hatte.

»Ziehen Sie Ihr T-Shirt aus«, wiederholte sie und atmete dabei unruhig. »Ich muss es wissen.«

Sollte das eine Anmache sein? War das ihre Art, ihm zu sagen, dass sie ihn attraktiv fand und mit ihm vögeln wollte?

Er hatte es noch nie mit jemandem getan, der es auch gewollt hatte. Seine erste und einzige sexuelle Erfahrung hatte er an seinem 21. Geburtstag gemacht, als er noch ein bisschen Geld hatte und sich selbst eine Nacht im Puff gönnte. Es war schnell, ordinär und kaum erinnerungswürdig gewesen. Je weniger Geld er anschließend gehabt hatte, desto weiter waren auch seine

Chancen geschrumpft, Sex zu haben, ohne dafür zu bezahlen, und er hatte gelernt, mit den Freuden der Hand zu leben.

»Äh … okay«, sagte er. Jetzt hoffte er, es würde niemand anhalten; zumindest nicht in den nächsten fünf Minuten. Obwohl er sich ziemlich unwohl fühlte, zog er sein grünes *Revolution*-T-Shirt aus.

Betsy starrte ihn an, aber in ihrem Blick lagen weder Lust noch Zuneigung, sondern nur Traurigkeit. Sie schüttelte den Kopf und wandte sich ab. Dann öffnete sie die Beifahrertür.

»Hey, wo wollen Sie denn hin?« Er nahm an, sie habe nur einen Blick auf seinen blassen, dürren Körper geworfen und beschlossen, ein Baumstamm sei allemal ansprechender, aber er wollte nicht, dass sie ging. Sie sah aus, als könne sie eine ordentliche Mahlzeit vertragen, und es tat ihm wirklich leid, dass sie Heiligabend allein verbringen musste. Er lehnte sich hinüber und packte sie an der Schulter.

»Gehen Sie nicht.«

»Lassen Sie mich los«, sagte sie.

»Es ist nicht richtig, dass Sie an Heiligabend ganz alleine sind.« Vielleicht ein bisschen kräftiger, als er beabsichtigt hatte, zog er sie zurück in den Wagen. »Ich verstehe nicht, was …«

Wie eine Schlange, die sich auf ihre Beute stürzt, drehte Betsy sich um und packte Danny an der Kehle. Er nahm die Hand von ihrer Schulter und legte sie an seinen Hals.

Ihr Griff war stark – so stark, dass Danny Schwierigkeiten hatte, ihre Hände zu lösen und nur noch verzweifelt nach Luft schnappte.

»Ich will nicht, dass man mich anfasst!«, spuckte sie aus. »Lassen Sie mich in Ruhe!« Sie drückte noch fester zu, und Danny wurde schwarz vor Augen. »Du bist es nicht!«, brüllte sie. »Wieso bist du es nicht?«

Unfähig, Betsys Finger von seinem Hals zu lösen, tat Danny das Einzige, was ihm einfiel: Er schlug in ihre Richtung. Es war normalerweise nicht seine Art, Frauen zu schlagen, aber er hatte keine Wahl – er fühlte, wie das Leben aus seinem Körper wich.

Seine Faust traf sie ins Gesicht. Nicht sehr hart, aber heftig genug, um sie aus dem Konzept zu bringen.

Ihre Hände fielen von seinem Hals ab.

Danny brach zusammen und rang nach Luft. Trotz seiner Benommenheit und des Klingelns in seinen Ohren hörte er ein Klopfen an der Fahrertür, dem die tiefe Stimme eines Mannes folgte: »Ist alles in Ordnung, Miss?«

Schon bald war Danny wieder in der Lage, zu atmen, aber das Schlucken tat ihm weh und er brauchte dringend etwas zu trinken. Er drehte sich um. Ein Mann mit einem buschigen Bart beugte sich zu ihm herunter und sah mit neugierigem, aber besorgtem Blick in den Wagen. Der Mann roch nach Zigarettenrauch und füllte das gesamte Fenster mit seinen Schultern aus; selbst vornübergebeugt sah er wesentlich größer aus als Danny.

»Kann ich Ihnen helfen?«, fragte Danny mit kratziger Stimme. Es fühlte sich an, als habe jemand ein Feuer in seiner Kehle angezündet.

Der Mann blickte Danny finster aus großen runden Augen an und sah dann zu Betsy hinüber.

»Miss? Geht's Ihnen gut?«

»Alles in Ordnung«, versicherte Danny. »Wir hatten nur eine kleine Meinungsverschiedenheit.«

»Sah ernster aus als eine Meinungsverschiedenheit.«

»Wir haben nicht gestritten«, sagte Betsy. »Er ... Er wollte mich angreifen.«

Danny fühlte sich, als habe man ihm die Eingeweide herausgerissen. »Was?«, keuchte er und musste husten.

»Ich wusste es«, brummte der Mann. »Ich wusste, dass du einer von denen bist.« Der Mann riss die Fahrertür auf.

»Nein! Ich bin Schriftsteller!«, brüllte Danny durch mehrere Hustenanfälle, obwohl er selbst nicht wusste, wie es ihm nützen sollte, wenn er diesem brutalen Kerl diese Information gab; und bevor Danny erneut protestieren konnte, schlug ihm der Mann mit steinerner Faust ins Gesicht.

So viel zum Thema unschuldig bis zum Beweis der Schuld, dachte Danny, als er wieder in seinen Sitz geschleudert wurde und den Mann, trotz des Klingelns in seinem Kopf, sagen hörte: »Alles okay, Miss. Sie sind jetzt in Sicherheit.«

Dann begannen die Schmerzen.

Als Danny zu sich kam, schien im das grelle Licht der Abendsonne in die Augen, und die Schmerzen bohrten sich in seinen Kopf. Er musste ausgeknockt gewesen sein, wenn auch nicht für lange, denn die Uhr auf dem Armaturenbrett zeigte 17.52 Uhr. Er setzte sich auf, mit steifem Körper und geschwollenem, wundem Gesicht. Die plötzliche Bewegung jagte eine Schmerzwelle durch seinen Körper. Er drehte sich zur Seite und übergab sich auf den Asphalt. Als er fertig war, wischte er sich den Mund ab und lehnte sich wieder gegen den Sitz.

Er schaute in den Rückspiegel, aus dem ihn ein wundes, jämmerliches Gesicht anstarrte: Blut klebte an seinem Mund und seiner Nase, die Farbe seiner Haut war eine grelle Mischung aus rot und violett, und rund um seine Augen sah er aus, als habe man Pingpongbälle unter seine Haut gestopft.

Wie sollte er das seiner Mutter erklären?

Dass er eine seltsame Frau mitgenommen hatte, die dann versuchte, ihn zu erwürgen, um anschließend, als irgend ein Typ vorbeikam, so zu tun, als sei sie selbst das Opfer, woraufhin der Typ ihn zu Brei schlug?

Das würde sie bestimmt sehr gut verkraften.

Danny war vollkommen verblüfft von der Folge der Ereignisse.

Was hab ich denn getan? Was hab ich gesagt?

»Verrückte Frau«, sagte er und hustete. Er spuckte den Rest des sauren Schleims auf den Boden.

Was für eine Nacht.

Aber wenigstens war sie kein totaler Reinfall gewesen; er hatte jetzt ein aufregendes Ereignis für sein nächstes Buch – und in Betsy eine spannende Figur.

»Sie hätten ihn mich umbringen lassen sollen. Nur für den Fall.«

Lucy schüttelte den Kopf. »Ich habe Ihnen doch gesagt, er war es nicht.«

»Ich weiß, sogar mehrfach. Ich wäre nur gern sichergegangen. Aber wenn Sie sagen, er ist keiner, dann muss ich Ihnen das glauben.«

»Ich wollte nicht, dass Sie ihn töten, weil er nicht der Mann ist, den ich suche. Welchen anderen Grund könnte es denn sonst geben?«

»Dass Sie auch ein Jäger sind, und auch wenn Sie sagen, er sei kein Blutsauger, könnte er Sie ja hinters Licht geführt haben. Die können ganz schön durchtriebene Biester sein.«

Lucy starrte ihn mit weit aufgerissenen Augen an: »Blutsauger? Wovon zum Teufel sprechen Sie?«

»Dieser Typ, der Sie angegriffen hat. Sie haben mir doch gerade gesagt, er sei kein Vampir, richtig?«

Stumm sprach Lucy das Wort Vampir, verzog dabei ihr Gesicht und sah völlig verwirrt aus. »Sie glauben, dieser Typ ist ein Vampir?«

»Na ja, das dachte ich, aber Sie haben mir ja versichert, dass er keiner ist.«

»Ich habe gemeint, dass er nicht der Kerl ist, den ich suche, nicht, dass er kein … Vampir ist.«

Gus trat auf die Bremse und lenkte den Wagen auf den Seitenstreifen. Sein Van schlitterte über den Kies, bevor er sehr abrupt zum Stehen kam. Er drehte sich zu der zierlichen Frau um. »Wollen Sie damit sagen … dass Sie nichts über sie wissen?«

Lucy schüttelte den Kopf.

Gus stöhnte. »Oh, Mann. Ich dachte, Sie wüssten über sie Bescheid, als Sie sagten …«

Mit einem Mal kam er sich albern vor. Der einzige Grund, weshalb er eingegriffen hatte, als er Lucy und den Typen im Auto hatte streiten sehen, war, um nachzusehen, ob sie Hilfe brauchte. Erst, als er den Mann aus der Nähe gesehen und seinen verfaulten Atem gerochen hatte – er war außerdem entsetzlich dürr – kam ihm der Verdacht, er könnte ein Blutsauger sein. Aber die Frau hatte Gus gebeten, ihn nicht zu töten, sondern nur zu verprügeln. Jemanden nicht zu töten, der aller Wahrscheinlichkeit nach ein Vampir war, ging gegen alles, woran er glaubte und wofür er kämpfte, aber sie war fest davon überzeugt, dass er kein Blutsauger war, also hatte er den Typen aus Mangel an Beweisen laufen lassen.

Aber wenn Lucy keine Jägerin war und nichts von den Kreaturen wusste, die unter ihnen lebten, dann war es möglich, dass Gus doch recht gehabt hatte und der Kerl ein Vampir war.

Dann musste er bei Einbruch der Nacht eben doppelt so wachsam sein und beten, dass er das Richtige getan hatte, indem er den Mann nicht tötete.

Lucy wand sich in ihrem Sitz. Plötzlich fiel Gus auf, wie müde und alt sie wirkte. Er glaubte nicht, dass sie viel älter war als er selbst, aber sie sah aus, als habe das Leben sie ausgelaugt, und ihr verbrauchtes Gesicht erzählte von Schmerz und schlaflosen Nächten. Er fragte sich, ob sie einem Vampir zum Opfer gefallen war, ohne es zu wissen.

»Dann haben Sie also geglaubt, er ist ein Vampir? Ein richtig echter, blutsaugender Vampir?«

Gus zuckte die Achseln und strich sich über seinen langen Bart. »Vielleicht.«

»Und Sie sind …?«

»Ein Vampirjäger.« Er streckte die Hand aus. »Gus Hammond.«

Lucy schüttelte ihm die Hand, zog ihre aber schnell wieder zurück. »Ich dachte, Sie seien nur ein netter Mensch, der mich rettet. Ich hatte ja keine Ahnung, dass Sie in so einer Branche tätig sind.«

Er konnte keinen Sarkasmus in ihrer Stimme erkennen, was eine erfreuliche Abwechslung war. Normalerweise lachten die Leute ihn aus und hielten ihn für verrückt, wenn sie herausfanden, welcher Betätigung er nachging. Er wusste selbst von keinen weiteren Jägern in Australien und fand daher, dass ihre Reaktion durchaus verständlich war.

»Würde es Ihnen etwas ausmachen, mich anzuhauchen?«

Lucy schien von dieser Bitte völlig perplex, aber das wäre wohl auch jeder andere gewesen. »Sie vermuten, ich bin ein Vampir?«

»Ich will nur sichergehen.«

Lucy zuckte resigniert die Achseln, beugte sich zu ihm und blies ihm ins Gesicht.

Gus stellte fest, dass sie zwar nicht den angenehmsten Atem hatte, dass er aber meilenweit von vampirmäßig übel entfernt war. Dann zog er seine Halskette unter seinem Flanellhemd hervor und hielt den Kreuzanhänger hoch.

Lucy sah ihn mit einem leichten Grinsen an, holte das Kreuz an ihrer eigenen Kette hervor und sagte: »Ich hab auch eins. Hab ich bestanden?«

Er nickte und steckte die Kette wieder unter das Hemd.

»Wir sollten lieber noch ein gutes Stück zwischen uns und Danny bringen, nur für den Fall, dass jemand anhält, um zu sehen, ob er Hilfe braucht, und dann die Bullen ruft.«

»Nicht sehr wahrscheinlich«, erwiderte Gus. »*Er* hat *Sie* angegriffen. Hat Ihnen ein ganz schönes Veilchen verpasst.«

Lucy legte eine Hand auf ihr linkes Auge, das angeschwollen war und langsam schwarz wurde. »Stimmt. Trotzdem würde ich mich besser fühlen, wenn wir möglichst weit von ihm weg wären.«

»Wie Sie meinen ... Wo soll ich Sie rauslassen?«

Lucy sah mit einem Mal sehr traurig aus. »Es tut mir leid. Ich halte Sie auf. Schließlich ist Weihnachten – Sie wollen sicher schnell zu Ihrer Familie. Albury wäre prima.«

Gus lächelte. »Ich hab keine Familie. Ein Vampirjäger hört nie auf zu jagen – Vampire interessiert es nicht, dass Jesus morgen Geburtstag hat. Ich war unterwegs zum Mount Samaria. Da campe ich normalerweise, wenn ich in diesem Teil von Australien bin.«

»Schlafen Sie in Ihrem Van?«

Gus nickte.

»Na ja, ich hab auch keinen Ort, an den ich gehen könnte. Stört es Sie, wenn ich mich Ihnen anschließe?«

Gus hatte noch nie jemanden getroffen, der sich »ihm anschließen« wollte; er war vollkommen überrascht. Er konnte aber nicht sagen, dass die Vorstellung ihm widerstrebte.

»Sicher, es wäre nett, ein bisschen Gesellschaft zu haben. Ihnen ist aber schon klar, dass es da, wo ich hingehe, keine Toiletten oder fließendes Wasser gibt. Nur die Natur, wie Gott sie geschaffen hat.«

»Das stört mich nicht. Ich kann Motels nicht mehr sehen.«

»Also gut. Auf zum Mount Samaria.« Er lenkte den Van wieder auf den Highway.

»Wo genau ist der Mount Samaria?«

»Ungefähr eine halbe Stunde Fahrt von Benalla entfernt. Wird noch ein paar Stunden dauern, bis wir da sind.«

»Er liegt in Victoria?«

In Lucys Stimme lag ein Anflug von Furcht, was Gus eigenartig vorkam. Er drehte sich um und sah in ihr blasses Gesicht und ihre nervösen Augen. »Ja. Warum, was ist denn los?«

»Nichts.« Lucy drehte sich nach vorne und versuchte, entspannt auszusehen, was ihr nicht gelang.

Gus fragte sich, wo das Problem lag. Aber was es auch war, er war sich sicher, dass eine ordentliche Dosis Bergluft und ein paar Bier es schon aus ihr rauskitzeln würden. Sie wirkte, als müsse sie so einiges loswerden.

»Was ist dahinter?«, fragte Lucy und zeigte auf die Trennwand zwischen dem vorderen und dem hinteren Teil des Vans.

»Mein Zufluchtsort. Vielleicht zeige ich es Ihnen später.« Normalerweise zeigte er niemandem den hinteren Bereich seines Vans, aber er fühlte sich Lucy irgendwie verwandt, obwohl er nicht hätte sagen können, warum; er hatte sie schließlich eben erst kennengelernt. Vielleicht lag es daran, dass sie sich nicht darüber lustig machte, womit er sein Leben verbrachte und ihn deswegen nicht verurteilte oder völlig seltsam fand. »Nachts ist er unerlässlich.«

»Nachts?«

Er nickte. »Dann kommen die Vampire zum Spielen raus.«

Gus saß in einem der selbstgebastelten Klappstühle, die er auf dem Dach seines Vans festgeschraubt hatte und zusammenklappte, wenn er sie nicht brauchte. Er hatte gleich zwei gebaut (man wusste ja nie, wann Besuch kam), als er die Nase voll davon hatte, auf versifften Picknicktischen oder auf dem Boden zu sitzen. Außerdem gefiel ihm die Vorstellung, näher an der Flugbahn der Vampire zu sitzen.

Lucy war irgendwo zwischen den Bäumen und ging einem menschlichen Bedürfnis nach.

Er nahm einen Zug von seiner Zigarre, trank einen großen Schluck eiskaltes Bier und blickte über den Campingplatz und den umliegenden Wald. Er fragte sich, was für Geschöpfe dort draußen in der Dunkelheit lauerten, ihn beobachteten und warteten. Er hatte die starke Vermutung, dass er heute Nacht noch einem Vampir begegnen würde, hatte dieses Kribbeln auf der Haut und dieses Gefühl der nervösen Vorahnung.

Wann immer er sich in diesem Teil von Victoria befand, übernachtete er im Mount Samaria State Park. Hier war es friedlich und normalerweise menschenleer, besonders in den kühleren Monaten. Im Sommer campten hier oft Familien oder Gruppen von Freunden, was ihn nicht störte – manchmal war es gut, unter normalen Menschen zu sein, ums Lagerfeuer zu sitzen, zu plaudern und Marshmallows zu grillen – aber trotzdem war er immer am glücklichsten, wenn der Campingplatz leer war, wenn er eintraf, genau wie dieses Mal. Doch am wichtigsten war, dass ganz in der Nähe Farmland lag. Wie er auch Lucy erzählt hatte, als sie über die holprige Schotterstraße zum Campingplatz fuhren, liebten Vampire es, sich von Tieren zu ernähren – besonders von Kühen und Schafen – wenn sie keine Menschen fanden, und in der Gegend, die an den Nordrand des Parks grenzte, wimmelte es von Nutztieren. Diese Gegend war nicht nur ausgesprochen malerisch und abgeschieden, sie war auch der perfekte Futterplatz für Vampire.

Lucy kletterte die provisorische Leiter hinauf, die sich auf der Fahrerseite des Vans befand, und durchbrach die wunderbar klaren Geräusche der Nacht: das Zirpen der Grillen, das Kreischen eines Vogels, den Ruf einer Eule und das sanfte Plätschern des nahen Baches.

Es war kurz nach zehn und schon dunkel – die Art von

Dunkelheit, die man nur in den Bergen findet – aber Gus hatte gleich nach ihrer Ankunft ein Lagerfeuer angezündet. Kein wild loderndes Lagerfeuer, das einen Buschbrand auslösen konnte – immerhin war Sommer –, aber doch groß genug, dass es ihnen ein bisschen Licht schenkte und sie ihr Abendessen zubereiten konnten: gebackene Bohnen, über den Flammen geröstetes Brot – dick mit Butter und Vegemite bestrichen – und Marshmallows. Als Lucy das Ende der Leiter erreicht hatte, sah er, dass sie einen Moment innehielt und sich Enttäuschung auf ihrem aschfahlen Gesicht abzeichnete, bevor sie sich wieder fasste und sich in den zweiten Liegestuhl setzte.

»Bier?«, fragte er und hoffte, dass es ihre Zunge lockern und er erfahren würde, was es mit ihrem seltsamen Verhalten auf sich hatte.

»Sehr gern.«

Gus griff in die Kühltruhe und holte ein Cascade heraus. Er öffnete die Flasche, bevor er sie ihr reichte. Sie bedankte sich und kippte einen größeren Schluck Bier hinunter, als Gus ihr zugetraut hätte.

Gleich, nachdem sie angekommen waren, hatte Lucy ihre Uniform ausgezogen – er konnte nicht mit Sicherheit sagen, was für eine Uniform es war – und war in Jeans und ein zerrissenes Hemd geschlüpft, das nach Moder und Schmutz roch. Die blaue Baseballmütze, die tief auf ihrer Stirn saß, behielt sie an. Gus trug ebenfalls Jeans, aber er hatte das dünne Hawaiihemd ausgezogen und nur das weiße Achselshirt angelassen, das er darunter trug. (Normalerweise, allein an einem Ort wie diesem und in einer Nacht wie heute, hätte er es ebenfalls ausgezogen, aber er wollte nicht, dass Lucy sich unwohl fühlte.)

Er nahm einen letzten Zug von seiner Montecristo, drückte die Zigarre auf dem Dach des Vans aus und warf den Stummel in den Wald.

»Hier ist es wirklich wunderschön«, sagte Lucy.

Gus trank einen Schluck Bier und atmete den erdigen Duft aus Eukalyptus und Zigarrenrauch ganz tief ein, bis er seine Lungen füllte. Er nickte. »Ich würde jetzt nirgendwo sonst auf der Welt sein wollen.«

»Erinnert mich an diese Bücher, die ich früher gelesen habe. Von, äh … egal, ist nicht so wichtig – irgend so ein Horrorschriftsteller. Wie haben Sie diesen Ort gefunden?«

»Vampire versammeln sich nicht nur in einem einzigen Staat, deshalb bleibe ich immer ein paar Monate in einer Gegend, bevor ich weiterziehe. Ich verbringe viel Zeit damit, Orte zu finden, an denen ich meinen Van parken kann und mich niemand stört. Ich musste seit fast zehn Jahren für keine Übernachtung mehr bezahlen. Dieser Ort ist etwas Besonderes, weil er einer der ersten war, die ich fand, als ich zu jagen anfing.«

Lucy rutschte in ihrem Stuhl hin und her und trank noch einen Schluck von ihrem Bier. »Wie haben Sie denn mit der Vampirjagd angefangen?«

»Eines Abends, als ich spazieren ging, wurde ich angegriffen. Ich bin immer gern nachts herumgewandert, wenn sonst niemand unterwegs war. Aber an diesem speziellen Abend griff mich jemand von hinten an und bohrte seine Zähne in meinen Hals. Bevor ich mich wehren konnte, stieß der Vampir mich zu Boden und ich verlor das Bewusstsein. Als ich aufwachte, war der Vampir verschwunden, aber mir klopfte das Herz bis zum Hals und ich hatte eine höllische Migräne.«

»Wieso haben Sie sich nicht in einen Vampir verwandelt? Ich dachte, das passiert normalerweise.«

»Ja, aber so bin ich zum Jäger geworden. Ich bin nicht gestorben und habe mich auch nicht in einen Blutsauger verwandelt, und da wusste ich, dass es meine Bestimmung im Leben war, diese Biester zu jagen und die Welt von ihnen zu befreien.«

»Haben Sie schon viele getötet?«

»Ich hab aufgehört zu zählen.«

»Woher wissen Sie denn, dass jemand ein Vampir ist? Hatten Sie nie Angst, vielleicht einen unschuldigen Menschen auf dem Gewissen zu haben?«

Wieder war Gus von Lucys aufrichtigem Interesse an ihm und seiner Arbeit verblüfft. Anstatt ihn als verrückt abzustempeln, schien sie eher … fasziniert.

»Ich bin mir jedes Mal sicher. Sie haben diesen Blutgeruch an sich. Sie sind blass und ihr Atem stinkt. Aber um ganz sicherzugehen, verlasse ich mich auf mein Kreuz. Das verrät sie jedes Mal. Kein Vampir, ganz egal, wie sauber er auch zu sein versucht, kann seine Abneigung gegen das Kreuz verbergen.«

Im flackernden Schein des nahen Feuers glaubte er, ein Grinsen bei Lucy zu sehen, aber er wusste, dass ihm das Feuer nur einen Streich spielte. »Also, was ist Ihre Geschichte?«, fragte Gus. »Ich hab Sie lange genug mit meiner gelangweilt.«

»Da gibt's nicht viel zu erzählen.«

»Kommen Sie schon, jeder hat eine Geschichte zu erzählen.«

Eine Zeit lang waren nur die Rufe der Eulen, die Grillen und das Plätschern des Bachs zu hören.

»Sagen wir einfach, ich bin auch im Jagdgeschäft.«

Gus schluckte einen Mundvoll Bier hinunter und sagte: »Ich wusste, dass eine Art Verwandtschaft zwischen uns besteht. Ich habe in dem Moment, als wir uns begegnet sind, eine Verbindung gespürt. Was jagen Sie? Keine Vampire, so viel ist klar.«

Wieder Stille, aber dieses Mal war sie kürzer. »Was ich jage, gehört zur menschlichen Gattung, und es handelt sich nur um ein bestimmtes Exemplar. Er hat meine Tochter getötet und ich versuche, ihn zu finden.«

Vermutlich hätte er überrascht, sogar schockiert über Lucys Geständnis sein sollen, aber er suchte schon seit so langer Zeit nach Vampiren, dass ihn nichts mehr aus der Fassung brachte.

»Sie suchen nur nach einem einzigen Kerl?«

»Ja. Und ich kann es spüren. Ich glaube, ich bin ihm ganz nahe.«

Gus musste die offensichtliche Frage stellen: »Denken Sie, Ihre Tochter wurde vielleicht von einem Vampir getötet?«

»Nein, es war ein ganz normaler menschlicher Killer.«

»Wie können Sie da sicher sein?«

»Ich habe ihre Leiche gesehen«, antwortete Lucy. »An ihrem Hals waren keine Bisswunden.«

Gus war ein wenig enttäuscht.

»Also, dieser Kerl, vor dem ich sie gerettet habe … Waren Sie bei ihm im Wagen, weil sie geglaubt haben, er wäre der Mann, den Sie suchen?«

»Er hätte es ebenso gut sein können wie jeder andere Kerl.«

Gus fragte sich: *Ist das der Grund, weshalb sie sich mir unbedingt »anschließen« wollte? Dachte sie, ich könnte der Mann sein, den sie sucht?*

»Wissen Sie, wie der Typ aussieht?«

Lucy schüttelte den Kopf.

»Wie wollen Sie ihn denn dann finden? Woher wissen Sie, dass ich es nicht bin?«

»Ich weiß es eben. Sie haben Ihre Methode, um herauszufinden, ob jemand ein Vampir ist oder nicht – ich habe meine Methode, um herauszufinden, ob jemand der Mörder ist oder nicht. Und Sie sind es nicht.«

Gus lächelte und nahm einen Schluck Bier. »Nun, da bin ich ja erleichtert. Haben Sie je gedacht, ich sei der Typ, den Sie suchen?«

»Jeder Mann ist potenziell Rebeccas Mörder. Aber bei Ihnen … Ich hatte das starke Gefühl, dass Sie es nicht sind, aber ich musste trotzdem sichergehen.«

»Und jetzt sind Sie sicher.«

»Absolut.«

»Aber Sie glauben, dass Sie dicht an ihm dran sind?«

»Ist nur so eine Ahnung. Ich suche schon sehr lange nach diesem Mann, und ich habe das Gefühl, dass meine Jagd sich allmählich dem Ende nähert.«

Er hatte sie wohl richtig eingeschätzt: Sie war eine Jägerin, nur, dass sie keine Vampire jagte. Gus bewunderte ihre Entschlossenheit, trotzdem fand er: »Nach einer einzigen Person zu suchen, scheint mir ein bisschen … extrem, meinen Sie nicht? Ein bisschen wie diese Nadel, von der alle glauben, sie sei so schwer zu finden.«

»Und nach Vampiren zu suchen, ist normal?«

Gus lachte und nickte: »Da haben Sie mich erwischt. Und, haben Sie sich auch gut gegen diesen Mann geschützt?«

Der Schein des Feuers erleuchtete Lucys tiefe Stirnfalte. »Geschützt?«

»Waffen. Sie brauchen Waffen, um das Böse zu zerstören, wenn Sie ihm begegnen.«

»Äh, nein, ich habe keine.«

»Sie brauchen unbedingt eine Waffe. Ein Jäger ohne Waffen ist wie Moses ohne seinen Stab.«

»Was haben Sie für eine?«

Gus hatte lange überlegt, ob er Lucy sein ganz privates Allerheiligstes zeigen sollte. Jetzt, da er wusste, dass sie auch eine Jägerin war, eine ohne Waffe, erschien es ihm sinnvoll, es zu tun. »Ich möchte Ihnen etwas zeigen.«

»Die Einladung hab ich schon öfter gehört. Die bringt normalerweise nur Ärger.«

»Meine Absichten sind ehrenwert. Ich schwöre es.«

Mit einem Stöhnen hievte er sich aus dem Liegestuhl, klappte ihn zusammen und stieg die Leiter hinunter. Unten wartete er, bis Lucy ihren Stuhl ebenfalls zusammengeklappt hatte und zu ihm heruntergeklettert war.

»Folgen Sie mir«, sagte Gus und begab sich zum hinteren Teil des Vans. Als Lucy neben ihm stand, schloss er die Tür auf und öffnete sie schwungvoll.

Rotes und gelbes Licht strömte in die Nacht hinaus.

Lucy schnappte nach Luft, und im hellen Lichtschein sah Gus, wie sich ihre Augen weiteten. »Mein Gott«, stieß sie aus.

»Home sweet home«, sagte Gus und stieg in den Van. Er streckte seine Hand aus.

Lucy ergriff sie und er zog sie hoch.

Niemand hatte je zuvor sein Allerheiligstes gesehen; er war nervös, auch wenn er wusste, dass Lucy seine Arbeit ganz offensichtlich zu schätzen wusste.

»Ich war früher Elektriker, also hab ich den Van mit Strom ausgestattet – ich benutze beide Batterien und die Klimaanlage. Es macht das Leben einfach ein bisschen komfortabler.«

Lucy setzte sich aufs Bett und strich mit der Hand über die seidene Bettwäsche.

»Extravagant, ich weiß. Aber, hey, wenn ich schon jede Nacht hier drin schlafe, dann kann ich es mir auch genauso gut gemütlich machen, oder?«

Lucy wandte ihren Blick von der Seidenbettwäsche ab und schaute zu dem Kreuz hinauf, das über dem Bett hing und im bunten Licht erstrahlte; allzeit wachsam, nahm es fast die gesamte Fläche der hölzernen Wand ein, die den vorderen Teil des Vans vom hinteren trennte. Dann schaute sie sich ganz langsam im Rest des Raumes um.

Gus sah ihr zu, während sie alles in sich aufnahm. Er war stolz auf das, was er aus dem Van gemacht hatte. Hinter seinem Bett befand sich ein Minikühlschrank, in dem Grundnahrungsmittel wie Fleisch, Obst, Gemüse, Bier, Schokolade und jede Menge Knoblauch untergebracht waren. Gegenüber auf einem Regal stand ein kleiner Farbfernseher; nicht das allerneueste Modell, aber er erfüllte seinen Zweck. Er sah sowieso fast nie fern, außer Nachrichten, Sport und Dokumentationen. Manchmal erwischte er nachts einen Film mit Bela Lugosi, was ihn jedes Mal erheiterte.

Gus bemerkte, dass es weder der Kühlschrank noch der Fernseher oder auch das große Kreuz waren, was Lucy am meisten interessierte. Es war seine Waffensammlung – sein wertvollster Besitz.

»Unglaublich«, sagte Lucy.

Sie war in der Tat ein unvergesslicher Anblick.

An einer Wand hingen seine wichtigsten Waffen: Pistolenarmbrust, Compound-Armbrust, zwei altmodische Bogen mit Pfeilen und eine selbstgebastelte Pfeilpistole, die aussah wie eine normale Dienstwaffe, nur, dass sie statt Kugeln fünfzehn Zentimeter lange Pfeile abfeuerte. Die Sammlung seiner Martial-Arts-Waffen nahm die Hälfte der gegenüberliegenden Wand ein: eine Kama mit Holzgriff und Stahlklinge, ein 30 Zentimeter langes Paar Nunchaku mit Kette, ein halbes Dutzend hölzerner Wurfpfeile mit Quasten und drei sechsspitzige Wurfsterne aus Edelstahl. Die andere Hälfte der Wand war mit einer Reihe finster aussehender Jagdwerkzeuge und essenzieller Hilfsmittel bedeckt: ein 35 Zentimeter langes Bowie-Jagdmesser, eine 58 Zentimeter lange Machete, eine gotisch aussehende Streitaxt mit Holzgriff, eine Doppelklingenaxt, ein Streitkolben mit zwei gezackten Kugeln, Neck Knives in verschiedenen Größen sowie ein Holzspeer, eine Handsäge und seine ganz persönliche Version einer Bola für all die Blutsauger, die versuchten zu fliehen.

»Benutzen Sie die alle?«

»Natürlich. Einige öfter als andere, aber sie sind alle auf ihre eigene Weise sehr nützlich. Das sind meine Babys.«

»Ich bin beeindruckt«, sagte Lucy fasziniert und mit weit aufgerissenen Augen.

»Ich könnte Ihnen bei der Jagd nach diesem Kerl helfen. Ich reise sowieso durchs Land, und ich habe mehr als genug Waffen, um ihn zur Strecke zu bringen.«

Lucy schüttelte den Kopf. »Nein. Ich jage allein.«

»Sind Sie sicher? Zwei Jäger sind besser als einer.«

»Ich bin sicher.«

Gus wurde von einem Flattern erschreckt. Wenige Augenblicke später huschte ein großer Schatten an den offenen Türen vorbei.

Er schaute Lucy an.

»Was ist los?«, fragte sie.

»Haben Sie das nicht gehört? Haben Sie den Schatten nicht gesehen?«

Lucy schüttelte den Kopf. Dann begriff sie. »Sie denken, das war ein Vampir?«

»Möglich. Warten Sie hier.« Gus nahm die Doppelklingenaxt vom Haken und schlich zur Tür. Er sprang hinaus. Im Schein des erlöschenden Feuers suchte er den umliegenden Wald mit den Augen ab und blickte in den Nachthimmel hinauf.

»Irgendwas zu sehen?«, flüsterte Lucy aus dem Inneren des Vans.

»Nein«, flüsterte er zurück.

Er ging einmal ganz um den Van, suchte aber nicht nur die Bäume und den Himmel ab, sondern schaute auch unter den Van. Er sah nur Blätter und Gras, keinen Vampir.

Gus befand sich in der Hocke, als er das Flattern erneut hörte. Er richtete sich auf, die Doppelklingenaxt fest in seiner rechten Hand, und sah zum Himmel hinauf. Und tatsächlich: Über der Lichtung kreiste ein Blutsauger. Seine leistungsstarke Spotlampe lag vorne im Van. Gus dachte kurz darüber nach, sie zu holen, wusste aber, dass der Blutsauger verschwunden sein würde, bevor er zurück war. Der Vampir suchte ohnehin nicht nach Ärger – entweder spielte er nur, oder er hatte heute Nacht schon gegessen. Wäre er auf Blut aus gewesen, hätte Gus bestimmt nicht wie ein verrückter Vogelbeobachter dastehen können, sondern mit jedem Funken Energie in seinem Körper dagegen ankämpfen müssen, dass das Biest sich Lucy schnappte.

Trotzdem hielt Gus die Axt weiter hoch, damit der Blutsauger erkannte, dass er es ernst meinte, und tatsächlich, er flog mit einem letzten Kreischen in die Dunkelheit davon.

Gus ließ die Waffe sinken und atmete lange und tief aus. Ihn kribbelte es am ganzen Körper. Er glaubte nicht, dass der Vampir in den umliegenden Wäldern lebte. Vampire zogen es vor, in Häusern zu wohnen, wo sie ihr Dasein komfortabel und sehr privat fristen und eine normale Fassade aufrechterhalten konnten. Irgendwo in der Nähe musste sein Lager sein. Vampire wagten sich für gewöhnlich nicht allzu weit von ihrem Zuhause fort. Dieser Blutsauger konnte also höchstens eine Stunde Fahrt entfernt wohnen.

»Ich werde dich schon finden«, murmelte Gus und ging zurück zu Lucy.

Sie stand neben der Tür und schaute hinaus. »Und?«

»Ich glaube, dass ganz in der Nähe ein Vampir lebt.« Er kletterte wieder in sein Allerheiligstes, hängte die Axt zurück und wandte sich an Lucy: »Sie sind schon sehr lange in dieser Gegend unterwegs. Sie kennen sie also vermutlich besser als ich. Ich möchte, dass Sie sich zu erinnern versuchen: Haben Sie hier mal irgendjemanden getroffen, der Ihnen verdächtig oder seltsam vorkam?«

»Na ja, das grenzt die Auswahl nur auf so ziemlich jeden Menschen ein, dem ich hier begegnet bin.«

»Sie müssen irgendwo in der Nähe ein Versteck haben. Keine Höhle oder irgend so einen Mist, sondern ein Haus oder einen Schuppen. Vermutlich riechen sie auch ziemlich übel, je nachdem, wie viel Zeit sie auf ihre Körperhygiene verwenden; ihr Atem ist auf jeden Fall richtig fies, ungefähr so wie eine Mülldeponie im Hochsommer. Nachts sind sie am aktivsten, tagsüber wirken sie faul. Ich weiß, dass ganz in der Nähe ein Blutsauger haust, und irgendwann würde ich ihn garantiert auch so finden, aber es wäre toll, wenn Ihnen irgendjemand in der Gegend hier einfiele, auf den diese Beschreibung passt. Diese Hurensöhne muss man aufhalten.«

»Nun …«, sagte Lucy, hielt dann aber inne und kaute auf ihrer Unterlippe. »Da war dieser eine Kerl. Er war sehr seltsam, total blass, und er benahm sich, als ob er was zu verbergen hätte. Sein Mundgeruch stank zum Himmel, und in seinem Haus herrschte ein ziemliches Chaos. Er sagte, er lebe mit seiner Mutter zusammen, aber ich hab sie nie gehört oder gesehen. Er wohnt ungefähr eine Stunde von hier entfernt.«

Gus' Körper war vor Aufregung wie elektrisiert. »Hatte der Typ irgendwelche religiösen Gegenstände im Haus?«

»Nein, nicht, dass ich mich erinnern könnte. Aber jetzt, wo ich darüber nachdenke: Er hat ziemlich viel anti-religiöses Zeug erzählt. Er hat sogar ein Foto meiner Tochter zerrissen, das ich dabei hatte, nur, weil sie ein Kreuz um den Hals trug. Er wurde ziemlich gewalttätig, deshalb hab ich gemacht, dass ich da wegkomme. Außerdem hatte er auch keine Spiegel in der Wohnung hängen, das ist mir damals schon seltsam vorgekommen.«

Gus' Handflächen schwitzten. »Klingt, als könnte er ein Blutsauger sein. Erinnern Sie sich noch, wie man zu seinem Versteck kommt?«

Lucy grinste. Es war ein schmales, blutleeres Lächeln. »Ich erinnere mich, als ob es mein eigenes Haus wäre.«

»Gut, kommen Sie.«

Gus sprang aus dem Van. Lucy folgte ihm. Er bat sie, auf dem Beifahrersitz zu warten, während er das Feuer mit ein paar Handvoll Erde löschte.

Völlige Dunkelheit umgab sie, bis er den Van anließ und das Fernlicht einschaltete. Er fuhr vom Campingplatz, hielt jedoch an, als sie auf der Schotterstraße waren, die den Berg hinunterführte.

»Wieso haben Sie angehalten?«, fragte Lucy.

Gus ließ den Van im Leerlauf stehen, griff hinter die Sitze und holte die Spotlampe hervor. »Ich will sehen, ob der Vampir sich über das Vieh hergemacht hat.« Er sprang aus dem Van, schaltete die starke Taschenlampe an und suchte die Koppeln ab, wobei er den Lichtkegel über erstaunte Kühe und gelangweilte Schafe schwenkte. Ihnen schien nichts zu fehlen, bis das Licht auf eine braune Kuh fiel, die auf dem Boden lag, die schwarzen Augen weit und leblos. Ihr Kopf war mit etwas Dunkelrotem verschmiert, das auf dem trockenen Gras rundum eine Pfütze gebildet hatte. Als Gus den Lichtstrahl weiter über den Körper der Kuh gleiten ließ, sah er, dass die grauen, glänzenden Eingeweide aus einer riesigen Wunde im Bauch des Tieres quollen.

Wenigstens wird der Blutsauger nicht hungrig sein, dachte Gus, als er sich von der ausgeweideten Kuh abwandte, die Taschenlampe ausschaltete und wieder in den Van hüpfte.

»Ist da was?«

»Nein«, erwiderte Gus.

Es schien ihm keinen Grund zu geben, ihr von der Kuh zu erzählen.

Er wollte ihr keine unnötige Angst machen.

Es sah aus wie das perfekte Vampirversteck – isoliert und rundum von Wald umschlossen.

Gus war sehr erfreut, als er, während er den Van etwa hundert Meter vor dem heruntergekommenen Farmhaus abstellte, Licht in den Fenstern sah. Es leuchtete zwar schwach, aber es war da. Er hatte die Scheinwerfer bereits ausgeschaltet, bevor er auf die lange, überwucherte Auffahrt abbog. Er hatte sein Fenster heruntergekurbelt, um etwaige Blutspuren sofort erkennen zu können, noch bevor er sich zum Haus begab. Um das Haus lag definitiv ein Blutgeruch in der Luft; er war schwach, aber er hatte gelernt, selbst das kleinste Anzeichen des Todes zu erkennen.

Er stellte den Motor ab und wandte sich an Lucy: »Ich kann den Tod hier riechen. Sieht aus, als hätten wir unseren Vampir gefunden. Aber wir müssen schnell handeln, denn wenn der Typ wirklich ein Vampir ist, wird er unsere Gegenwart spüren und sofort wissen, was wir vorhaben.«

»Das können die?«

»Sie sind nicht von dieser Welt, Lucy. Sie haben Kräfte, die über das menschliche Vorstellungsvermögen gehen.«

»Ich kann nicht glauben, dass ich einen Vampir getroffen habe«, sagte Lucy. »Gott, ich krieg schon Gänsehaut, wenn ich nur daran denke.«

»Sie hatten unglaubliches Glück, dass Sie ihm entkommen sind. Nur wenige Menschen überleben die Begegnung mit einem Vampir und können hinterher darüber berichten. Okay, Sie bleiben hier und warten auf mich. Eine halbe Stunde sollte mehr als genug Zeit für mich sein, um den Blutsauger zu finden und zu vernichten. Wenn ich in einer halben Stunde nicht wieder draußen bin, nehmen Sie den Van und benutzen ihn für Ihre eigene Jagd.«

»Das könnte ich nicht. Dieser Van bedeutet Ihnen alles.«

»Er wird mir nichts mehr nützen, wenn ich einem Vampir zum Opfer gefallen bin. Ich möchte, dass Sie ihn bekommen.« Er streckte eine Hand aus und legte sie auf Lucys Schulter. »Wünschen Sie mir Glück.«

Sie zuckte zusammen. Sie war schreckhafter als gewöhnlich. »Viel Glück.«

Mit einem Lächeln schnappte Gus sich das Hawaiihemd, das auf dem Armaturenbrett lag, und sprang aus dem Van.

»Oh, und Gus – sorgen Sie dafür, dass er dafür bezahlt, dass er mein Foto kaputt gemacht hat. Und, dass er weiß, dass ich noch am Leben bin.«

Gus nickte, schloss die Tür, eilte zur Rückseite des Vans und öffnete so leise wie möglich die Türen. Er kletterte in sein Heiligtum, nahm eine Knoblauchknolle aus dem Kühlschrank und stopfte sie vorne in die Tasche seiner Shorts. Dann holte er den Behälter mit Weihwasser hervor und spritzte ein wenig der gesegneten Flüssigkeit auf seinen Hals, sein Gesicht, seine Arme und seine Hände.

Göttliches Aftershave, dachte er.

Zuletzt schnappte er sich noch seine selbstgebastelte Pfeilpistole und die gefährlich scharfe Handsäge. Er steckte die Waffe vorne in seine Hose, die Säge vorsichtig nach hinten und versteckte beide unter dem weiten Hemd. So lange der Typ ihn nicht abtastete, sollte alles gut gehen.

Dann kniete er sich vor das übergroße Kreuz und sprach ein

Gebet für sich und Lucy. Schließlich verließ er sein Zuhause und schloss, wieder sehr vorsichtig, die Türen.

Er ging wieder zur Fahrertür, blieb stehen, steckte seinen Kopf durch das offene Fenster, flüsterte: »Eine halbe Stunde«, und schlich dann in Richtung Haus.

Er erinnerte sich an damals, als er ein Haus in den Blue Mountains beobachtete, das von noch weitaus dichterem Wald umgeben und eigentlich eher eine Hütte gewesen war. Er hatte einen großen Vampir in diesem Haus erledigt, hatte ihn überrascht, als er eines Nachts spät nach Hause kam, gleich in dem Moment, als er durch die Tür trat. Das Biest hatte sich wie der Teufel gewehrt, aber am Ende triumphierte das Gute immer über das Böse, und Gus hatte jenes Versteck zwar blutig und angeschlagen, aber siegreich verlassen.

Er hoffte, dass dieser hier nicht so zäh war, aber nach allem, was Lucy ihm erzählt hatte, klang der Typ nicht sonderlich aggressiv. Wenn eine so zarte Frau wie Lucy seinen Fängen entkommen konnte, dürfte Gus gewiss keine Probleme haben, ihn in die Hölle zu schicken.

Je weiter er sich dem Haus näherte, desto schwerer wurden der Blutgeruch und der Gestank nach Abfall.

Das ist nicht der Abfall. Das ist das Biest selbst.

Aus der Nähe sah das Haus sogar noch baufälliger aus. Das glänzende Mondlicht erhellte eine schmutzige, verfallene Fassade mit abblätternder Farbe, dreckigen Fenstern und einer Regenrinne, die wie durch ein Wunder noch oben hing. Rund um das Haus reichte das Gras Gus bis zur Hüfte.

Ein typisches Vampirhaus.

Er erreichte die Verandatreppe. Er nahm jede Stufe mit äußerster Vorsicht, da er nicht durch die Bretter fallen und sich ein Bein brechen wollte. Ohne Zwischenfall erreichte er die Tür, und das Adrenalin pulsierte in seinen Venen.

Wenn man einen Vampir in seinem Versteck stellte, das hatte er inzwischen festgestellt, war es das Beste, ihm direkt gegenüberzutreten. Wenn die betreffende Person doch kein Vampir war, hatte man keinen Schaden angerichtet. Wenn man hingegen einbrach und die Person überraschte, lief man eher Gefahr, einen

Unschuldigen umzubringen, da die Menschen dazu neigten, Fremde anzugreifen, die in ihr Haus eindrangen. Wohnte dort hingegen ein Vampir, würde man ohnehin bis zum bitteren Ende kämpfen müssen.

Er klopfte an der Tür.

Als niemand antwortete, klopfte er erneut, dieses Mal stärker.

Schließlich öffnete sich die Tür. Hinter einer beinahe völlig schwarzen Fliegengittertür schaute ein Gesicht hervor. Gus konnte außer den schmalen, verschlagen aussehenden Augen nichts erkennen. Die Atmosphäre des Todes wurde dichter.

»Ja?«

Gus roch seinen Atem: wie faule Eier und vergammeltes Fleisch.

In ihm brodelte es vor wilder Entschlossenheit und Wut, äußerlich blieb er jedoch völlig ruhig und setzte ein freundliches Lächeln auf. »Ja, hi, tut mir leid, dass ich Sie störe, aber mein Auto ist nicht weit von hier liegen geblieben und ich hab mich gefragt, ob ich wohl Ihr Telefon benutzen dürfte.«

Nicht besonders originell, aber normalerweise funktionierte es.

Der Mann – solange Gus nicht eindeutig entschieden hatte, ob er es wirklich mit einem Vampir zu tun hatte, sah er den Mann noch als ganz normales menschliches Wesen an – starrte ihn unangenehm lange an. »Hab kein Telefon«, sagte er.

Verdammt!

»Wirklich nicht? Na ja, könnte ich dann mal bei Ihnen auf die Toilette gehen? Ich bin echt verzweifelt, Mann.«

Der Geruch nach Blut war beißend; er übertraf beinahe den faulen Atem des Mannes.

Versuch doch mal zu behaupten, du hättest keine Toilette, du dreckiges Vieh.

»Hier sind überall Bäume. Benutzen Sie doch einen von denen.«

Gus wollte sich nicht mit Gewalt Zutritt verschaffen, nicht, wenn er es vermeiden konnte, aber im Moment sah es aus, als lasse der Mann ihm keine Wahl.

»Ich will doch nur mal Ihre Toilette benutzen. Im Wald gibt's kein Klopapier, und außerdem ist es dunkel. Und dann sind da noch Gott weiß was für Tiere. Komm schon, Kumpel, hilf einem Mann in Nöten. Ich mach auch ganz schnell.«

»Ein großer Kerl wie du hat Angst vor ein paar kleinen Tierchen?«

Gus zuckte die Achseln. »Was soll ich sagen? Ich bin ein Stadtkind.«

Der Mann schaute ihn noch eine Weile durch die Fliegengittertür an, bevor er schließlich sagte: »Okay, du kannst meine Toilette benutzen. Aber mach schnell.«

Gus stieß seinen aufgestauten Atem aus und lächelte aufrichtig, als sich die Gittertür öffnete. Er trat ein.

Er bemerkte, dass der Mann sich für einen Moment draußen umschaute, bevor er sie Tür schloss.

Der Kerl war nervös und ziemlich argwöhnisch. Er hatte etwas zu verbergen – das war ein gutes Zeichen.

Er stellte sich Gus gegenüber, sodass er sich seinen potenziellen Vampir zum ersten Mal genauer anschauen konnte.

Rote Narben (von verzweifelten Opfern oder Kämpfen mit anderen Blutsaugern?) durchzogen sein blasses, knochiges Gesicht. Seine Augen waren schwarz und lagen sehr tief, und wie die Ameisen auf Schokolade huschten sie über Gus hinweg. Der Typ war spindeldürr und hatte dichtes, zerzaustes braunes Haar. Gus war sich sicher, dass er Stoppeln oder einen Bart gehabt hätte, wenn er in der Lage gewesen wäre, sich einen wachsen zu lassen. Er sah jedoch nicht so aus, als ob er das konnte, und diese Tatsache machte Gus viel nervöser als die Narben oder die toten Augen. Der Kerl hatte etwas Kindliches an sich.

»Die Toilette ist den Flur runter; erste Tür rechts.«

Ranziger Atem schlug Gus ins Gesicht.

Er nickte und ging den Flur hinunter, wobei er sich unauffällig umschaute. Er sah keine Familienfotos und keinerlei religiöse Dekorationen an den Wänden, aber der Geruch des Blutes war so überwältigend, dass einem übel werden konnte. Gus hatte die Gegenwart von Tod und Blut noch nie so deutlich gespürt.

Als er das Badezimmer betrat, schlug ihm der dichte Gestank

von Scheiße, Blut, Urin und Tod ins Gesicht. Er atmete durch den Mund, schloss die Tür und schaute in den Schrank unter dem Waschbecken, aber er fand nur ein paar Pflaster, eine Dose Rasierschaum, einen verklebten alten Rasierapparat, ein paar schmutzige Lappen und eine Flasche Putzmittel.

Auf dem Tisch lag eine Tube Zahnpasta neben einer Zahnbürste, deren Borsten kaffeefarben und ebenso ausgefranst waren wie der Teppich im Flur. Das Einzige, was man mit dieser Zahnbürste noch putzen konnte, war die Scheiße von der Kloschüssel.

Er drehte sich zur Badewanne um. Sie war nicht so schmutzig, wie er erwartet hatte, obwohl er rund um die Wanne Ringe sah, die entweder von Dreck, Schimmel oder Blut stammten.

Das typische Badezimmer eines dreckigen, widerwärtigen Vampirs.

Gus war nun beinahe überzeugt, dass er sich im Versteck eines Blutsaugers befand; nur noch ein letzter Test, dann konnte er endgültig sicher sein.

Er betätigte die Toilettenspülung, drehte den Wasserhahn auf, wartete noch eine Weile, bevor er ihn wieder abstellte, und verließ das Badezimmer.

Als er wieder ins Wohnzimmer trat, stand der Mann an der Tür, die Hand an der Klinke. »Weißt du, du solltest dich ein bisschen besser um dein Bad kümmern«, sagte Gus. »Das ist echt übel, Mann.«

»Verschwinde jetzt«, erwiderte der Kerl und öffnete die Tür.

»So behandelt man aber keine Gäste ... Kein Bier? Keine Chips?«

Gus erkannte, dass er den Typen allmählich reizte. Sein Kiefer schob sich angestrengt hin und her und seine Knöchel wurden noch weißer, als er die Klinke immer fester umklammerte.

»Hau ab, oder ich rufe die Bullen.«

Gus lachte. »Du rufst nicht die Bullen.«

»Wieso nicht?«

»Weil ich Bescheid weiß.«

Der Mann starrte Gus an, und die Angst funkelte in seinen Augen.

»Ich hab keine Ahnung, wovon du sprichst.«

»Spiel nicht den Idioten. Ich kenne dein Geheimnis. Ich weiß, was du bist und was du nachts tust.« Er holte seine Kette hervor und hielt das Kreuz hoch. »Erinnerst du dich nicht mehr an mich? Ich bin der Typ mit der Axt.«

Der Anblick des heiligen Kreuzes schien den Kerl abzustoßen. Er brüllte: »Woher weißt du das? Woher?«

»Die Frau.«

»Welche Frau?«

»Die, die dir entkommen ist. Die, deren Foto du zerrissen hast.« Gus ging einen weiteren Schritt auf ihn zu, den Kreuzanhänger noch immer in seiner Hand.

»Was?« Er schrie. »Ich dachte, sie …«

»Sie lebt noch.« Gus zog seine Waffe. Er zielte damit auf den Vampir.

Gus hatte nun Gewissheit – dieser Typ gehörte definitiv zu den Untoten.

Der Vampir schnappte nach Luft. »Was willst du? Geld?«

Was für eine erbärmliche Kreatur, dass er sich freikaufen wollte.

Gus kitzelte den Abzug. »Ich will, dass du dich zu erkennen gibt's, bevor ich dich töte.«

»Du kannst mich nicht töten«, jammerte der Vampir. »Mutter. Meine Mutter … Was ist dein Lieblingsfilm? Lied? Buch? Du kannst mich nicht töten!«

»Du denkst vielleicht, du seist unsterblich, Blutsauger, aber ich weiß, wie ich dich besiegen kann. Wenn du nicht bereit bist, dich zu erkennen zu geben, dann wirst du eben als Feigling sterben.« Gus legte den Finger auf den Abzug.

Der Vampir schrie und stürzte aus dem Zimmer.

Gus drückte ab, und ein dünner, spitzer Pfeil schoss aus der Pistole und traf den Vampir zwischen die Schulterblätter.

Der Vampir blieb stehen und fiel rückwärts zu Boden.

Wie die meisten Vampire war er nicht sofort tot. Er wand sich, und Blut spritzte aus seinem Mund und sprudelte förmlich aus seiner Nase. Ein bisschen Blut spritzte auch auf Gus. Der Vampir krallte sich an den Pfeil, der aus seiner Brust ragte, und schlug mit letzter Kraft um sich, bevor er tot liegen blieb.

Gus wischte sich das Gesicht mit dem Ärmel ab.

Er lächelte.

Der Kerl war leichte Beute gewesen. Nicht alle Vampire waren starke, angriffslustige Biester. Viele waren schlicht Feiglinge und jagten nur die Schwachen, und das auch nur, wenn kaum Gefahr bestand, geschnappt zu werden. Dieser hier wollte nicht einmal sein wahres Gesicht zeigen, bevor er starb – ein echter Feigling. Abschaum.

Gus ging zu dem Vampir hinüber. Aus der Wunde quoll noch immer Blut, das sich wie ein Heiligenschein aus Rotwein um seinen Körper legte.

»Und wieder beißt einer ins Gras«, sagte Gus stolz.

Er holte die Säge unter seinem Hemd hervor, zog die Knoblauchknolle aus seiner Hosentasche und stopfte sie in den blutenden, halboffenen Mund des Vampirs.

Dann setzte er die Säge an der Kehle des Vampirs an und machte sich an die Arbeit.

Er wusch die Säge und seine Hände im stinkenden Badezimmer. Als alles sauber war, verließ er das Versteck und vergaß dabei auch nicht, seine Hand mit seinem Hemd zu bedecken, als er die Tür schloss.

Er wusste, dass der Vampir bald noch übler stinken würde als zu seinen Lebzeiten, aber das Haus stand so weit abseits, dass der Gestank auch bisher noch keine neugierigen Nachbarn angelockt hatte. Er war zuversichtlich, dass die Leiche – und der daneben liegende Kopf – noch eine ganze Weile nicht gefunden werden würden, und dass er im Ernstfall längst die Bundesstaatsgrenze passiert haben würde, immer auf der Suche nach weiteren Blutsaugern.

Während das rauschhafte Gefühl des erfolgreichen Beutezugs durch seinen Körper strömte, begab er sich wieder zu seinem Van, der im Schatten der Bäume parkte.

Er lief eilig zum Fenster auf der Fahrerseite – er konnte es nicht abwarten, Lucy von seinem Erfolg zu berichten.

Aber Lucy saß nicht auf dem Beifahrersitz.

Er ging zur Rückseite des Vans, aber sie schlief auch nicht in seinem Bett.

Nachdem er seine Waffen wieder verstaut hatte, verließ er den Van, spazierte zum Waldrand, legte die Hände an den Mund und rief: »Lucy? Sind Sie da draußen?«

Keine Antwort.

Mal für kleine Mädchen?, fragte er sich.

Er rief erneut nach ihr.

Der Wind pfiff, die Blätter raschelten, aber er erhielt keine Antwort von Lucy.

Seltsam, dachte er.

Er verstand nicht, weshalb sie gegangen war, ohne zu wissen, wie es ausging.

Er war ja auch nicht lange im Haus gewesen; er hatte höchstens zwanzig Minuten gebraucht, um den Vampir zu töten. Sie hatte sicher auch nicht angenommen, ihm sei etwas zugestoßen, denn der Van stand noch da und der Zündschlüssel steckte.

Aber vielleicht wusste sie ja, wie es ausgegangen war. Vielleicht wusste sie viel mehr, als sie je zugegeben hatte.

Gus seufzte. Er war ein wenig traurig, aber er hoffte, sie würde Erfolg bei der Suche nach ihrem Vampir haben.

Er stieg wieder in den Van, startete den Motor und verließ das Vampirversteck.

BEN, DER VAGABUND

Sie hatte sich dramatisch verändert, seit er sie das letzte Mal gesehen hatte. Das war erst vier Monate her, aber trotzdem war sie entsetzlich gealtert. Sie war schrecklich dürr, ihre Haut totenblass, und ihr Haar, das unter einer riesigen Baseballmütze hervorguckte – seltsam, dass sie die trug, wo es doch schon nach Mitternacht war – war eine Mischung aus schwarz gefärbt und natürlich blond.

Ben hatte noch nie mit ihr gesprochen, hatte sich ihr nie zu erkennen gegeben. Er kannte noch nicht einmal ihren Namen; alles, was er über sie wusste, war, dass sie seit anderthalb Jahren den Hume rauf- und runtertrampte, aber er hatte sie schon seit dem Winter nicht mehr hier unten in Victoria gesehen. Zwischendurch glaubte er schon, sie sei vielleicht gestorben oder endlich dort angekommen, wo sie hinwollte (aber wenn sie ihm auch nur ein klein wenig ähnelte, dann würde das noch eine ganze Weile dauern).

Ben hatte schon eine Zeit lang auf dem bewaldeten Hügel hinter dem Toilettenhäuschen geschlafen, als er aufwachte, weil er aufs Klo musste. Noch halb im Schlaf, stand er auf und wankte zu dem Toilettenhäuschen, blieb jedoch stehen, als er die Gestalt sah, die an einem der Steintische saß. Er hoffte, es sei seine alte Freundin und freute sich wirklich, als er sie erkannte. Aber das Toilettenproblem löste sich dadurch nicht in Luft auf, und die Frau sah nicht so aus, als würde sie den Rastplatz in nächster Zeit verlassen. Ihr Kinn ruhte auf ihren Händen und sie starrte ins Nichts – da sie in Gedanken versunken wirkte, wollte er sie nicht stören.

Er hatte zwei Möglichkeiten: versuchen, sich an ihr vorbeizuschleichen – ihr Gesicht war vom Toilettenhäuschen abgewandt, sodass es leichter war, unentdeckt an ihr vorbeizukommen – oder zu ihr gehen, sich ihr vorstellen und dann auf die Toilette gehen. Er bezweifelte, dass er sich wirklich an ihr vorbeizuschleichen vermochte; sie würde seine Anwesenheit bestimmt spüren und sich erschrecken, vielleicht sogar Angst bekommen.

Das wollte er nicht. Aber zu ihr zu gehen und sie anzusprechen, war ebenfalls riskant. Vielleicht bekam sie auch sofort Angst, wenn plötzlich ein Fremder aus dem Busch auftauchte.

So oder so: Er musste aus dem Schatten treten und seine Unsichtbarkeit aufgeben.

Aber es bestand ja auch immer Option Nummer drei: im Gebüsch auf die Toilette zu gehen, wo sie ihn weder sehen noch hören konnte.

Aber er musste zugeben, dass der Gedanke, die Frau, die ihn nun seit fast anderthalb Jahren so faszinierte, endlich kennenzulernen, aufregend war. Und außerdem wusste er nicht, wie lange er noch unterwegs sein würde. Vielleicht war dies seine letzte Chance, ihren Namen zu erfahren und herauszufinden, wer sie war.

Während seine Blase ihn anflehte, sie endlich zu leeren, trat Ben aus dem schützenden Busch.

Seine Nervosität wuchs, je weiter er sich der Frau näherte. Gerade, als er einen Schritt auf den Asphalt machen wollte, in den beleuchteten Bereich des Parkplatzes, trat er auf einen Zweig. Das Knacken riss die Frau aus ihren Gedanken. Sie wirbelte zu Ben herum.

»Wer ist da?«, fragte sie und sprang auf.

»Ich komme in Frieden«, versicherte Ben und blieb ein paar Meter entfernt von ihr stehen.

Die Frau schaute Ben von oben bis unten an und entschied sehr schnell – aus welchem Grund auch immer – dass er keine allzu große Bedrohung darstellte.

Sie setzte sich wieder. »Schleichen Sie sich oft mitten in der Nacht aus dem Busch an?«

»Ich hab da oben geschlafen, und dann bin ich aufgewacht und musste mal urinieren. Ich dachte nicht, dass außer mir noch jemand hier ist.« Er sah, dass neben ihr eine Tasche auf der Bank lag. Sie war viel kleiner als die anderen, die sie früher dabeigehabt hatte.

»Und? Gehen Sie?«

»Was?«

»Auf die Toilette.«

Ben nickte, lächelte sie müde an, trottete zu dem schwach beleuchteten Häuschen hinüber und ging auf die Herrentoilette.

Er pinkelte, betätigte die Spülung, wusch sich die Hände und ging wieder nach draußen.

Er näherte sich der Frau, wusste aber nicht genau, was er erwarten oder zu ihr sagen sollte. Vielleicht hatte sie ja gar keine Lust auf die Gesellschaft eines alten, schäbigen Landstreichers und würde ihm sagen, er solle verschwinden.

Ben ging um den Tisch herum, stand jetzt im Blickfeld der Frau. Sie sah ihn mit leeren Augen an. »Ja?«

Er fuhr sich mit zittriger Hand durch seinen zerzausten Bart und sagte: »Ich bin Ben. Wie heißen Sie?«

»Was interessiert Sie das?«

»Ich treffe hier draußen nicht so oft eine Dame, so ganz allein.«

Die Frau seufzte. »Und?«

Sie war offensichtlich nicht so freundlich, wie er geglaubt hatte.

»Ich hab Sie schon öfter gesehen«, sagte er. »Sie sind immer unterwegs, genau wie ich. Ich wollte Sie schon lange mal ansprechen, aber ich hab mich nicht getraut.«

Er entschloss sich, die Information, dass er sie beobachtet hatte, für sich zu behalten.

»Wieso haben Sie sich nicht getraut?« Sie klang nun nicht mehr ganz so bissig wie zuvor. Bens Nervosität legte sich etwas.

»Die meisten Leute wollen von einem alten Landstreicher wie mir nicht gestört werden. Die meisten Menschen, die mich sehen, machen entweder einen großen Bogen um mich oder tun so, als existierte ich gar nicht. Ich sollte mich Caspar nennen.« Er kicherte, aber als er das ernste Gesicht der Frau sah, verstummte er. »Ich dachte, Sie wären genauso, deshalb bin ich Ihnen aus dem Weg gegangen. Aber ich war neugierig.«

»Worauf?«

»Auf Sie. Wieso Sie auf dem Hume unterwegs sind.« Er nickte in Richtung des freien Platzes neben ihr. »Darf ich?«

»Die Bank gehört mir ja nicht.«

Ben ließ sich stöhnend auf die Bank nieder. Die Arthritis war ein richtiges Miststück, sogar an milden Sommerabenden wie diesem.

Er schaute die Frau an und lächelte. Vermutlich sah er wie ein Irrer aus, aber das war ihm egal – er konnte nicht glauben, dass er sich endlich mit ihr unterhielt. Er hatte sich so viele Namen für sie ausgedacht – jedes Mal, wenn er sie sah, einen anderen – und sich so viele Geschichten über sie ausgedacht, dass sie ihm eher wie eine Ausgeburt seiner Fantasie als wie eine reale Person vorkam.

Aber sie war absolut real. Zu real. Aus der Nähe konnte Ben die Falten in ihrem Gesicht sehen, die tiefen Tränensäcke unter ihren glänzenden Augen, die vereinzelten grauen zwischen den schwarzen und blonden Haaren. Aber vor allem fiel ihm der blaue Fleck an ihrem linken Auge auf. Er sah frisch aus.

»Stört es Sie, wenn ich Sie noch mal frage?«

Die Frau blickte auf. Obwohl sie ihn anschaute, hatte er das Gefühl, dass sie durch ihn hindurch sah. »Was noch mal fragen?«

»Nach Ihrem Namen.«

»Nennen Sie mich, wie Sie wollen. Was für einen Unterschied macht das?«

»Es macht einen großen Unterschied. Ein Name bestimmt, wer man ist. Er zeigt, was unsere Eltern als passend für uns erachteten … er bedeutet eine Menge.«

»Und was zur Hölle bedeutet dann Ben?«

Ben runzelte die Stirn. Er mochte ihren Ton nicht. Ihr ganzes Benehmen war wirklich unhöflich. Er mochte vielleicht obdachlos sein, aber er vergaß nie seine guten Manieren. »Ich weiß nicht, was er bedeutet, aber ich weiß, dass es mein Name ist. Ben Fogerty.«

»Ein Name bedeutet einen Scheiß. Ich könnte Ihnen sagen, mein Name sei Walter – das würde aber nichts daran ändern, was für ein Mensch ich bin.«

»Ich würde Ihren Namen aber gerne wissen.«

»Jetzt weiß ich: Sie sind ein Stalker.«

»Bin ich nicht. Ich bin kein Stalker! Ich hab Sie nur schon öfter hier und da gesehen, das ist alles. Das ist ja wohl kein Verbrechen.«

Die Frau lächelte beinahe. »Mein Gott, Ben, ich hab doch nur Spaß gemacht. Entspannen Sie sich.«

Ben zog sein Taschentuch aus der Tasche und wischte sich damit über seine verschwitzte Stirn. »Entschuldigung, ich dachte, Sie meinen es ernst.«

»Angela.«

»Wie bitte?«

»Mein Name. Angela. Zufrieden?«

Ben nickte. Er mochte diesen Namen. Er passte zu ihr. »Angela«, sagte er. »Also gut.«

»Ich nehme an, jetzt wollen Sie noch meine Lebensgeschichte hören. Wie alt ich war, als ich meine Jungfräulichkeit verloren habe. Meine BH-Größe. Schlucke ich auch? Welche Farbe hat mein Schamhaar? All das und dann noch mehr, richtig?«

»Nein, ich …«

»Ehrlich, ich scheiß auf Sie und Ihre Fragen. Ich hab die Nase voll davon, ständig dieselben beschissenen Fragen zu beantworten. Ich werde Ihnen erzählen, woher ich das Veilchen habe, weil Sie da sitzen und sich vermutlich gerade die taktvollste Art überlegen, mich danach zu fragen. Nun, ein Kerl, den ich noch nicht einmal gekannt habe, hat mir eine verpasst, weil ich mir keine Colaflasche in den Arsch schieben und reinscheißen wollte. Er wollte es anschließend essen, aber ich hab mich geweigert, also hat er mich geschlagen und ich bin aus dem Auto gestiegen.«

Ben schluckte. »Ist das wahr?«

»Vielleicht. Ich weiß nicht. Könnte sein. Wer zur Hölle weiß das schon?

Vielleicht hab ich es auch von einem verdammten Irren, der Vampire jagt und mich ständig Lucy nannte, obwohl ich ihm gesagt habe, mein Name sei Betsy. Ich weiß überhaupt nichts mehr, mein ganzes Leben ist ein einziges beschissenes Chaos. Die Hälfte der Zeit hab ich keine Ahnung, wo ich eigentlich bin. Ich fühle mich, als betrachte ich die Welt durch eine verschleierte Brille. Ich habe ständig Kopfschmerzen und ich bin so müde. So müde. So verdammt scheißmüde!« Angela ließ ihren Kopf in Richtung Tisch sinken. Ben wusste nicht, ob sie lachte oder weinte.

Er saß nur da, in der peinlichen Stille, strich sich über den Bart, wischte sich das Gesicht mit dem Taschentuch ab und fragte sich, ob er gehen, sie trösten oder furzen sollte.

Er entschied sich stattdessen fürs Reden. »Ich war mal Universitätsprofessor. Ich habe Mathe und Physik unterrichtet. Ein guter Job. Ich hatte eine wunderbare Frau, Sandra, und wir haben beide gut verdient und führten ein wirklich schönes Leben, bis ich alles kaputt gemacht habe.« Er war sich nicht sicher, ob sie überhaupt zuhörte – es konnte ebenso gut sein, dass sie schlief. Trotzdem fuhr er fort: »Ich habe meine Frau vor zehn Jahren durch einen Unfall verloren. Ich sage Unfall, aber was mit Sandra passiert ist, war kein Unfall, auch wenn es bei oberflächlicher Betrachtung so aussah. Sie ist gefahren, hat die Kontrolle über den Wagen verloren und ist in einen Sattelschlepper gerast: ein Unfall. Aber das ist nicht die ganze Wahrheit. Ich war nicht bei ihr, als es passierte, aber ich kann mir gut vorstellen, in welcher geistigen Verfassung sie direkt vor dem Unfall war. Ich werde nie den Ausdruck auf ihrem Gesicht vergessen, als sie tränenüberströmt aus dem Haus rannte. Ich hatte sie noch nie zuvor geschlagen.

Ich hatte einen schlechten Tag bei der Arbeit gehabt. Das Wetter war mies und sie war mal wieder in streitlustiger Stimmung. Genau wie ich. Wir steckten mitten in einem Anbau, der viel zu teuer wurde, und konnten uns nicht auf ein Farbkonzept oder die passenden Vorhänge einigen – ich kann mich noch nicht mal mehr daran erinnern – und irgendwann ist die Sache eskaliert. Ich bin ausgerastet und habe ihr ins Gesicht geschlagen. Ohne Vorwarnung, kein erschreckender Gedanke daran, dass ich ihr wehtun wollte – nur *bumm!* Ein dummer Moment der Schwäche, durch den ich Sandra verängstigt und verletzt hinaus in den Regen und ins Auto trieb. Ich erwartete, dass sie innerhalb einer Stunde zurück sein würde, höchstens zwei Stunden, und dachte, wir würden dann über alles sprechen und uns überlegen, wie es weitergehen sollte. Ich bekam nie die Chance, mich zu entschuldigen.

Nach dem Unfall fing ich an zu trinken. Eine Menge.

Etwa einen Monat, nachdem Sandra gestorben war, wurde ich

gefeuert. Ich hatte alles, wie man so sagt, und ich habe es zerstört. Heute kann ich mich kaum noch daran erinnern, was ich früher unterrichtet habe. Ich weiß, welche Wurzeln und Beeren man essen kann, aber ich kann mich an keine einzige Formel erinnern. Ich hasse mein Leben aber nicht. Ich mag die Freiheit, unterwegs zu sein, auch wenn es manchmal einsam ist … Dann vermisse ich Sandra. Aber ich muss nur mir ganz allein die Schuld geben. Ich kann nicht auf die ganze Welt wütend sein: Wie man sich bettet, so liegt man, davon bin ich fest überzeugt. Wir werden in dieser Welt alle vor die Wahl gestellt, wir alle bekommen unsere Chancen. Wir sind alle selbst für die Entscheidungen verantwortlich, die wir treffen. Ich werde mich nicht in Ausreden flüchten, und ich kann nur Ben Fogerty allein die Schuld geben. Es ist eine gute Welt; einige Menschen können nur nicht darin leben.«

Angelas Gesicht lag nicht länger in ihren Armen begraben. Sie sah ihn voller Kummer, vielleicht sogar Verständnis, an. »Es … tut mir leid«, sagte sie leise.

Ben hatte noch nie zuvor mit jemandem über Sandras Tod gesprochen. Er hatte sich allein damit auseinandergesetzt, und das hatte ihn seinen Job, seine Freunde und beinahe auch sein Leben gekostet. Aber er lebte noch und er hatte sich nicht der Dunkelheit einer Depression ergeben, obwohl er sehr genau ihr Gesicht kannte.

»Sandra war mein Ein und Alles. Sie zu verlieren, war schon schlimm genug, aber dass ich mir selbst die Schuld an ihrem Tod gab …« Er seufzte. »Es gab eine Zeit, da schien es mir das Beste, einfach Schluss zu machen. Stattdessen bin ich jetzt unterwegs. Ich musste fort aus der Stadt, von all den Erinnerungen. Am Ende habe ich meinen Frieden mit mir selbst geschlossen.«

»Selbstmord ist sowieso die Lösung der Schwachen«, sagte Angela mit bitterer Stimme. »Er erfüllt keinen Zweck. Wenn man sich an etwas schuldig fühlt, sollte man sich selbst auf die schlimmstmögliche Weise bestrafen. Mit der Schuld zu leben, ist die schlimmstmögliche Strafe, denken Sie nicht?«

»Ich schätze schon. Aber manchmal, wenn man depressiv ist …«

»Depression«, unterbrach ihn Angela wütend. »Nur eine Ausrede. Wir machen alle üble Scheiße durch. Das ist nichts Einzigartiges.«

»Ich denke, für manche Menschen ist es einfach zu überwältigend.«

»Ich glaube trotzdem nicht daran«, sagte Angela. »Man sollte sich seinen Problemen stellen, nicht vor ihnen davonlaufen.«

»Manchmal ist das nicht so leicht. Und überhaupt: Dass ich auf der Straße lebe, heißt ja nicht, dass ich davonlaufe. Vielleicht war das der ursprüngliche Grund, aber mittlerweile liebe ich die Art, wie ich mein Leben führe.«

»Wie lange sind Sie schon auf der Straße?«

»Fast acht Jahre.«

»Acht Jahre? Das ist eine lange Zeit.«

»Ich komme zurecht. Wie schon gesagt, ich habe die Entscheidung getroffen, mein Leben so zu leben, deshalb kann ich mich nicht beschweren.«

»Können Sie sich nicht einen neuen Job suchen?«

Ben schüttelte den Kopf. »Ich bin nicht fürs Unterrichten geschaffen. Außerdem würde mich ohnehin niemand einstellen. Ich habe zu viel vergessen.«

»Was ist mit einem Job als Putzkraft oder so? Zumindest würden Sie da Geld verdienen.«

»Ein Job würde mich festsetzen. Ich habe seit fast zehn Jahren keinerlei Verantwortung getragen, und irgendwie gefällt mir das.«

»Ich weiß, was Sie meinen. Ich hab die letzten zwei Monate gekellnert. Ich brauche das Geld, aber die meiste Zeit ist es eher hinderlich als hilfreich. Manchmal denke ich daran, alles hinzuschmeißen, aber dann fällt mir wieder ein, was ich für Geld tun müsste, wenn ich nicht dort arbeitete, und das kettet mich dann doch an die Tische, sozusagen. Außerdem hab ich eine Menge durchgemacht, um den Job zu bekommen, da erscheint es mir dumm, ihn so schnell wieder wegzuwerfen.«

»Was ist mit dem Trampen? Sind Sie an die Straße genauso gekettet?«

»Ich muss trampen. Ich habe keine andere Wahl.«

»Natürlich haben Sie eine Wahl. Und wenn ich das sagen darf: So wie Sie aussehen, schadet es Ihnen eher, als dass es Ihnen nutzt.«

Angela strich sich mit ihrer ausgemergelten Hand über das Gesicht. Sie seufzte. »Dort draußen scheint es keine Welt mehr für mich zu geben. Alles, was ich kenne, was mir real erscheint, sind dieser Highway oder Freeway oder was zur Hölle es auch sein mag, und die Städte, durch die er führt. Sie sprechen über Entscheidungen und sagen, dass wir alle Verantwortung für unser Leben übernehmen sollen, aber das Leben ist nicht so eindeutig. Manchmal kannst du dir das Leben nicht aussuchen, das du führst, es wählt dich aus. Ich habe nicht um dieses beschissene Leben gebeten, es wurde mir zugeteilt, also spiele ich so gut mit, wie ich kann. Ich existiere nicht mehr. Ich bin eine Hülle. Und ich werde so lange weitertrampen, bis meine Hülle völlig zerstört ist.«

Ben wusste nicht genau, was sie damit sagen wollte, aber die Vorstellung fuhr ihm durch Mark und Bein. »Es geht mich nichts an, weshalb Sie trampen, aber ich weiß, dass Sie aufhören können, wenn Sie es wirklich wollen. Sie glauben vielleicht, Sie hätten nicht die Kraft, die Kontrolle über Ihre Entscheidungen zu übernehmen, doch die haben Sie.«

»So wie Sie?«, fragte Angela kalt.

Ben nahm die Stichelei nicht persönlich. »Es mag vielleicht für niemanden außer mir Sinn ergeben, aber ich mag mein Leben und wie ich es führe. Ich bin zu niemandem gemein, ich nutze die Menschen nicht aus, um mir einen Vorteil zu verschaffen, ich lüge oder stehle nicht. Ich bin, wer ich bin, und ich bin damit im Reinen. Ich mag vielleicht stinken und nicht gerade eine Augenweide sein, aber ich versuche, den Menschen nicht zu sehr in die Quere zu kommen. So ist es mir lieber, und allen anderen auch, nehme ich an. Ich kann nachts einschlafen, ganz ohne sorgenvolles Gesicht oder eine Last auf dem Gewissen. Das ist für mich die ultimative Freiheit.«

Ben wischte sich mit dem feuchten, müffelnden Taschentuch übers Gesicht. Er hatte seit Jahren nicht so viel mit einem anderen Menschen gesprochen. Die einzige Person, mit der er normalerweise plauderte, war er selbst, und selbst dann hörte er nicht immer zu.

»Ich war nicht für meine Tochter da, als sie mich am meisten gebraucht hätte, und ich habe den allerhöchsten Preis bezahlt«, sagte Angela und starrte auf die Betontischplatte. »Ich hasse mich dafür, aber ich habe mein Schicksal akzeptiert. Ich lebe jeden Tag damit. Ich weiß, dass das meine Strafe ist, und das ist okay für mich. Ich habe gesagt, dass ich nicht um dieses Leben gebeten habe, aber in gewisser Weise habe ich das.« Sie nahm die Mütze ab. Ihr Haar war verknotet und ungekämmt. »Die Person, der diese Mütze gehörte, ist meinetwegen gestorben.«

Angelas Gesicht verzerrte sich und sie versuchte verzweifelt, ihre Emotionen zurückzuhalten.

»Es ist hart, mit einer solchen Tatsache zu leben. Fast so hart, wie zu wissen, dass du nicht für deine Tochter da warst, als sie dich brauchte.« Sie setzte die Mütze wieder auf. »Ich wollte nicht mehr herkommen. Aber ich musste, weil ich hier noch etwas zu Ende bringen musste. Aber ich bin nicht gern hier – es fühlt sich nicht richtig an, so, als gehörte ich nicht hier hin. Es hat sich irgendwie verändert. Es ist, ich weiß nicht, wilder geworden.«

Falls sie den Freeway meinte, der hatte sich seit Ewigkeiten nicht verändert, und ganz bestimmt nicht während der letzten vier Monate, seit er sie zum letzten Mal in dieser Gegend gesehen hatte. Vielleicht war sie verwirrt und dachte, sie sei in New South Wales, auf einem Rastplatz des älteren, schlechter ausgebauten Highways.

»Ich will nicht noch einmal zurückkommen«, fuhr Angela fort. »Hier gibt es nichts mehr für mich. Schon bald wird das hier nur noch eine entfernte Erinnerung sein.«

Er hörte ein lautes Rumpeln, dem ein Lichtstrahl folgte. Ben drehte sich um und sah, wie ein riesiger Sattelschlepper auf den Parkplatz fuhr, ein Stück von dem Bereich entfernt, in dem sie sich befanden.

Als er wieder zu Angela sah, war sie aufgestanden und hatte sich die Tasche über die Schulter geworfen. »Es war schön, Sie endlich mal kennenzulernen, Ben. Vielleicht treffen wir uns ja eines Tages wieder.«

Ben musste nicht fragen, wohin sie ging. Er wollte sie aufhalten, aber er wusste, dass das nicht seine Aufgabe war. Stattdessen nickte er, lächelte und erhob sich mit schmerzenden Knien. »Ich hoffe, Sie finden es.«

»Finde was?«

»Was immer es ist, wonach Sie suchen.«

Angela lächelte flüchtig und ohne Wärme. »Ich auch.«

»Und fröhliche Weihnachten«, fügte er hinzu.

»Richtig.«

Ben blieb neben dem Tisch stehen und sah der Frau, die er nun als Angela kannte, nach, während sie sich in Richtung des einsam wartenden Trucks bewegte, der wie ein gigantisches leuchtendes Insekt aussah. Sie blieb an der Beifahrerseite stehen und klopfte. Die Tür öffnete sich, und nach einem kurzen Wortwechsel klettere Angela in das Führerhaus des Trucks. Die Tür schlug zu und der Truck verließ den Rastplatz mit einer Wolke aus Dieseldämpfen.

Ben seufzte tief und trottete zurück in die vertraute Dunkelheit.

Er wickelte den Burger aus, warf das Papier auf den Tisch und biss gierig hinein. Er war weich, aber trotzdem seltsam zäh. Während er darauf herumkaute und ihm irgendeine Soße über das Kinn tropfte, hätte er eigentlich eine leckere Mischung aus Fleisch, Fett, Käse, Zwiebeln und Salz schmecken sollen – aber da war gar nichts, und das beunruhigte ihn. Der Burger sah kein bisschen nach dem aus, was das Bild auf der Speisentafel versprochen hatte: Seiner war matschig und höchstens halb so groß, aber trotzdem hatte er erwartet, irgendetwas zu schmecken.

Aber es war, als kaue er auf dichter Luft herum.

Er griff nach seiner Cola, nahm einen Schluck, spülte mit der Flüssigkeit den Mund aus und schluckte sie dann hinunter.

Er konnte auch die Cola nicht schmecken. Er wusste, sie schmeckte nach … nach … Er konnte sich nicht daran erinnern, und das allein war schon merkwürdig.

Er dachte darüber nach, ein paar Fritten zu probieren, aber eigentlich wollte er nicht, weil er fürchtete, dass auch sie nach nichts schmeckten; dann siegte aber doch seine Neugier, und er nahm ein paar Fritten aus der Tüte und steckte sie sich in den Mund. Sie waren lauwarm, klebrig vom Salz und schleimig vom Öl, aber er konnte das Salz nicht schmecken, und er konnte auch das Öl nicht schmecken.

Da stimmt was nicht, dachte er. Seine Kehle zog sich zusammen, was ihm das Schlucken erschwerte.

Er nahm einen weiteren Schluck von der Cola, um das Essen hinunterzuspülen. Schmecken konnte er sie noch immer nicht.

Allmählich machte er sich Sorgen. *Was ist die Ursache für den plötzlichen Verlust des Geschmackssinns,* fragte er sich. *Krebs? Eine chemische Vergiftung? Die ersten Symptome von AIDS?*

Plötzlich war das Licht viel zu grell, alles in dem Restaurant wirkte unecht und alle sahen aus, als seien sie aus Plastik. Das ältere Pärchen, das sich eine Packung Kekse teilte. Der langhaarige Künstlertyp, der eine Tasse Kaffee trank. Der attraktive Mann im mittleren Alter, der eine Sonnenbrille trug und sich einen Burger schmecken ließ. Die Gruppe Jungs, die laut lachten und sich gegenseitig mit Chips bewarfen. Einer von ihnen lachte nicht – ein dünner, blasser Kerl, der tief in Gedanken versunken wirkte. Der irre aussehende Typ, der in der hinteren Ecke bei den Toiletten saß; sein Gesicht war kreuz und quer von Narben durchzogen, und er starrte intensiv irgendetwas auf dem Tisch an. Der Typ, der an einem dickflüssigen Milchshake saugte, ein Stapel Peter-Stuyvesant-Packungen vor sich auf dem Tisch, und dabei masturbierte und murmelte: »Lutsch ihn richtig fest, Baby.« Der grauhaarige Mann mit dem langen Bart, der in einem Eisbecher stocherte, während er sich argwöhnisch umschaute; es sah aus, als läge ein Pflock vor ihm auf dem Tisch. Der junge Kerl, der einen Apfelkuchen aß und einen braunen Aktenkoffer auf dem Schoß hatte. Der große, bullige Mann mit der blauen Baseballmütze, der gar nichts tat und gar nichts aß. Sie alle sahen aus, als seien sie aus weichem Plastik, vielleicht auch aus Latexschaum.

Er fühlte Furcht und Verwirrung in sich aufsteigen. Dieses Gefühl glich Wasser, das in einem Kessel aufkochte. Er wusste, dass er nicht in der Lage sein würde, es zu unterdrücken – es war zu stark für ihn – und er öffnete den Mund, während ihm Tränen über die Wangen strömten. (Er war sich sicher, dass es Tränen waren, obwohl sie heißer und schwerer waren, als Tränen eigentlich sein sollten.) Er schrie: *»Was ist hier los?«*

Es war, als habe sich eine schalldichte Mauer direkt vor ihm aufgebaut, sodass kein Geräusch sich mehr als eine Armlänge von ihm entfernen konnte; der Schrei hatte seine Kehle zwar verlassen, war dann aber erstorben. Es gab kein Echo. Niemand im Restaurant zuckte zusammen, niemand drehte sich zu ihm um und sah ihn an.

Hier ging definitiv etwas Seltsames vor sich. Er schmeckte nichts. Er erinnerte sich nicht. Alle im Restaurant ignorierten ihn. Er fühlte sich falsch an. Er konnte es nicht besser erklären. Er fühlte sich … einfach … falsch an.

Aus dem Nichts kam die Frage: *Wer bin ich?*

Die Frage schockierte ihn eher, als dass sie ihm Angst machte. Er hatte nicht wirklich darüber nachgedacht. Sie war einfach in seinem Kopf aufgetaucht, so als kontrolliere jemand anders sein Gehirn.

Er musste hier raus. Verdammt, er konnte sich ja nicht mal mehr daran erinnern, wie er hier hereingekommen war und das Essen bestellt hatte. Seine Erinnerung begann mit dem Moment, in dem er am Tisch saß und den Burger auswickelte.

Er stand auf und spürte, wie der Raum sich drehte.

Spürte die Blicke.

Für einen Augenblick erfüllte ihn Hoffnung. Wenn ihn jemand anschaute, bedeutete das, dass er nicht verrückt war – er existierte wirklich, und es lag nur an verdorbenem Essen oder zu wenig Schlaf, dass er sich so seltsam fühlte.

Er schaute sich suchend im Restaurant um. Keine der Wachsfiguren sah ihn an. Das überraschte ihn nicht … das kribbelige Gefühl, dass fremde Blicke auf ihm ruhten, hingegen schon.

Er drehte sich zu dem großen Fenster neben seinem Tisch um und schnappte nach Luft, als er die Frau sah, die ihr Gesicht und ihre Hände flach gegen die Scheibe presste. Sie starrte ihn mit weit aufgerissenen Augen an, ihr Gesicht so weiß wie das Vanilleeis, das der ergraute Mann mit dem Bart aß. Er hielt ihrem Blick stand, und dabei machte es ihm am meisten Angst, dass sie nicht einmal blinzelte. Er versuchte, seine Augen offen zu halten, sie fest auf ihre schwarzen Augen zu richten, aber seine Lider begannen zu flattern, und dann kamen ihm Tränen und er musste blinzeln. Die ganze Zeit über sah er sie kein einziges Mal blinzeln. Sie starrte ihn nur mit einem kalten Ausdruck des Hasses an. Dann, als er erneut aufschreien oder weinen oder einfach nur irgendetwas tun wollte, sagte die Frau: »Du. Ich habe dich gefunden.« Er konnte sie trotz der dicken Fensterscheibe zwischen ihnen gut hören; ihre Stimme fühlte sich wie Schleifpapier auf seiner Haut an.

Er kannte sie nicht, was hatte sie also gemeint, als sie sagte: »Ich habe dich gefunden«? Er konnte sich noch nicht einmal an seinen Namen oder seine Vergangenheit erinnern, wie konnte diese Frau ihn also gefunden haben? Hatte sie etwas mit seiner Vergangenheit zu tun? Konnte sie ihm ein paar Dinge erklären, zum Beispiel, wieso er nichts schmecken konnte?

Die Frau trat vom Fenster zurück und hinterließ den Abdruck ihres Gesichts und ihrer Hände auf dem Glas: ein dunkler, roter, schmieriger Fleck, der ihn mit unbegründeter Furcht erfüllte. Sie ging zur Tür am anderen Ende des Restaurants und stürzte herein.

Alle Augen im Restaurant richteten sich auf sie. Einige lächelten sie zur Begrüßung an, andere sahen aus, als hätten sie ein Gespenst gesehen. Der Mann mit der blauen Mütze fing an zu weinen.

Die Frau blieb in der Tür stehen und starrte ihn an, und er war zu sehr darauf konzentriert, zurückzustarren, um zu bemerken, was sie in Händen hielt. Erst, als sie die Kama und den Streitkolben mit den beiden gezackten Kugeln erhob – wie ein Krieger, der sich zum Angriff bereit machte – sah er die Waffen und versuchte zu fliehen. Aber er war wie festgewachsen. Nein: Er wurde von unsichtbaren Händen festgehalten, von starken Händen, die ihn nicht loslassen würden, so sehr er sich auch wehrte. Und er wehrte sich nach Kräften.

Die Frau öffnete den Mund, stieß einen stillen Schrei aus und kam auf ihn zu, und dabei schwang sie die lange Stahlklinge der Kama in Richtung des attraktiven Mannes mit der Sonnenbrille. Sie trennte seinen Kopf von seinen Schultern, und er flog in Zeitlupe durch die Luft. Als Nächstes schlug sie den Streitkolben auf die Gruppe der Jungs, wobei sie zwei von ihnen mit den gezackten Kugeln im Gesicht traf. Als sie den Streitkolben für einen zweiten Hieb zurückzog, riss sie ihnen die Gesichter ab – darunter schimmerten ihre Schädel hervor. Die beiden Jungs kippten nach vorne, Fritten hingen aus ihren knochigen Mündern, und als sie zu Boden fielen, zersplitterten ihre Schädel. Die beiden verbliebenen Jungs – der angespannt wirkende und sein fetter, fauler Freund – verfolgten das Geschehen mit fassungslosen Mienen, nicht gewillt oder unfähig, sich zu bewegen. Als die Frau den Streitkolben, an dessen Zacken noch immer die Gesichter der anderen beiden klebten, erneut erhob, wurden den Jungs durch die Macht der gezackten Kugeln ebenfalls die Schädel zertrümmert.

Grinsend bewegte sich die Frau weiter auf ihn zu.

Als Nächstes zerteilte sie den Mann mit den Narben in zwei Teile, als er mit ausgebreiteten Armen aufstand, um sie zu begrüßen. Als sein Oberkörper zu Boden kippte, ließ er fallen, was er in der Hand gehalten hatte – es sah aus wie ein Foto – und es schwebte durch die Luft. Die Frau streckte ihre Zunge aus und, wie eine Echse, die eine Fliege fängt, fing sie es ein, nahm es in den Mund, zerkaute es und schluckte es hinunter. Lachend drehte sie sich zu der noch immer zuckenden unteren Hälfte des zernarbten Mannes um und zerteilte seine Beine mit einem heftigen Schwerthieb.

Dann stach die Frau die Kamaklinge in die Köpfe des älteren Pärchens, wie bei einem Fleischspieß. Als sie die Klinge wieder herauszog, waren die Gehirne der beiden an ihrem Ende aufgespießt: zwei graurosa Klumpen, die sie mit einer schnellen Bewegung abstreifte und gegen die bis dahin blitzsaubere Wand des Restaurants schleuderte.

Für den masturbierenden Typen kam es, wie es kommen musste – noch bevor er selbst kam. Als er sich auf dem Boden wand, trat die Frau ihm mit aller Kraft auf den Kopf und zerquetschte ihn wie einen zu reifen Pfirsich, und dann zerstampfte sie den kleinen Kopf, der nun seltsam neben seinem Besitzer lag, sodass er wie ein zu lange gekochtes Würstchen aufplatzte.

Die Frau ging zu dem erschrocken aussehenden Künstlertypen mit dem Pferdeschwanz hinüber. Sie stellte sich vor ihn, die Waffen hoch erhoben, und sah zu, wie er immer mehr Angst bekam. Tränen rannen ihm über die Wangen; er schüttelte immer wieder den Kopf, die Augen so groß wie Autoreifen. Er zitterte am ganzen Körper, und mit jeder Sekunde, die verstrich, wich mehr Blut aus seinem Gesicht. Schließlich verzerrte sich sein Gesicht und der gesamte Körper wurde von Krämpfen geschüttelt, dann fasste er sich an die Brust und fiel seitlich auf die Sitzbank.

Die Frau nickte und begab sich zu dem jungen Kerl mit dem alten Aktenkoffer. Er versuchte, sich mit dem Koffer zu schützen, aber er taugte nicht besonders zum Schild – die Kama zerschnitt ihn mit Leichtigkeit, und unzählige Blätter flatterten durch die Luft. Sämtliche Farbe wich aus dem Gesicht des Mannes. Bevor die Frau ihn jedoch mit ihren Waffen aufschlitzen oder verstümmeln konnte, holte er zwei Bleistifte aus seiner Tasche, stellte sie aufrecht auf den Tisch, mit den Spitzen zur Decke, beugte sich mit je einem Nasenloch darüber und ließ seinen Kopf darauf fallen.

Sein Körper zuckte für einige Augenblicke, Blut quoll aus seinen Ohren und seinem Mund auf den Tisch, auf dem er reglos liegen blieb.

Die Frau trat zu dem großen, furchteinflößenden Kerl mit dem Bart hinüber, der bereits aufgestanden war, den Pflock in der Hand und bereit zum Kampf. Aber als sie vor ihm stand, reichte sie ihm die Waffen. Der Mann legte den Pflock ab, nahm ihr die Waffen ab und flüsterte ihr etwas ins Ohr. Die Frau schüttelte den Kopf, und der Mann setzte sich wieder und widmete sich seinem Eisbecher.

Nun stand nur noch eine Person zwischen ihm und der Frau – der Mann mit der blauen Mütze.

Er versuchte erneut, sich aus seinen unsichtbaren Fesseln zu befreien, aber wer oder was immer ihn auch festhielt, ließ ihn nicht los. Alles, was er tun konnte, war zuzuschauen, wie sich die Frau ihm näherte. Wenigstens hatte sie die Waffen nicht mehr – das, so nahm er an, war ein kleiner Trost.

Sie blieb stehen, als sie den Mann mit der Mütze erreichte. Der Mann hatte während des gesamten Gemetzels nur still dagestanden und geweint, und nun schaute er die Frau an. Sie streckte eine Hand aus und nahm dem Mann die Mütze vom Kopf. Als sie sie aufsetzte, verschwand der Mann.

Die Frau drehte sich zu ihm um. Ihre Augen brannten sich in seinen Körper, heiß, aber dunkel, wie die glühenden Kohlen eines erlöschenden Feuers.

Sie riss sich eine Kette vom Hals – eine glänzende, beinahe blendende Goldkette – und warf sie auf den Boden. Sie kickte sie unter einen Tisch, wo sie in einer schmutzigen Pfütze landete.

Wo sie bis in alle Ewigkeit liegen bleiben wird, dachte er mit schwerem Herzen.

Es hatte sich eine Menschengruppe gebildet, die sie aus

sicherer Entfernung beobachtete, aber er ignorierte sie, während die Frau sich ihm näherte.

»Ich habe dich endlich gefunden«, flüsterte sie heiser.

Das Restaurant verschwamm vor seinen Augen und wurde unscharf, wie ein Fernsehkanal, der nicht richtig eingestellt war.

»Wer bin ich?«, fragte er.

»Du bist er. Der, den ich will. Der, den ich gesucht habe.«

Er wusste nicht, wovon sie sprach. »Das bin ich nicht. Das kann ich nicht sein.«

»Du hast das Tattoo. Du bist er.«

»Ich habe kein Tattoo«, erwiderte er, sicher, dass er die Wahrheit sagte.

»Doch, hast du. Schau.«

Er schob den linken Ärmel seines T-Shirts hoch und war schockiert, als er ein großes hässliches Tattoo auf seinem linken Arm erkannte, ein Stück unterhalb der Schulter. Dort stand: *Stirb, Mutter.*

»Hä? Was? Ich verstehe das nicht«, jammerte er.

Es war vorher nicht da gewesen, da war er sicher.

Aber wann war »vorher«? Er konnte sich nicht an die Zeit erinnern, bevor er hierhergekommen war.

»Du hast sie getötet, und jetzt werde ich dich töten. Ich werde dafür sorgen, dass du bezahlst.«

»Ich habe niemanden getötet!«, schrie er. »Ich kenne dich nicht. Du irrst dich.«

»Du hast das Tattoo«, wiederholte sie. »Ich habe überall nach dir gesucht. Du bist er. Ich weiß, dass du er bist.«

»Nein, bin ich nicht«, sagte er. Das Restaurant bewegte sich, veränderte sich, schien ihm nicht mehr real, nichts war mehr real – nichts war je real. Der Gips begann von der Decke zu rieseln, immer größere Brocken fielen krachend in einer Wolke aus weißem Staub zu Boden. »Das ist nicht möglich.«

»Warum nicht?« Sie sah plötzlich ängstlich, verwirrt aus. »Ich habe dich gefunden«, brüllte sie. »Ich habe dich gefunden!«

»Weil ich nicht real bin.« Die Hände ließen ihn los. Die Menschen im Restaurant, auch die, die noch lebten, hatten sich in die Frau verwandelt. Jedes Gesicht war das ihre, nur in verschiedenen Stadien der Zerstörung. »Du bist ich und ich bin du«, erklärte er ihr.

Die Fenster explodierten in einem Regen aus Glasscherben; die Wände begannen zu bröckeln.

»Wie?«, fragte sie.

»Ich bin nur eine Ausgeburt deiner Fantasie. Das ist alles.«

Das Restaurant stürzte ein, und die Welt wurde schwarz.

GREG, DER LETZTE?

Er war seit sechs Monaten nicht mehr in dieser Gegend gewesen. Als er den Wagen auf den Restaurantparkplatz lenkte, stellte er fest, dass sich nur wenig verändert hatte: Es war noch immer dasselbe alte Gebäude auf demselben alten Highway.

Er hatte sich in dieser Zeit sehr verändert: neue Haarfarbe, neuer Schnitt; neue Figur (sein Körper war nun fest und muskulös, nicht mehr so dürr); neue Kleidung (sportlich elegant statt schlampiger Jeans und T-Shirt). Aber am wichtigsten war die spirituelle Erleuchtung, die er erfahren hatte, die seinem Leben eine neue Wendung gegeben und ihm gezeigt hatte, wer er war und woher er kam. All diese Veränderungen vermochten aber nicht die Angst zu unterdrücken, die er spürte, als er aus dem Auto stieg und auf das Restaurant zuging.

Es fühlte sich seltsam an, hier zu sein, aber sich seinen Dämonen zu stellen, war Teil seines neuen Lebens. Dies war seine vorletzte Station, die letzte würde die schwerste werden.

Er nahm seine Sonnenbrille ab – eigentlich brauchte er sie ohnehin nicht; es war fast sechs, und der Himmel war ungewöhnlich grau – und suchte das Restaurant nach einem freien Platz ab.

Er war sich sicher, dass alle Augen auf ihn gerichtet waren, aber er ermahnte sich, nicht so paranoid zu sein. Man würde ihn nie mit all den Verbrechen in Verbindung bringen, auch nicht mit dem letzten und abscheulichsten. Aber selbst wenn sie ihn fassten, war er gewillt, den Preis dafür zu bezahlen. Er hatte lange mit der Entscheidung gekämpft, sich selbst zu stellen, doch dann entschieden, dass er der Welt als freier Mann am besten diente, indem er das Wort verkündete und den verlorenen Seelen zurück auf den rechten Weg half. Wenn es Gott jedoch für das Beste hielt, ihn durch eine Verhaftung zu bestrafen, dann sollte es so sein.

Er erblickte einen leeren Tisch, ging hinüber und setzte sich.

Er legte seine Brille auf den Tisch.

Als er den Duft von Kaffee und Essen roch, grummelte sein

Magen, und erst da wurde ihm bewusst, wie hungrig er eigentlich war.

Am Nebentisch nervte ein Kind seine Mutter.

Greg beobachtete sie aus dem Augenwinkel. Er konnte nicht vermeiden, mitzuhören. »Sie sieht komisch aus, Mum. Was hat sie denn?«

Die Mutter ermahnte das Kind, still zu sein, und errötete. »Sei nicht so unhöflich, Jay.«

»Aber sie bewegt sich komisch und sie riecht komisch«, beharrte das Kind. »Ich will nicht, dass sie unser Essen bringt.«

Die Mutter runzelte die Stirn, sah zu der Kellnerin hinüber, die ganz in der Nähe einen Tisch abwischte, drehte sich dann wieder zu ihrem Sohn um und flüsterte: »Ich schau mal, ob wir eine andere Kellnerin bekommen. Und du bist inzwischen einfach still, okay?«

»Sie sieht aus wie ein Zombie.«

»Jaiden Lewis Hanner!«, schimpfte die Mutter. »Ich will kein einziges Wort mehr von dir hören.«

Als eine andere Kellnerin vorbeihuschte, die gerade ein paar Teller balancierte, streckte die Mutter einen Arm aus und hielt sie auf. »Entschuldigung, wir möchten bitte bestellen.«

»Okay, ich hole nur schnell …«

»Nein, wir möchten *jetzt* bestellen.«

Die Kellnerin seufzte, schenkte ihr dann aber ein flüchtiges Lächeln. »Okay, einen Moment bitte.«

Sie stellte die Teller auf einem leeren Tisch hinter sich ab, drehte sich wieder um und holte ihren Notizblock heraus.

Greg sah die Kellnerin an, die ohne ihr Wissen vom Tisch des Jungen und seiner Mutter gefeuert worden war. Sie tat ihm leid.

Obwohl er nachvollziehen konnte, was das Kind meinte. Sie war außergewöhnlich dünn; ihre Uniform hing ihr am Körper, als sei sie zwei Nummern zu groß, obwohl es vermutlich die kleinste Uniform war, die das Restaurant hatte. Ihr Haar war lang und fast völlig grau, aber vereinzelte schwarze Strähnen und sehr verblasstes Blond verliehen ihm einen bizarren mehrfarbigen Touch.

Sie räumte das Geschirr so langsam und steif wie ein Roboter vom Tisch ab.

Oder wie ein Zombie.

Greg fragte sich, wie sie in einem Job hatte überleben können, in dem es auf Flinkheit und hohen Umsatz ankam. Vielleicht war sie die Besitzerin oder die Schwester des Besitzers, oder vielleicht war sie einfach schon so lange hier, dass es dem Manager grausam vorkam, sie zu entlassen.

Greg dachte an das letzte Mal zurück, als er hier gewesen war. Er konnte sich nicht erinnern, sie gesehen zu haben, doch das musste nichts heißen. Vielleicht hatte sie an dem Tag frei gehabt. Sie sah aus, als könnte sie heute auch einen freien Tag gebrauchen.

Oder fünf.

Greg wartete, und schon bald trat sie an seinen Tisch.

Aus der Nähe sah sie sogar noch älter aus – ihr Gesicht war verlebt und blass und schrecklich vernarbt. Kein Wunder, dass der Junge nicht wollte, dass sie ihn bediente. Sie konnte jedem Kind einen ganzen Monat lang Albträume verschaffen. Und sie roch wirklich. Nicht abstoßend, nicht nach Müll, aber modrig, wie ein alter Buchladen.

Ihr Gesichtsausdruck störte Greg nicht – er war der Letzte, der andere verurteilte. Außerdem waren in Gottes Augen alle Menschen gleich.

Greg war sich sicher, dass er diese Frau noch nie zuvor gesehen hatte, aber als er ihr in die Augen schaute, hatte er das Gefühl, einen entfernten Verwandten anzusehen, den er vor vielen Jahren einmal getroffen hatte. Er nahm an, dass es möglich war, dass sie doch hier gearbeitet hatte, als er das letzte Mal hier gewesen war und er sich nur nicht daran erinnerte. Vielleicht war er ihr auch irgendwann in der Vergangenheit auf der Straße begegnet.

Greg schob diese Gedanken beiseite, als die Kellnerin – Cynthia, wie ihr Namensschild sagte – herunterleierte: »Willkommen bei Conrad's. Was darf ich Ihnen bringen?«

Greg bestellte Fish & Chips und eine Flasche Orangenlimonade zum Runterspülen.

Cynthia notierte seine Bestellung, drehte sich um und ging hinkend zum Tresen.

Sie schien sich ein Bein irgendwann schlimm gezerrt oder sogar gebrochen zu haben. Sie schien keinen Gips zu tragen und sie benutzte auch keine Krücken; wenn es also eine ernste Verletzung gewesen war, lag sie schon eine Weile zurück.

Der Junge am Nebentisch schaute der Kellnerin über die Schulter nach, und als seine Mutter sah, dass er sie anstarrte, schlug sie ihm auf die Hand, und er wirbelte wieder herum. »Hör auf, sie anzustarren«, sagte die Mutter.

Greg ertappte sich dabei, wie er die Mutter anstarrte. Er hätte sie nicht unbedingt als hübsch bezeichnet, aber sie war auf häusliche, etwas altmodische Weise attraktiv. Greg hatte schon weitaus Schlimmere gehabt. Seine Gedanken schweiften in lüsterne, sogar gewalttätige Vorstellungen ab.

Hör auf! Das war dein altes Ich. Das bist du nicht mehr. Das ist nicht Greg.

Er grub nicht gerne alte Erinnerungen aus. Sie machten ihn schwach.

Er durfte nicht unter dem Verlangen einknicken, wieder in sein altes Leben zurückzukehren. Es war zu gefährlich. Er wollte nicht wieder zurück, denn er war mit seinem Leben zufrieden, so, wie es war.

Cynthia brachte ihm sein Getränk.

Er nahm einen verzweifelten Schluck.

Er sehnte sich nach einem Bier, aber er hatte dem Alkohol abgeschworen – er ließ ihn nur wieder in alte Gewohnheiten zurückfallen.

Er war nicht stolz auf das, was er getan hatte und wünschte sich, er könnte alles rückgängig machen.

Alles, was er tun konnte, war, für seine Sünden zu bezahlen und um Vergebung zu beten. Er würde nie wieder in diese Zeit zurückkehren. Sie lag hinter ihm, in einer anderen Welt, und er war fest entschlossen, sie dort zu lassen, wo sie hingehörte.

Er trank noch einen großes Schluck des fruchtigen Getränks und fühlte sich schon bald viel entspannter.

Wieder blickte er zu der Mutter hinüber. Dieses Mal gingen

ihm keine unheilvollen Gedanken durch den Kopf; nur, dass sie wie ein netter Mensch und eine gute Mutter wirkte.

Er nickte.

Er befand sich noch immer auf dem Weg der Genesung.

Morgen noch eine letzte Station, dann kann mein Heilungsprozess wirklich beginnen.

Er hoffte, dass es so kommen würde, und als Cynthia ihm sein Essen brachte, sah er zu ihr hoch und lächelte sie an.

Der Fisch war zäh, die Pommes frites lauwarm und die Remouladensoße zu wässrig, aber für Gregs Geschmack war es trotzdem ein verdammt leckeres Essen gewesen. Als er fertig war, lehnte er sich zurück, machte seinen Gürtel um zwei Löcher weiter und rülpste zufrieden.

Das Essen war genau das Richtige gewesen.

Das Restaurant leerte sich allmählich. Die Mutter und das Kind waren vor zehn Minuten gegangen, und inzwischen war es dunkel draußen. Trotz der Klimaanlage herrschte im Restaurant noch immer eine hohe Luftfeuchtigkeit – Greg konnte die Wärme jedes Mal spüren, wenn jemand kam oder ging. Sobald sich das Essen ein bisschen gesetzt hatte, würde er auch aufbrechen und sich ein Motel suchen müssen. Holbrook war nur eine kleine Stadt, aber er wusste, dass er dort eine anständige, erschwingliche Unterkunft finden würde.

Er mochte die Freiheit, die mit Selbstgenügsamkeit einherging. Er hatte sich viel zu lange auf Almosen und Diebstähle verlassen und sich für Geld verkauft (ihm drehte sich noch immer der Magen um, wenn er daran dachte, was er alles getan hatte). Seit er im Supermarkt Regale füllte, verdiente er genügend Geld, dass er sich eine kleine, aber ansehnliche Wohnung mieten und sich eine uralte Karre leisten konnte, mit der er sich auf diese entscheidende Reise begeben hatte.

Cynthia kam zu ihm, um den Tisch abzuräumen. Greg erschrak, als die Teller und das Besteck zu Boden knallten und die knapp vierzig Kilogramm schwere Cynthia ihnen folgte.

Er sprang vom Tisch auf und kniete sich neben Cynthia, die, sofern das überhaupt möglich war, jetzt noch blasser aussah. Zu ihrem Glück war Greg so hungrig gewesen, dass er die Teller praktisch sauber geleckt hatte, ansonsten wäre sie zu allem Überfluss auch noch voller Reste und Remouladensoße gewesen.

»Sind Sie verletzt?«

»Mit geht's gut«, antwortete Cynthia.

Greg nahm sie bei der Hand und half ihr auf.

Es sah nicht aus, als sei sie verletzt – am nächsten Morgen würden ihr sämtliche Knochen wehtun, aber sie hatte keinen ernsthaften Schaden davongetragen.

»Es geht mir gut. Wirklich«, sagte Cynthia und strich ihre Uniform glatt. Sie blickte zu Greg auf. »Danke.«

Zwei weitere Kellnerinnen und ein untersetzter glatzköpfiger Mann kamen zu ihnen, um nach Cynthia zu sehen.

Eine der Kellnerinnen – ein junges Mädchen mit kurzem blonden Haar – fragte: »Bist du okay, Cyn?«

Cynthia nickte. »Ich bin nur ausgerutscht, das ist alles.«

»Du bist in letzter Zeit oft ausgerutscht«, stellte der stämmige Kerl, vermutlich der Manager, fest.

»Hey, lassen Sie sie in Ruhe«, sagte Greg.

»Ich hab es doch nicht böse gemeint. Ich wollte nur sagen, dass sie wohl besser nach Hause gehen und sich etwas ausruhen sollte.«

»Das ist eine gute Idee, Süße«, bekräftigte die andere Kellnerin. Sie war groß und hatten zwei Ballons als Brüste. »Wir kommen auch ohne dich zurecht.«

»Kannst du denn alleine nach Hause gehen?«, fragte der Mann.

Cynthia nickte. »Sicher.«

»Haben Sie kein Auto?«, wollte Greg wissen.

»Cynthia wohnt ganz in der Nähe. Sie hat kein Auto«, sagte der Mann. »Sie geht zu Fuß zur Arbeit und nach Hause.«

»Ich glaube nicht, dass Cyn zu Fuß nach Hause gehen sollte«, entgegnete die junge Kellnerin. »Was, wenn sie wieder hinfällt? Oder einen ihrer Anfälle hat?«

Cynthia seufzte. »Das geht schon.«

»Stacey hat recht«, sagte die Größere. »Es wäre besser, wenn du nicht allein nach Hause gehst. Was ist mit Ihnen?«, fragte sie und nickte in Gregs Richtung. »Wären Sie so nett, sie nach Hause zu begleiten? Ich meine, wenn es Ihnen nicht zu viele Umstände macht.«

»Wir würden ja gerne, aber wir haben hier noch Gäste, um die wir uns kümmern müssen«, sagte die jüngere Kellnerin.

»Und ich sollte meinen Posten wirklich nicht verlassen«, fügte der Mann hinzu.

Feine Freunde, diese Leute, dachte Greg.

Cynthia schüttelte den Kopf. »Nein, wirklich, mir geht's gut. Ich kann bleiben und meine Schicht zu Ende machen.«

»Nein. Du machst früher Schluss, das ist mein letztes Wort. Nimm dir ein paar Tage frei und erhol dich«, sagte der Mann.

»Aber ich kann auf jeden Fall allein nach Hause gehen. Es ist ja nicht weit.«

»Es ist dunkel und dir geht's nicht gut«, erwiderte die große Kellnerin, die Hände in den Hüften. »Lass diesen Herrn dich doch begleiten.«

»Ja, das macht mir nichts aus«, bekräftigte Greg.

»Sind Sie sicher?«, fragte der Mann.

Greg nickte. Diese Frau sah nicht im Entferntesten so aus wie die Mädchen, mit denen er sich früher abgegeben hatte, aber es war trotzdem eine willkommene Gelegenheit, sich selbst zu beweisen, dass er jetzt ein neuer Mensch war.

»Danke, Schätzchen«, sagte die große Kellnerin.

»Ich heiße Mi…« Er hustete. »Greg.« Er hatte sich noch immer nicht daran gewöhnt, sich mit seinem richtigen Vornamen vorzustellen. Er hatte so lange seinen Spitznamen benutzt, dass er sich nur schwer davon hatte trennen können.

»Also, Greg. Passen Sie gut auf unsere Cynthia auf. Sie ist eine gute Kellnerin – wenn sie nicht gerade ausrutscht und Teller kaputt macht.« Der Mann lächelte über seinen eigenen lahmen Scherz.

Greg schenkte ihm ein falsches Lächeln. »Das werde ich.« Er holte seine Brieftasche heraus. »Wie viel schulde ich Ihnen für das Abendessen?«

»Das geht aufs Haus«, sagte der Mann und wedelte mit seiner dicklichen Hand. »Sie tun uns allen einen Gefallen.«

»Danke«, antwortete George. Er hatte noch nie eine Gelegenheit ausgeschlagen, ein wenig Geld zu sparen. »Sind Sie fertig?«, wandte er sich an Cynthia.

Cynthia, die den Blick gesenkt hatte und nicht besonders glücklich über die Entwicklung der Dinge aussah, murmelte: »Ich hole nur meine Tasche«, und humpelte davon.

»Stacey, hol einen Besen und eine Schaufel und kehr die zerbrochenen Teller auf«, forderte der Mann sie auf. »Claire, zurück an die Arbeit.«

Die Kellnerinnen widmeten sich sofort wieder ihren jeweiligen Aufgaben.

Offensichtlich galt der Befehl »Zurück an die Arbeit« nicht für den Oberbefehlshaber. »Cynthia geht es in letzter Zeit nicht gut«, sagte der Mann und schüttelte den Kopf. »Ich hab keine Ahnung, was mit ihr los ist, aber irgendetwas sagt mir, dass sie nicht ganz richtig im Kopf ist. Ich meine, sie war noch nie die Geschwätzigste, hat nie viel geredet und sah immer so aus, als habe sie andere Sachen im Kopf als die Arbeit. Ich habe sie nur angestellt, weil Verna verschwunden ist. Ich hatte gar keine andere Wahl. Außerdem hat sie mir irgendwie leidgetan. Doch wie auch immer, wir haben keine Ahnung, wer Sie sind, ich will also nicht von irgendwelchen Dummheiten erfahren müssen, verstanden?«

Greg versuchte, sein amüsiertes Grinsen zu verstecken und nickte.

Als Cynthia zurückkehrte, hatte sie einen kleinen schwarzen Rucksack bei sich und trug eine dünne rote Strickjacke über ihrer rosafarbenen Uniform.

»Fertig?«, fragte Greg.

Cynthia nickte.

»Du ruhst dich aus, okay?«, sagte der Mann.

»Ja, Sir«, erwiderte Cynthia.

Diese Frau hatte irgendetwas Eigenartiges an sich. Sie war nur fünf, vielleicht auch zehn Jahre älter als der Mann und nannte ihn ›Sir‹.

»Bis dann«, sagte Greg zu dem Mann, und dann ging er mit Cynthia hinaus.

Draußen auf dem Parkplatz wehte inzwischen ein kräftiger Wind, und der Himmel war kohlrabenschwarz. Wenn Greg es nicht besser gewusst hätte, hätte er geschworen, es würde bald regnen.

»Ich kann Sie auch nach Hause fahren, wenn Sie wollen. Das ginge schneller.«

»Hören Sie«, sagte Cynthia und drehte sich zu ihm um, während ihre Strickjacke im Wind flatterte. »Sie müssen mich nicht nach Hause begleiten. Solange die denken, Sie hätten es getan, ist alles in Ordnung.«

Im fahlen Zwielicht spürte Greg erneut das unbestimmte Gefühl der Vertrautheit. Irgendetwas in ihren Augen rief unerfreuliche Erinnerungen hervor – böse Dinge aus seiner Vergangenheit, die er hinter sich zu lassen versuchte.

Es war offensichtlich, dass sie seine Hilfe nicht wollte, und eine leise Stimme in seinem Kopf riet ihm, sie einfach gehen zu lassen, aber er konnte sie nicht alleine nach Hause schicken, nicht in dieser Dunkelheit. Er hatte geschworen, Menschen in Not zu helfen, und deshalb entgegnete er mit einem Lächeln, das hoffentlich aufmunternd wirkte: »Ich habe gesagt, dass ich Sie sicher nach Hause bringe, und das werde ich auch tun. Also, bleiben wir jetzt hier stehen und quatschen, oder machen wir uns auf den Weg? Natürlich steht das Angebot mit dem Auto … Scheiße«, entfuhr es ihm, als er die ersten Regentropfen auf seinem Kopf spürte. »Ist das zu fassen? Ich denke, wir haben Sommer, verdammt noch mal.«

Innerhalb weniger Sekunden verwandelte sich der leichte Schauer in einen heftigen Platzregen.

Greg nahm Cynthia bei der Hand und sagte: »Kommen Sie.«

Sie folgte ihm ohne große Gegenwehr.

Als Greg seine Schlüssel hervorgeangelt hatte, waren sie beide völlig durchnässt. Greg schloss die Beifahrertür seines alten Toyota Cressida auf und Cynthia sprang hinein. Er rannte zur Fahrertür und rettete sich ebenfalls ins Auto.

Sobald sie im Wagen saßen, klang der Regen weniger heftig. Greg schüttelte sich das nasse Haar aus der Stirn und versuchte, fröhlich zu klingen, als er anmerkte: »Verrücktes Wetter.

Bloß gut, dass ich hier war, sonst wären Sie jetzt eine ziemlich durchnässte Kellnerin. Also, wo geht's zu Ihnen nach Hause?«

Er startete den Motor, schaltete die Scheinwerfer an und wartete.

Cynthia sah nass und elend aus und seufzte.

»Was ist denn?«

»Ich hab kein Zuhause.«

Greg runzelte die Stirn. »Wie meinen Sie das?«

»Ich wohne in Motels. Ich will nicht, dass irgendjemand im Restaurant das herausfindet, also sagen Sie ihnen bitte nichts, ja?«

Greg wandte sich in seinem Sitz, und es lag nicht nur an seinen nassen Klamotten, dass er sich unwohl fühlte. Von Cynthias Wohnverhältnissen zu erfahren, versetzte ihn in jene Zeit zurück, als er auf der Straße geschlafen hatte. Ihre Situation war nicht so ernst wie seine eigene damals, aber die Erinnerungen ließen ihn erschaudern. »Hey, das E-E…Essen ist sowieso scheiße«, sagte er mit zitternder Stimme. »Ich hab nicht vor, da noch mal hinzugehen. Das soll keine Beleidigung sein.« Er sagte ihr die Wahrheit, auch wenn seine Entscheidung, nie wieder ins Conrad's zu gehen, mehr damit zu tun hatte, seine inneren Dämonen zu besänftigen, als mit der Qualität des Essens. »Wohin also dann?«

»In Albury ist ein Lucky Star. Ich schätze, Sie können mich dorthin fahren.«

»Gibt's in Holbrook keine Motels?«

Sie zuckte mit den Schultern. »Ich steige lieber in Albury ab.«

»Okay, nächster Halt: Lucky Star.«

Er fühlte sich noch immer unwohl, als er durch den Sommerregen vom Parkplatz auf den Hume Highway fuhr.

Greg stoppte den Wagen neben dem Büro des Lucky Star und drehte sich zu Cynthia um.

»Da sind wir.«

»Danke«, erwiderte sie. »Bis dann.«

Sie wollte gerade die Tür öffnen, als Greg sagte: »Hey, nicht so schnell. Ich brauche auch ein Zimmer.«

Cynthia drehte sich wieder zu ihm um. »Was?«

»Ich bin den ganzen Tag rumgefahren. Ich wollte mir sowieso ein Motel suchen, und das hier ist so gut wie jedes andere. Außerdem will ich aus diesen nassen Klamotten raus.«

»Von mir aus«, seufzte Cynthia, öffnete die Tür und stieg aus.

Greg stellte den Motor ab, machte das Licht aus und gesellte sich zu Cynthia ins Büro des Motels.

Sie mussten einige Augenblicke warten, bevor ein älterer Mann – Greg vermutete, dass es sich um den Nachtportier handelte – mit einem riesigen Lächeln und einem schlechten Toupet aus dem Hinterzimmer kam.

»Guten Abend«, begrüßte er sie. »Wie kann ich Ihnen helfen?«

»Ich möchte ein Zimmer«, antwortete Cynthia.

»Cynthia, hallo«, sagte der Nachtportier. »Ich hab Sie so klatschnass gar nicht erkannt. Sie sind in den Regenschauer geraten, wie? Eigenartige Sache, das.« Er schüttelte den Kopf und legte dann die Stirn in Falten, als er Greg sah. »Und, äh, Sie, Sir?«

»Machen Sie zwei Zimmer draus.«

Der Nachtportier runzelte seine Stirn noch mehr, als er einen Blick ins Gästebuch warf. »Ich fürchte, wir haben nur noch ein Zimmer. In der Stadt ist irgend so eine Schriftstellerkonferenz.«

»Dann suche ich mir ein anderes Motel«, sagte Cynthia.

»Seien Sie nicht albern«, erwiderte Greg. »Wenn sich hier irgendjemand ein anderes Hotel suchen sollte, dann bin ich das. Ich habe das Auto.«

»Ich glaube nicht, dass Sie woanders bessere Chancen haben«, bemerkte der Nachtportier. »Ich glaube, die Konferenz hat sich bis über die Stadtgrenze ausgedehnt. Wir haben wahrscheinlich das letzte Zimmer in ganz Albury. Wodonga ist wahrscheinlich auch voll.« Er schenkte ihm ein albernes Lächeln. »Ich hoffe, Ihr Auto ist gemütlich – es könnte ihre einzige Alternative sein.«

Greg wurde beim Gedanken daran ganz weiß. Er spürte, wie ihm die Kontrolle, die er sich so hart erarbeitet hatte, entglitt. »A-A…Auto? Ich w-w…will nicht in m-m…meinem Auto sch-sch…schlafen.«

Der Nachtportier kicherte. »Ich hab doch nur Spaß gemacht. Ich bin sicher, dass Sie woanders noch was finden. Aber nicht hier, fürchte ich.«

Greg nickte. Er atmete ein paarmal tief ein. »Tut mir leid. Ich stottere, wenn ich nervös werde. Na ja, früher jedenfalls. Als sie sagten, ich müsste im Auto schlafen, hat das Erinnerungen … wie dem auch sei, ich denke, ich kann genauso gut zurück nach Holbrook fahren.«

»Nein, warten Sie«, sagte Cynthia, die im Licht des Büros wie ein verblasstes Gemälde aussah. Sie wandte sich an den Nachtportier: »Was für ein Zimmer ist es?«

»Zwei Einzelbetten.«

Cynthia zuckte die Schultern. »Es wäre doch albern, wenn Sie den ganzen Weg nach Holbrook zurückfahren würden, besonders bei diesem Regen. Ich schätze, eine Nacht ist nicht weiter schlimm … sieht aus, als wäre das unsere einzige Möglichkeit.«

Greg lächelte. »Also, wenn das für Sie okay ist, dann wäre das wirklich toll. Ich bezahle. Und ich schnarche auch nicht, versprochen.«

Cynthia erwiderte sein Lächeln.

Irgendetwas stimmte mit ihrem Lächeln nicht, aber Greg nahm an, dass sie einfach ein wenig Angst verspürte – immerhin hatte sie eben angeboten, die Nacht mit einem völlig Fremden zu verbringen.

»Wir nehmen das Zimmer«, sagte Greg zu dem Nachtportier.

Der alte Mann warf Cynthia einen flüchtigen Blick zu und wandte sich dann wieder an Greg.

»Das macht dann sechzig Dollar, bitte.«

Greg öffnete seine Brieftasche und reichte ihm seine erste legale Kreditkarte.

Nachdem der Nachtportier die Kreditkarte durch das Gerät gezogen und Greg das Gästeformular ausgefüllt hatte, gab der Mann ihm einen Zimmerschlüssel. »Zimmer 26.« Er hob einen Arm. »Sehen Sie die Treppe da drüben?«

Greg drehte sich um; durch das Fenster erkannte er, kaum sichtbar durch den Regenschleier, die Treppe. »Jep.«

»Gehen Sie da rauf und dann links. Dann bis fast zum Ende

des Balkons; Ihr Zimmer ist das vorletzte, bevor Sie gegen die Wand laufen.«

Greg wandte sich wieder an den Portier. »Alles klar. Danke.«

Der alte Mann lächelte ihn lustlos an. »Schönen Aufenthalt.«

Wieder im Wagen, fuhr Greg sie in Richtung ihres Zimmers, und als der Toyota unter dem Vordach des Büros hervorrollte, prasselte der Regen lautstark auf sie nieder. Er schaltete den Scheibenwischer ein und suchte den Parkplatz nach einer Parklücke ab. Er fand eine, weit entfernt von ihrem Zimmer.

»Haben Sie einen Schirm?«, fragte Greg, als er den Motor abgestellt hatte.

Cynthia schüttelte den Kopf.

Greg hatte auch keinen. Er zuckte die Achseln und sagte: »Ich muss meine Tasche aus dem Kofferraum holen. Wir treffen uns oben.« Er reichte ihr den Zimmerschlüssel.

Cynthia nahm den Schlüssel, stieg aus dem Wagen und trottete durch den Regen auf die Treppe zu.

Mit einem Seufzen hüpfte Greg aus dem Wagen, schloss die Türen, eilte zum Kofferraum und öffnete ihn.

Warmer Regen fiel auf seinen Körper, als er in den Kofferraum griff und seinen Seesack herausholte. Die Luft roch nach feuchter Hitze, und das kam Greg irgendwie nicht richtig vor – das passte nicht zusammen. Regen roch normalerweise kalt und klar. Er schüttelte das unschöne Gefühl ab, das der feuchte Geruch in ihm verursachte, schloss den Kofferraum und lief zur Treppe. Er passte auf, dass er nicht auf den Metallstufen ausrutschte, und als er den zweiten Stock erreicht hatte, hastete er im Schutz einer schmalen Markise über den Balkon, dankbar, nicht mehr im Regen zu sein. Die Tür zu Zimmer 26 stand offen; er trat ein, machte sie hinter sich zu und schloss ab. »Gut, aus dem Regen raus zu sein«, sagte er, und obwohl ihm nicht kalt war, zitterte er.

Cynthia hatte bereits das Bett neben der Tür belegt; ihre Tasche lag darauf und durchnässte die Tagesdecke.

Greg stellte seine Tasche auf die hässliche, orange karierte Tagesdecke, die auf dem hinteren Bett lag. Die Wände sahen nicht viel besser aus: Die braunen Ziegel waren angeschlagen und dreckig. Der klägliche Versuch, Teile der Wände mit Drucken von Booten zu bedecken, die auf dem Meer schaukelten, unterstrich nur noch, dass eine Renovierung hier dringend notwendig war.

Auf den Nachttischen standen keine Lampen, nur über den Betten befanden sich Neonleuchten, die man an einem kleinen Knopf an- und ausschaltete. »Schickes Etablissement«, sagte Greg, und obwohl er es sarkastisch meinte, entsprach es, verglichen mit anderen Motels, in denen er schon abgestiegen war, tatsächlich der Wahrheit.

»Der Wasserdruck ist hier scheiße«, bemerkte Cynthia. »Aber die Betten sind gemütlich.«

Greg parkte seinen Hintern auf dem Bett. Sie hatte recht – die Matratze war weich, aber elastisch und entschieden gemütlicher als eine Menge anderer Betten, in denen er schon geschlafen hatte.

»Ich weiß das wirklich zu schätzen. Keine Ahnung, wo ich heute Abend gelandet wäre, wenn Sie nicht wären.«

Cynthia funkelte ihn an. »Ich geh duschen«, sagte sie, und dann nahm sie ihre Tasche und verschwand im Badezimmer.

Als Greg hörte, wie sie abschloss, musste er lächeln.

Er ließ sich auf das Bett sinken und stopfte die Kissen unter seinen Kopf. Als er die Dusche hörte, schnappte er sich die Fernbedienung, die auf dem Nachttisch lag, und schaltete den Fernseher an. Er zappte durch ein paar alte Filme, Dokumentationen und neuere Sendungen. Bei einer Simpsons-Wiederholung blieb er hängen; es war die Folge, in der Moe Homers Flaming-Homer-Drink klaut.

Greg sah sich die Folge etwa zehn Minuten an, bevor seine Gedanken wieder zu Cynthia im Badezimmer abschweiften.

In der Dusche, nackt.

Er schaute zur Badezimmertür hinüber. Er dachte daran, wie einfach es wäre, sie aufzubrechen. Er wusste, dass es außer Frage stand, dass Cynthia ihm die Tür öffnete, wenn er einfach nur anklopfte. Nein, er würde sie aufbrechen müssen, wenn er hinein wollte, und in diesen Motels waren die Schlösser normalerweise ein ziemlicher Witz …

Hör auf! Du wirst sie nicht aufbrechen. Du wirst gar nichts tun, außer lächeln, plaudern und schlafen. Das ist alles!

Dies würde ein schwieriger Test für ihn werden. Cynthia mochte vielleicht nicht so jung oder attraktiv sein wie die Mädchen, mit denen er sich früher umgeben hatte, aber sie war immer noch eine Frau – und sie war verfügbar. Wenn er die heutige Nacht jedoch überstand, ohne sich ihr zu nähern, wäre er einer völligen Heilung ein gutes Stück näher.

Eine Prüfung. Das war es. Nur, dass er nie gut bei Prüfungen abgeschnitten hatte.

Was er brauchte, war ein Drink. Der wäre jetzt genau das Richtige, um seine Nerven zu beruhigen.

Ich kann nicht glauben, dass ich gestottert habe.

Es war das erste Mal seit fast sechs Monaten gewesen. Er war von sich selbst enttäuscht – nachdem er so viel Zeit darauf verwendet hatte, es unter Kontrolle zu bekommen, war er sich wie ein Versager vorgekommen, weil er so schnell wieder rückfällig geworden war.

Aber ein Rückfall in alte Muster war zu erwarten gewesen – jetzt, wo er sich wieder in dieser Gegend aufhielt, erwachten schmerzliche Erinnerungen.

Um sich auf andere Gedanken zu bringen, versuchte Greg, sich daran zu erinnern, wo er Cynthia in der Vergangenheit schon einmal getroffen hatte. Er drehte seine Erinnerung zurück und stellte dabei fest, dass es dort, wo er Einzelheiten ausgeblendet hatte, viele schwarze Flecken gab. Vielleicht *glaubte* er ja nur, dass er sie schon einmal getroffen hatte. Vielleicht war sie einer dieser Menschen, die aussahen wie viele andere. Denn wenn er versuchte, sich an Cynthias Gesicht zu erinnern, stellte er fest, dass er in seiner Vorstellung kein starkes Bild von ihr formen konnte. Er wusste, dass sie klein und extrem dünn war, mit langen grauen Haaren und ein paar blonden und schwarzen Strähnen. Und ihre Augen waren …

Greg runzelte die Stirn. Welche Farbe hatten sie? Ihm fiel nur eine Farbe ein – schwarz. Aber das war nicht möglich. Sie waren definitiv dunkel, vielleicht braun; vielleicht lag es auch daran, dass er darin eine Einsamkeit und Niedergeschlagenheit erkennen konnte, die sie schwarz erscheinen ließen: Er wusste einiges über solche Gefühle.

Er hörte, wie das Wasser im Bad abgestellt wurde.

Ein paar Minuten später kam Cynthia heraus, gefolgt von einer Dampfwolke. Sie trug Jogginghosen und ein langärmeliges T-Shirt.

Sie huschte an Greg vorbei und warf ihre Tasche am Fuß des Bettes auf den Boden.

Frischer Seifenduft erfüllte die Luft. Cynthias Haar war ebenso nass wie zuvor, aber zumindest sah es jetzt sauber aus.

»Gute Dusche?«, fragte Greg.

»Sie war heiß.«

Greg sprang vom Bett, hinterließ einen relativ großen Wasserfleck auf der Tagesdecke und griff nach seiner Tasche. Er öffnete den Reißverschluss und nahm eine weite Shorts und ein altes T-Shirt heraus, die er normalerweise zum Schlafen trug. Er richtete sich auf und schaute zu Cynthia hinüber.

»Ich hoffe, Sie haben mir ein bisschen heißes Wasser übrig gelassen.«

Cynthia wühlte in ihrer Tasche. Als sie sich wieder aufrichtete, hielt sie eine blaue Mütze in der Hand – eine dreckige Mütze, die aussah, als habe sie sie am Straßenrand gefunden. Sie setzte sie auf ihr langes, nasses Haar. Sie war ihr viel zu groß.

»Ich bin sicher, dass noch heißes Wasser übrig ist.«

Greg runzelte die Stirn. *So* kalt war es im Zimmer nun auch wieder nicht – eigentlich war es noch immer heiß von der drückenden Hitze des Tages. »Angst, dass Ihnen die Sonne in die Augen scheint?«, fragte er mit einem Lächeln.

»Nein. Die ist … sie gibt mir Trost.«

Greg hob die Schultern. Als er sich die Mütze genauer ansah, zuckte er zusammen.

Sein Magen schlug einen Flickflack.

Es war eine blaue Baseballmütze.

So eine hatte er nicht mehr gesehen, seit …

Greg tat der Kopf weh, und sein Mund fühlte sich trocken an. Er griff nach dem Handtuch, das fein säuberlich gefaltet am Fuß des Bettes lag, und ging ins Badezimmer. Bilder vom geschundenen Gesicht des Mannes und der Art, wie die Mütze auf seinem Kopf gesessen hatte, erschienen vor seinem inneren Auge.

Greg wusste, dass morgen ein schwerer Tag werden würde, wenn er sich an den Ort des Verbrechens begab. Aber jetzt wollte er noch nicht darüber nachdenken, was damals passiert war. Er wollte seinem Hirn eine Pause gönnen, bevor er es mit diesen Gefühlen quälte. Heute würde er die Erinnerungen nicht an sich herankommen lassen. Er musste sich erneut daran erinnern, dass er nicht mehr dieser Kerl von früher war, und dass die Tatsache, dass er mit Cynthia hier war, ohne irgendetwas mit ihr zu machen, ein Beweis dafür war. Er hatte ihr geholfen, ob sie seine Hilfe gewollt hatte oder nicht, und das hätte er früher niemals getan.

Greg ging ins Bad und zog sich aus; seine Halskette behielt er an – er nahm sie niemals ab. Er trat in die Dusche, drehte das Wasser an und seifte sich ein.

Um sich von den plötzlich hereinbrechenden schlechten Erinnerungen abzulenken, stimmte er sein altes Lieblingslied an, ›Private Universe‹. Schon bald vertrieb das Singen, zusammen mit der dampfenden Dusche, die unschönen Bilder. Als das heiße Wasser allmählich kalt wurde, fühlte er sich wunderbar entspannt. Er drehte die Wasserhähne zu, stieg aus der Kabine und trocknete sich mit dem Handtuch ab.

Als er sich seine sauberen, trockenen Kleider angezogen hatte, fühlte er sich wieder wie ein Mensch.

Er versteckte die Kette unter seinem T-Shirt und trat aus dem Badezimmer.

»Ich fühl mich viel besser«, sagte er. »Erstaunlich, welchen Unterschied eine heiße Dusche und trockene Klamotten …« Als er Cynthia sah, hielt er inne. Sie stand am Ende ihres Bettes, die Mütze noch immer auf dem Kopf, mit versteinerter Miene, während Tränen auf ihren Wangen glänzten und sie mit einer Waffe auf seinen Bauch zielte. Greg schluckte.

»Du Scheißkerl«, sagte sie leise, aber boshaft.

Greg warf seine nassen Kleider auf den Teppich. »Was …? Ich hab …?«

»Du erinnerst dich nicht an mich, oder?« In Cynthias Stimme war, trotz der Tränen, eine unglaubliche Wut auszumachen.

Greg schüttelte den Kopf.

Was hatte er getan?

Was war hier los?

»Bitte, legen Sie die Waffe hin.«

»Nun, ich erinnere mich an dich. Du hast dich ganz schön verändert, M-M...Mick.«

Schmerz schoss durch Gregs Körper wie brennende Pfeile. Er bekam mit einem Mal keine Luft mehr. Dass jemand diesen Namen aussprach, setzte grauenhafte Erinnerungen in ihm frei, von denen er geglaubt hatte, er habe sie vergessen.

Der Tag, an dem er Cynthia zum ersten Mal getroffen hatte, traf ihn wie ein entgleister Zug. Der graue, neblige Morgen. Das Treffen auf dem Restaurantparkplatz. Die Freundin des Truckers, mit der Greg nur kurz gesprochen hatte. Diese Freundin war Cynthia, das erkannte er jetzt.

Greg war erstaunt darüber, wie sehr sie sich in den letzten sechs Monaten verändert hatte – sie sah beinahe wie ein anderer Mensch aus.

Greg versuchte, wieder zu Atem zu kommen. »E-E...Es tut mir s-s...so leid, w-w...was passiert ist. Das i-i...ist schon l-l...lange her. I-I...Ich bin jetzt ein a-a...anderer M-M...Mensch.«

So anders auch wieder nicht, wenn man sein Stottern betrachtete.

Ein Lächeln – das teuflischste Lächeln, das Greg je gesehen hatte – huschte über Cynthias Gesicht.

»Es tut dir leid? Wirklich?«

Er nickte.

»Blödsinn.« Cynthia Lächeln verzog sich zu einem Knurren. Noch immer rannen ihr Tränen über die Wangen. Sie hob die Waffe.

Greg schnappte nach trockener Luft.

»Du hast Blake umgebracht«, sagte Cynthia mit zitternder Stimme. »Ich habe gesehen, was passiert ist. Ich habe alles gesehen.«

Sein erster Gedanke war, zu sagen: »Nein, das habe ich nicht.

Ich war das nicht.« Aber das tat er nicht. Das entsprach nicht der Wahrheit.

Greg hatte die Zeit nach dem Mord damit verbracht, sich davon zu überzeugen, dass er nicht schuld am Tod des Mannes war. Er hatte den Typen ja nicht verprügelt, seine Kumpel hatten die Drecksarbeit gemacht. Er hatte saubere Hände.

Es hatte lange gedauert, bis er sich die Wahrheit eingestehen konnte: Er war ebenso schuldig wie die anderen. Er hatte alles eingefädelt und die Jungs angerufen, wohl wissend, dass sie nichts dagegen hatten, eine Schwuchtel bluten zu sehen. Er hatte die Wahrheit nicht erkennen wollen, aber allmählich war die Wahrheit durchgesickert – ebenso wie der wahre Grund, aus dem er den Angriff auf den Mann organisiert hatte.

Gelegentlich wollte er noch immer daran glauben, dass er den Mann (Blake – sein Name war Blake) nicht getötet hatte, aber das kam immer seltener vor, je mehr er seine Sünden zugab und Gott in seine Welt ließ.

Also ja, er hatte Blake umgebracht.

Und das zuzugeben, beruhigte ihn.

»Sie haben recht«, sagte Greg, und blickte in Cynthias tote Augen. Er stotterte nicht mehr. »Ich habe Blake umgebracht. Und es tut mir wirklich leid. Wenn ich all das ungeschehen machen könnte, würde ich es tun. Ich war damals völlig kaputt, ein Kind, das seine Perspektive verloren hatte. Ich habe ein paar richtig üble Sachen gemacht, war in Gang-Geschichten verwickelt und so … Daher hab ich auch meinen Spitznamen. Ich heiße Greg O'Reilly. Meine Familie stammt aus Irland, deshalb haben sie mich oft ›Mick‹ genannt, und das ist hängen geblieben.«

»Dann soll ich einfach vergeben und vergessen? Ist es das?«

Greg blickte auf die Waffe. Es war ein Revolver, und er war groß. Der würde eine Menge Schaden anrichten. Er sah wieder in Cynthias zuckendes Gesicht. »Nicht vergessen, aber vielleicht verzeihen.« Er griff in den Ausschnitt seines T-Shirts und zog seine Kette mit dem Kreuz hervor. »Ich bin dabei, mein Leben zu ändern. Ich glaube, man könnte sagen, ich habe Gott gefunden. Ich bin natürlich katholisch erzogen worden, aber ich war nie gläubig. Nicht bis vor einiger Zeit. Ich wusste, dass ich eine Entscheidung treffen musste: weiter die kriminelle Laufbahn verfolgen und irgendwann tot oder im Gefängnis enden, oder mit all dem aufhören und noch mal von vorne anfangen. Ich hätte auch den einfachen Weg wählen und dem Pfad der Sünde weiter folgen können – es war sehr verlockend, glauben Sie mir. Es ist viel schwerer, sich zu ändern, als derselbe Mensch zu bleiben. Aber das Bild von Blake, wie er dort auf dem Boden lag, das bin ich nicht mehr losgeworden. Bei all der üblen Scheiße, die ich angerichtet hatte, war es das, was mir immer blieb und mich bis in meine Träume verfolgte. Ich musste meinen Kopf von dieser Schuld befreien, sonst wäre ich verrückt geworden. Ich hätte den Rest meines Lebens mit dieser Last der Schuld verbracht, und das wäre schlimmer gewesen, als innerlich von Krebs aufgefressen zu werden.

Ich habe eine Entscheidung getroffen – und hier bin ich. Noch immer am Leben, noch immer von meinen Erinnerungen verfolgt, aber wenigstens kann ich mit der Schuld umgehen. Morgen wollte ich den Ort aufsuchen, an dem es passiert ist, und hoffentlich meine Dämonen begraben. Es muss göttliche Fügung sein, dass Sie und ich uns hier erneut begegnen. Es ist ein Zeichen. Ich weiß nicht, was es bedeutet, aber es ist der Weg Gottes, und deshalb muss es wichtig sein.«

Noch immer mit erhobener Waffe, sagte Cynthia: »Scheiß auf göttliche Fügung. Scheiß auf Gott. Und scheiß auf dich.«

»Ich verstehe Ihren Schmerz …«

»Du weißt gar nichts über mich«, erwiderte Cynthia mit tiefer Stimme. »Du weißt nichts über meinen Schmerz. Du hast keine Ahnung, was ich durchgemacht habe. Wie konntest du Blake so in die Falle tappen lassen? Wie konntest du …?« Sie senkte den Kopf und weinte.

Dies war eine günstige Gelegenheit, zu versuchen, die Waffe an sich zu nehmen. Es war vielleicht seine einzige Chance, zu überleben. Aber plötzlich fühlte sich das Kreuz heiß in Gregs Hand an, es brannte förmlich, und er dachte wieder an den Grund für seine Reise – seine Vergangenheit ruhen zu lassen und für seine Sünden zu bezahlen. Er war auf den Tod vorbereitet, wenn dies Gottes Wille war. Als er nun seiner Henkerin gegenüberstand, kam ihm der Gedanke, dass dies der Grund für ihr Treffen war. Vielleicht war er gar nicht geschickt worden, um sie zu retten, eventuell war sie gesandt worden, um seine Seele zu retten.

Greg atmete langsam aus. Er befeuchtete seine Lippen. »Wenn Sie mich töten wollen, ist das okay. Wenn das mein Schicksal ist, dann akzeptiere ich es.«

Cynthia blickte zu Greg auf. Ihre schwarzen Augen flackerten über ihn hinweg, fragend, und versuchten zu verstehen. Keiner von beiden sprach. Draußen regnete es noch immer; es klang, als prasselten Tausende von Kieselsteinen gegen das Fenster.

Gregs Herz klopfte wie wild und dröhnte wie eine mächtige Trommel in seinen Ohren. Er wollte nicht lügen: Er hatte Angst. Nicht davor, was ihn auf der anderen Seite erwartete. Greg hatte seinen Frieden mit Gott gemacht und war sich sicher, dass er mit offenen Armen im Himmel empfangen werden würde (er betete, dass es so war; er ertrug es nicht, über die Alternative nachzudenken). Es war der Schmerz des Todes, vor dem er sich fürchtete. Daher konnte er es nicht fassen, als Cynthia mit einer Stimme sagte, die sanft wie eine Feder und doch so schwarz wie die Nacht war: »Ich werde dich nicht töten.«

Greg senkte den Kopf. Es sah ganz so aus, als habe Gott hier auf Erden noch Pläne mit ihm.

»Danke«, sagte er.

»Ich hasse dich für das, was du getan hast. Also dank mir nicht. Ich hatte vor, dich zu töten, als du aus der Dusche gekommen bist, aber es wäre viel zu einfach, dich zu töten. Der Tod ist zu gut für dich. Ich glaube, dich mit deiner Schuld leben zu lassen, ist eine viel schlimmere Strafe.« Sie ließ ihren Arm sinken. Die Waffe fiel mit einem dumpfen Schlag auf den Boden. »Ich will, dass du dein Leben in dem Wissen lebst, dass du einen Menschen getötet hast. Du magst Gott gefunden haben, aber das muss nicht bedeuten, dass Gott dich auch will. Ich persönlich glaube, dass Gott diese beschissene Welt schon vor langer Zeit verlassen hat.«

»Dann glauben Sie nicht?«

»Woran soll ich denn glauben? Rebecca ist tot. Blake ist tot. Ich bin …« Sie schloss die Augen.

Greg kannte die Leere, die man als Ungläubiger spürt. Sie mochte ihn vielleicht hassen und wünschte ihm Böses, und sie hatte jedes Recht dazu, aber sie tat ihm leid.

Als Greg seine Halskette wieder unter seinem T-Shirt versteckte, sah er, dass Cynthia ebenfalls eine Kette trug – sie sah golden aus. »Was haben Sie da um den Hals?«, fragte Greg.

Sie holte ein Kreuz unter ihrem T-Shirt hervor, das kleiner war als Gregs.

»Das verstehe ich nicht«, sagte Greg. »Wenn Sie nicht gläubig sind, wieso tragen Sie es dann?«

Cynthia steckte das Kreuz wieder unter ihr T-Shirt und antwortete: »Ich habe meine Gründe.«

»Hat es mit Rebecca zu tun?«

»Ich erinnere mich nicht ... Vielleicht. Wahrscheinlich.« Cynthias gesamter Körper schien zu schrumpfen. »Weißt du, wie lange ich schon nach dem Mann suche, der meine Tochter getötet hat? Zwei Jahre. Vielleicht auch länger. Ich weiß es nicht mehr. Es ist alles …« Sie seufzte und schloss die Augen. »Ich bin so müde.«

Erinnerungsfetzen aus der Zeit vor sechs Monaten schossen ihm wieder ins Gedächtnis. Cynthia und Blake hatten nach jemandem gesucht. Er erinnerte sich an die Unterhaltung mit dem anderen Trucker – Blakes Freund, diese Person, nach der sie suchte, hatte irgendetwas Besonderes an sich. Greg erinnerte sich jedoch nicht, was es war. »Wieso legen Sie sich nicht hin und ruhen sich aus?«, sagte er. »Sie sehen aus, als ob sie dringend Schlaf gebrauchen könnten. Morgen früh können wir gemeinsam zum Rastplatz fahren und vielleicht eine Art Schlussstrich ziehen, für uns beide. Vielleicht kann ich Ihnen ja irgendwie helfen. Ich will Ihnen helfen.«

»Du kannst mir nicht helfen. Niemand kann mir helfen.« Cynthia klang sehr weit weg, verträumt. Plötzlich riss sie die Augen auf und sah Greg mit einem tranceartigen Ausdruck an. Einmal mehr erinnerte sie ihn an einen Zombie.

Und dann sagte sie mit einer Stimme, die Greg eiskalte

Schauer über den Rücken jagte: »Nein. Ich gehe nirgendwo mit dir hin. Du hast Rebecca umgebracht. Ich kann deinen Anblick nicht ertragen.«

Greg runzelte die Stirn. Woher kam plötzlich diese Anschuldigung?

»Ich habe Ihre Tochter nicht umgebracht.«

Wenn er bedachte, was er in der Vergangenheit getan *hatte*, nahm er an, dass das für sie keine große Rolle spielte. »Ich habe ein paar sehr schlimme Dinge getan, aber so etwas nie. Es tut mir leid, was passiert ist, aber das war ich nicht.«

Dachte sie aufgrund dessen, was mit Blake geschehen war, er sei auch für den Tod ihrer Tochter verantwortlich? Oder glaubte sie, irgendeinen Beweis für seine Schuld zu haben?

Einen Beweis. Wie ein besonderes Kennzeichen. Oder ein Tattoo.

Das ist es!

Er erinnerte sich jetzt – sie hatten nach einem Mann mit einem Tattoo gesucht.

Greg schluckte, leckte sich die Lippen und sagte: »Ich kann Ihnen beweisen, dass ich nicht derjenige bin, der Ihre Tochter getötet hat. Ich werde Ihnen zeigen, dass ich keine Tattoos habe.« Er begann, sein T-Shirt auszuziehen.

»Nein! Lass das. Ich weiß es. Du warst es.«

Cynthia starrte an Greg vorbei, so als spreche sie mit jemand anderem.

Er drehte sich um. Hinter ihm war nichts, nur der Fernseher und ein Spiegel.

Er drehte sich wieder zu ihr.

Mit noch immer leicht schielendem Blick und einem entrücktem Ausdruck in den Augen, sagte Cynthia: »Ich hasse dich. Du hast Rebecca getötet und ich hasse dich. Aber der Tod ist zu gut für dich. Ich werde dich nicht töten. Du verdienst etwas viel Schlimmeres. Ich hasse dich. Ich kann deinen Anblick nicht mehr ertragen.«

Ihre Stimme wurde immer lauter und wütender, während sie sprach.

Greg warf einen Blick auf die Waffe auf dem Boden. Er war

bereit, für die Sünden, die er begangen hatte, zu sterben, aber nicht für die, die er nicht zu verantworten hatte.

Greg beobachtete Cynthia sehr genau. Er fragte sich, was sie vor ihrem inneren Auge wohl sah: das Motelzimmer, den Mann, der ihre Tochter getötet hatte – oder etwas ganz anderes?

»Stirb, Mutter«, murmelte Cynthia. »Stirb, Mutter.«

Was soll das jetzt bedeuten?, fragte sich Greg.

Cynthias Gesicht war schmerzverzerrt, und über ihre knochigen Wangen rannen Tränenbäche. »Stirb, …«, flüsterte sie, und ihre Stimme brach. »Mutter.«

Als sie sich nach vorne stürzte, schnappte Greg nach der Waffe.

Er tauchte nach unten und bekam die Pistole an ihrem Gummigriff zu fassen.

Er erschrak, als er das Geräusch von zerbrechendem Glas hörte.

Mit der Waffe in der Hand rappelte er sich auf. Als er sich umdrehte, beobachtete er schockiert, wie Cynthia auf den Spiegel hinter dem Fernseher einschlug. Weinend, schreiend und fluchend drosch sie mit den Fäusten so hart auf den Spiegel ein, dass bei jedem Schlag ein Stück Glas zerbrach und zu Boden fiel.

»Cynthia!«, brüllte Greg und ließ die Waffe fallen. Er rannte zu ihr hinüber. »Nicht!«

»Stirb«, keuchte Cynthia. »Stirb.«

Jedes Mal, wenn sie ihre Arme zu einem erneuten Schlag erhob, strömte Blut über ihre Hände und spritzte in Gregs Gesicht. Greg versuchte, ihre wild um sich schlagenden Arme zu packen. Er bekam sie nicht zu fassen, wechselte die Taktik und packte sie wie bei einem Rugby-Tackle um die Hüfte.

»Nein!«, brüllte Cynthia.

Mit all seiner Kraft zerrte Greg Cynthia von dem zerbrochenen Spiegel fort. Sie wehrte sich und hätte sich beinahe befreit, aber Greg warf sie auf ihr Bett und hielt sie fest. Nachdem ihr Schluchzen allmählich verklungen war und sie sich ein wenig beruhigt zu haben schien, ließ er sie los.

Greg setzte sich auf, wischte sich mit dem Saum seines T-Shirts das Blut aus dem Gesicht und sagte: »Was zur Hölle war das denn?«

Er würde morgen zur Kirche gehen und um Vergebung für seine Blasphemie bitten.

Cynthia richtete sich auf. Sie zitterte am ganzen Körper. Ihre Augen waren ebenso rot wie das Blut, das ihre Kleidung und ihr Gesicht bedeckte.

»Ich muss gehen«, sagte sie leise.

»Sie können nicht gehen. Sie haben üble Schnittwunden. Sehen Sie sich nur mal Ihre Hände an. Wir müssen Sie ins Krankenhaus bringen.« Selbst von da, wo er stand, konnte Greg die Glassplitter sehen, die aus Cynthias Knöcheln ragten.

»Mir geht's gut.« Sie erhob sich.

»Ihnen geht's verdammt noch mal nicht gut.«

Das wären dann zwei Ave Maria.

»Ich kann Sie nicht gehen lassen.«

Cynthia humpelte zur Tür.

Greg sprang ihr in den Weg zur Tür. »Ich kann Sie nicht gehen lassen.«

Cynthia sah zu ihm auf, und in ihrem Gesicht stand noch immer blanker Hass. »Ich werde schreien und sagen, du hättest mich angegriffen.«

Greg blickte auf den Spiegel. Er sah mehr Blut als Glas. Er erschauderte.

»Darauf lasse ich es ankommen.«

»Lass mich gehen und du siehst mich nie wieder. Lass mich einfach gehen. Ich muss gehen.«

»Warum? Warum müssen Sie gehen? Bitte, ich will Ihnen helfen. Ich weiß, dass das aus meinem Mund seltsam für Sie klingen muss, aber es ist die Wahrheit.«

»Ich kann nicht bei dir bleiben. Du hast Blake umgebracht. Du bist ein Mörder.«

»Das war ich. Aber dieser Mensch bin ich jetzt nicht mehr.«

»Richtig. Du trägst jetzt eine Halskette.«

»So wie Sie.«

»Nicht mehr lange, hoffentlich.«

Es klopfte an der Tür.

Eine männliche Stimme sagte: »Hallo? Hier ist der Nachtportier. Können Sie bitte die Tür aufmachen?«

»Lassen Sie mich Ihnen helfen«, flehte Greg verzweifelt. »Ich muss Buße tun. Ich muss so vieles wieder gutmachen. Ich brauche Antworten. Ich muss einen Sinn in meinem Leben finden.«

»Das muss ich auch«, erwiderte Cynthia.

»Machen Sie auf«, rief der Nachtportier. »Ich rufe die Polizei, wenn Sie nicht aufmachen.«

Greg schaute Cynthia in die Augen. Er sah eine tiefe dunkle Leere.

Er machte einen Schritt zur Seite.

Er hoffte, sie würde ihre Meinung ändern und nicht gehen.

Cynthia schloss die Tür auf. Mit dem Rücken zu ihm sagte sie: »Du willst Antworten? Dann finde den Brief.«

Sie öffnete die Tür.

Der kleine glatzköpfige Nachtportier trat einen Schritt zurück, als die Tür aufging. Er hielt einen schwarzen zusammengefalteten Regenschirm in der Hand, wie ein Polizist, der einen Schlagstock hält. »Was ist hier los? Anscheinend hat jemand gehört …« Seine Augen weiteten sich. »Ist das Blut?«

Cynthia ging über den Balkon in Richtung der Treppe. Greg konnte sie nicht gehen lassen, nicht in diesem Zustand und solange sie so stark blutete.

Wieso will sie meine Hilfe nicht?

»Cynthia, gehen Sie nicht!«, rief Greg ihr nach. Er trat aus dem Zimmer – und in die Arme des Nachtportiers. »Sie gehen nirgendwo hin. Nicht, solange ich keine Antworten habe.«

»Fick dich.« Greg drängte sich an dem George-Costanza-Doppelgänger vorbei und rannte Cynthia hinterher.

»Hey! Halt! Ich rufe die Polizei!«

Greg ignorierte die Drohung des Nachtportiers. »Ihre Tasche!«, rief er Cynthia nach, während warmer Regen auf sein Gesicht fiel. »Sie haben Ihre Tasche vergessen!«

Cynthia war schon halb die Treppe hinunter.

Verdammt!

»Ich sagte Halt!« Der Nachtportier packte Greg am Arm.

Greg wirbelte herum. »Nehmen Sie Ihre Hände da weg.«

»Wenn Sie Cynthia geschlagen haben …«

»Das hab ich nicht. Und jetzt lassen Sie mich gehen, bevor ich sie verliere.«

»Nein«, erwiderte der Nachtportier unsicher.

»Sie ist verletzt, Sie Idiot!«

»Ihretwegen?«

»Nein!« Greg befreite sich aus dem Griff des Mannes.

»Schön, dann rufe ich jetzt die Polizei.«

»Gut. Tun Sie das.« Greg hastete zur Treppe. Er durfte sie nicht verlieren. Er wollte herausfinden, was sie mit dem Brief gemeint hatte – »Finde den Brief«, hatte sie gesagt – und er wollte ihr helfen. Er war teilweise schuld daran, dass sie so viel Schmerz in sich trug, und er konnte keinen Schlussstrich ziehen, solange er nicht mit jedem, dem er wehgetan hatte, Frieden geschlossen hatte – zumindest mit denen, die noch am Leben waren. Er wollte eine Chance, um sich zu rehabilitieren, und wenn schon nicht in Cynthias Augen, dann wenigstens in seinen – und Gottes.

Greg ging die Stufen hinunter. Er nahm ganz langsam eine nach der anderen, um nicht hinzufallen.

Er war halb unten, als sein linker Fuß ausrutschte und er nach hinten stürzte. Er fiel auf Metall, und sein Hintern und sein Rücken bekamen den Fall am schlimmsten zu spüren. Ihm blieb mit einem Schlag die Luft weg, und er brauchte ein paar Augenblicke, um wieder zu Atem zu kommen. Der Regen prasselte ihm ins Gesicht. Er zog sich wieder hoch und ging die restlichen Stufen hinunter.

Auf dem Parkplatz sah er keine Spur von Cynthia, und so lief er zum Highway.

Als er den Hume erreichte, blieb er stehen, außer Atem und immer noch schmerzgeplagt von seinem Sturz.

In der Ferne sah er eine Gestalt eilig über den Fußgängerweg laufen. Das musste Cynthia sein.

Greg folgte ihr. Er rannte, so schnell er konnte.

Als er die Stelle erreichte, an der er sie gesehen hatte, blickte er sich um, aber sie war verschwunden.

Sie hatte sich im Regen aufgelöst.

Er seufzte.

Seine erste richtige Prüfung, bei der er einem von Gottes verlorenen Kindern hatte helfen sollen – und er hatte versagt.

Es tut mir leid, Cynthia. Es tut mir so leid.

Scheinwerfer durchbohrten die Nacht.

Falls sie jemand mitgenommen hatte, hoffte Greg, der Fahrer würde sie ins nächste Krankenhaus bringen.

Er hoffte, dass es ihr gut gehen und sie finden würde, wonach sie suchte.

Du willst Antworten? Finde den Brief.

Greg stand auf dem Gehweg, vom Regen völlig durchnässt. Er umfasste das Kreuz um seinen Hals, schloss die Augen und betete für ihre Seele.

Der Lake Mokoan bei Nacht ist ein spektakulärer Anblick. Dann ist es dort totenstill, und die Bäume, die aus dem Wasser ragen, sehen weniger bedrohlich aus – eher wie schlafende Riesen. Es herrscht nicht dieselbe Untergangsstimmung, die dort tagsüber in der Luft liegt … Zumindest habe ich es so empfunden, als ich vor ein paar Wochen dort war.

Ich hatte beschlossen, dort hinzufahren, weil ich mir Hilfe für meine endgültige Entscheidung erhoffte.

Ich weiß, dass Sie jetzt wahrscheinlich glauben, ich sei entweder verrückt oder extrem makaber, wenn man bedenkt, dass das der Ort ist, an dem Rebeccas Leiche gefunden wurde. Aber, na ja, ich weiß nicht genau, wie ich es erklären soll. Ich fühle mich Rebecca dort sehr nahe. Ich spüre eine Verbindung.

Ich musste weit weg von unserm Haus, irgendwo hin, wo ich in Ruhe über meine gesamte Situation nachdenken konnte, und der Lake Mokoan war der erste Ort, der mir einfiel.

Es war niemand dort – wieso auch, um zehn Uhr nachts an einem Winterabend? Ich parkte den Wagen in der Nähe des Gebüsches, in dem man Rebecca gefunden hatte, löschte die Scheinwerfer, stieg aus und stand einfach da, im Schutz der Dunkelheit. Das Geräusch der Frösche und Grillen war laut, aber tröstlich. Die Nachtluft war kalt und klar.

Ich ging zu dem Baumstamm hinüber, an dem er Rebeccas Leiche abgelegt hatte, schloss die Augen, sprach mit ihr. Ich habe ihr vieles erzählt, und auch wenn das meiste nur Rebecca und mich etwas angeht, kann ich Ihnen eines sagen: Ich habe mich bei ihr entschuldigt. Ich habe ihr gesagt, wie leid es mir tut, dass ich nicht für sie da war, und dass ich es wieder gutmache. Ich hatte keine Ahnung, wie ich das anstellen wollte, ich wusste nur, dass die Person, die für ihren Tod verantwortlich war, bezahlen würde.

Ich fragte sie, ob sie fand, dass das, was ich vorhatte, das Richtige sei.

Tief in meinem Herzen kannte ich die Antwort, aber ich wollte es von Rebecca hören. Und wissen Sie, was? Ich habe meine Antwort bekommen. So wahr ich hier sitze und diesen Brief schreibe, spürte ich, dass Rebecca mir ihre Erlaubnis gab. Ich spürte, wie ein warmer Wind wehte, ein Wind, in dem das Leben zu rascheln schien. Er strömte durch meinen Körper und erfüllte mich mit einem Gefühl der Ruhe, einem Gefühl der Bestimmung – und dann war er fort.

Ich habe mich entschieden.

Ich war nicht für Rebecca da, als sie mich brauchte. Ich habe sie weggestoßen, als sie meine Hilfe brauchte, und deshalb wurde sie mir genommen.

Ich dachte an die Nachricht, die sie an jenem Tag auf meinem Anrufbeantworter hinterlassen hatte:

> *Hi Mum, ich bin's nur. Ich schätze, du bist nicht zu Hause. Also, mir geht's gut, ich bin in Benalla und esse gerade mit diesem Typen zu Mittag, der mich mit nach Sydney nimmt. Wie cool ist das denn? Er ist ganz nett, ein bisschen still vielleicht; wir haben die meiste Zeit über Familien und Filme geplaudert. Und weißt du was? Er hat dieses Tattoo auf dem Arm, ein Herz ohne Worte oder Buchstaben darin. Ist das nicht verrückt? Ich meine, stille Typen wie er haben doch keine Tattoos. Egal, jedenfalls hab ich mich gefragt: Würdest du mir ein Tattoo erlauben? So weit kommt's noch, stimmt's? Na ja, ich mach jetzt besser Schluss. Ich ruf dich wieder an, wenn ich bei Dad bin. Weißt du, ich bin echt nervös. Ihn zum ersten Mal zu sehen und so. Nun ja ... Ich hoffe, dir geht's gut, mach dir keine Sorgen um mich. Ich melde mich wieder. Hab dich lieb. Tschüss.*

Ich konnte ihre süße Stimme in meinem Kopf hören, und zum ersten Mal trieb sie mir nicht die Tränen in die Augen oder zwang mich auf die Knie und ließ mich schreien wie eine Wahnsinnige.

Mir war mit einem Mal vollkommen klar, was ich tun musste.

Es gab so viele Dinge, die ich würde ändern müssen – nicht nur mein Aussehen, auch meine innere Einstellung, meine Persönlichkeit. Ich musste mir klarmachen, wozu ich bereit war, wie weit ich zu gehen bereit war.

Ich würde mein altes Ich zurücklassen müssen.

Ich würde einer Menge Schmerz, Demütigungen und vielleicht sogar dem Tod begegnen: Aber an diese Dinge war ich ohnehin gewöhnt.

Ich war eine starke Frau, aber ich würde noch stärker werden müssen. Ich war schlau, aber ich musste besonders clever sein, wenn ich erfolgreich sein wollte.

Ich würde dort Erfolg haben, wo das Gesetz versagt hatte.

Die Dinge, die ich tun musste, um das zu erreichen, waren mir ebenso egal wie die Konsequenzen.

Die Religion lehrt uns, nicht gewalttätig zu werden. Sie lehrt uns, unseren Nächsten zu lieben und keine Sünden zu begehen.

Aber die Bibel sagt auch: Auge um Auge.

Ich verließ den See in dieser Nacht mit einem Gefühl der Freiheit.

Meine Entscheidung fühlte sich richtig an.

Am nächsten Tag habe ich meinen Job gekündigt und all meine Schulden bezahlt. Ich habe dafür gesorgt, all meine Verbindungen zu kappen, sodass niemand einen Grund hatte, mich zu suchen. Denen, die vielleicht doch nach mir gefragt hätten, habe ich erzählt, ich würde mal Urlaub machen und wüsste noch nicht genau, wann ich zurückkäme.

Nur ich kannte die Wahrheit – dass ich nie zurückkommen würde.

Die Liebe zu meiner Tochter ist nicht spezieller, aber auch nicht weniger bemerkenswert, als die irgendeiner anderen Mutter. Wir haben uns gestritten, wir haben gelacht. Wenn wir uns über das Leben unterhielten, hatten wir stille Momente, in denen es schien, als gäbe es nur uns beide auf der Welt.

Es ist diese Liebe zu meiner Tochter, durch die ich jetzt, wenn ich in den Spiegel blicke, nur noch eine Fremde sehe.

Neben der Fremden liegt meine blaue Nike-Sporttasche auf dem Boden. Früher habe ich darin meine Sportklamotten, Tennisschuhe, Handtücher und Wasserflaschen transportiert, doch jetzt ist sie voller alter Klamotten, die als Kleiderspende gedacht waren und ganz hinten im Schrank auf den berühmten passenden Moment warteten, der einfach nie kam. Sie enthält außerdem jedes einzelne paar Socken und jeden BH, den ich besitze, sowie meine Zahnbürste, Zahncreme und Deo.

Meine Haarbürste lasse ich auf dem Nachttisch liegen. Die Fremde hat keine Verwendung dafür, nicht, seit sie ihre Haare mit einer Schere – ebenfalls eingepackt – ganz kurz geschnitten hat.

Das Letzte, was die Fremde eingepackte, war ihre rosafarbene Handtasche. Darin ist meine Börse, in der sich unbedeutende, aber doch unerlässliche Dinge wie ein bisschen Bargeld, eine Sonnenbrille und, am allerwichtigsten, ein Foto von Rebecca befinden.

Die Fremde trägt meine goldene Halskette mit dem Kreuz. Die Fremde hat noch ein Hühnchen mit Gott zu rupfen, eine Art Herausforderung, und diese Kette ist ihr Angebot. Mal sehen, ob er es annimmt.

Natürlich wird sich die Fremde einen Namen überlegen müssen.

Schön, Sie kennenzulernen, ich heiße Maggie.

Schön, Sie kennenzulernen. Ich bin June.

Schön, Sie kennenzulernen. Mein Name ist Susan.

Nein, die taugen alle nichts.

Die Fremde hat noch jede Menge Zeit, sich einen Namen auszudenken. Zeit ist alles, was sie hat.

Während ich also diesen Brief zu Ende schreibe – oder müsste es heißen: Während die Fremde diesen Brief zu Ende schreibt? – hoffe ich, dass Sie, wer immer Sie auch sind, nun verstehen, weshalb ich auf diese Reise gehen muss.

Ich könnte als Geist enden, oder tot. Wer weiß?

Ich bin sowieso schon der Geist eines Menschen – nichts weiter als eine Hülle, die nur um der Existenz willen existiert und nicht wirklich lebt, nicht lebendig ist.

Ich werde es tun. Ich muss es tun.

Ich würde für Rebecca sterben. Ich werde sterben, wenn es nötig sein sollte.

Weil all das meine Schuld ist, verstehen Sie, und weil ich die Dinge wieder in Ordnung bringen muss.

Ich sage Ihnen also Lebewohl.

Adios.

Arrivederci.

Au revoir.

Die Mutter